ANNETTE CHAVEZ MACIAS

Annette Chavez Macias escribe historias sobre el amor, la familia y la búsqueda de los sueños. Está orgullosa de su herencia, cultura y tradiciones mexicoamericanas, que se pueden encontrar en las páginas de sus libros. Para aquellos lectores que anhelan más historias de pasión con finales felices garantizados, Annette también escribe novelas románticas bajo el seudónimo Sabrina Sol. Es originaria del sur de California y vive en las afueras de Los Ángeles con su marido, sus tres hijos y sus cuatro perros.

LAS CHICAS GRANDES NO LLORAN

ANNETE CHAVEZ MACIAS

TRADUCCIÓN DE YENI RODRÍGUEZ

VINTAGE ESPAÑOL

Título original: *Big Chicas Don't Cry*
Esta edición es posible gracias a un acuerdo de licencia originado con Amazon Publishing, www.apub.com, en colaboración con Sandra Bruna Agencia Literaria.

Primera edición: enero de 2026

Publicado por Vintage Español®, marca registrada de
Penguin Random House Grupo Editorial USA, LLC
8950 SW 74th Court, Suite 2010
Miami, FL 33156

Traducción: Yeni Rodríguez

Impreso en Colombia / *Printed in Colombia*

Información de catalogación de publicaciones disponible
en la Biblioteca del Congreso de los Estados Unidos

ISBN: 979-8-89098-382-4

Para Welita y abuela Chayo.
Que Dios las bendiga.

Capítulo 1
ERICA

Quince años antes

—Me voy a escapar.

Dejé de revisar los discos de música y dirigí la mirada hacia mi prima Mari.

—Sí, ok. No olvides escribirme. —Me volví para mirar a mis otras primas, Gracie y Selena, y las tres pusimos los ojos en blanco y soltamos una risita.

Estábamos sentadas en círculo bajo el gran limonero del jardín de nuestros abuelos, pasándonos el salero y comiendo limones que habíamos recogido del suelo. Las ramas del árbol colgaban bajas y nos protegían del caluroso sol de julio mientras buscábamos algo que escuchar en el viejo reproductor de discos de nuestro abuelo.

Mari suspiró con fuerza y se levantó.

—Lo digo en serio, chicas —insistió mientras se quitaba la hierba de la parte trasera de sus *shorts* de mezclilla—. Me voy a ir mañana o puede que incluso esta noche.

La ignorábamos porque sabíamos que no haría nada. Mari era una mentirosa y una reina del drama. Amenazaba con irse tantas veces como yo llamaba *pinche cabrón* a mi hermano pequeño a espaldas de mis padres: muchas.

—Lo que tú digas, *Ma-ri-sol*—respondí, exagerando la *r* de su nombre completo porque sabía que la irritaba.

—¿Y si ponemos a Kelly Clarkson? —preguntó Gracie, ajena a la mirada de muerte de Mari.

—Na. Erica, ¿y tu disco de Green Day? —preguntó Selena, que ahora había pasado de comerse un limón a frotarse uno por la rodilla derecha de un lado a otro. Ya nos había explicado la semana pasada que había leído en una de sus revistas de moda que el ácido de los limones aclaraba la piel oscura. También había empezado a exprimir zumo de limón en su pelo castaño ondulado cuando se tumbaba al sol, ya que mi tía se negaba a llevarla a la peluquería de mi mamá para que le hicieran mechas.

Gracie frunció su cara regordeta mirando a su hermana.

—Selena, sabes que no me gustan. ¿Qué tal Mariah Carey?

—¡Mis padres se están divorciando!

El grito de Mari nos hizo callar. Esta vez todos la miramos. Sus ojos verdosos se llenaron de lágrimas y le temblaba el labio inferior.

—Mi madre se muda a Whittier y no quiero ir con ella. Así que me voy a escapar.

Entonces soltó un grito espantoso y se desplomó en el suelo. Se tapó la boca con la mano para detener el torrente de sollozos y jadeos que llenaba el aire de la tarde a nuestro alrededor. Pero aún podíamos oír su dolor, incluso sentirlo.

La tristeza en su estado más puro hizo que mi corazón se acelerara con latidos ansiosos y se me secara la boca. Gracie se abalanzó sobre ella y la acunó en sus brazos mientras intentaba calmar su llanto con palabras dulces. Selena también se acercó a Mari, le apartó el flequillo castaño dorado y se inclinó suavemente para besar su frente.

Las mechas doradas que Selena quería lograr con el zumo de limón le salían a Mari de forma natural. También había sido bendecida con un vientre perfectamente plano, el mismo que podría haber tenido Gracie si no hubiera comido tanto pan dulce. Y los grandes senos que yo rezaba para que aparecieran mágicamente en mi pecho, una mañana se habían instalado en el de Mari.

Todas teníamos nuestras razones para estar un poco celosas de Mari. Pero sabía que ninguna de nosotras quería ser ella en ese momento.

—¿Qué pasó? —fue lo único que se me ocurrió decir.

Gracie soltó a Mari para que pudiera sentarse y limpiarse la cara. Entre hipo e hipo nos contó todo.

El papá de Mari había perdido su trabajo hacía unos meses y eso había desencadenado todo tipo de problemas entre sus padres. Las peleas eran siempre por lo mismo: el papá de Mari le gritaba a su madre por gastar demasiado dinero y su mamá le gritaba a él por beber en exceso.

—Me sentaron anoche y me lo dijeron. Mi padre se va a mudar para acá con abuela y abuelo, y yo me tengo que ir a vivir con mi madre a Whittier... ¡Donde sea que quede eso!

Todas habíamos vivido en la misma ciudad desde que nacimos. Podría ir caminando hasta el apartamento de Mari si quisiera (jamás lo he hecho, pero en mi defensa diré que nunca he caminado a ningún sitio). Sin embargo, algo me decía que Whittier estaba mucho más lejos que su apartamento.

—¿Qué pasa con el resto de nuestro verano? —gritó Selena—. Recuerden que íbamos a inventar más rutinas de baile e ir a ver esa nueva película de viajes por carretera. ¿Por qué no puedes vivir aquí con tu padre? Así te veríamos todos los días como siempre.

Mari sacudió la cabeza y empezó a gimotear de nuevo.

—No sé. Le pregunté a mi papá si podía vivir con él y me dijo que tenía que irme con mi mamá. ¿Quizá no me quiere con él?

—Ya, ya —susurró Gracie mientras le daba palmaditas a Mari en el hombro. Con catorce años, a Gracie le gustaba pensar que sabía más que nosotras.

No era así.

—Estoy segura de que tu papá quiere que vivas con él —dijo Gracie para calmarla—. Pero eres una niña. Necesitas a tu mamá. ¿No te acuerdas de cómo se asustó cuando empezaste a menstruar?

Aunque todas seguíamos muy tristes, yo sabía que no era la única que sonreía ante aquel recuerdo. Esa mañana, tío Ricardo había entrado en la habitación de Mari para despertarla y llevarla a la escuela. Pero salió corriendo, gritándole a tía Vangie que llamara a la policía porque creía que Mari había sido atacada por alguien en mitad de la noche y la habían dejado desangrándose en su propia cama.

A Selena se le escapó una risita, pero Gracie le lanzó una mirada que la calló enseguida. Le dijo a Mari que todo volvería a la normalidad en cuanto su padre volviera a trabajar. Pero Mari no estaba convencida.

De pronto, se me ocurrió una idea asombrosa y me levanté para anunciarla.

—Mari, si quieres escaparte, huiremos todas contigo —declaré.

Gracie giró la cabeza para mirarme arqueando sus pobladas cejas hacia el cielo.

—¿Lo haremos?

—Sí. Es lunes. Eso quiere decir que abuelo va a llevar a abuela al mercado dentro de un rato. Pediremos quedarnos con Welita y nos escabulliremos mientras ella ve su telenovela.

Welita era la madre de nuestra abuela. Tenía setenta y seis años y vivía con nuestros abuelos desde que tengo uso de razón. La llamábamos *Welita* porque era la abreviatura de *abuelita*. No tenía ni idea de cuál era su verdadero nombre.

Ahora bien, eso significaba que sería ella quien diría a nuestros padres que nos habíamos escapado. La idea de que Welita podría llorar me llenó de vergüenza y tristeza.

Pero Welita siempre decía que la familia era lo más importante en este mundo. Y nosotras haríamos esto para permanecer juntas.

Lo entenderá. Con el tiempo.

Así que allí, bajo el limonero, urdimos nuestro plan para escaparnos hacia la playa. Yo me encargué de seleccionar nuestros discos de música favoritos mientras Mari llenaba su mochila con limones y cualquier otra cosa que encontrara en la despensa de nuestra abuela. Gracie tomó la hoja de ruta del bus de la cómoda de Welita y dijo que averiguaría la mejor vía para llegar a la playa. Selena agarró todas las sábanas y toallas que se habían estado secando en las tendederas del patio trasero y las metió en una bolsa de basura. Entre las cuatro teníamos casi veinticinco dólares.

Ya estábamos como tres cuadras lejos de la casa cuando Gracie paró en seco.

—Selena, ¿quién va a alimentar a Gidget?

Selena ni siquiera miró a su hermana y siguió caminando.

—Mamá, supongo. No van a dejar morir a la gata solo porque tú no estás para cuidarla.

—¿Y la fiesta de Joanna en la piscina el sábado? —Gracie continuó—. Es tu mejor amiga. ¿No deberías llamarla y hacerle saber que no vas a ir?

Eso hizo que Selena se detuviera. Nos dijo que teníamos que volver para poder llamar a Joanna.

Estuvimos discutiendo durante diez minutos hasta que Mari finalmente levantó las manos.

—Olvídenlo. Olvídenlo. Ustedes tres regresen, yo me iré sola.

Así, Mari giró sobre sus talones y siguió caminando, pero tenía que detenerla antes de que fuera demasiado tarde.

—Espera, Mari. ¡Me voy contigo! —grité. Mari se dio la vuelta, volvió corriendo y se me abalanzó con un abrazo.

—Mari, si aún quieres ir a la playa, iremos todas contigo —interrumpió Selena—. Pero creo que tal vez deberías esperar unos días o incluso unas semanas, para ver qué pasa. Como dijo Gracie, nunca se sabe. Tus papás podrían arreglar las cosas.

Hubo que convencerla un poco más, pero Mari aceptó quedarse. Nos dimos la vuelta y caminamos cogidas de la mano hacia la casa de nuestros abuelos. Pero al doblar la esquina en su calle, nos quedamos heladas.

Allí, en la acera, estaba Welita. Llevaba una sudadera gris sobre la bata floreada y unas chanclas color marrón. Y caray, parecía una pinche loca.

Para cuando nos tuvo acorraladas en la cocina, me pareció que ya estaba menos enfadada y más aliviada de habernos encontrado. Pero hablaba en español y yo no podía entender del todo si estaba diciendo que iba a azotarnos o a darnos de comer. Resultó que ninguna de las dos cosas. En cambio, nos preguntó adónde habíamos ido y, ¡madre de Dios!, ¿por qué nos habíamos llevado todas sus sábanas y toallas?

Como yo era la única que sabía suficiente español como para contestarle, le expliqué todo. Luego traduje a las demás lo que Welita decía. Sabía lo del divorcio, sin embargo, escaparse no era la solución.

—Pero *we'll never see her again* —dije llorando en mi *spanglish* habitual.

—No llores. *Big girls no cry* —me dijo. Cuando era necesario, Welita utilizaba el escaso vocabulario en inglés que había aprendido gracias a la música americana de los 60 y a las comedias televisivas de los 80.

Continuó.

—Dice que es hora de que aprendamos que la familia es para siempre y que eso no va a cambiar —dije a mis primas—. Pero va a depender de nosotras mantenernos unidas.

Más tarde, cuando nuestros padres vinieron a buscarnos, ella no dijo ni una palabra sobre nuestra fallida aventura playera. Al salir por la puerta, nos dio a cada una un beso en la frente y susurró: "Que Dios te bendiga". Era la bendición que siempre nos daba cuando la dejábamos. Una vez me dijo que era mejor que decir "adiós" porque sabía que volvería a vernos pronto.

Así que, unas semanas después, reunidas nuevamente bajo el limonero, le dijimos a Mari: "Que Dios te bendiga". Nos juramos que siempre nos mantendríamos unidas y seríamos parte de la vida de la otra, sin importar lo que pasara. Una a una, nos turnamos para grabar nuestras iniciales en el tronco del árbol, y debajo de estas tallé las letras *MPS*.

—¿Qué significan? —preguntó Gracie.

—Son las siglas de Mejores Primas Siempre —le expliqué.

—Pero eso es una tontería —dijo Selena—. Claro que seremos primas para siempre. Somos parientes, obvio.

Repasé las líneas rugosas con el pulgar.

—Sé que no dejaremos de ser primas. Pero así siempre recordaremos que prometimos ser las mejores primas, ¿entendido?

Las otras asintieron y nos dimos un abrazo.

¿Cómo podía haber sabido en ese momento que el limonero y la promesa que acabábamos de hacer solo sobrevivirían unos pocos veranos más?

Capítulo 2
ERICA

Presente

—¿Quién demonios rompe con su novia dos días antes de Navidad?

Era una pregunta retórica, por supuesto. Yo sabía la respuesta. Las demás sabían la respuesta. Solo pregunté porque todavía no me lo podía creer.

La respuesta era… mi novio. Corrección: mi exnovio. Ese mismo.

—Odio a ese imbécil —grité y golpeé el volante. Un dolor instantáneo me quemó la palma de la mano y volví a maldecir.

—Quizá deberías dejar de manejar un momento. No es seguro cuando estás tan… rabiosa —dijo Gracie a través del altavoz de mi móvil pegado al tablero del auto.

—La rabia es buena. Necesita sacarla toda ahora —la voz de Selena intercedió—. Además, conducir enfadada es mejor que conducir llorando. Llorar solo le dará arrugas prematuras, y nadie quiere eso, ¿verdad?

A pesar de mi enfado, una sonrisa se dibujó en mis labios. Mientras una prima se preocupaba por mi seguridad, su hermana se inquietaba por mi aspecto físico. Clásico Gracie y Selena. Pero eso me animó, como siempre.

Por eso les había enviado un mensaje de texto que decía "911" nada más me levanté. Necesitaba gritar y maldecir a Greg en inglés y en español. Necesitaba entender cómo un hombre que me había dicho que me amaba podía marcharse después de dos años juntos sin apenas darme una explicación.

Anoche, mi mundo se había venido abajo y necesitaba que mis primas me ayudaran a recomponerlo.

Una punzada familiar de tristeza me aguijoneó el pecho. Debería haber tres voces al otro lado del altavoz. Pero esta vez ni siquiera me había molestado en enviar un mensaje a Mari. ¿Por qué iba a hacerlo? Me había cansado de esperar sus respuestas que llegaban días más tarde, si es que llegaban.

No, las únicas primas con las que necesitaba hablar en ese momento eran las que estaban en la llamada.

—Todavía no puedo creer que primero intentara romper contigo por teléfono —dijo Selena, cuyo enojo era palpable incluso a través del altavoz.

Asentí con la cabeza mientras miraba por la ventanilla las fachadas de las tiendas que pasaba.

—¿Te das cuenta? La única razón por la que finalmente se apareció fue porque lo amenacé con vender los videojuegos y la ropa que dejó en mi casa. Apenas podía mirarme incluso cuando vino, el pinche cabrón.

—Lo siento.

El quiebre en la voz de Gracie me hizo un nudo en la garganta. Dios mío, si ella empezaba a llorar, yo también iba a perder la compostura.

Parpadeé para quitarme la humedad de los ojos.

—Para ya, chillona. No puedes estar afligida ni triste también ahora.

—Es que odio que te hayan hecho daño... otra vez.

—Yo también —admití con un largo suspiro.

—Muy bien. Suficiente. No más sentimientos sensibleros —ordenó Selena—. Bienvenida al club de las chicas solteras, Erica. Te va a encantar aquí. Hay mucho tequila, sexo y todo tipo de fabulosidades.

—¿Esa es una palabra real, Selena?

Entonces, la menor de las Lopez protestó.

—Por Dios, Gracie, ¿siempre tienes que cuestionarlo todo? Resulta que uso esa palabra todo el tiempo. Solo estás irritada porque estoy hablando de s-e-x-o otra vez.

—No, no lo estoy. No sé por qué crees que soy tan mojigata.

—A ver..., ¿porque tienes casi treinta años y todavía eres virgen?

—No tengo casi treinta, Selena.

—Solo faltan cinco meses para tu cumpleaños, Gracie.

Ah, eh. Ya estamos otra vez con lo mismo. Contuve la respiración para lo que venía a continuación.

—El hecho de que yo no hable de sexo todo el tiempo como tú no significa que nunca lo haya hecho —resopló Gracie—. Además, ser virgen no es igual que ser mojigata.

—¿Y tú cómo lo sabes?

Las hermanas siguieron discutiendo entre ellas, pero la pesadez de mi corazón se aligeró. Y por primera vez esa mañana creí que podría superar el día.

—Ya cállense —dije, intentando que pararan de hablar—. Llegué.

—Acabamos de estacionarnos detrás de ti —respondió Selena.

Miré por el espejo retrovisor y vi cómo mis primas salían del destartalado Nissan Maxima de Gracie. Entonces, supe que mis ojos hinchados y enrojecidos serían el centro de atención.

Mierda. ¿Cómo les explicaría el estado de mi rostro?

Con un fuerte suspiro, salí de mi auto y me encontré con Selena en la acera frente a la casa de nuestros abuelos. De inmediato me eché a reír al ver su cara totalmente maquillada, sus rizos perfectamente peinados, su atuendo a la moda y las botas de cuero color marrón que llevaba hasta la rodilla.

—Selena, son las putas cinco y media de la mañana y estamos a punto de hacer tamales, no de disfrutar unos tragos —me burlé, pero rápidamente un pensamiento me golpeó—. Espera, ¿esto es lo mismo que llevabas puesto anoche? ¿Al menos pudiste ir a dormir?

Gracie finalmente se unió a nosotras.

—Llegó a casa sobre la una de la mañana y se levantó a las cuatro —dijo, y soltó un gran bostezo.

—¿A las cuatro? —dije, y negué con la cabeza. No podía imaginar levantarme tan temprano solo para maquillarme. Mi familia tenía suerte de que yo me acordara de lavarme los dientes antes de salir.

Selena se puso las manos en las caderas.

—La belleza lleva sacrificio. Recuérdenlo. Me gusta lucir lo mejor posible, sin importar quién vaya a verme.

Puse los ojos en blanco y estaba a punto de decirle algo sarcástico cuando, de repente, me abrazó y me susurró:

—Superarás esto. Te lo prometo.

Dos brazos más se enroscaron en mis hombros. Gracie me apretaba con fuerza.

Las lágrimas ya amenazaban con dejarme los ojos aún más hinchados, así que las aparté suavemente y sacudí la cabeza.

—Gracias, chicas. Será mejor que entremos de una vez.

Todas nos volteamos para mirar la casa de una sola planta pintada de beis y marrón ubicada detrás de una verja blanca de hierro forjado. El césped estaba impecable. Las plantas y los arbustos, perfectamente podados. No pude evitar sonreír ante la yuxtaposición de un exterior tan ordenado con el caos que sabía que nos esperaba en el interior.

—¿Será demasiado tarde para pasar la Navidad en Italia? —Selena musitó mientras Gracie la agarraba de la mano y la arrastraba hacia la entrada. Yo la seguí y me tapé la cabeza con la capucha de la sudadera. Lástima que aún no hubiera salido el sol. Unas gafas de sol me habrían venido muy bien en este preciso instante.

Gracie empujó la puerta del patio exterior y nos saludó un familiar villancico navideño, demasiado alegre para las cinco y media de la mañana. Diferentes conversaciones rebotaron por la habitación. Todo era caótico, ruidoso y me afectaba los oídos. Y aunque sentía como si una prensa me apretara las paredes del cráneo contra el cerebro, sonreí.

Era oficial: la mañana de Nochebuena había llegado.

Mientras mis primas me abandonaban para saludar al resto de los miembros femeninos de nuestra familia, yo me colé en la casa. No estaba preparada para recibir besos en las mejillas o, peor aún, miradas de preocupación por mi aspecto.

Frankie Valli y The Four Seasons canturreaban "I Saw Mommy Kissing Santa Claus" en el pequeño reproductor de CD sobre la encimera, mientras Welita estaba junto a los fogones removiendo algo en una gran olla plateada.

—Siéntate, mija —me dijo, después de que yo me detuviera para darle un beso en la mejilla. Olores a canela, chile y crema facial Ponds bailaron por mi nariz. Casi de inmediato, mi dolor de cabeza se alivió.

Después de sentarme, observé cómo sacaba salseras y tazones de la alacena y regresaba a la estufa. Tenía el pelo largo y canoso recogido en su trenza habitual y vestía una floreada bata blanca y amarilla debajo de su delantal rojo con el árbol de Navidad. Sabía que ella llevaba horas levantada preparándolo todo para los tamales. A pesar de sus casi noventa y dos años, seguía tan ágil y activa como siempre.

Gracie y Selena se me unieron en la larga mesa de la cocina minutos después.

—Necesito un café urgentemente —dije mientras tomaba una de las tazas vacías de Navidad dispuestas junto a la jarra de café en el centro de la mesa.

—¿Pero cuánto bebiste anoche? —Gracie preguntó. Y aunque intentó disimularlo, su tono criticón se oyó alto y claro.

Eché un poco de azúcar en el café y empecé a removerlo.

—A ver… Empecé con un par de cervezas después de la llamada tan divertida con Greg. Luego me bajé unos chupitos de tequila cuando el pende… —miré a mi Welita, que estaba sacando unas cucharas de una gaveta—, el idiota se fue. Puede que también me haya tomado unas copas de vino justo antes de dormir.

—Jesús, Erica —Selena sonrió, pero pude sentir que me juzgaba también. Era de las que levantan cejas. Una mujer de las que puede tomar como los hombres y a la que le había sostenido el pelo más veces de las que podía contar cuando sus martinis elegantes le subían en venganza.

—De todos modos, he terminado con el alcohol… y con los hombres —dije con firmeza—. Se acabó. No más.

Gracie puso los ojos en blanco y Selena volvió a reírse. Estaba a punto de insultarlas con palabras no muy agradables cuando Welita colocó un cuenco con menudo delante de mí, se agachó y me susurró al oído.

—No más.

Una sonrisa se formó en mis labios. Ella comprendía en todos los sentidos.

Gracie también recibió un tazón con menudo, mientras que a Selena le sirvieron sus cereales habituales. Nunca se comía nuestra tradicional sopa pozolera mexicana de maíz y callos. De hecho, ni siquiera podía mirarla y se concentraba en sus copos de maíz con demasiada atención.

—Escucha, Erica —dijo después de tragar su primer bocado—. Sé que ahora estás triste. Pero tienes que ver esto como una oportunidad para centrarte en ti misma. Tienes veintiocho años. Es el momento en que se supone que tienes que descubrir quién eres y quién quieres ser. Pero no puedes hacerlo si siempre te concentras en lo que o en quien te resulta cómodo y seguro. Haz cosas que nunca hayas hecho. Experimenta un poco. Toma las riendas de tu vida. Sé un… ¿cuál es la palabra que dices? ¿*Chicharona*?

Casi me caigo de la silla.

—¿Intentas decir *chingona*? —dije finalmente, después de reírme mucho.

Gracie susurró.

—Shhh… No digas palabrotas. Welita está justo ahí, ¿recuerdas?

—Ya no es una mala palabra, Gracie —le dije—. Es como llamarte a ti misma una *perra dura*. Es empoderador.

—¡Exacto! —Selena estuvo de acuerdo—. Empodérate, Erica. Sé una chingona en tu propia vida.

Siempre podía contar con Selena para una buena charla motivacional. Tenía razón. Necesitaba tomarme este tiempo para centrarme en mí y en lo que quería hacer con mi vida. Pero no iba a averiguarlo hoy. Al menos no antes de las diez de la mañana.

—¿Ya podemos cambiar de tema? —pregunté tras dar un sorbo a mi menudo. El caldo caliente y picante calentó al instante mi piel helada y reconfortó mi corazón roto.

—Bueno, solo quiero decirles que a las dos les encantará lo que hice para ustedes este año —dijo Gracie con una enorme sonrisa.

Mi prima era la reina de los *hobbies*, por lo que nuestros regalos de Navidad solían reflejar la actividad a la que se había dedicado ese año. El año pasado nos regaló unos bonitos aretes hechos con cuentas de colores. El anterior nos dio tazas de cerámica pintadas a mano por ella. Sabía que se estaba volviendo muy buena tejiendo, por lo que presentía que en mi futuro había una bufanda o un gorro nuevos.

—No sé cómo tienes tiempo para hacer tantos regalos cada año. Solo aviso que yo he tomado el camino fácil y les he comprado tarjetas de regalo —admití.

Selena aplaudió de la emoción. Ir de compras era su único *hobby* favorito. Siempre lo había sido. Incluso de adolescente, siempre estaba a la moda. La única diferencia ahora era que, a sus veintisiete años, Selena por fin podía permitirse alimentar su adicción.

—Yo también estoy muy emocionada de darte mis regalos —añadió—. Aunque, ahora que lo pienso, el vibrador que compré para Gracie podría servir mejor para ti, Erica, ya que estás soltera de nuevo.

Gracie escupió el menudo que acababa de sorber y empezó a toser sin parar. Welita llamó desde la cocina preguntando si estaba bien.

Di unas palmadas en la espalda a Gracie y le dije en español a nuestra bisabuela que un trozo de maíz se le había ido por el camino equivocado. Eso la tranquilizó, así que Welita salió de la cocina y se dirigió al patio con los brazos llenos de cajas de pasas para los tamales dulces.

En cuanto se cerró la puerta, Gracie se acercó a su hermana y le haló una oreja.

—Eres horrible, Selena. Por favor, dime que solo estabas bromeando y que en verdad no compraste eso —le suplicó.

Selena levantó los brazos.

—Claro. Dios mío, ¿te imaginas la cara que pondría papá si de pronto sacaras una de esas cosas?

Eso la hizo retumbar de la risa y yo no pude evitar unirme a ella. Por su parte, aunque luchó por unos minutos más, finalmente incluso Gracie soltó una sonrisa. Cuando las risas menguaron, miré a una silla vacía al otro lado de la mesa y suspiré.

—¿Alguien sabe si vendrá esta mañana? —pregunté, y me arrepentí de inmediato. Aún no había tomado suficiente café para sacar el tema tan delicado en que se había convertido Mari.

Gracie negó con la cabeza.

—No creo.

Selena se encogió de hombros, esperanzada.

—¿Quizás se aparezca esta noche para cenar?

—Sí, claro —dije con una risa algo amarga—. Estoy segura de que habrá una excusa perfecta que nos enviará por mensaje de texto… en algún momento. ¿Apostamos ahora cuál será?

—Erica… —me advirtió Gracie, pero la ignoré.

Empezando por la que hizo bajo el limonero años atrás, Mari había roto tantas promesas que yo había comenzado a hacer una lista.

—Veamos. ¿Tiene que volar a Hawái? Oh no, eso fue la pasada Semana Santa. Apuesto que consiguió una cita de última hora con ese estilista de Beverly Hills. No, espera, eso fue en el cumpleaños de abuela. Humm… Tal vez se lastimó un músculo haciendo yoga y necesita descansar. Oh, me equivoqué otra vez. Eso dijo por mi maldito veintiún cumpleaños.

Las olas de mi estómago volvieron a agitarse salvajemente ante aquel recuerdo. Nunca había estado tan molesta, tan dolida. Todas lo estábamos, aunque Gracie haya actuado como si no hubiera sido para tanto. Un sabor agrio invadió mi boca y no era solo la resaca. Aparté el cuenco con menudo y el café.

—Ok, Erica. No hace falta que nos recuerdes todo eso —dijo Gracie en su habitual tono de no-montes-una-escena—. No eres la única disgustada por cómo ella ha actuado últimamente.

—¿Últimamente? ¿Últimamente? Gracie, ella nos ha estado dejando de lado, abandonando esta familia, desde que tenía dieciséis años. No entiendo cómo todo el mundo sigue teniendo tanto miedo de decirle algo al respecto. Ya no es una niña. ¡Jesucristo, no se va a romper si alguien se enoja con ella!

Grité esto último, sorprendiendo a las otras. Incluso Gracie, quien normalmente me regañaría por incluir a Jesucristo en mi comentario, pareció guardar silencio.

Nuestros ojos se volvieron hacia la puerta de la cocina esperando que alguien, nuestra abuela o alguna de nuestras tías, entrara corriendo para averiguar qué estaba pasando. Cuando al cabo de unos segundos no vino nadie, solté un gran suspiro.

—No debería haber gritado. Tengo los nervios a flor de piel. No es con ustedes con quien estoy enfadada. Lo siento, mis amores.

Murmuraron que me querían igual, y siguieron comiendo mientras yo me frotaba el estómago. Nada estaba bien. Quizá tenía que ver con una pesadez nueva en el aire. Odiaba esa sensación. Era Nochebuena. Se suponía que todos debíamos estar alegres, por el amor de Dios.

Literalmente.

—Adivinen quién viene a Los Ángeles en enero —bromeó Selena en un evidente intento por aligerar el ambiente.

—¿Adele? —preguntó Gracie. Mi prima estaba obsesionada con Adele. Cada vez que mencionábamos que teníamos una gran noticia de cualquier tipo, ella asumía que tenía algo que ver con la cantante. A ver, Adele me gustaba tanto como a cualquiera, pero había otras cosas en la vida por las que emocionarse.

Cosas como…

—¡Nathan! —chillé.

Selena sonrió y hasta podría jurar que un tono artificial de rosa coloreó sus mejillas. Nathan Tennant era un reclutador profesional de Nueva York. Se habían conocido el año pasado en una conferencia en Denver y se veían cada vez que él estaba en la ciudad para tener reuniones con clientes. A diferencia mía, mi prima creía que el único tipo de relaciones que necesitaba con los hombres era del tipo "sin ataduras". Me había contado que tenían una política de solo sexo y que funcionaba muy bien precisamente porque él vivía en la otra punta del país.

—Sí —respondió ella—. Solo va a estar aquí tres días, así que no esperes que ande por aquí esas tres noches.

—¿Nunca quieres más de tres días aquí o un fin de semana allá? —Gracie preguntó por millonésima vez. Seguía sin entender el concepto de amigos con derechos.

Selena puso los ojos en blanco.

—No.

—No te creo —dijo Gracie.

—No hace falta que lo hagas —explicó—. Yo así lo veo, y eso es lo único que importa.

—Pero esa es la cuestión, Selena. No creo que te lo creas.

—Entonces, ese es *tu* problema.

—No. Me parece que es tuyo.

Ambas se miraron fijamente por encima de sus tazas de café como en un duelo entre voluntades y últimas palabras. Era algo que llevaban haciendo desde niñas. Dependiendo de lo testadura que se sintiera una de ellas, podían quedarse así varios minutos. Al menos ya no se tiraban del pelo mientras lo hacían.

—¡Chicas! —ladró mi madre desde la puerta de la cocina, y todas saltamos—. ¿Qué hacen aquí? Es hora de ponerse a trabajar. Limpien sus platos y vayan a lavarse las manos. ¡Dale! ¡Dale! Ya estamos atrasadas.

Las órdenes bastaron para que Selena y Gracie hicieran una tregua y obedecimos lo que se nos dijo. Unos minutos después, entramos al patio. Hora de hacer los tamales.

—¡*Merry Kismas*! —chilló una vocecita y sentí un tirón en mi sudadera. Miré hacia abajo y era mi primita Araceli, de seis años. Todavía llevaba puesto un pijama rosa de tela de peluche, de esos con pies integrados, y su pelo castaño claro estaba despeinado alrededor de su cara dulce y rolliza.

—¡*Merry Christmas*, bebé! —dije, esbozando una sonrisa a medias.

—¡No soy una bebé! —Araceli resopló y se fue dando pisotones en otra dirección.

—¡Celi, pórtate bien! —gritó mi tía Espy a su hija, y luego se acercó a mí y me dio un beso en la mejilla—. Feliz Nav... Ay, mija, no luces muy bien —se acercó y estudió mi cara. Sus ojos se entrecerraron—. No estarás embarazada, ¿verdad? —me preguntó.

Tía Olivia, la madre de Gracie y Selena, pasaba por allí en ese momento con un gran cuenco de metal lleno de pollo desmenuzado. Al oír la palabra *embarazada*, se dio la vuelta rápidamente y se quedó mirando a su cuñada.

—Espy, ¿cuántas veces te lo hemos dicho? Es imposible que estés embarazada. Solo has ganado unos kilos, eso es todo.

El año pasado, tía Espy estaba convencida de que estaba embarazada de nuevo, a pesar de que acababa de cumplir cuarenta y ocho años. Araceli había sido su bebé milagroso, pero incluso después de aquel embarazo difícil, Espy había querido tener uno más. Se negaba a creer que los ataques de llanto y los antojos de helado se debían a la menopausia y no a un bebé. Espy ni siquiera le creía a su propio médico hasta que este le hizo una ecografía y le mostró un útero vacío. La dejamos llorar durante un par de días, luego Selena y yo nos presentamos en su casa con una botella de tequila y una tina de helado de chocomenta y le dijimos que lo superara.

Mi abuela apareció en la puerta de la cocina con bolsas llenas de hojas de maíz sin abrir. En español, le dijo a Espy que si sus cachetes y su trasero estaban engordando, entonces debía reducir el consumo de frijoles y de guacamole.

—¡Ay, mamá García, yo no estoy gorda! Y no dije que yo estaba embarazada —Espy gritó—. ¡Le pregunté a Erica si ella lo estaba!

Capítulo 3
SELENA

En cuanto lo dijo, supe que se arrepintió de haberlo hecho. Los grandes ojos marrones de tía Espy se abrieron aún más y se tapó la boca con la mano. Y la cara de Erica se puso blanca. Lo cual era algo para admirar, ya que su piel era más oscura que la de Gracie.

De repente, todos en el patio dejaron de hablar. La boca de mi abuela se abrió un poco y la bolsa con hojas de maíz cayó al suelo. La madre de Erica se levantó detrás de una de las mesas y luego cayó rápidamente de nuevo en su silla. Araceli y otros primos más jóvenes siguieron cantando "Rodolfo, el reno de nariz roja" al son de Burl Ives sin darse cuenta del escándalo en potencia que se estaba produciendo delante de ellos. Escuché cómo alguien se aclaraba la garganta y que otro susurraba "ay, Dios mío".

Sabía que alguien tenía que poner fin al asunto antes de que alguno de mis primos adolescentes lo anunciara en Facebook o, más bien, en El Chisme-Book, como lo llamaba mi mamá.

—¡Erica no está embarazada! —grité por fin—. Solo tiene una cruda severa.

El color volvió a la cara de mi abuela mientras recogía la bolsa con hojas de maíz y se alejaba murmurando en español algo así como que "las resacas son el castigo de Dios para los borrachos". El cuchicheo volvió a llenar el patio y todos volvieron a lo que estaban haciendo antes de haber oído las palabras *Erica* y *embarazada* al mismo tiempo. Tía Espy sonrió débilmente a mi prima.

—Lo siento.

—No te preocupes, Espy. No creo que estés gordita —oí decir a mi mamá desde una esquina de la habitación—. No es tu culpa que Dios te haya puesto demasiada carne en el maletero.

Eso hizo reír a todo el mundo y el escándalo del día fue desechado tan rápidamente como mi bolso Louis Vuitton de la temporada pasada.

—Listo, abuela, estoy lista para contar —anuncié mientras me ponía un delantal sobre la cabeza.

—Selena, todavía no empezamos a llenar los tamales —dijo mi mamá al pasar junto a mí cargando una pila de platos.

Miré a todos en el patio y me puse las manos en las caderas.

—Bueno, señoras, supongo que será mejor que se pongan a trabajar.

Un paño de cocina me golpeó en medio de la cara y se oyeron carcajadas.

—¿En serio, Erica?

No pude evitar reírme también, sobre todo cuando lancé la toalla de regreso a mi prima y, en su lugar, golpeó la cabeza de tía Espy.

—Lo siento, tía —gritó Erica—. Pero eso te pasa por hacer que todos pensaran que yo estaba embarazada.

La charla continuó mientras todas tomábamos asiento a lo largo de la cadena de montaje de tamales. Teníamos los mismos sitios desde que tengo uso de razón. Cuando la familia creció, se añadieron más mesas y sillas plegables. Pero el proceso seguía siendo el mismo.

Abuela y Welita estaban en la cabecera de una mesa plegable mezclando sal y manteca en la masa de los tamales. Usaban sus propias manos y parecían ser las únicas que sabían cuándo la consistencia era la adecuada. Mis tías, mamá y Gracie se encargaban de extender la masa sobre las hojas de maíz, ablandadas tras el remojo nocturno.

Luego de ponerles una capa de masa, las hojas pasaban a Erica, que las rellenaba con una mezcla de cerdo desmenuzado y chile rojo. Posteriormente, ella cambiaría ese relleno por otro que consistía en pollo desmenuzado, chile verde y queso Monterrey Jack. También hacíamos una docena de tamales solo con queso para mí, para llevar a casa, pues yo no comía picante ni chile ni salsa. Y si sobraba masa, Welita preparaba tamales dulces hechos con pasas, nueces y piña.

Mi hermana Raquel, de catorce años, otras dos primas más jóvenes y yo estábamos colocadas en otra mesa. Ellas envolvían cada tamal en una hoja cuadrada de papel pergamino blanco y yo los acomodaba en grandes ollas plateadas. Yo, además, contaba los tamales marcando cada docena en una libreta. Mi abuelo, el único hombre de la casa involucrado en la preparación de los tamales, se llevaba las pesadas ollas y las acondicionaba para la cocción al vapor en el fogón de la cocina. Por la noche, toda la familia —tíos, maridos, niños y adolescentes— volvía a la casa de mis abuelos para comer los tamales ya cocinados y abrir los regalos.

Esa era nuestra tradición. Por mucho que me quejara de levantarme antes que el sol, en realidad no preferiría estar en ningún otro sitio.

—Selena, ¿cómo te va en tu trabajo? —preguntó la mamá de Erica a la vez que otras conversaciones tenían lugar a nuestro alrededor.

Tía Marta estaba casada con mi tío Luis, el mayor de los cinco hijos de mi abuela, y le gustaba conocer los asuntos de todo el mundo. Como peluquera de la familia, ella estaba acostumbrada a que la gente se desahogara mientras cortaba y teñía. No es de extrañar que Erica acabara siendo periodista.

Me encogí de hombros.

—Todo bien. Supongo que no me puedo quejar.

La verdad, tenía mucho sobre lo cual quejarme de la empresa de relaciones públicas Umbridge & Umbridge donde había trabajado los últimos cinco años. Pero no me apetecía hablar del lugar en mi día libre.

—Odia a su jefa —dijo Erica, aunque nadie le preguntó.

Cuando la miré mal, arrugó la frente.

—*Odia* es una palabra muy fuerte —mi madre, la segunda en edad entre sus hermanos, se unió a la conversación—. Mis hijas no odian a la gente. ¿Verdad, chicas?

Pensé en el último correo electrónico que había recibido ayer de Kat, y mi madre tenía razón. *Odio* no era la palabra que me venía a la mente. *Aversión* e *inquina* se acercaban más a la verdad.

—Es muy exigente —expliqué, ya que todos me miraban—. A veces es difícil complacerla.

Mi madre se encogió de hombros.

—¿Quizá solo necesitas trabajar más duro? No quieres ser asistenta por siempre, ¿no?

Una molestia familiar me tensó los hombros.

—No soy su asistenta, mamá. Soy asistenta del manejo de cuentas. Hay una diferencia. Quizá si me escucharas más cuando hablo de mi trabajo, en vez de preocuparte por con quién salgo, lo sabrías.

Mi tono fue definitivamente mordaz. No pretendía sonar tan desagradable ni sustituir la ligereza de la mañana de Nochebuena con nuestra discusión habitual. La culpa se me hundió en el corazón al ver cómo los labios de mi madre formaban una fina línea. Sabía que había tocado un botón.

—Greg rompió anoche conmigo —anunció Erica.

La sala se llenó de jadeos y, así de fácil, la tensión empezó a disiparse.

Miré a mi prima, quien articuló con sus labios que lo sentía. Aunque ella había iniciado la conversación, no había sido culpa suya el giro que había tomado. Pero le agradecí de todos modos, ya que básicamente se había sacrificado por mí.

Pues, como era de esperar, las mamás oso salieron al ataque.

De todos modos, nunca me gustó.

Puedes conseguir a alguien mucho mejor, mija.

Conozco a un médico muy agradable que podría presentarte.

Incluso mi mamá se unió a la comitiva mientras la pobre Erica se hundía más y más en su asiento con cada consejo bienintencionado. Me recordé que la apartaría más tarde para hablar de cómo estaba.

—¿Y tú, Gracie? ¿Algún novio a la vista? —preguntó tía Marta cuando las críticas a Greg llegaron a su fin.

—Marta, Gracie está muy ocupada con su trabajo. Ahora mismo no tiene mucho tiempo para tener citas —contestó mi mamá en su lugar.

—Pues, nunca se sabe. Podría conocer a algún buen hombre en su trabajo.

Erica se estremeció.

—Sí, claro. He conocido a todos los profesores varones en St. Christopher's. O son curas de más de sesenta y cinco años o están casados. Muy asqueroso.

—Bueno, ella no tiene que salir con otro profesor. Estoy segura de que entre sus estudiantes de primer grado habrá quienes tengan papás solteros guapos con los que ella podría…

—¡Marta!

El regaño de mi abuela hizo callar a mi tía y todos intentamos reprimir nuestras risitas. Entonces, me fijé en la cara roja de Gracie y mi contentura se desvaneció rápidamente. Estoy segura de que odiaba que su inexistente vida amorosa fuera tema de conversación cuando nos reuníamos todos. Yo había intentado mejorar su situación arrastrándola conmigo a citas dobles o a fiestas donde sabía que habría muchos hombres solteros. Una vez, incluso le hice un perfil en un sitio web de citas. Se enfadó y me dijo que era perfectamente capaz de conseguir citas por sí misma, pero que no había encontrado a nadie con quien valiera la pena salir.

Mi mamá ya me había dicho más de una vez que dejara de insistir e incluso comentó que quizá debería seguir el ejemplo de Gracie y ser más "selectiva" a la hora de salir con alguien. Y ese fue el día en que dejé de hablar con mi mamá o con cualquiera de las tías sobre mi vida amorosa.

Entonces pensé en Nathan y en lo único que no había dicho a mis primas. En cuanto vi su mensaje aquella mañana, mi estómago hizo una acrobacia. Lo había visto el mes pasado durante dos noches gloriosas y, por lo general, podían pasar al menos dos meses más antes de necesitar otra dosis. Pero esta vez sus mensajes me habían hecho sentir… risueña. ¿Qué demonios me estaba pasando?

Aquellas palabras de Gracie volvieron: ¿Nunca quieres más de tres días aquí o un fin de semana allá?

No había mentido. Sinceramente nunca quise más porque más significaba esperanza. Más significaba riesgo. Y no podía permitir que esas emociones volvieran a emerger.

Rápidamente, asocié mi reacción a su mensaje con lujuria básica. Era fantástico en la cama y mi cuerpo lo recordaba. Eso era todo. Necesitaba olvidarme de Nathan por hoy. Dios me libre de soltar su nombre sin querer delante de mi madre o de mis tías. No deseaba ser el blanco de otra inquisición a mano de las mujeres García.

Quería a mi familia, pero la amaba aún más en pequeñas dosis. Al menos vivía lo suficientemente lejos como para poder utilizar el trabajo o el tráfico como excusa para no volver a casa cada fin de semana si realmente necesitaba un descanso de ellos.

Y entonces me cayó el veinte.

¿Acaso eso me hacía igual que Mari?

Perturbada por el pensamiento, me levanté para estirarme. El ritmo de la cocina estaba disminuyendo, lo que significaba que podía tomarme un breve descanso. Acerqué mi silla a las de Erica y Gracie en la otra mesa y revisé mi teléfono.

—¿Saben qué es lo que más me molesta de que Mari no venga a la cena de Navidad? —preguntó Erica al cabo de unos minutos.

Daba miedo ver cómo a veces sabía exactamente lo que yo pensaba.

—¿Qué? —pregunté y bajé el teléfono, preparándome para otra perorata de Erica.

—No buñuelos —dijo derrotada.

Yo sonreí.

Las tortillas fritas caseras de Mari, espolvoreadas con azúcar y canela, eran el gusto culposo de Erica. Nunca podía comerse solo una. Arrugué mi nariz.

—Eh, nunca me gustaron. Demasiada azúcar. ¿Y cómo se llaman esas semillitas? Tienen un sabor amargo, como a regaliz negro.

—Creo que se trata de anís —explicó Gracie del otro lado de la mesa.

—Bueno, sea lo que sea, son asquerosas. ¿Saben lo que deberíamos tener de postre esta noche? *Crème brûlée.*

Erica sonrió mientras tomaba otra hoja de maíz cubierta de masa.

—¿Y dónde vas a conseguir *crème brûlée* exactamente en Nochebuena? Porque tengo la certeza de que no vas a estar tamizando y mezclando más tarde. Dios, ¿siquiera sabes encender un horno?

Ahora Gracie también se reía, y yo las miré a las dos con muy mala cara, ya que no podía echarles la bronca con mi mamá y mi abuela en la misma habitación. Era cierto que no cocinaba ni horneaba, ni siquiera utilizaba mucho la cocina. Pero lo que me faltaba en habilidades culinarias lo compensaba con otras prácticas útiles. Pericias que enviarían a mi hermana directo a la iglesia a rezar por mi alma pervertida.

De hecho, estaba a punto de decirles que resultaba ser muy amiga de un panadero sexy que me debía un favor especial cuando Erica levantó una hoja de maíz y gritó.

—¿Quién está extendiendo la masa por el lado equivocado de las hojas otra vez?

—¡Espy! —gritó todo el mundo.

Las risas llenaron la sala y por fin pude retomar el conteo. Afortunadamente, no hubo más conversaciones tensas durante el resto de la mañana. Los temas iban desde remedios para la menopausia hasta historias de terror sobre el parto, pasando por quién tenía que hacer todavía algunas compras de Navidad. Lo habitual cuando se reúne un grupo de mujeres adultas.

Y aunque nadie volvió a decir su nombre, supe que no era la única que intentaba olvidar el hecho de que faltaba una de nosotras en la mesa.

Capítulo 4
MARI

—Feliz Navidad, cariño —dijo Esteban mientras se inclinaba para besarme en los labios.

Con una extraña sonrisa en la cara, me mostró una cajita blanca con un delicado lazo verde. Aunque ya eran más de las nueve de la mañana, seguíamos en la cama. Me sentía vaga, y si hubiera sido por mí pasaría todo el día de Navidad aquí enterrada bajo mis cálidas sábanas y mi edredón de plumas.

Pero nunca me tocaba tomar esa decisión.

Me senté, tomé la cajita que me ofrecía Esteban y levanté la tapa con cuidado. Era un exquisito colgante de corazón con diamantes en una cadena de oro amarillo.

—Precioso —dije—. Hará juego con mis aretes.

Él asintió con la cabeza.

—Exactamente. Por eso te lo compré —dijo. Sacó el collar de la caja y permanecí sentada, ahora dándole la espalda. Me levanté el pelo para que pudiera ponérmelo—. Eres tan hermosa, Marisol, y te mereces cosas hermosas —me susurró al oído mientras su mano se deslizaba bajo mi camisa de seda—.

Hagamos un bebé —volvió a susurrar mientras me besaba el cuello.

—Esteban, ya acordamos que esperaríamos hasta el año que viene.

Dejó de besarme y se movió para mirarme a los ojos.

—Solo faltan siete días para el año que viene. Podemos empezar un poco antes.

—No funciona así. Necesito dejar los anticonceptivos al menos un mes. Mi cita con el médico es dentro de unas semanas. Entonces sabré con seguridad cuándo podemos comenzar a intentarlo.

Eso pareció satisfacerlo porque volvió a acariciarme el cuello.

Una gota de culpabilidad me caló por la mentira que acababa de decirle. No había ninguna cita con el médico. Entre mis compromisos benéficos y la ronda de fiestas navideñas que había organizado o a las que había asistido, simplemente no había tenido tiempo de programar una. No es que importara. Esteban iba a empezar un nuevo juicio la primera semana de enero. Sería un milagro si cenaba con él entre semana. Me dije que con el tiempo lo olvidaría. Como todas las otras veces.

Sinceramente, no estaba preparada. Solo tenía veintiocho años. ¿No podía disfrutar al menos dos años más de una vida sin hijos?

Esteban se puso encima de mí y me movió el calzón. Mis pensamientos volvieron a los aretes que me había regalado la Navidad pasada. Me los había puesto aquel día, como él me había pedido, pero aquella noche los había vuelto a meter en su cajita blanca y..., oh, sí. Los había guardado en el fondo de la gaveta en la que guardo la lencería. Satisfecha con el hecho de recordar dónde estaban después de todo, cerré los ojos e intenté pasarlo bien.

Dios, eso sonó tan mal.

Por supuesto que iba a pasarla bien con mi maravilloso marido dentro de mí. Sobre todo, porque habían pasado días desde la última vez que habíamos hecho el amor.

Técnicamente se trató de un rapidito en la ducha. Y, técnicamente, nunca lo terminamos porque a él se le acalambró una pierna y tuve que agacharme para masajearla con agua muy caliente.

—Sí. Ah, ah. Me voy a...

Espera, espera, espérame, grité en silencio.

Pero ya era demasiado tarde. Con un último empujón suyo, supe que yo no iba a tener un orgasmo por Navidad.

Luego, mientras Esteban se duchaba, me senté en el borde de mi cama King y levanté el dedo índice derecho con pereza para rozar el collar. En verdad era precioso. Pero no era exactamente lo que yo quería. En cuanto vi la cajita, supe que era imposible que tuviera el último iPad dentro. No era como si no le hubiera dado suficientes pistas. Esteban me daba lo que él, Esteban, quería darme. Y eso siempre significaba joyas.

Debería estar agradecida, supongo. Cuando era pequeña, ¿cuántas veces había deseado un hombre que me colmara de regalos y diamantes? Sobre todo, cuando se cortaba la luz en nuestro pequeño apartamento porque papá no había enviado el pago de ese mes. Por aquel entonces, mientras intentaba hacer las tareas de la escuela con una linterna, decidí que me casaría con un hombre rico, no con alguien como mi padre, que prefería gastarse el dinero en cerveza antes que en su familia. Cuando conocí a Esteban, pensé que mi deseo se había hecho realidad. Era diez años mayor, pero tan guapo como las estrellas de cine a las que defendía en los tribunales, tenía un éxito ridículo, era rico y me adoraba.

Con todo, tomé nota mental de pedirme el iPad yo misma más tarde. La culpa era mía por esperar a que Esteban me regalase algo que yo realmente quería.

Volví a tocar el collar. Realmente era un regalo precioso y bien pensado.

Deja la bobería y empieza a ser feliz. Es Navidad.

—¡Esteban! Se te está enfriando el desayuno. Por favor, baja, mijo —gritó mi suegra desde la cocina de abajo. Blanca Delgado solo medía metro y medio, pero tenía una voz que podía hacer saltar las alarmas de los autos, sobre todo cuando le decía a su hijo lo que tenía que hacer—. ¡Esteban! —volvió a gritar—. Es Navidad y tienes que pasarla con tu familia. Baja ahora mismo.

—¡Está en la ducha! —grité y me desplomé sobre la cama.

Su familia.

Recuerdos cálidos y familiares de cuando ayudaba a Welita a preparar todo para los tamales el día antes de Nochebuena se proyectaban como una película en mi cabeza. Veía cómo la niña que solía ser desenvolvía con ilusión sus regalos frente al árbol iluminado en la sala de la abuela, y luego se atiborraba de bastones de caramelo y bombones de la marca See's. Pero la magia de la Navidad se desvaneció cuando era adolescente, como suele ocurrirle a la mayoría, aunque yo tenía otras razones para no sentirme tan impresionada como antes en estas fechas. Y aunque como esposa me había esforzado cada año por recrear ese sentimiento de asombro y alegría en mi propio hogar, mis esfuerzos siempre se veían ensombrecidos una vez que llegaba Blanca. Ya fuera ofendiéndose personalmente por la altura del árbol en el vestíbulo o sustituyendo en secreto los animales del nacimiento, mi suegra siempre me hacía saber que ella podía hacer todo mejor para Esteban porque era su familia.

¿Cuándo admitiría por fin esa mujer que yo también era la familia de Esteban?

Pasó una hora cuando me decidí y bajé las escaleras. Me había tomado mi tiempo para alisarme el pelo, maquillarme y vestirme con un jersey de cuello alto color crema, unos *leggings* negros y unas botas de montar de cuero color caramelo. Esteban y su madre ya habían comido sin mí, por supuesto. Así que me preparé una taza de café, me senté a desayunar en la mesa de la cocina y mordisqueé uno de los buñuelos que había horneado el día anterior.

—Creo que son los mejores que has hecho.

Una sonrisa se dibujó en mis labios incluso antes de encontrarme frente a los suaves ojos marrones relacionados con aquella voz grave y familiar.

Chris Ramos, el amigo más antiguo de mi marido y socio de la empresa, estaba de pie en la entrada que daba a nuestro comedor.

—Supongo que eso significa que ya te has servido un poco, como siempre. Es una sorpresa que me hayas dejado algo.

Se rio y luego se encogió de hombros.

—¿Qué te puedo decir? Esteban me ofreció una taza de café al llegar y ahí estaban, en el mostrador. Sabes que no se me da bien decir que no a la tentación.

Incluso a unos metros de distancia pude ver cierta vacilación en su sonrisa durante unos brevísimos segundos. Se me retorció el estómago. Y aunque no sabía muy bien por qué, también me sentí culpable.

—Me alegro de que te gusten; los buñuelos, quiero decir. Y come todos los que quieras. Llévate algunos a casa también. Creo que este año he hecho demasiados.

—¡Basta! Nunca hay "demasiados" buñuelos. Sobre todo, si se trata de los tuyos. —Chris se apoyó en la puerta y cruzó los brazos sobre el pecho. Su habitual traje de tres piezas había sido sustituido por una camisa de cuello rojo intenso, un jersey negro y unos vaqueros oscuros. Unos vaqueros tan perfectamente ajustados que era difícil no notar… Tan difícil.

Torcer. Anudar. Voltear.

—Bueno, será mejor que vayamos a reunirnos con los demás antes de que empiecen a abrir los regalos sin nosotros —dije, y me puse en pie.

Desde que Chris se divorció hace tres años, nos acompañaba la mañana de Navidad para el almuerzo y los regalos. A decir verdad, me alegraba más de lo normal tenerlo este año. Era un buen amortiguador entre Blanca y yo. Y necesitaba desesperadamente algo así después de lo de anoche. Habíamos organizado una cena de Nochebuena para unos cuarenta compañeros del trabajo de Esteban, clientes y sus cónyuges. Letty, nuestra cocinera y ama de llaves, y yo habíamos preparado toda la comida. Blanca, que había llegado de Sacramento hacía dos días, no movió un dedo para ayudar en todo el tiempo.

Ni siquiera sé por qué esperaba que lo hiciera. Estaba acostumbrada a que la atendieran en todo momento. Solo cocinaba para su preciado Esteban.

Pero ella también adoraba a Chris. Y aunque solo lo veía en Navidad, lo consideraba como un segundo hijo. Lo que significaba que estaba demasiado ocupada adulando a sus dos hombres favoritos como para preocuparse de lo que yo hacía o, mejor dicho, de lo que estuviera haciendo mal.

Como si me hubiera leído el pensamiento, Chris me detuvo justo antes de que pasara junto a él.

—No te preocupes —susurró mientras me apretaba la mano—. No voy a dejar que ella te arruine la Navidad.

Unas lágrimas inesperadas quisieron inundar mis ojos. Las controlé riendo, avergonzada por lo mucho que significaban sus palabras para mí y por lo decepcionada que estaba de que Esteban no me hubiera dicho eso mismo esta mañana.

—Oh, Chris —le susurré—. Tenemos que encontrarte una esposa. Eres un hombre demasiado bueno para estar solo.

Sonrió con suavidad, luego extendió la mano y me pasó un mechón de pelo por detrás de la oreja.

—Pero no estoy solo. Estoy aquí contigo… y Esteban —hizo una pausa, respiró hondo y dijo—: Feliz Navidad, Marisol.

Y antes de que pudiera detenerlo o incluso decidir si debía detenerlo, Chris se inclinó y me rozó la comisura de los labios con un ligero beso. Mi corazón latió desbocado cuando me encontré con sus ojos decididos. Parecía buscar una respuesta en los míos, pero no me atreví a delatar lo que se agitaba en mis entrañas.

Chris era mi amigo. Era el mejor amigo de mi marido. ¿Con qué derecho despertaba ese tipo de sentimientos en mí?

¿Y qué si de vez en cuando me permitía preguntarme qué habría pasado si lo hubiera conocido primero en la cena de la empresa, hace cinco años? ¿Qué había de malo en desear a veces que Esteban fuera más considerado y atento, como Chris?

Eran solo pensamientos. Inocentes "qué pasaría si…". Nunca esperé que surgiera algo de ellos. Quizá nada había surgido.

Entonces me acordé. Levanté la vista y sentí un alivio al ver el ramillete de hojas verdes y bayas rojas que aún colgaba de la puerta. Golpeé a Chris en el pecho.

—Sabes, en realidad no es una regla que tengas que besar a alguien bajo el muérdago.

Si había esperado que se riera tímidamente o se pusiera rojo de vergüenza, me había equivocado. En cambio, se encogió de hombros y dijo con naturalidad:

—¿Cuál muérdago?

Se alejó entonces, dejándome demasiado conmocionada como para moverme. Y aunque sabía que estaba a cien kilómetros de distancia, pude oír la voz de Welita diciéndome en español, una vez más: "Ten cuidado con lo que deseas".

Capítulo 5
GRACIE

Querido Dios, gracias por todas tus bendiciones en este hermoso día de Navidad. Gracias por darnos la oportunidad de pasar esta mañana juntos en casa para poder abrir nuestros regalos unos frente a otros y luego venir aquí, a la misa, como una familia de nuevo. Por favor, perdóname por cualquier ofensa, incluyendo desear que el exnovio de Erica se rompa una pierna o le dé un virus estomacal. También siento haber querido devolver la chaqueta que compré para regalar a mi hermana pequeña Rachel, después de que me dijera que mi pelo no lucía desastroso como siempre. Ahora me doy cuenta de que solo intentaba ser amable… a su malcriada manera. Y, por favor, continúa manteniendo…

Un codazo en mi costado interrumpió mi oración posterior a la comunión. Miré a Selena, arrodillada a mi izquierda. Intentaba no reírse mientras señalaba disimuladamente al niño del banco en frente. Parecía tener unos dos años y llevaba un suéter con un reno y un gorro rojo tejido, muy bonitos. Además, no paraba de subir y bajar la falda de su madre, mostrándole a Selena la ropa interior floreada que llevaba puesta.

Yo también quería reírme, pero entonces recordé que no había terminado de rezar.

Por favor, continúa manteniendo a nuestra familia sana y salva. Amén.

Ah, feliz cumpleaños, Jesús.

—Pobre mujer. Probablemente yo no volvería a asomar mi cara por esta iglesia después de eso —declaró Selena al terminar la misa.

—Se llama señora Hardwick. Tiene cuatro hijos que van a la escuela aquí, así que estoy bastante segura de que volverá —expliqué mientras esperábamos a nuestros padres cerca de la entrada de la iglesia. Se habían alejado para saludar a unos amigos y entregar un recipiente de tamales al padre Emilio.

Mientras Selena y Rachel se ocupaban con sus teléfonos, saludé caras conocidas. La mayoría eran padres y alumnos de mi clase de primer curso aquí en St. Christopher's. Otros eran profesores y gente del personal de la escuela que no había visto desde que empezaron las vacaciones de Navidad, hacía cuatro días. Sin duda, era una comunidad escolar y eclesiástica muy unida, de la que había formado parte desde que era pequeña.

La gente me preguntaba a menudo si me sentía extraña enseñando en la misma aula en la que una vez yo también había sido alumna. En todo caso, me sentía más cómoda allí que en cualquier otro sitio. Mi maestra de entonces había sido la hermana Sheila. Era irlandesa y tenía la piel más bonita que haya visto y los ojos verdes más amables. Por aquel entonces, la mayoría de las monjas y sacerdotes de St. Christopher's venían de Irlanda, lo que me hizo creer a los siete años que ese país debía de ser un lugar muy sagrado. Tanto, que una vez le pregunté a la hermana Sheila si yo podría ser monja siendo mexicana. Eso hizo que sus ojos verdes brillaran.

—Claro que puedes, hija mía. A Dios no le importa de qué país seas o si tu piel es blanca, morena, negra o verde. Él llama a la gente a servir basándose solo en lo que hay dentro de su corazón.

Fue entonces cuando decidí que quería ser monja y maestra. Años después me enteré de que la hermana Sheila había dejado el convento, se había mudado a Idaho y se había casado con un dentista. No creo que haya sido eso lo que me hizo cambiar de opinión como tal, sin embargo, para cuando empecé la universidad, la llamada que creía haber recibido de ser monja había desaparecido. Pero seguía queriendo enseñar.

—¡Gracie! ¡Gracie!

Instintivamente, respiré hondo y me volví hacia la voz.

—Hola, hermana Catherine. Feliz Navidad.

La hermana Catherine era la directora de St. Christopher's. Por si su metro setenta y cinco de estatura no fuera lo bastante intimidante, su tono alto y severo podía hacer temblar incluso a los profesores más experimentados.

Asintió con la cabeza antes de responder.

—Feliz Navidad para ti también, Gracie. Quería que supieras que hace unos días pudimos contratar a un profesor sustituto para Educación Física.

—Eso es maravilloso —dije con una sonrisa cuidadosa.

—Sí, así es. También va a entrenar a nuestros equipos de baloncesto. Lo que me lleva a la razón por la que he venido a hablarte. Vas a tener que utilizar tu aula también para las sesiones extraescolares de ayuda con las tareas. La pequeña aula multiusos junto a las canchas de baloncesto se va a convertir en la oficina del nuevo entrenador.

Mi corazón se estremeció.

—Pero, pero, los niños más grandes no caben en los pupitres de los de primer grado. Por eso nos mudamos a esa aula.

—Lo sé, querida. Pero eso ya no es una opción, como acabo de explicarte. Tendrás que buscar unas sillas plegables del auditorio. Ahora, si me disculpas, debo ir a hablar con los Dennison.

—Genial —murmuré en voz baja mientras la hermana se alejaba.

Selena se puso a mi lado.

—Si ella hubiera sido la directora en mi tiempo, probablemente me habrían expulsado en cuarto grado.

—A ti y a mí. Bueno, de acuerdo, quizá solo a ti. No puedo creer que me obligue a mudarme de esa aula. ¿Sabes que ni siquiera sería un espacio funcional si no me hubiera pasado el verano limpiándolo, pintando las paredes y pidiendo dinero a la Asociación de Padres para comprar estanterías y mesas? No es justo.

Odiaba estar lloriqueando como una niña pequeña. También odiaba no haberme defendido a mí misma ni a mis alumnos.

Selena negó con la cabeza.

—En serio, Gracie, si tuviera que trabajar con esa mujer, me buscaría una nueva carrera. No sé cómo… o por qué lo haces.

Me encogí de hombros e intenté calmarme, sobre todo porque no quería montar una escena. Había demasiados padres del colegio todavía pululando por allí. La patrulla de chismes no tendría un día de trabajo a costa mía. Pero Selena no había terminado.

—¿Por qué no te buscas otro trabajo? Uno que te pague lo que te mereces. Así por fin podrás mudarte y tener tu propia casa.

—Te juro que en cuanto pueda permitírmelo me voy a mudar como tú, Selena.

—Yo también me voy a comprar un apartamento, como tú —intervino de repente Rachel, de la nada.

Rachel adoraba a Selena. Compartían el mismo gusto por la música, la ropa y, al parecer, por ser propietarias. ¿Yo? Bueno, yo no compartía consejos de maquillaje, para ser sincera.

—Sabes, Rachel, antes de poder comprar ese apartamento, tendrás que graduarte de la universidad y conseguir un buen trabajo. Y primero tienes que terminar la prepa —le dije. Puso los ojos en blanco, como hacía siempre que le hablaba de sus estudios. No era la mejor estudiante y sus notas empezaban a reflejarlo.

—Sí, lo sé. Me lo has dicho como un millón de veces. Voy a esperar junto al auto —dijo Rachel.

Debo de haber puesto cara porque Selena me rodeó con el brazo.

—No te lo tomes personal. Tiene catorce años. ¿Recuerdas cómo éramos a esa edad? Los adultos eran el enemigo. —Se rio.

—A ti no te trata como al enemigo.

—Eso es porque yo le compro cosas y tú la regañas como mamá —explicó Selena.

Estuve a punto de discutir sobre su comparación, pero luego lo dejé pasar. Rachel era la menor de mis preocupaciones. Sin embargo, abandonar el aula multifuncional no era algo que me apeteciera hacer en cuanto volviera de las vacaciones de invierno.

¿Por qué no podía el nuevo profesor de Educación Física instalar su oficina en otro sitio? Estaba segura de que había un almacén vacío en el auditorio que podía convertirse en una oficina perfectamente. ¿Por qué parecía que siempre era yo la que tenía que ceder o renunciar a algo?

Un sentimiento de culpa serpenteó alrededor de mi corazón.

Suspiré y cerré los ojos.

Querido Dios, sé que estoy siendo egoísta. Por favor, concédeme la paciencia necesaria para afrontar este cambio. Y te juro que me esforzaré al máximo para acoger a este nuevo profesor con los brazos abiertos.

Cueste lo que cueste.

Amén.

Capítulo 6
ERICA

Entré al estacionamiento debajo del edificio de cinco plantas que albergaba las oficinas del *Inland Valley News-Press*. Dios, cómo deseaba poder dar media vuelta y conducir nuevamente los casi trece kilómetros que me separaban de mi apartamento, pero había una reunión de personal obligatoria en menos de diez minutos. Era la única razón por la que no había llamado para decir que estaba enferma.

El año nuevo llevaba apenas dos días y yo ya era un puto desastre.

Culpé a la chaqueta.

Había aparecido en mi puerta justo cuando salía con Selena para ir a una fiesta de Nochevieja en un club nocturno. Maldije a Amazon cuando me envió un correo electrónico tres días antes de Navidad explicándome que el regalo de Greg se retrasaría después de todo. Y volví a maldecir a Amazon por devolvérmela finalmente. No estaba preparada emocionalmente para abrir la caja y ver la chaqueta de cuero negra que le había comprado cuando aún pensaba que mi novio me quería.

Así que, en lugar de ir al club con Selena, había acabado en el apartamento de Greg con la estúpida chaqueta y su güisqui favorito. Y luego habíamos acabado en su cama. Por supuesto, el pinche imbécil se había comportado igual de pinche imbécil en cuanto se acabó el sexo.

Había pasado el primer día del año nuevo abatida y disgustada conmigo misma. Ni siquiera le pude confesar a mis primas lo que había pasado hasta hoy.

—Ok, chicas, estoy a punto de estacionarme —dije—. Gracias por dejarme desahogar, otra vez.

—Cuando quieras, cariño —cantó Selena a través del altavoz de mi teléfono—. Y, por favor, deja de castigarte. Tener sexo con tu ex forma parte del proceso de ruptura. Todos lo hemos hecho. Bueno, excepto ya sabes quién.

—Lo que tú digas, Selena —dijo Gracie, molesta como siempre—. Erica, buena suerte conociendo a tu nuevo jefe.

Exhalé un gran suspiro.

—La necesitaré. ¿Ya he dicho que es ganador del Premio Pulitzer y un autor superventas del *New York Times*?

—Sí —bramó Selena—. Muchas, muchas, muchas veces.

Hice una mueca. Antes de la ruptura, Adrian Mendes había sido el tema habitual de mis desahogos y maldiciones. Hacía dos semanas que nuestro personal se había enterado de que él iba a ser el nuevo redactor en jefe del periódico. Tom, nuestro editor, no podía contener su alegría cuando nos dijo que nuestro nuevo jefe, Adrian Mendes, era *el* Adrian Mendes periodista del *Washington Journal* cuyos artículos habían destapado un gran escándalo de soborno en el que estaban implicados dos senadores y una organización de recaudación de fondos muy respetada. Aunque no tenía ni idea de quién era, en aquel momento fingí estar tan impresionada como los demás. Al parecer, el tal Mendes había dejado el periódico tras conseguir un gran contrato literario. Su primera novela, sobre un escándalo político y un asesinato, había encabezado todo tipo de listas de *bestsellers*. Cinco años atrás era el escritor de novelas de suspenso de moda.

Y ahora se incorporaba a la plantilla del *News-Press*.

Nada de eso tenía sentido. Así que, por supuesto, me asustó. En realidad, estaba asustando a todo el mundo en la sala de prensa. ¿Qué hacía un tipo como Adrian Mendes en Inland Valley, un suburbio a cuarenta kilómetros al este de Los Ángeles? No éramos una ciudad pequeña, pero tampoco exactamente un bullicioso centro de intrigas políticas. Quiero decir, la última noticia nacional que salió de la ciudad fue cuando un avión que transportaba a un congresista hawaiano tuvo que hacer un aterrizaje de emergencia en el aeropuerto local después de que uno de sus ayudantes sufriera un infarto en pleno vuelo (¡el ayudante sobrevivió!).

Brian, nuestro gurú en la comprobación de hechos, no perdió el tiempo e intentó buscar en Google toda la información que pudo sobre nuestro nuevo jefe. Y salvo algunas entrevistas en revistas y enlaces a sus antiguos artículos, no se podía encontrar gran cosa sobre él. Apenas tenía presencia en las redes sociales y su sitio web estaba muy desactualizado. En cuanto a fotos, Brian solo pudo encontrar una que parecía ser su foto de autor. Sin embargo, no era un primer plano y ni siquiera se podían distinguir sus rasgos, salvo el semicírculo de su cara bien afeitada.

Básicamente, el hombre era un misterio.

Así que las teorías conspirativas sobre por qué se unía a la plantilla iban desde que era un espía de la empresa matriz del periódico, enviado para evaluar las operaciones antes de un despido masivo, hasta que era un agente del mayor competidor del periódico, enviado para evaluar las operaciones previas a una adquisición importante.

Cualquiera que fuera la razón por la que estaba aquí, esperaba que no hiciera mi trabajo más difícil. Especialmente ahora que mi vida personal era una absoluta basura. No, peor aún, porque se trata de la basura que olvidas sacar a la acera el día que la recogen y ahora tienes que esperar otra semana para que se la lleven.

—Todo saldrá bien, Erica —dijo Gracie—. Ya verás.

Las últimas palabras que Gracie me dirigió aún flotaban en el aire cuando entré en la cafetería situada en el vestíbulo del edificio. Quizá se refería a mi trabajo. Tal vez no. En cualquier caso, no podía deshacerme de la persistente sensación de que las cosas no iban a salir nada bien.

Miré la hora en el móvil. Tenía exactamente siete minutos para comprarme un café con leche y una barrita de frambuesa, mis aliviadores del estrés. Solo había un tipo delante de mí en la cola. No había razón para no llegar a tiempo a la reunión.

—Tomaré un cortado —oí que le decía el tipo de cabello oscuro a la chica del mostrador.

—¿Qué es eso? —preguntó ella.

—Es como un capuchino, pero mejor.

—Oh. Entonces no, no tenemos eso.

—Vale. ¿Qué tal un *chaider*?

Incluso yo estando detrás de él podía ver la expresión en blanco de la chica.

—Es una combinación de sidra de manzana caliente y té chai —respondió sin que ella le hubiera preguntado, con un deje de desprecio.

La chica sacudió la cabeza.

Él suspiró y señaló el menú.

—Bien. Solo dame un café. Supongo que eso sí tienes, ¿no? Y también tomaré una de esas barritas de frambuesa.

La chica sonrió, pero dudé mucho de que fuera algo sincero de su parte.

—Sí, tenemos café normal. Y estás de suerte, pues solo nos queda una barrita.

—¡No!

Ay, carajo. ¿De verdad acababa de decir eso en voz alta?

El hombre se giró para mirarme y la vergüenza inflamó mis mejillas.

Unas cejas arqueadas se cernían sobre los espejuelos de montura oscura. Los ojos marrones que se escondían tras los vidrios se entrecerraron con confusión.

—¿Disculpe? —preguntó con un desdén que goteaba de cada sílaba que parecía haber sido arrancada de lo que imaginé que era una boca fruncida oculta bajo su barba oscura y rebelde.

Tal vez, cualquier otro día pensaría que este tipo era guapo, en el buen sentido de la palabra. Pero en cuanto abrió la boca con ese tono, sus apuestos rasgos se contorsionaron en otra habitual cara de pendejo. Y la vergüenza que sentí tras mi arrebato se convirtió rápidamente en fastidio.

Odiaba que Greg usara ese mismo tono conmigo cuando pensaba que yo estaba siendo irrazonable o tonta. Volvió a utilizarlo la noche que rompimos cuando le pregunté si había otra mujer.

"No seas ridícula, Erica", se burló, como si la razón de nuestra ruptura pudiera ser tan trivial. Luego procedió a explicarme que en realidad no había un motivo en particular por el que había llegado a la conclusión de que las cosas no funcionaban. Pero todo se reducía al hecho de que no se veía a sí mismo casándose conmigo, por lo que era mejor terminar las cosas ahora antes de perder más tiempo el uno con el otro. Así que recogió sus cosas, me deseó que tuviera una buena vida y salió por la puerta sin importarle lo más mínimo el haberme robado la confianza y el corazón.

No iba a dejar que otro tipo me robara nada más, aunque se tratara solo de un dulce que probablemente no debería estar comiendo.

Las cejas del hombre antipático se arquearon aún más cuando me le acerqué.

—Mire, todavía hay muchas danesas de queso en la caja. ¿Qué tal un buen panqué integral?

No me importaba parecer o sonar como una loca. Esto ya era una cuestión de principios.

—¿De verdad estás hablando en serio? —preguntó.

Otra vez ese tono. Mi medidor de enojo estaba por las nubes. Había estado alcanzando la zona roja desde la ruptura y, sinceramente ya estaba cansada de intentar mantener la compostura. Incluso cuando Greg me estaba destrozando el corazón, me había obligado a ser racional para que pudiéramos continuar nuestra conversación hasta que yo lograra entender qué diablos estaba pasando. Porque si me hubiera puesto a llorar y a gritar, él se habría cerrado. "Yo no hablo histérico", me había dicho una vez.

Bueno, a la mierda todo eso ahora. Estaba a punto de ser fluida en histeria.

—De verdad… —dije, acercándome al desconocido e intentando sonar tan sarcástica como él—. Te lo diré sencillamente, ya que no tengo tiempo de explicarlo otra vez. Quiero esa última barrita de frambuesa. No, mejor, *merezco* esa última barrita de frambuesa. Así que elige otra cosa y sigue con tu día.

Algo se asomó en su cara, como que quería decirme algo. Pero, en lugar de hacerlo, sacudió la cabeza y le dijo a la chica (quien, por cierto, me chocaba los cinco en secreto con la mirada) que solo llevaría el café.

Dos minutos después mordí la barrita y casi lloro. Era la más satisfactoria y dulce que había comido nunca. Saboreé hasta la última migaja. Con el subidón de azúcar y confianza que me dio fui hasta la sala de conferencias del *News-Press*. Mi enfado había desaparecido. También la ansiedad. Me sentía muy bien.

Así fue hasta que, a los pocos minutos de empezar la reunión de personal, Tom pidió a mi nuevo jefe, Adrian Mendes, que se pusiera de pie para dirigir unas palabras a todos, y quien se levantó fue el malvado desconocido que intentó robarme la última barrita de frambuesa.

Ay, Dios mío.

Por supuesto que tenía que ser *él*. Este año nuevo estaba empezando realmente como una mierda. Primero, hago el ridículo acostándome con Greg. Luego, hago un ridículo aún mayor delante de mi nuevo jefe. Si me hubiera cruzado con este tipo en cualquier otro lugar, habría encontrado el arbusto más cercano y me habría escondido detrás de él. Pero como no hay arbustos en las oficinas del *News-Press*, cuando terminó la reunión me puse mis pantalones de niña grande y me acerqué a Adrian Mendes cuando hablaba con Charlie, nuestro recién ascendido editor en jefe.

—Y esta es Erica García, nuestra reportera de Educación —anunció orgulloso un Charlie inconsciente al hombre que estaba a su lado—. Erica, este es Adrian.

El reconocimiento fue instantáneo. Su educada sonrisa inicial se diluyó y su tez se oscureció un tono más.

Saqué la sonrisa más grande que había esbozado en mi vida.

—Ya nos conocimos —le expliqué a Charlie—. Hum, ¿puedo hablar con Adrian en privado?

Antes de convertirse en editor en jefe, Charlie había sido reportero durante veinte años. Todavía podía oler una buena historia a kilómetros de distancia. Nos miramos y supe que tendría que darle todos los detalles más tarde.

—Por supuesto. Veré las noticias.

Tan pronto como los oídos de Charlie se alejaron, empecé.

—Quiero disculparme por mi actitud de antes. Obviamente, no tenía ni idea de quién eras. Y si sirve de algo, he tenido un par de días de mierda. Pero eso no es excusa. No debería haberla tomado contigo. Lo siento, solo quiero que sepas que no planeo ser nada más que profesional de aquí en adelante.

—De acuerdo —dijo moviendo la cabeza con un gesto estricto antes de salir de la sala de conferencias.

Espera, espera. ¿Así como así?

No, no podía ser de esa forma. Lo alcancé en medio del pasillo, justo afuera de la sala de fotocopias.

—¿Cómo de acuerdo? —pregunté mientras me ponía delante de él.

Volvió a levantar las cejas.

—*De acuerdo* significa *de acuerdo*. No sé qué más esperas que te diga.

—No sé —respondí encogiéndome de hombros—. Supongo que esperaba más.

Adrian se arregló los espejuelos antes de contestar.

—Bueno, no hay más que decir. Entonces, ¿ya? ¿Puedo ir a preparar mi escritorio ahora?

Me quedé callada y me aparté de su camino. Lo vi caminar hacia la sala de redacción y, durante un segundo, me sentí aliviada. Pero entonces mi nuevo jefe se detuvo, se dio la vuelta y me dio algo que me pareció más un guiño que una sonrisa.

—La verdad, hay algo más. Olvidé preguntarte. ¿Cómo estuvo la barrita de frambuesa?

Esta vez no había desdén ni desprecio en su tono. De hecho, no había ninguna emoción. Y justo así mi ansiedad de antes volvió de golpe.

—Hum, estuvo buena. ¿Por qué? —mi voz se escuchó más baja de lo que quería, pero al menos no temblaba.

Asintió con la cabeza.

—Solo quería asegurarme de que hubiera valido la pena. La veo adentro, señorita García.

Me quedé unos minutos intentando comprender qué había querido decir. ¿Era él realmente el tipo de persona que usaría algo así...? ¿Contra mí? Bien, tal vez yo había hecho una escena en la cafetería. Pero ¿qué importaba? Nadie del periódico había estado allí para verla. Y, técnicamente, todo había ocurrido antes de las nueve de la mañana, antes de que él fuera mi jefe oficial. Además, yo era una gran reportera y Charlie y Tom me querían. Si me echaba la bronca, iría directamente a ellos, segura de que me apoyarían.

¿Y qué si tenía un Pulitzer o un contrato editorial? Conocía esta ciudad y este periódico como la palma de mi mano y nadie, mucho menos un condescendiente trasplantado de Washington D. C., iba a cambiar eso.

Así que señorita García..., ¿no?

Yo también sabía poner nombres a la gente. Por ejemplo, Adrian Mendes se había convertido oficialmente en el pinche imbécil número dos.

Capítulo 7
SELENA

—Selena, ¿qué piensas?

Espera, espera. ¿Acaso Alan Umbridge, director de la empresa Umbridge & Umbridge, acababa de pedirme mi opinión sobre algo?

Mierda.

Los nueve empleados del bufete estaban sentados alrededor de la mesa ovalada de la sala principal de conferencias. Yo había estado garabateando flores y mariposas en mi bloc de notas y soñando despierta con la nueva cartera de Marc Jacobs que llevaba una semana mirando en Neiman Marcus. Oír mi nombre me sobresaltó, por decir lo menos.

Me aclaré la garganta y me subí los espejuelos.

—Bueno, creo que sin duda deberíamos incorporar algún tipo de campaña mediante correo electrónico directo a usuarios frecuentes. Incluso algún tipo de idea como tarjetas de puntos y…

—No, no —interrumpió Alan—. Te preguntaba cuántas veces al año crees que una persona podría reservar un billete de autobús de ida y vuelta a México.

—Bueno, no estoy segura. Pero podríamos pedir a la empresa algunos datos de los últimos años.

—Claro que podemos pedir esos datos, Selena. Solo pensé que podrías saberlo sin buscar mucho. Por ejemplo, ¿cuántas veces lo hacen tus familiares?

Ahora entendía por qué me preguntaba Alan Umbridge.

—En realidad, Alan, no tengo ningún familiar que haya reservado un viaje en autobús a México en los últimos años.

—¿En serio? ¿Eso significa que nunca vuelven a visitar su país? —preguntó.

—Este es su país —dije muy despacio y con cuidado.

—Por supuesto. Bueno, pero cuando vuelven a visitar México, ¿cómo llegan? —preguntó.

—¿En avión? —intenté no sonar sarcástica. No lo conseguí.

Alzó las cejas, se encogió de hombros y se puso a hablar con Vera, de Creative, sobre el correo directo.

Después de la reunión volví a mi cubículo deseando, una vez más, tener una oficina para poder cerrar la puerta y descargar toda mi frustración tirando algo sin que nadie me viese. Pero llevaba cinco años en Umbridge & Umbridge y supuse que pasarían otros cinco antes de que consiguiera esa oficina y el respeto que conllevaba.

En lugar de eso, yo era una asistenta de manejo de cuentas que había sido contratada porque la compañía quería atraer a más clientes latinos. Me lo dijeron literalmente así durante la entrevista. De vez en cuando, me llevaban a una reunión si un cliente quería ampliar su publicidad a los medios de comunicación en español. Entonces me preguntaban qué periódicos y programas de televisión leía y veía mi familia.

En una ocasión, incluso me preguntaron qué tipo de comida hacía mi familia en Acción de Gracias, pues una pastelería local quería saber si merecía la pena invertir sus dólares promocionando sus especiales de Acción de Gracias en una emisora de radio en español. Cuando respondí: "Eh…, pavo", en el mismo tono sarcástico que había utilizado hoy, Henry Umbridge (hermano de Alan) preguntó, y lo digo en serio: "¿Tacos de pavo?". Ahí sí que casi le escupo mi café *macchiato.*

Móvil en mano, me dirigí al estacionamiento y llamé a Erica. Pero en lugar de alentar mi indignación, se limitó a reírse a carcajadas cuando le conté lo que le había dicho a Umbridge.

—Eres pésima —le dije.

—A ver, Selena. Piénsalo. Quieren que seas la experta en cada tipo de latino, desde cubanos hasta puertorriqueños y mexicanos, como si toda la latinidad del mundo se limitara a una lengua y una cultura. Sin embargo, no tienen idea de que te estás inventando cosas sobre la marcha —dijo.

Suspiré:

—Porque Seth tenía razón. Soy una *whitina.**

El nombre de mi ex se me había escapado de la boca sin poder evitarlo. Hice una mueca preparándome para la reacción de Erica. Todas habíamos jurado no volver a mencionarlo jamás.

Seth y yo habíamos salido durante casi todo mi último año de la universidad. Estaba locamente enamorada de él y hacía todo lo que él quería que hiciera, incluso si eso significaba dejar una clase porque quería que comiera siempre con él, o dejar de visitar a mis padres y a Gracie los fines de semana porque él quería que saliéramos con sus amigos de la fraternidad. Sinceramente pensaba que nos íbamos a casar. Hasta que conocí a sus padres.

---

* Según el Urban Dictionary, una *whitina* es una mujer latina de piel blanca que no habla español.

Habían venido a la ciudad por su cumpleaños y fuimos todos a cenar a un restaurante muy caro de Beverly Hills. En los primeros treinta minutos supe que eran unos racistas. Más tarde, esa misma noche, no pude contenerme y le pregunté a Seth si estaba conmigo porque sabía que sus padres se enfadarían porque salía con una latina.

Pero la cosa era mucho peor.

—Claro que no —me había dicho riendo—. Además, no eres latina *latina*. Tú eres, no sé, como una latina término medio. Es diferente.

Estaba tan destrozada que me costó todo lo que tenía no llorar delante de él. No solo porque me di cuenta de lo ciega que había estado, sino porque era una persona horrible y yo había deseado con todas mis fuerzas ser como él y sus amigos. Pensé en mi Welita y en cómo nos había contado sobre la vez que una mujer en el supermercado se había reído de su inglés chapurreado. Welita nos dijo que si hubiera llorado, entonces la mujer habría sabido el poder que tenía sobre ella. Siempre nos había dicho que la gente que nos hace daño no merece nuestras lágrimas.

Así que, en vez de llorar, rompí con Seth en ese mismo momento. Y juré que nunca le daría a un hombre el poder de hacerme daño.

—¡No! ¡Obvio que no! —Erica insistió—. Que se joda con sus putos sobrenombres racistas. Lo único que te quise decir es que no es culpa tuya que quisieran que fueras el amuleto latino de la agencia. Eso es culpa de ellos. Tienes todo el derecho a denunciar sus prejuicios porque se lo merecen.

Casi le admito a Erica que no siempre fui tan valiente. No porque no estuviera orgullosa de mi herencia mexicana. Solo que a veces estaba demasiado cansada para defenderla. Incluso en primer grado, aprendí que era mucho más fácil si no hablaba con acento y no llevaba burritos de huevo a la escuela para el almuerzo.

Luego, en la universidad, sufrí una nueva crisis de identidad. Me regañaban constantemente los desconocidos que miraban mi piel morena, pero no entendían por qué mi español era limitado. No les importaba que en casa habláramos inglés, ya que mi padre estaba intentando aprender el idioma. En cambio, me decían en inglés: *Your parents should be ashamed of themselves.*

No podía ganar de ninguna manera.

De niña, me avergonzaba no ser lo bastante blanca. Pero de adulta me avergonzaba no ser lo suficientemente mexicana. De hecho, era tan poco mexicana que hasta un imbécil racista blanco privilegiado se sintió lo bastante cómodo como para salir conmigo.

Ese viejo dolor hizo que se me humedecieran los ojos, algo que no quería. Pero no iba a dejar que nadie en Umbridge & Umbridge viera mis lágrimas. Me aclaré la garganta y cambié el tema.

—Odio mi trabajo —le dije a Erica.

Ella suspiró.

—No, no lo odias, Selena. Solo odias a tu jefe. Igual que yo.

Me estremecí, recordando la historia de Erica sobre su incómodo primer día con su nuevo editor.

—Bien. No odio totalmente este lugar. Pero algo va a tener que cambiar pronto o, de lo contrario, voy a empezar a buscar suerte en otra parte.

Erica tenía razón. La broma les salió mal. No tenían ni idea de que me inventaba cosas sobre la marcha. Mientras me pagaran un buen sueldo, kilometraje y una paga extra por Navidad, podría aguantar sus idioteces un poco más.

O al menos iba a intentarlo.

Capítulo 8
MARI

Acababa de empezar a prepararme un sándwich cuando el estruendo de la puerta del garaje al abrirse me detuvo. Letty y yo nos miramos confundidas.

Por supuesto, tenía que ser Esteban. Pero normalmente no volvía a casa al mediodía. Así que, por si acaso, sujeté el cuchillo de la mantequilla que había estado usando para untar mayonesa en un trozo de pan de masa madre.

—Esteban, estás aquí —dije con cierto alivio cuando apareció, y luego solté lo que habría sido un arma muy inútil.

—Olvidé unos archivos —dijo mientras caminaba hacia su oficina en la casa. Yo lo seguí.

—Deberías haber llamado. Podría habértelos alcanzado para que no tuvieras que hacer el viaje —le dije.

Entró a la oficina y cogió unas carpetas que tenía sobre la mesa. Esteban me dio un beso en la mejilla antes de salir por la puerta.

—No pasa nada. Sé que estás ocupada. ¿No tienes hoy la reunión de la coalición de las personas sin hogar?

—No, eso es el próximo viernes.

—Oh. Bueno, seguro que tienes cosas más importantes que hacer que dejar expedientes en el juzgado.

No. No tengo absolutamente nada importante que hacer porque decidiste que no necesitaba trabajar para poder dedicar mi tiempo a ti, a tu carrera, a tus amigos y a esta casa. Lo mejor de mi semana va a ser preparar ese maldito sándwich de pavo con mi pan de masa madre casero.

—No era ninguna molestia —le dije con una sonrisa—. Sabes que no me importa ayudarte.

Me besó de nuevo.

—Lo sé. Por eso te amo tanto. Por cierto, me adelanté y le dije a Alicia que podía volver a contar contigo para presidir la gala benéfica del bufete este año.

Mi cuerpo se puso rígido.

—Ah, ¿sí? Realmente esperaba pasar a un segundo plano este año.

Esteban ya se iba.

—Todo saldrá bien —dijo por encima del hombro—. Puedes descansar el año que viene.

Eso dijiste el año pasado.

Luego se fue.

Mientras volvía a prepararme el bocadillo, me reprendí a mí misma por no haberme opuesto a lo de la gala benéfica. No es que no quisiera ayudar. Es que ser presidenta significaba ser la anfitriona por excelencia esa noche. Mi único trabajo en el evento sería sonreír, estar guapa y engatusar a todo el mundo para que se gastara un montón de dinero en los artículos de la subasta. Había llegado a odiar ser exhibida así. Por eso, en los dos últimos años le había dicho a Esteban que buscara a otra persona para hacerlo y que yo me encargaría de algo más práctico. Como de costumbre, él había olvidado (o había elegido ignorar) lo que yo quería. ¿Por qué no había hecho que me escuchara esta vez?

Porque siempre le das lo que quiere.

Desde la primera noche que nos conocimos.

Yo trabajaba a medio tiempo para la empresa que organizaba la fiesta de Navidad de su primera empresa en un hotel de Pasadena. Era licenciada en Negocios, pero me acababan de despedir del trabajo y necesitaba el dinero. Además, siempre había querido abrir mi propia empresa de *catering* y supuse que podría conseguir la experiencia y los clientes que necesitaba trabajando para esta. Yo era una de las meseras que caminaban entre los invitados sosteniendo bandejas de plata llenas de camarones envueltos en tocino y wontones de queso crema. Esteban no dejó de llamarme a lo largo de la velada, y para el sexto o séptimo wontón supe que le interesaba.

Coqueteamos un rato y luego él desapareció hacia el final de la fiesta. Decepcionada, me quité el uniforme en el baño del vestíbulo del hotel y pensé que pasaría el resto de la noche del sábado en casa, sola en el sofá. Pero cuando salí, él estaba esperándome. Me puso un sobre en la mano y me dijo: "Aquí tienes algo por tu gran servicio de esta noche". Luego volvió a entrar en el salón.

Dentro del sobre había una tarjeta para entrar a una habitación del hotel y una nota garabateada en un papel del mismo hotel: *Reúnete conmigo arriba, en la habitación 305, para que podamos seguir conociéndonos. Pero si te he malinterpretado, llámame mañana para poder disculparme.*

Obviamente, no había necesidad de llamarlo.

Al cabo de un mes, vivíamos juntos en su apartamento de lujo en Los Ángeles. A los tres meses nos comprometimos.

Dejé mi trabajo y él prometió ayudarme a montar mi negocio cuando nos casáramos. Mirando hacia atrás, me doy cuenta de que empecé a perder la voz durante la organización de la boda. Yo quería una ceremonia pequeña y sencilla en la playa, pero él insistió en una boda católica tradicional, con diez damas de honor y diez padrinos. Discutimos mucho al respecto y una noche le devolví el anillo de compromiso con diamantes y le dije que la boda se cancelaba. Pero en lugar de abandonarlo de verdad, acabé dejándome convencer por él de fugarnos ese fin de semana a Las Vegas.

Al principio, disfruté mi nueva vida. Después, Esteban y Chris crearon su propia empresa. Ahora yo era la mujer de uno de los socios fundadores y tenía que estar a la altura. Eso significaba citas en el *spa* y manicuras por la mañana, seguidas de paseos de compras al mediodía. Cada vez que mencionaba mi idea del *catering*, él me rogaba que lo pospusiera unos meses más. Siempre había una cena con un cliente que tenía que asumir o un proyecto de remodelación de la casa que él de repente quería terminar. Eventualmente, dejé de sacar el tema. En su lugar, para no sentirme tan superficial, llené mi agenda de almuerzos sociales con otras esposas de abogados y me uní a las juntas de la coalición de personas sin hogar y a la fundación del hospital infantil.

Quizá no me habría amargado así si Esteban no trabajara tanto. Y como tenía un nuevo juicio que empezaba esa tarde, las cenas sola estaban en el menú de las próximas dos semanas. Eso también significaba que los únicos golpes que se darían en nuestra casa serían en la cocina, a la masa madre.

El sonido del timbre interrumpió mis pensamientos y volví a centrarme en mi sándwich. El pan me había quedado estupendo. Sería una pena desperdiciarlo. Pero casi me atraganto con el primer bocado cuando Letty entró a la cocina seguida por Chris.

Hoy vestía de traje otra vez, gris oscuro, con camisa azul oscura y corbata estampada. Como todo lo que llevaba, le quedaba como un guante.

Un momento. ¿Cuándo empecé a fijarme en lo que se ponía?

—Espero que no te importe que pase. Vine a devolver esto.

Chris puso un recipiente de plástico vacío en la encimera, a mi lado. Era el que le había enviado a casa con buñuelos. Se inclinó y le ofrecí un cachete para que me diera su habitual beso de saludo. Mis ojos se desviaron hacia Letty, pero estaba ocupada vaciando el lavaplatos. El beso fue rápido e inocente. Sin embargo, mis nervios se pusieron en alerta al recordar el que me había dado la mañana de Navidad.

—Era desechable, Chris. No tenías por qué traerlo.

Recogí el recipiente y lo coloqué en el fregadero. Probablemente lo tiraría después de que se fuera, pero necesitaba una excusa para poner distancia entre nosotros.

—Ah, bueno. Yo hasta lo lavé —dijo haciendo pucheros, y yo no pude evitar devolverle la sonrisa.

—Te acabas de perder a Esteban —le comenté.

—Lo sé. Acabo de hablar con él por teléfono.

Eso significaba que sabía que Esteban no estaba aquí.

—Oh, entonces ¿vas en camino a la corte también?

Al igual que las de Esteban, la mayoría de las audiencias de Chris tenían lugar en el Palacio de Justicia de Pasadena. Sus juicios más importantes se realizaban en el centro de Los Ángeles. Eran abogados penalistas y habían representado a algunos de los personajes más famosos y poderosos de Hollywood. No era raro que incluso formaran equipo en algunos de los casos de mayor repercusión, es decir, los que interesaban a la prensa sensacionalista.

—Esta vez no soy segundo en el caso de Esteban. Y ya he terminado por hoy, en realidad. Solo tenía unas pocas mociones, así que no más tribunal para mí este día. ¿Quién sabe? Puede que ni siquiera vaya a la oficina.

Me encogí de hombros.

—Bueno, tú eres el jefe. Supongo que puedes hacer lo que quieras —le dije, aunque no recordaba la última vez que Esteban se había tomado un día o incluso una tarde libre.

Estaba a punto de decir algo cuando sus ojos se posaron en la barra de pan de masa madre. Después de agacharse para olerlo, me miró.

—Marisol, ¿tú has horneado esto?

Asentí con la cabeza.

—Anoche —dije mientras me acercaba a la encimera para cortarle un pedazo.

—Ella nunca duerme, así que se pone a hornear —agregó Letty.

Era cierto que mi insomnio crónico me había convertido en una panadera bastante buena. Aun así, no me gustaban las miradas de desaprobación que recibía de ambos.

—Duermo lo suficiente —les dije.

Letty puso los ojos en blanco y anunció que subiría a doblar la ropa.

—Oh, Dios mío —dijo con delirio después de un par de bocados—. Está increíble. Es incluso mejor que los panes que suelo conseguir en San Francisco.

—¿En serio?

—De verdad. Marisol, deberías vender esto.

Lo ignoré.

—Oye, ya que estás aquí, ¿quieres echar un vistazo al patio trasero? Por fin pusieron la fuente hace unos días.

Levantó la barbilla y entrecerró los ojos, intentando averiguar por qué estaba cambiando de tema. Pero se limitó a decir:

—Claro, me encantaría verla.

La remodelación del patio trasero fue otro de los proyectos que Esteban me encargó. Una rara tarde de verano, salió de su oficina y anunció que cenaríamos en el patio. Incluso había hecho una barbacoa con filetes de salmón y mazorcas de maíz. Hablamos, reímos y disfrutamos de un par de vasos de sangría con la comida. Recuerdo estar tan contenta. En paz.

Y justo cuando pensaba que nada podía ser mejor, Esteban anunció que deberíamos rehacer el patio trasero.

—¿Recuerdas que cuando compramos la casa mencionaste lo bonito que sería tener una fuente y un jardín con pérgola? Creo que ya es hora de que por fin lo hagamos —me dijo entonces.

Sabía que con *hagamos* se refería solo a mí.

Así que fui yo quien se reunió con los contratistas y eligió las plantas y las piedras. Pero cuando llegó el momento de elegir una fuente, Esteban decidió que sabía cuál era la mejor. Eligió la más cara, una enorme estructura de hermoso mármol negro italiano. "Solo lo mejor para ti, cariño", me dijo Esteban después de vetar mi elección de una sencilla estructura con adoquines. Ahora la fuente estaba en el centro de nuestro extenso jardín, rodeada de flores y plantas.

—Es bonita —dijo Chris después de examinarla desde distintos ángulos.

—No es lo que elegí inicialmente —admití.

—Como siempre he dicho, Esteban tiene buen gusto —dijo, y se volvió para mirarme.

Una ligera brisa pasó junto a nosotros. Chris me preguntó si tenía frío.

En lo absoluto.

No dijo ni una palabra después de que comentara que no y, en su lugar, deslizó los dedos por el mármol liso.

—Sigo pensando que una estructura con adoquines habría encajado mejor en este jardín —continué, observando la vegetación—. La fuente que yo quería era sencilla, bien construida y hermosa a su manera. Habría realzado aún más la belleza de las flores. Esta fuente de mármol es rica y demasiado llamativa. Creo que es mucho para este jardín. Las flores quedan eclipsadas, incluso se pierden por culpa de ella.

La tristeza en mi voz me sorprendió.

—Todavía puedes cambiarla, ¿sabes? —dijo, volviéndose de nuevo hacia mí.

Suspiré.

—No, es demasiado tarde. Ya hemos invertido mucho tiempo y dinero en esta. Sería un desperdicio comprar otra cosa.

—Pero si es lo que quieres, Marisol, si es lo que te va a hacer feliz, ¿cómo puede ser un desperdicio? —Su tono, suave y bajo, me devolvió las mismas mariposas de la mañana de Navidad.

En ese momento no entendía muy bien por qué, pero necesitaba que supiera que no era el tipo de persona que hace cambios drásticos solo por capricho.

—No es tan sencillo como parece. Hay mucho que hacer para deshacer algo tan grande. ¿Quién sabe? ¿Quizá solo necesite darle una oportunidad? Quizá me dé cuenta de que puedo vivir con ella.

—Ay, Marisol, ¿cuándo aprenderás que vivir con algo que no amas no es vivir?

Como no le contesté, sacudió la cabeza y suspiró. Luego dijo que tenía que irse y salió por la verja del patio trasero, dejándome sola para preguntarme si él se refería a la fuente.

Capítulo 9
GRACIE

Me senté en la cafetería de St. Christopher's deseando desesperadamente morir.

Dios mío, retiro lo dicho. Por supuesto que no me quiero morir. Pero ¿podría haber un pequeño terremoto o un simulacro de incendio al menos? Amén.

Desear pequeños desastres normalmente no estaba en mi lista de cosas. De hecho, esa mañana me había levantado con la intención de pasar un buen viernes. Entonces entré a nuestra reunión semanal de personal y todo cambió.

Quizás no era necesario un acto de Dios. A estas alturas, me habría conformado con una hemorragia nasal o una llamada de emergencia. Cualquier cosa con tal de no tener que levantarme en los próximos cinco minutos y presentarme o, más bien, volver a presentarme ante Tony Bautista.

—Hola, Tony. Soy Kevin Donald y enseño en séptimo grado. Bienvenido —dijo Kevin.

Seguía teniendo el mismo aspecto. Llevaba el pelo oscuro y ondulado más corto y tenía arrugas en las comisuras de los ojos, pero todo lo demás seguía igual. Sus ojos claros, el hoyuelo de la barbilla y su hermosa, hermosa sonrisa. Había envejecido bien.

—Hola, Tony. Soy Linda Johnson, directora del coro y profesora de sexto grado. Bienvenido —dijo Linda.

Tony Bautista fue el príncipe de St. Christopher's en sus días de juventud. Y todas las chicas querían ser sus princesas, incluida yo. Desde el primer día que entró en la clase de cuarto grado de la señora Warren, Tony Bautista fue mi amor secreto.

—Hola, Tony. Soy Randy Richards y enseño en octavo grado. Me alegro de que te unas a nosotros. Bienvenido —dijo Randy.

Y él era el responsable del mejor y el peor día de mi vida.

Aún puedo ver la camisa a rayas y los *jeans* negros que llevaba aquel día en octavo grado cuando se acercó a mi pupitre y me cogió de la mano para llevarme a trabajar a una mesa del fondo de la clase. Nos habían emparejado al azar para hacer algún tipo de proyecto que hacía tiempo había olvidado. Tony, sin embargo, fue inolvidable. Era encantador, divertido y simpático. Al final de la clase, me dijo que estaba deseando trabajar conmigo y que quizá podríamos quedar después de clase en algún McDonald's para intercambiar ideas. Estuve en las nubes toda la mañana. Hasta que sonó el timbre del almuerzo.

—Hola, Tony. Soy la señora Gosling y soy la profesora de Arte de los alumnos de séptimo y octavo grado —dijo la señora Gosling.

Me encontraba en uno de los lavamanos del baño de mujeres cuando entraron Tracy Kellogg y Luz de la Torre. Estaban riéndose.

—¿Así que te ha pedido salir de verdad? —chilló Luz.

—Sí —respondió Tracy—. Es decir, supuse que acabaría haciéndolo, pero tengo que admitir que me preocupé un poco cuando vi cómo se comportaba con esa Gracie. —Me quedé helada al oír mi nombre. Lentamente, apoyé la oreja en la puerta. Tracy continuó—: Así que le dije que si quería invitar a Gracie a salir, no había problema, porque Brian quería invitarme también. Tendrías que haber visto la cara de horror que puso. No paraba de decir que solo estaba siendo amable con ella para convencerla de que hiciera el proyecto de clase ella sola…

—Hola, Tony. Soy la hermana Claire y enseño en quinto grado. Bienvenido —dijo la hermana Claire.

Acabé quedándome en el baño hasta más allá de la hora de comer y luego fui a la enfermería y dije que me dolía el estómago, lo cual era cierto. No volví a la escuela durante el resto de la semana (estaba tan enferma de vergüenza que mi madre pensó que tenía algún tipo de gripe). Para el lunes siguiente, ya la profesora había emparejado a Tony con otro grupo y yo acabé haciendo el proyecto sola de todos modos. Me propuse mantenerme alejada de él y de Tracy durante el resto del curso.

—Hola, señor Bautista. Soy la hermana Patricia y enseño Informática y también doy clases a cuarto grado. Bienvenido, señor —dijo la hermana Patricia.

Con todo, seguí pendiente de él toda la preparatoria, a pesar de que yo iba al colegio de chicas, St. Francine's, y él al Trinity, un colegio solo para chicos al otro lado de la ciudad. Era el jugador estrella de béisbol del Trinity, así que era fácil enterarse de lo que hacía. Acabó consiguiendo una beca completa en una de las facultades de la Universidad de California, pero se desgarró un músculo de la pierna y así acabó su carrera universitaria. Después de eso, le perdí la pista.

—Hola, Tony. Mi nombre es hermana Elizabeth y enseño en segundo grado. Bienvenido —dijo la hermana Elizabeth.

Y ahora lo había encontrado, aquí, en St. Christopher's, junto a la hermana Catherine. Ella acababa de anunciar que Tony Bautista se incorporaba a la facultad como profesor sustituto de Educación Física y entrenador de baloncesto. El resto del personal había terminado de presentarse. Era mi turno.

Me levanté lentamente de la silla. Me ardían las mejillas y me temblaban las piernas bajo mi larga falda floreada. Me agarré del borde de la mesa para no perder el equilibrio.

—Hola, Tony. Me llamo Gracie Lopez y estoy en primer grado… Quiero decir, soy profesora de primer grado. Bienvenido —le dije.

Sonrió igual que había sonreído a todos los que acababa de conocer por primera vez.

Una oleada de alivio recorrió mi cuerpo. No quería que se acordara de mí o, mejor dicho, de la chica que había sido. De inmediato empecé a pensar en formas de volverme invisible y evitarlo el resto del curso.

Mis planes salieron volando por la ventana, probablemente junto con mi compostura, cuando la hermana Catherine abrió su bocaza.

—Tony, ¿sabías que Gracie es una exalumna, igual que tú? De hecho, creo que ustedes se graduaron el mismo año. ¿No es así, Gracie?

Dios mío, me voy a desmayar. Por favor, no dejes que me desmaye. Amén.

Mis mejillas, junto con el resto de mi cara, se encendieron cuando levanté los ojos lentamente para encontrarme con los suyos. Me di cuenta de que intentaba ubicar quién era. Arrugó la frente. Entrecerró los ojos. Y entonces, de repente, ahí estaba el reconocimiento. Ya no era Gracie Lopez, la profesora de primer curso. Ahora era Gracie Lopez, la niña gordita, sosa y torpe de pelo castaño que él había conocido, aunque no del todo, durante cuatro años.

—Ah, sí, Gracie —sonrió—. Ahora me acuerdo. Vaya, casi no te reconozco. Tú, tú te ves mejor, quiero decir, diferente.

Después de un par de risitas de las profesoras, la hermana Catherine continuó la reunión y yo volví a desear desintegrarme allí mismo.

Tony Bautista fue el responsable de dos de los días más vergonzosos de mi vida.

Capítulo 10
ERICA

—Otra vez dejaste lo más importante para el final, señorita García —bramó la voz de Adrian desde el otro lado de mi cubículo.

Se me paralizaron los dedos en el teclado del ordenador y me obligué a no dejar escapar el suspiro de exasperación que me salía de la garganta. Por enésima vez maldije a Charlie por haberle dado a Adrian el escritorio justo enfrente del mío. ¿Y qué si además estaba justo delante de su oficina y les resultaba más cómodo hablar de un lado a otro? Para mí, desde luego, no era conveniente la situación.

Hacía dos semanas que Adrian se había incorporado al periódico. Casualmente, también habían sido las dos semanas más duras para mí en el trabajo. Al hombre le gustaba criticar cada frase, cada elección de palabra. Lo hacía con todo el mundo, pero como resultaba que yo era la cabrona sentada al alcance de sus oídos, parecía expresar aún más sus críticas a mis reportajes.

Respiré hondo y giré la silla unos centímetros hacia la izquierda para encontrarme con la mirada que sabía que me esperaba justo encima de la división que compartíamos.

—¿Cómo dices? —pregunté con la mayor serenidad posible.

Adrian señaló la pantalla de su ordenador.

—¿Pensé que esta historia era acerca de cómo la junta va a votar la próxima semana sobre la conveniencia de aplicar en el otoño otro horario de inicio para la escuela secundaria?

—Sí, de eso trata exactamente la historia.

—¿Entonces por qué empiezas describiendo la rutina matutina de esta mujer?

Apreté los puños.

—Porque muestra cómo tiene que dejar a sus cuatro hijos en tres colegios diferentes antes de las 7:50 de la mañana para poder llegar a tiempo a su trabajo, y que cualquier cambio en el horario escolar actual afectará eso. Esto prueba que la votación no se trata solo de las horas que cambiarán, y le da al reportaje una perspectiva humana.

Afortunadamente, conseguí no añadir la palabra *imbécil* al final de mi oración.

Pero incluso sin el insulto, Adrian sacudió la cabeza en desaprobación.

—Entiendo por qué la entrevistaste. Lo que no entiendo es por qué empiezas la historia con ella. Tienes que empezar con los hechos: qué vota la junta, cuándo vota, por qué vota, etcétera, etcétera. Una vez expuestos los hechos, puedes empezar a entrevistar a los padres que apoyan la propuesta y a los que no.

Obviamente, sabía que había que compartir esos datos desde el principio, pero quería atraer al lector. Quería que el lector se preocupara por la votación, aunque no tuviera nada que ver con ella. Tal vez debería haberle dicho eso a Adrian. Tal vez debería haberlo desafiado un poco más.

En lugar de eso, le dije:

—Bien. Envíamelo y lo reescribiré la semana que viene. La votación no es hasta el miércoles, así que puede salir en la edición del martes.

—Va a salir el domingo como estaba previsto —dijo, mirándome directamente—. Tienes que terminar de reescribir la historia hoy.

Esta vez no me contuve.

—Eso es imposible —argumenté, con la voz una octava más alta que antes—. Ya tengo que entregar otras tres historias. Y dos de ellas ni siquiera las he empezado porque una de mis entrevistas telefónicas no es hasta dentro de una hora.

—No es mi problema. Hágalo, señorita García —ordenó, antes de volver a centrarse en su computadora.

Y, sin más, Adrian dejó de prestarme atención.

Impulsivamente cogí un bolígrafo de mi escritorio y lo agarré con fuerza. Si Charlie no hubiera salido de su despacho en ese preciso momento y me hubiera sonreído, mi bolígrafo Bic habría volado por encima de la división en la pared rumbo a una colisión directa con la sien de Adrian.

Darme cuenta de lo que casi había hecho me sacudió. Necesitaba salir de allí. Necesitaba cafeína y mucha azúcar.

—Voy abajo a buscar un café.

Apenas asintió, pero lo tomé como una señal de permiso para marcharme y caminé lo más rápido que pude hacia el ascensor del vestíbulo. Las puertas se abrieron. Fue entonces cuando me di cuenta de que había olvidado la cartera.

—Maldita sea —susurré, y di media vuelta para volver a la sala de prensa. Menos mal que Adrian no estaba en su mesa. No creía que pudiera soportar un ejemplo más de cómo había estropeado el artículo. ¿Por qué le gustaba tanto criticar mi trabajo?

No entendía. Era un idiota arrogante.

Saqué el monedero del bolso demasiado deprisa, se me cayó del escritorio y todo lo que había dentro se desparramó por el suelo en varias direcciones.

Por supuesto.

Me arrodillé para recoger mis cosas. Mi pintalabios favorito había rodado por debajo de mi escritorio, así que me arrastré hasta él. Menos mal que aquella mañana había elegido pantalones en lugar de falda. Cogí el pintalabios, pero me quedé paralizada al oír la voz de Adrian desde arriba.

—Te lo estoy diciendo, Charlie. Es como si me provocara a propósito. Los *leads* son un básico del periodismo. Lee esto y luego explícame cómo se supone que debo pensar en ella como una de mis reporteras estrella.

Mi instinto me decía que se refería a mí. Entonces Charlie lo confirmó.

—Mira, Adrian, conozco a Erica desde hace dos años y es una profesional. No hay manera de que ella haga algo a propósito para hacer tu trabajo más difícil. Tal vez los tres tenemos que sentarnos y averiguar cómo ustedes dos pueden hacer que esto funcione.

Me hirvió la sangre. Quizá no literalmente, pero el calor que emanaba cada nervio de mi cuerpo me convenció de que la ira me estaba quemando por dentro.

—Bien —gruñó Adrian—. Lo haremos a tu manera y lo hablaremos. Pero si las cosas no mejoran, tendremos que llevárselo a Tom. Ambos me trajeron aquí para hacer del *News-Press* un periódico galardonado. Y no puedo hacerlo si insisten en mantener a alguien tan… mediocre.

Me mordí el labio para no gritar. Afortunadamente, alguien llamó a Adrian por su nombre y oí cómo ambos se alejaban.

Cuando me aseguré de que no se habían puesto delante de mi mesa, salí gateando con cuidado y me puse de pie. Las lágrimas calientes mojaron mis ojos, cogí mi bolso y me dirigí al baño de mujeres. Me quedé mirando el suelo mientras entraba. No quería cruzarme con los ojos de nadie. Estaba vacío, así que me encerré en el último retrete, enterré la cara entre las manos y me permití llorar como había querido llorar desde que Greg se marchó de mi apartamento.

Claro que ya había derramado algunas lágrimas desde entonces. Pero una parte de mí había contenido el verdadero dolor. En parte porque mis primas no me habían dejado flaquear, y en parte porque no quería darle a Greg ese tipo de poder sobre mí.

Quizá no había sido la novia más perfecta, pero me había esforzado por mantener la relación. ¿Y qué obtuve a cambio? Un ex.

Ahora, Adrian me estaba tratando básicamente de la misma manera. En toda mi vida adulta, nunca había sido acusada de ser poco profesional. De hecho, me enorgullecía de tener una fuerte ética de trabajo y de ser alguien que jugaba en equipo, maldita sea. Lo que me faltaba en talento, lo compensaba con creces en dedicación.

Así que cómo demonios él se atrevía a considerar mis mejores esfuerzos "mediocres".

Finalmente, las lágrimas cesaron y la frustración se transformó en indignación. Charlie me había defendido y eso contaba para algo. Yo había demostrado mi valía tanto a él como a Tom, y en el fondo sabía que no iban a dejar que Adrian se deshiciera de mí sin al menos defenderme.

Quizá tenía que ver la situación de otra manera. Había estado intentando darle al imbécil el beneficio de la duda por su experiencia y su Pulitzer. Pero al diablo con eso. Sabía que no era el único periodista que tenía problemas con la forma en que Adrian dirigía la redacción. Era hora de jugar a la ofensiva.

Para cuando mi teléfono sonó desde el interior de mi bolso, ya tenía un plan para poner a Adrian en su sitio antes de que él pudiera echarme a mí.

—Necesito un trago —dije nada más contesté. El tono de llamada ya me había revelado que era mi amiga Deanna la que estaba al otro de la línea.

—Dime cuándo y dónde, y le diré al señor Dawson en la otra habitación que tenemos que reprogramar su apendicectomía de urgencia —dijo riendo.

Deanna era residente de cirugía en el hospital del condado y ambas sabíamos que nunca abandonaría a un paciente para irse de copas.

—No, está bien. Ve a salvar la vida del señor Dawson. Beberemos después del partido este domingo —no añadí que también planeaba beber algo sola en la noche.

—En realidad, por eso te llamé. Quería asegurarme de que venías. No sabía si te sentías futbolista después de… ya sabes.

Sí, pero no quería hablar de ello. En lugar de eso, forcé una sonrisa que Deanna no podía ver y contesté:

—Allí estaré.

Un grupo de amigos nos reuníamos los domingos por la mañana para jugar al fútbol en un parque local. Era un equipo mixto y Deanna era nuestra portera, su novio Mark era nuestro principal goleador y yo jugaba como defensa. Me había perdido el partido del fin de semana pasado porque había tenido que trabajar y ya estaba deseando volver al campo.

El fútbol era una parte importante de mi vida desde que mi padre me apuntó a un equipo cuando solo tenía seis años. Desde entonces, he jugado en innumerables organizaciones juveniles, en torneos de clubes itinerantes y en el equipo universitario del instituto. Pero mis sueños de jugar profesionalmente se acabaron en mi primer año de universidad, cuando me rompí el ligamento cruzado anterior en mi segundo partido. Incluso después de la operación y de meses de rehabilitación seguía sin estar al mismo nivel que antes, y sabía que necesitaría un plan B para la vida después de la universidad. Hola, periodismo.

—Ahora jugamos a las diez y te toca traer las aguas —dijo Deanna.

—Lástima que no juguemos mañana —murmuré mientras apoyaba la cabeza en la puerta del retrete—. Tengo mucha rabia que necesito descargar en algunos balones de fútbol.

—¿Otra vez el pinche imbécil? —mis amigas y primas también se referían ahora a Adrian por su apodo.

—Sí.

—Lo siento, Erica. Bueno, intenta que no te deprima demasiado.

—Ya sé. Al menos estoy libre los próximos tres días. Voy a dormir, a beber y a ver todo lo que hay en Netflix.

—Suena genial. Prepárate para patear traseros el domingo. Bueno, será mejor que vaya a ver si el señor Dawson está listo para no tener apéndice. Te quiero. Mándame un mensaje más tarde.

—Así haré. Adiós, amiga.

Si Deanna no hubiera tenido un paciente en la mesa, probablemente yo le habría contado todo lo que había oído cuando estaba agachada. Pero fue mejor que no lo hiciera. Las palabras de Adrian, sobre todo aquella en particular, todavía me angustiaban, y necesitaba concentrarme en las cuatro historias que tenía que escribir.

De algún modo, conseguí escribir todo.

Envié la versión revisada de la historia sobre la votación de la junta escolar justo después de las nueve de la noche. El cansancio se había apoderado de mí y lo único que quería era irme a casa, darme una ducha y desplomarme en la cama. En la redacción solo quedábamos, además de Adrian y yo, dos fotógrafos y nuestro corrector, Steve.

Adrian apenas me hablaba mientras editaba mis historias. Me pareció bien, así que me dediqué a ponerme al día en Twitter y Facebook. Me había disociado tanto de él que me sobresalté cuando por fin me dijo:

—Puedes irte.

—De acuerdo —le contesté. No hacía falta que me lo dijera dos veces. Apagué la computadora, cogí el bolso y el suéter. Tras despedirme por última vez de Steve, me levanté para marcharme.

—La parte del *lead* aún necesita algo de trabajo, pero ha mejorado respecto a tu primer intento. Me alegro de que hayas tenido en cuenta mi crítica constructiva.

Espera, ¿qué?

—¿Constructiva? —podía oír el gruñido en mi voz, pero ya no me importaba nada.

—Sí, ese es mi trabajo como tu editor. Enseñarte cómo mejorar una historia. Cualquier cosa que te diga, solo la ofrezco como crítica constructiva.

—Oh, ¿así que *ahora* soy enseñable?

Adrian entrecerró los ojos.

—No sé a qué te refieres. A todo el mundo se le puede enseñar.

—¿Incluso si son…, no sé…, reporteros mediocres?

La confusión cruzó su rostro y entonces cayó en cuenta. Debería haber estado más satisfecha por la forma en que se retorció en su silla. Pero, de nuevo, ya no me importaba nada.

—Escucha, Erica, yo…

¿Así que ahora soy Erica? Ni hablar. Había sido un completo imbécil conmigo todo el día y no podía justificarse ni tratar de explicarlo. Ya había tenido suficiente.

Respiré hondo y me obligué a mantener la calma.

—Mira, Adrian, lo siento, pero estoy muy cansada. ¿Podemos no hacer esto ahora?

Abrió la boca como si fuera a decir algo, pero pareció cambiar de opinión. Se limitó a asentir con la cabeza.

Y eso fue todo lo que necesité para alejarme.

Era mi editor. Uno de mis jefes. Tenía que hacer que esto funcionara si quería quedarme en el periódico. Fue entonces cuando un pensamiento me golpeó de la nada.

¿Quiero quedarme en el *News-Press?*

Capítulo 11
SELENA

Mi orgasmo me cegó.

Llegó tan de repente, con tanta fuerza, que lo único que pude hacer fue murmurar palabrotas y luego hacerme un ovillo de temblores.

Totalmente increíble.

—Supongo que estuvo bueno para ti, ¿no?

Nathan volvió a la cama detrás de mí y me besó el hombro. Podía sentir la sonrisa de satisfacción en su cara. Qué cabrón.

—Obviamente, ya sabes la respuesta —dije jadeante y sonreí a mi almohada.

El sexo con Nathan siempre había sido fantástico. Obvio. No habría seguido tomando sus llamadas si no hubiera sido así. Pero no podía negar lo increíble que había sido esta vez. Habíamos empezado a besarnos en el sofá de la suite de su hotel en cuanto volvimos de cenar. Y si no me hubiera rugido el estómago, probablemente me habría tirado encima de él en el estacionamiento del aeropuerto. No es que lo echara de menos ni nada parecido. Es solo que me había abstenido de cualquier actividad que me satisficiera desde que me enteré de que volvía a la ciudad.

Fueron las dos semanas más largas de mi vida.

Estaba convencida de que esa era la razón por la que había estado tan receptiva. No tenía nada que ver con echarlo de menos. Nada que ver en lo más mínimo.

Cuando mi respiración volvió a la normalidad, me giré para mirarlo.

—¿Puedes darte cuenta de que he estado esperando esto?

Extendió la mano y me acarició la mejilla.

—Yo también estaba esperando esto, Selena. No deberíamos pasar tanto tiempo sin vernos la próxima vez.

—Oye, no me eches la culpa. No soy yo el motivo de que no consigas clientes en Los Ángeles —bromeé y le di un empujón en el hombro.

Nathan era el responsable de contratación de la Costa Oeste de su agencia, y Los Ángeles era su región número uno. Cuando nos conocimos en la conferencia de San Diego, el año pasado, no se separó de mí en cuanto le dije que vivía en la ciudad. Pero al segundo día, ya se había olvidado de intentar atraerme para un nuevo trabajo y se había centrado en atraerme a su cama. No me extraña que fuera tan bueno en su trabajo. El hombre podía ser muy convincente cuando quería.

—Ay —dijo, fingiendo dolor—. Además, la última vez que comprobé, Nueva York está solo a un viaje en avión. ¿Cuándo fue la última vez que la visitaste?

Me reí.

—Humm, no creo que en Umbridge & Umbridge aprueben que viaje de una costa a la otra para atender un asunto sexual.

Nathan también se rio y me acercó más a él.

—Entonces quizá deberías buscarte un trabajo en Nueva York —dijo, y me besó.

Quería perderme en su beso y en sus caricias. Pero la incipiente aprensión en mi pecho me mantenía atada a la realidad.

Basta, Selena. Él no es Seth.

Era verdad. Nathan era alto y grueso, con el pelo castaño ondulado. Seth era de mi estatura, delgado como un rayo y pelirrojo. Además de sus diferencias físicas, Seth procedía de una familia adinerada y bien relacionada de Nuevo Hampshire, mientras que Nathan fue criado por una madre soltera en el South Side de Chicago. A Seth le importaban las apariencias y ganar dinero. A Nathan no le importaba en realidad ni lo uno ni lo otro.

Seth me había herido. Profundamente.

Aunque en el fondo sabía que Nathan nunca se atrevería, era mejor para los dos mantener las cosas informales. Abrí la boca para hacerle saber que estaba lista para volver a la razón, *la única razón*, por la que estaba con él.

Después, nos pusimos algo de ropa y asaltamos las botellas de agua y los aperitivos del minibar.

—Sabes, lo del trabajo en Nueva York fue en serio —dijo una vez que nos habíamos acomodado de nuevo en la cama—. Hay un puesto vacante en una agencia, y sé que podría conseguirte una entrevista.

—¿Qué agencia? —pregunté después de meterme en la boca una almendra cubierta de chocolate.

—Kane Media.

Dejé de masticar. Kane Media era una de las agencias más grandes y respetadas de Nueva York. El año pasado había arrasado en los premios Clio gracias a algunas campañas bastante innovadoras. En el mundo de la publicidad, ganar un Clio era como ganar un Óscar, un Tony y un Emmy en la misma noche. Así de buena era Kane Media. Era el tipo de agencia en la que yo solo podía soñar trabajar dentro de cinco años.

—No hay manera —le dije—. No tengo suficiente experiencia.

—Pero sí la tienes, Selena. Además, realmente puedes encender con tus encantos cuando quieras. Te llevaré a la puerta y tú sé la fantástica persona que eres siempre.

Ok, por ese comentario tuve que besarlo. Y seguir besándolo.

—Entonces, ¿eso es un sí? —dijo después de unos cuantos besos más. Me aparté para mirarlo a los ojos. Nathan no era de los que me engañaban, pero necesitaba estar segura.

—¿De verdad puedes hacer que eso suceda?

Su expresión era sincera.

—Claro que puedo hacer que eso suceda. Vamos, Selena. Sé que Umbridge no se da cuenta de lo que eres capaz. Ya has invertido suficientes años y sacrificios allí, y eso no te ha acercado ni a un ascenso. Un puesto con Kane puede cambiarte la vida.

No me digas.

Pero también era un gran riesgo. ¿Y si conseguía el trabajo y luego era un completo fracaso? Umbridge era poca cosa comparada con Kane. No había forma de que hubiera trabajado en suficientes cuentas como para estar a la altura de la industria neoyorquina. Si eso ocurría, no solo me avergonzaría a mí misma, sino también a Nathan.

—¿Y bien? —preguntó.

—No estoy segura. Déjame pensarlo, ¿ok?

Suspiró y me besó suavemente.

—De acuerdo.

Y entonces nos dirigimos a la tercera ronda.

Capítulo 12
MARI

Las oficinas de Delgado & Ramos estaban situadas en Colorado Boulevard, en el corazón de Old Town Pasadena. Como la zona estaba llena de restaurantes de moda y tenía el centro comercial Paseo Colorado, yo solo visitaba el bufete de Esteban cuando tenía citas cerca.

Hoy, sin embargo, el único punto en mi agenda era sorprender a mi marido y llevarlo a comer.

La idea se me había ocurrido en la ducha cuando, sin motivo alguno, empecé a llorar.

De acuerdo. Tenía un motivo.

Esteban se había ido antes de que el sol saliera y yo me despertara. Ni siquiera me había levantado para despedirse. Mi cerebro me dijo que estaba en modo juicio. Ya debería haberme acostumbrado. No había nada de malo en eso. Nunca lo hubo.

Aun así, me molestaba. Y cuando terminé mi fiesta de lástima en la ducha, decidí tomar cartas en el asunto e ir a verlo.

Anoche, mientras se metía en la cama, me dijo que solo tenía un juicio por la mañana y que pensaba trabajar el resto del día en la oficina para ponerse al día con el papeleo. Era la oportunidad perfecta para pasarme por allí y robarle un par de horas.

Mientras subía en el ascensor a la tercera planta, se me revolvió el estómago. ¿Por qué estaba tan nerviosa?

Las puertas se abrieron y saludé a Carla, su ayudante, al pasar por delante de su mesa.

—Oh, señora Delgado, aún no ha vuelto del juzgado —me dijo.

—Está bien —mencioné por encima del hombro—. Esperaré en su oficina. Debe volver pronto.

Y esperé.

Después de una hora y cuatro mensajes sin respuesta, me di por vencida.

—Sé que lamentará no haberte visto —dijo Carla cuando salí de la oficina.

Ni siquiera pude contestarle. La rabia y la vergüenza me oprimían la garganta. Así que le ofrecí una rápida sonrisa y me dirigí al ascensor. Y justo cuando pensaba que mi día no podía empeorar, Chris apareció.

—¡Marisol! Qué agradable sorpresa. ¿Qué estás…? —Su expresión cambió de encantada a preocupada—. ¿Qué te pasa? ¿Le pasó algo a Esteban?

Sacudiendo la cabeza, lo esquivé y entré en el ascensor. Él me siguió.

—Sé que algo anda mal. Por favor, dímelo para que pueda ayudarte —dijo mientras se cerraban las puertas. Chris me tocó el hombro y cerré los ojos para contener las lágrimas.

—No es nada. Te lo prometo. En realidad, es algo estúpido —el titubeo de mi voz evidentemente no lo convenció, ya que puso su otra mano en mi otro hombro.

—Si no fuera nada, me mirarías.

Lentamente abrí los ojos e intenté sonreír.

—Quería darle una sorpresa a Esteban llevándolo a comer, pero no volvió del juzgado. No es culpa suya, la verdad. No sabía que estaría aquí esperando.

—¿Lo llamaste o le mandaste un mensaje?

—Lo hice y también Carla. Donde quiera que esté, supongo que está demasiado ocupado para mirar su teléfono.

—Estoy seguro de que hay una explicación razonable —ofreció.

Tal vez era solo mi estado emocional, pero él no sonaba muy convincente.

Las puertas se abrieron en la planta baja y ambos salimos.

—Está bien —dije—. Por favor, no te preocupes por mí.

—Mira, no he comido y sé que tú tampoco, así que caminemos hasta el restaurante que te gusta y comamos algo. Sé que no soy Esteban, pero puedo ser una cita bastante decente para almorzar.

Volvió el malestar en mi estómago junto con el murmullo de las mil razones por las que debería decir que no. Pero no hice caso.

—Claro. Vamos.

Caminamos en un cómodo silencio hasta el restaurante. El ajetreo de la hora de comer había disminuido y nos sentaron enseguida. La camarera reconoció a Chris y se acercó para que pidiéramos una hamburguesa de queso para mí y una salsa de costillas para él. Cuando volvió con nuestros tés helados, él sacó el tema, el elefante que últimamente parecía estar siempre en la habitación con nosotros.

—Sé que no es asunto mío, pero ¿está todo bien entre Esteban y tú?

Mi cuerpo se tensó.

—¿Por qué? ¿Te ha dicho algo?

—No. Es solo algo que he estado sintiendo. Honestamente, Marisol, no pareces feliz.

Las lágrimas amenazaban con derramarse de nuevo, así que di un sorbo a mi té y pedí que desaparecieran.

—Si necesitas hablar, estoy aquí. Puede que primero fuera amigo de Esteban, pero tú también significas mucho para mí. Odio verte herida.

Y aunque hice todo lo posible por contenerla, una lágrima se escapó y se deslizó lentamente, dejando un triste rastro por mi mejilla. Antes de que pudiera hacerlo yo misma, Chris se inclinó sobre la mesa y la secó.

Su tacto me hizo sentir algo. Era el contacto que había estado deseando todo el día. El consuelo que necesitaba para demostrarme de algún modo que aún le importaba a alguien. Incluso si ese alguien no era mi marido.

Su roce me dio permiso para contárselo todo por fin.

Me dejó hablar durante toda la comida. Fue como si hubiera perforado el dique de emociones que había ido construyendo durante el último año. Le conté que Esteban trabajaba demasiado, que él quería tener un hijo, pero yo no. Mi sueño era tener un negocio de *catering* y sentía que nunca haría nada importante en la vida.

—¿Qué quieres decir? —interrumpió—. Eres voluntaria con las personas sin hogar y en el hospital infantil.

Sacudí la cabeza.

—Corrección. Soy voluntaria en juntas que toman decisiones para ayudar a las personas sin hogar y al hospital infantil. No es que esté haciendo algo que marque la diferencia. No como la gente que trabaja allí día tras día. Lo que hacen es importante. Lo que hacen vale la pena.

—Me suena como a que estás buscando un propósito en tu vida, ¿verdad? Pues búscalo.

—¿Cómo?

—Bueno, ¿por qué no haces algo con tu repostería? Es obvio que te encanta, y en lo que abres tu negocio, piensa en una forma de utilizar ese talento para marcar la diferencia.

Todo lo que decía tenía sentido. Aun así, no podía evitar sentirme culpable por quejarme de mi vida y de mis problemas de primer mundo. Además, en el fondo, yo sabía que Esteban solo quería asegurarse de que yo tuviera todo lo que necesitaba. No era culpa suya si yo no se lo decía. Ya no era la misma chica con la que se había casado, la que solo se preocupaba por los viajes para comprar ropa de marca y por aparecer en los eventos más exclusivos. En aquella época pensaba que era su responsabilidad hacerme feliz. Pero ahora veía las cosas de una manera diferente.

—Debes pensar que soy una llorona. Pobre niña rica y todo eso.

Sacudió la cabeza.

—Sé que el dinero no compra la felicidad. Mira a nuestros clientes. Viven vidas envidiadas por millones. Entonces ocurre algo y los secretos que han estado ocultando salen a la luz para que todo el mundo los juzgue. Aprendí hace mucho tiempo a no creer todo lo que veo.

Le ofrecí una sonrisa genuina.

—Gracias, Chris. Por la comida y por escucharme. Parece que hace una eternidad no me sentaba a hablar con alguien de cosas así.

—¿En serio? Pensaba que tendrías un montón de amigas en las que confiar.

Sacudí la cabeza.

—Siempre he sido el tipo de persona que tenía muchos amigos con los que hacer cosas, pero al final no estaba realmente unida a alguno.

—¿Y tu familia?

Dijera lo que dijera mi cara, Chris sabía que había tocado un tema delicado.

—Lo siento. Olvidé que no te gusta hablar de tu mamá.

Mi mamá. Mi papá. Mis primas.

—No, no pasa nada. Mi madre y yo hablamos de vez en cuando. Pero está ocupada con su propia vida en Arizona, así que no me gusta molestarla con mi drama.

Especialmente porque aprovecha cada llamada para pedirme dinero. Le enviaría un cheque de 500 dólares a principios de año a ver si no tengo que volver a hablar con ella hasta la primavera.

—¿Y tu padre?

—No tenemos una relación cercana. Él y el resto de mi familia viven en Inland Valley. Es un suburbio a unas cuarenta millas al este de aquí.

—Sé dónde está.

—Bueno, de todos modos él volvió a casarse y tiene un hijo. Casi no lo veo. Trato de ir a visitar a mi Welita y a mis abuelos cuando puedo. Pero hace tiempo que no lo hago.

—¿Crees que tu padre y tú podrían tener alguna vez una relación de verdad?

Me encogí de hombros.

—No lo sé. De vez en cuando intenta acercarse. También su esposa. Pero no estoy preparada.

La culpa me retorció tanto el estómago que coloqué una palma sobre él. Los años no habían mitigado ese dolor, por mucho que intentara convencerme de que tenía razones válidas para alejarme de mi familia en Inland Valley.

—Solía llevarme muy bien con mis tres primas cuando era más joven —dije, sorprendiéndome a mí misma con la confesión.

—¿Solías?

—Éramos más como hermanas, en realidad. Pero luego las cosas cambiaron.

—¿Qué pasó? —preguntó en voz baja.

Me encogí de hombros.

—No estoy segura. Me mudé con mi mamá y ya no era lo mismo. Ellas cambiaron.

Un nudo en la garganta no me dejaba decir nada más. No es que pudiera encontrar las palabras adecuadas para explicar lo traicionada que me sentí hace tantos años. Que mi padre me abandonara ya era bastante malo. Pero fue mucho peor cuando me di cuenta de que Selena, Gracie e incluso Erica habían roto sus promesas de estar siempre a mi lado.

—Discúlpame si estoy presionando demasiado —dijo Chris después de unos minutos de silencio—. Como ya dije, quiero ayudarte como pueda porque no soporto verte tan triste todo el tiempo.

Sus palabras me sorprendieron.

—No estoy triste todo el tiempo. ¿Lo estoy?

—Bueno, quizá *triste* no sea la palabra adecuada. Solo sé que últimamente como que no hay una sonrisa en tu rostro. No me malinterpretes. Sigues siendo tan hermosa como siempre. Pero cuando sonríes, es decir, cuando sonríes de verdad, entonces eres magnífica.

No respondí de inmediato. ¿Cómo podría? Cuando por fin encontré mi voz, todo lo que pude decir fue "Chris".

Al mencionar su nombre, me cubrió las manos, antes ocupadas haciendo bolitas con el envoltorio de papel del absorbente.

—Necesito decirte algo, y no quiero que digas nada hasta que termine. ¿De acuerdo?

Eso no iba a ser un problema, ya que mi voz se había desvanecido de nuevo. Sus ojos oscuros brillaron de emoción y su mandíbula se tensó. Su mirada era tan penetrante que no habría podido apartar la vista, aunque lo hubiera intentado.

—Sabes que Esteban es como un hermano para mí, ¿verdad? Le debo mucho. Y la única razón por la que no te he dicho esto antes es por lo mucho que él significa para mí. Pero no puedo aguantar más. Especialmente después de todo lo que me acabas de contar. Lo que he querido decirte, lo que intento decir, es que creo que estoy enamorado de ti, Marisol.

Las palabras aún flotaban en el aire entre nosotros cuando mi teléfono vibró y sonó. No tuve que mirar para saber quién era.

—No contestes —susurró.

—Yo… tengo que hacerlo —retiré mis manos de las suyas y cogí el teléfono.

—¿Hola? —dije, esperando que mi voz no sonara tan temblorosa como me sentía.

—¡Marisol! —la voz de Esteban se escuchó tan alto que me estremecí—. Acabo de regresar a la oficina. Se me cayó el teléfono en el estacionamiento del juzgado y se rompió la pantalla. Primero intenté repararlo en uno de esos puestos del centro comercial, pero me dijeron que también se había dañado el botón de inicio. He estado en la tienda de Verizon durante la última hora más o menos para comprar un teléfono nuevo. Nunca vi tus mensajes y Carla me dijo cuánto tiempo me esperaste. ¿Qué ocurre? ¿Te pasó algo?

Chris me miró a los ojos. Sabía que también había oído la mayor parte de la historia de Esteban. Sobre todo, la última parte. Bajé la cabeza.

—No pasó nada. Pensé que sería agradable almorzar juntos y fui a verte, eso es todo.

—Marisol, sabes lo ocupado que estoy. No siempre puedo dejarlo todo solo porque tú quieres.

Su comentario me erizó la piel, pero me esforcé por controlar mis expresiones y mi tono delante de Chris.

—Lo sé. Es mi culpa. Debí haberte preguntado esta mañana si te parecía bien que pasara. Discúlpame.

—¿Ya estás en casa?

—No. De hecho, me encontré con Chris cuando me iba y él se ofreció a llevarme a comer. Estamos al final de la calle en el bistró.

—Perfecto. Vuelve para la oficina.

—¿De verdad? —Mi irritación de antes se suavizó.

—Sí. Puedes traerme un sándwich. No he tenido ocasión para comer y me quedan unos veinte minutos antes de tener que atender una llamada.

La decepción me desinfló y me hundí en la silla.

—Por supuesto. Estaré allí en unos minutos —dije, y me atreví a mirar a Chris. Ya no me miraba.

Después de llamar a la camarera y pedirle un sándwich para llevarle a Esteban, me excusé y me dirigí al baño de señoras. El fastidio había regresado y lo había hecho acompañado de su amiga la vergüenza. Como de costumbre, Esteban me había regañado como si fuera una niña y yo no me había defendido. Pero esta vez, Chris lo había oído. Debía lucir patética ante sus ojos.

Unos cinco minutos después volví a la mesa. Esperaba que Chris se hubiera ido hacía rato para poder fingir que su confesión de amor nunca había ocurrido. Pero, como he dicho, nunca consigo lo que quiero.

Se levantó al verme y me entregó la bolsa de plástico que había sobre la mesa.

—El sándwich de Esteban —me dijo.

—Gracias. Iré a pagarlo.

—Acabo de pedirle a la camarera que lo añada a la factura. Ya está hecho.

—Chris, no tenías que…

Se encogió de hombros.

—No hay problema. Vámonos.

Chris estaba callado mientras volvíamos a la oficina, lo que me pareció normal dadas las circunstancias. Entonces, justo antes de doblar la esquina en la calle del bufete, me tomó de la mano y me empujó contra la hornacina desocupada de una tienda.

—¿Qué estás haciendo, Chris? —le dije mientras me sujetaba por los hombros.

—Quiero asegurarme de que me escuchaste bien en el restaurante. No quiero que tengas ninguna duda sobre lo que dije antes de que Esteban llamara. —Su cara se acercó, y pude oír cada respiración que inhalaba y expulsaba. Profundas. Frenéticas.

—Te escuché. Pero no puedo…

Me puso un dedo en los labios.

—No digas nada más. Solo quiero que sepas que lo digo en serio. Te mereces ser feliz, Marisol. Y yo quiero ser quien te haga feliz. Sé que no estás preparada para oír eso. No pasa nada. Pero debes saber que cuando estés lista, yo estaré aquí.

Chris no se movió de inmediato. Yo tampoco estaba segura de si él esperaba que me moviera. Ni siquiera yo misma sabía si podía.

Luego, con la misma rapidez con que me había arrinconado en aquella hornacina vacía, me devolvió a la acera. Cuando llegamos al frente del edificio, me dijo que le dijera a Esteban que estaría fuera el resto del día y que lo llamaría más tarde.

Vi cómo se fue caminando calle abajo.

Tardé unos minutos en serenarme. Cuando llegué a la oficina de Esteban, estaba haciendo todo lo posible para sacudirme lo que Chris me había dicho.

Claro que me quería. Yo era su amiga. Solo necesitaba darse cuenta de que en realidad no estaba enamorado de mí. Simplemente no podía estarlo.

Y yo haría todo lo que estaba en mi poder para convencerlo de eso antes de que cometiera una estupidez.

Capítulo 13
GRACIE

Nada más había transcurrido la mitad de la jornada escolar y ya tenía migraña.

Querido Dios, sé que es solo un niño, pero dame la paciencia que necesito para tratar con el pequeño Arnold Carter.

Por la mañana, insistió en que se había tragado un bicho y no paró de hacer arqueadas durante las canciones para contar. Luego, cuando faltaban diez minutos para que sonara el timbre del almuerzo, se negó a dejar de meterse los dedos en la nariz.

—Apesta aquí —se quejó—. ¡Creo que el señor Burbujas está muerto!

Su siguiente anuncio fue que el *goldfish* del aula definitivamente estaba en camino al cielo, lo cual provocó lágrimas en toda la clase. Incluso después de hacer que todos se reunieran alrededor de la pecera del señor Burbujas para verlo nadar, Arnold no paraba.

—Entonces tiene que haber otro pez muerto aquí en alguna parte. ¡Creo que está en tu escritorio!

Al darme cuenta de que podía tener razón, me quedé helada. Respiré profundamente y olí la peste a pescado muerto.

Oh, no.

—¿Señorita Reed? —me dirigí a una mamá voluntaria—. ¿Puede ayudarme a abrir algunas ventanas para que podamos ventilar el aula durante el almuerzo?

Después le pedí que llevara a los niños unos minutos antes a la cafetería. Cuando se fueron todos, me acerqué al alféizar más cercano a mi mesa y cogí una bolsa de papel que había encima. Me la acerqué lentamente a la nariz y la olí.

Sí. Arnold tenía razón. La bolsa olía a pescado muerto. Saqué mi sándwich de atún de adentro para tirarlo lejos. Bien lejos.

Sonó el timbre y un coro de niños riendo y gritando llenó el patio. La cabeza me palpitó al instante. Gracias a Dios que hoy no me tocaba supervisar la cafetería. Aun así, necesitaba encontrar algo de comer para poder tomarme una aspirina.

Miré hacia la puerta cerrada de la sala de profesores pensando si entrar o no. Llevaba casi una semana almorzando en mi aula, intentando llevar alimentos que no requirieran refrigeración. Pero esta mañana, cansada de la mantequilla de cacahuate y la mermelada, me había decidido por un sándwich de atún. No había podido encontrar la lonchera azul que mantenía el frío que mi padre a veces usaba para comer, así que tuve que traer mi bolsa de papel habitual. Pero ahora todo se había convertido en un desastre apestoso hecho sopa.

Era una reclusión autoinfligida. Me había desterrado a mi salón de clases para comer, lejos del refrigerador del personal, lejos de las conversaciones sobre mocos y orinales y, más importante aún, lejos de cualquier riesgo de tener que sentarme al lado o enfrente de Tony.

Hasta ahora había conseguido mantener las distancias. No era demasiado difícil la mayor parte del tiempo. Lo veía durante las reuniones de personal, por supuesto, pero no había ninguna posibilidad de interactuar o hablar, ya que la hermana Catherine exigía toda la atención todo el tiempo. También me aseguraba de que nunca estuviéramos en el mismo horario para vigilar el recreo, así no trataría de charlar conmigo en alguna que otra ronda. Solo quedaba la hora de almuerzo.

Mi estómago rugía. Casi siempre había fruta para agarrar en la mesa de la sala de profes, así como algunos refrescos en el refrigerador. Entonces recordé que hoy era el cumpleaños de la señora Gosling. Eso significaba que podría además haber pastel, quizá incluso magdalenas disponibles. Respiré hondo y decidí que valía la pena arriesgarse.

Un aroma celestial a glaseado de mantequilla me recibió en la sala de profesores. Todo el mundo ya estaba comiendo su trozo de pastel.

—¡Gracie! Ya iba a llevarte un pedacito —dijo la señora Gosling—. Pobrecita. Debes estar muy ocupada si estás pasando incluso tu hora de almuerzo dentro del aula.

Se acercó, me dio un trozo y le deseé feliz cumpleaños. Luego me dirigí a uno de los sofás de la esquina y me senté. El pastel era blanco y estaba relleno de fresas frescas. Le di una probada y un gemido ahogado salió de mí. Estaba delicioso y mantequilloso. Tanto estaba disfrutando de ese postre que durante unos segundos ignoré que me había sentado justo al lado de Tony.

—Está muy bueno, ¿verdad? —lo oí preguntar.

Casi me ahogo con un trozo de fresa. En realidad, me atraganté un poco, pero pude toser antes de que se me atascara en la garganta. Tony me dio unos golpecitos en la espalda y me preguntó si quería agua. Lo único que pude hacer fue asentir.

Querido Dios, por favor, no me dejes morir de vergüenza. Realmente no creo que sea posible; pero por si acaso lo es, por favor, no dejes que eso me ocurra. Amén.

Regresó unos segundos después con una botella de agua y sostuvo mi pedazo de pastel mientras yo tomaba unos sorbos. Cuando por fin pude hablar, le di las gracias y me devolvió el plato.

—Se fue por el lado equivocado —logré explicar—. Supongo que es lo que pasa cuando tragas en vez de masticar.

Por el rabillo del ojo, me pareció verlo sonreír. Antes de que pudiera decir algo más, sonó el timbre del almuerzo, él se levantó y se fue.

◆ ◆ ◆

A la mañana siguiente, durante el recreo, me llamaron a la oficina de la hermana Catherine. Entré y me sorprendió ver a Tony sentado hablando con ella y riendo. Cuando me vio, se levantó y me saludó.

Asentí con la cabeza, sonreí igualmente y me senté a su lado en la otra silla. Miré a la hermana Catherine y traté de leer su expresión. No tenía la menor idea de lo que tendría para decirnos a los dos, juntos.

—Gracias a ambos por venir. Como saben, el comité ha estado trabajando duro para preparar la fiesta de otoño —comenzó.

La fiesta de otoño era la mayor oportunidad del año en St. Christopher's para recaudar fondos. Se trataba de un evento de tres días con juegos de carnaval, un par de atracciones y un montón de puestos de comida. Se había mantenido igual desde que yo estudiaba en St. Christopher's y tal vez ese era el problema.

Durante los dos últimos años, las donaciones se habían ido reduciendo cada vez más. Había oído rumores de que algunos miembros del comité incluso renunciaron porque el consejo escolar estaba pensando en cancelarlo todo si la próxima fiesta no generaba más dinero.

—Y bueno, algunas personas han dejado el comité por conflictos de agenda y me han pedido que cubra esas plazas con profesores.

Oh, oh. Empezaba a darme cuenta de por qué estaba sentada en esa silla.

—Como ambos están muy familiarizados con la fiesta ya que fueron estudiantes aquí, y como son los miembros más jóvenes del profesorado, creo que los dos podrían ofrecer una visión fresca a su planificación y, quizás, conseguir que nuestra fiesta vuelva a tener el nivel de popularidad que tenía cuando venían a St. Christopher's como alumnos. —La hermana Catherine tenía una enorme sonrisa en la cara y parecía realmente emocionada (aunque era difícil de decir, ya que nunca la había visto emocionarse por nada).

Tony habló primero:

—Bueno, me siento honrado, por supuesto, de que piense en mí, hermana. Pero tengo entrenamiento de baloncesto después de clase, y también hay algunos partidos los sábados. No sé si tendría tiempo para las reuniones.

Pobre Tony. No se daba cuenta de que la hermana Catherine no estaba sugiriendo que participáramos en la fiesta. Estaba ordenando.

—El comité está dispuesto a adaptarse a los horarios de ambos. Creo que los viernes por la tarde, sobre las seis, estaría bien, ¿no? La primera reunión será dentro de unas semanas —dijo con tono definitivo.

Al darnos cuenta de que nos habían hecho la seña para que saliéramos de su oficina, ambos nos levantamos y nos dirigimos hacia la puerta.

—Ah, y el comité espera que vengan con muchas propuestas, así que prepárense —dijo como cierre.

Una vez afuera, Tony se encogió de hombros.

—Supongo que ahora somos parte del comité de fiestas.

—Sí. Supongo —respondí, e intenté sonreír.

¿De verdad? ¿No se te ocurrió nada más inteligente que decir?

—De acuerdo, entonces. Supongo también que te veré más tarde —dijo.

Estaba a medio camino de mi aula cuando me di cuenta.

Hasta luego.

Iba a formar parte del comité con Tony, lo que significaba verlo fuera de las actividades escolares habituales. Y él no parecía muy emocionado al respecto. Era como estar en octavo grado de nuevo.

Pero esta vez no podía fingir estar enferma y quedarme en casa una semana.

Capítulo 14
ERICA

Debería haber sabido que el día se iba a ir a la mierda.

Primero, no encontraba mi botella de agua favorita, la que siempre llevaba conmigo a los partidos. Recordé que la había usado por última vez cuando había ido con Selena al cine el día después de Navidad. Así que la llamé para ver si la tenía.

—Ah, sí. Iba a decirte que la dejaste en mi auto, pero se me olvidó al final. Perdóname. Puedo llevártela más tarde.

—No, está bien. La quería para ir al partido, pero tengo que salir en unos minutos —dije mientras me dirigía a la cocina a buscar otra botella—. Nada más llévamela la próxima vez que salgamos, ¿de acuerdo?

—Claro que sí. Oye, ¿qué te vas a poner para los quince de Rachel? No encuentro nada y es dentro de dos semanas.

La fiesta de quince años de mi prima pequeña sería el acontecimiento social del año para mi familia. Parecía que todos llevaban meses preparándose para ella.

—¿Dos semanas? Maldita sea. Creía que tenía más tiempo. Probablemente me ponga algo que ya tengo.

Selena dijo con sarcasmo:

—¿En serio? No me digas cosas tan horripilantes tan temprano en la mañana.

Puse los ojos en blanco mientras empaquetaba mi bolsa de deporte con los tacos y las toallas de mano.

—Lo que tú digas, señora "yo trabajo en una agencia de publicidad de lujo y me gano el dinero". Algunos no podemos permitirnos comprar ropa nueva para cada ocasión.

—¿No puedes o no quieres? Siempre puedes encontrar un trabajo que pague mejor, o hacer lo que hizo Mari y casarte con un rico.

Había tantos temas dolorosos en esa frase.

—No me da gracia, Selena —dije.

—Hablando de Mari, mi mamá dice que ella confirmó su asistencia a los quince: dos personas.

Fue mi turno de ser sarcástica.

—Sí, bueno, lo creeré cuando la vea. Tengo que irme o llegaré tarde.

Mientras me dirigía al campo de fútbol, intenté deshacerme del fastidio que me producía la idea de que Mari fuera a la fiesta. Debería haberme alegrado de que por fin fuera a una fiesta familiar. En lugar de eso, me enfadé. Ahora mis primas, mi tía, mi tío y todos los demás tenían la esperanza de verla. Pero yo sabía que no iría.

Lo que quedaba reprimido de esa irritación, volvió con fuerza durante el camino al juego cuando recibí un mensaje de Charlie justo cuando entraba al estacionamiento frente al campo de fútbol. Quería reunirse conmigo y con Adrian a primera hora de la mañana siguiente.

Bueno, lo que me faltaba. Eso significaba que el pinche imbécil le había contado lo que pasó el jueves.

Tomé la mochila del asiento del copiloto y salí del auto. Mientras caminaba hacia el campo, insulté a Adrian con todas las palabrotas que se me ocurrieron. De hecho, todavía estaba maldiciendo su nombre cuando me pareció ver a un tipo que se parecía a él, con el uniforme de *mi equipo*, dando patadas a un balón junto a Mark.

No podía ser él. Imposible.

Solo estás viendo cosas porque estás muy enfadada con él ahora mismo.

Pero cuanto más me acercaba, más se parecía a él. Y entonces me di cuenta. Sí era él.

Deanna corrió hacia mí en el momento en que dejé caer la bolsa, conmocionada.

—Te juro que no lo sabía —dijo alterada—. Lo juro por mi vida.

Seguí negando con la cabeza.

—¿Qué? ¿Cómo? ¿Qué carajo?

—Al parecer, vive en esas nuevas casas adosadas al otro lado del campo y pasó a ver el partido el domingo pasado. ¿Recuerdas que yo tampoco vine la semana pasada? En fin, Mark me dijo que había reclutado a un nuevo jugador, pero te juro que no supe que era él hasta que llegamos aquí y se presentó.

¿Cómo estaba pasando esto?

—¿Sabe que estoy en el equipo?

Ella asintió indignada.

—Ya lo sabe. En cuanto Mark lo oyó decir que trabajaba en el *News-Press*, le habló de ti. Mark tampoco tenía idea de que era *tu* Adrian, ya sabes, el pinche imbécil de Adrian.

—Él no es *mi* Adrian. Mierda. No te conté todo lo que pasó el jueves pasado. La situación se ha puesto peor entre nosotros, Deanna. ¿Cómo puedo estar en el mismo equipo que él?

Deanna me abrazó.

—Por favor, sé que esto es una mierda, pero te necesitamos. Además, ¿quién sabe? Quizá no sea tan mala la experiencia.

Lo fue.

El pinche imbécil apenas me saludó con una inclinación de cabeza cuando por fin me atreví a unirme al resto del equipo. Y yo murmuré un rápido "hola" antes de dirigirme al campo para practicar algunos saques de puerta. Pero el mero hecho de saber que él estaba cerca, probablemente observándome y juzgándome, me desconcentró. Era como si no hubiera pateado un balón en toda mi vida.

Y cuando empezó el partido, la cosa no mejoró mucho para mí.

Adrian era nuestro nuevo delantero. Corría rápido, pero era un completo acaparador de balones. El pobre Mark y nuestro otro alero, Saul, bien podrían haberse sentado el primer cuarto de tiempo. Para el medio tiempo, ya no podía mantener mi boca cerrada.

Después de beber dos largos tragos de agua, me acerqué a Adrian, quien se había sentado en una grada cercana.

—¿Puedo hablar contigo? —le pregunté después de que por fin me mirara con los ojos entrecerrados.

—Claro. ¿Qué pasa?

Oh, no mucho, excepto que me estás haciendo odiar un juego que he estado jugando desde que era una niña.

—No estamos en el periódico. Te das cuenta de que no eres el jefe de todos en el campo, ¿verdad?

Se encogió de hombros.

—No sé a qué te refieres.

—No eres el único delantero que tenemos. Esto es un equipo. No tienes que intentar marcar todos los goles. Pasa el balón de vez en cuando, por el amor de Dios.

Adrian se levantó.

—Si tengo la mejor oportunidad, voy a aprovecharla. No me disculparé por intentar ganar.

—Pero mira, esa es la cuestión. No siempre tienes el mejor tiro. Sé lo suficientemente hombre para aceptarlo y dáselo a alguien que sí lo tenga. Si no, no ganaremos. Así de simple.

No esperé a que me respondiera. Yo misma no sabía cómo reaccionaría. Estaba demasiado enfadada.

Y solo me enfadé más y más.

Era como si no me hubiera oído. Siguió intentando marcar cada vez que tocaba el balón. No solo eso, sino que el otro equipo se reagrupó y cada vez se acercaba más a nuestra portería. Siguieron presionándonos a mí y a los demás defensas, y a pocos minutos de que acabara el partido les concedieron un saque de esquina. Me coloqué cerca de la portería y grité a Adrian y Mark que subieran.

El balón aterrizó justo delante de mí, y justo cuando uno de los jugadores del otro equipo corría para patearlo, giré el pie derecho y lo envié volando hacia Adrian. Pero no llegó a su pie por unos veinticuatro centímetros. Otro jugador detuvo el balón y lo lanzó directo a nuestra portería.

Se empató 1-1 el marcador.

Hijo de puta.

—No te preocupes —le grité a Deanna, visiblemente frustrada por el fallo. Quise decirle algo a Adrian, pero él ya se estaba colocando en la línea del centro del campo.

En la siguiente movida, Mark y Adrian volearon el balón de un lado a otro unas cuantas veces. Y justo cuando pensaba que harían un pase más, Adrian golpeó el balón y metió un tiro raso por una esquina de la red.

Ganamos el partido.

Cuando salimos del campo, estaba sudando, adolorida y todavía muy molesta. Pero me lo pensé mejor antes de volver a enfrentarme a Adrian. Así que cuando Deanna me preguntó si todavía quería ir con ellos al bar para celebrar nuestra victoria, le dije que no me apetecía.

Esperaba que me rebatiera la decisión, pero ella sabía perfectamente por qué no estaba de humor para celebraciones.

Después de quitarme los tacos y los calcetines, metí las cosas en la mochila y me puse unas sandalias. Me despedí y me dirigí al auto.

Debería haber sabido que mi huida no sería tan fácil.

—Nada más quería decirte que jugaste un buen partido —me dijo, después de detenerme.

—Gracias —seguí caminando.

Me alcanzó de nuevo.

—Eres buena robando el balón. Pero creo que podrías trabajar en tus lanzamientos de larga distancia.

Eso me detuvo.

—¿Perdón?

—No es nada malo. Es solo que, si practicaras más, podrías mejorar tu puntería.

—Mi puntería está bien, muchas gracias.

—Entonces, ¿qué fue ese pase tras el saque de esquina?

—Nada. Fue perfecto —insistí. ¿Quién demonios se creía que era?

—Sí, tan perfecto que falló.

Me enfurecí.

—Espera. Ese fue un pase sólido. Si no lo viste venir es culpa tuya. ¿Tal vez tu pretenciosa barba de aspirante a hípster está empezando a afectar a tu percepción de la profundidad? Que creas que lo sabes todo sobre reportajes y edición no significa que también lo sepas todo sobre fútbol. ¿Qué te pasa? ¿Tanto necesitas ser el mejor en todo que disfrutas señalando lo que está mal en los demás? Sí, todos hemos visto que sabes jugar. ¿Y qué? Eso no significa que los demás no sepamos también.

Me eché la mochila al hombro y caminé más deprisa hacia el estacionamiento. En cuestión de segundos, oí un ruido de tacos en el pavimento detrás de mí.

—¿Dices estas cosas por el partido o por lo que oíste el jueves?

Mis manos se cerraron en puños y me di la vuelta.

—Es por las dos cosas. Es obvio que no confías en mí como periodista, y tampoco necesito que me cuestiones en el campo.

—Solo intentaba ayudarte.

—¿Cómo? ¿Siendo mi editor personal de fútbol?

Levantó las manos.

—Bien. Si realmente no puedes ser una adulta y separar tus sentimientos hacia mí como editor, de mí como tu compañero de equipo, entonces no necesito volver el próximo domingo. Problema resuelto —dijo.

—No te preocupes, soy yo quien no vendrá más.

Se pasó la mano por la cara.

—Jesús, ¿por qué tienes que ser una mártir?

—¿De qué estás hablando?

—Estoy tratando de ser caballeroso, dejando que tú te quedes en el equipo.

Eso me hizo caer en picada.

—¿Dejarme? ¿Tú dejarme? Aclaremos algunas cosas, señor Mendes. En primer lugar, no necesito tu maldita caballerosidad. En segundo, no necesito tu permiso para *dejarme* hacer nada fuera de la redacción. Si quiero dejar el puto equipo, lo dejo.

Se encogió de hombros y negó con la cabeza.

—Bien. Haz lo que quieras. Pero ¿cuándo te vas a dar cuenta de que no necesitas jugar a la defensiva todo el tiempo? Sobre todo, en la redacción.

—¿No? Entonces, ¿por qué recibí un mensaje de Charlie esta mañana diciendo que quiere que tú y yo nos reunamos con él mañana a primera hora?

—¿Qué?

La verdad, parecía sorprendido. *Mentiroso.*

—Si parece que estoy a la defensiva todo el tiempo es porque intento salvar mi maldito trabajo. No todos podemos conseguir un contrato para un libro o un Pulitzer. Este es el único trabajo que tengo y lo necesito. Así que discúlpame si siento que desde que llegaste has convertido en tu misión personal demostrar a todo el mundo que no me lo merezco.

Eso lo dejó callado el tiempo suficiente para que yo pudiera subir a mi auto e irme a toda velocidad.

La mañana siguiente, entré en la oficina del *News-Press* preparada para pelear. Sabía que me había pasado de la raya después del partido. Nada más salir al campo estaba de mal humor y me desahogué con Adrian. Pero no podía cambiar lo que había dicho y ahora tendría que afrontar las consecuencias de tener una bocona. En el trayecto había ensayado qué decir en caso de que necesitara convencer a Charlie de por qué no debía suspenderme ni obligarme a limpiar mi escritorio.

Él y Adrian ya estaban en la sala de conferencias cuando llegué. Tomé asiento frente a ellos, en el lado opuesto de la mesa. Luego, casi me caigo del susto cuando vi la cara de Adrian.

Se había afeitado.

Y el imbécil lucía aún más sexy. *El muy bastardo.*

—Muy bien —comenzó Charlie—. Gracias por reunirse conmigo esta mañana, colegas. No quería hacer esto en mi oficina porque, con las paredes y puertas de cristal, es como estar dentro de una pecera. Además, los periodistas son entrometidos, así que pensé que reunirnos aquí nos daría algo de intimidad.

Ambos asentimos.

—He oído por una tercera persona que hubo, cómo decirlo, un desacuerdo muy fuerte entre ustedes el jueves por la noche. Me doy cuenta de que cierta tensión se ha formado entre ambos y creo que debemos hablar de ello y averiguar cómo podemos seguir adelante.

Abrí la boca para defenderme, pero Adrian se me adelantó.

—Sí, es verdad. Hubo un pequeño desacuerdo sobre la redacción de una historia, pero no fue nada. De hecho, hablé con Erica el fin de semana y ahora veo que mi estilo de edición podría ser mejor en términos de trabajo en equipo. Espero que ella comprenda que yo también sigo aprendiendo en lo que se refiere a ser editor de este tipo de periódico.

¿Me habré equivocado de sala de conferencias? ¿Estaba Adrian Mendes verdaderamente admitiendo que no era perfecto en algo? ¿Quizás yo no era la única que había reflexionado anoche? En cualquier caso, había pedido por una oportunidad para arreglar las cosas y él me la estaba dando.

—Y ahora me doy cuenta —interrumpí rápidamente antes de que él pudiera continuar— de que no necesito estar tan a la defensiva cuando se trata de que Adrian edite mis historias. Confío en que podremos dejar atrás nuestros problemas y trabajar juntos como un equipo de aquí en adelante.

Esta vez me miró a los ojos. No podría asegurarlo, pero creo que sonrió un poco.

Charlie exhaló un gran suspiro.

—Qué bien. Supongo que no necesitábamos vernos después de todo. Ahora, si me disculpan, aún no he tomado mi café.

Todos nos levantamos para irnos. Ya estaba a punto de seguir a Charlie por la puerta cuando Adrian exclamó:

—Erica, ¿puedo hablar contigo un minuto?

Asentí y caminé hacia él.

—¿Lo decías en serio? —preguntó—. Ya sabes, lo de trabajar juntos.

Solté un largo suspiro.

—Lo dije en serio. Mira, pensé en lo que mencionaste sobre que yo estaba a la defensiva todo el tiempo, y no estuviste del todo equivocado. No veía tus ediciones como un signo de ayuda. En cambio, pensaba que más bien querías señalar lo mala que era en mi trabajo.

—¿Eso pensabas? Entonces te pido disculpas. Como dije, necesito trabajar en mi forma de abordar las cosas… y de tratar con la gente. ¿Qué tal si empezamos de nuevo?

Sonreí y asentí.

—Me parece bien.

—¿Y qué pasa con el equipo de fútbol? Tienes mucho talento, Erica. Se nota lo mucho que te gusta jugar. Por favor, no lo abandones por mi culpa.

—Lo pensaré. Y… gracias. —Entonces, antes de que pudiera contenerme, solté—: Siento lo que dije sobre tu barba. Pero realmente te ves mejor sin ella.

Adrian se sonrojó. Se sonrojó de verdad. Se me paró el corazón de lo dulce que se veía.

No, no, no. No puedes pensar así de tu jefe. Así que hice lo único que se me ocurrió para que mi corazón volviera a latir.

Salí corriendo de la sala de conferencias.

Capítulo 15
SELENA

Comprobé mi nuevo Apple Watch por tercera vez. Incluso a unos días de haberlo comprado, el arrebato de ver lo increíble que se veía en mi muñeca todavía no había disminuido. Pero, aunque hubiera mirado la hora en mi viejo Swatch de tercer grado, igual sabría que Kat se había tomado dos horas para almorzar.

Katherine "Kat" Martin era la vicepresidenta sénior de *marketing* de Umbridge & Umbridge. Mi jefa era guapa, inteligente y moderna, pero ojo, también una perra malvada y fría. A Kat la contrataron tan solo unos meses antes que a mí, pero por su actitud de superioridad y su aire prepotente, cualquiera hubiera dicho desde entonces que era la jefa de la empresa. Hice todo lo que pude para no estorbarla y realizar mi trabajo sin muchas instrucciones. La mayor parte del tiempo, Kat se comunicaba conmigo por correo electrónico, aunque mi cubículo estaba justo enfrente de su puerta y la puerta solía estar abierta. Escribía todos sus correos con MAYÚSCULAS y ni una sola vez usaba las palabras *gracias*, *por favor* o *buen trabajo*. Algunos días hasta me pasaba por la cabeza que me ocultaba información a propósito para hacerme quedar mal.

Pero no era mi trabajo vigilarla. Y en realidad disfrutaba el tiempo que pasaba fuera de la oficina, algo que ella había estado haciendo más y más últimamente. Sin embargo, no podría haberme importado menos dónde estaba o qué hacía.

Excepto ahora que su jefe me preguntaba si sabía dónde ella podría encontrarse.

Alan se había dirigido a mi mesa justo a las 11:30 de la mañana tras darse cuenta de que Kat no estaba en su oficina. Le dije lo que siempre decía:

—Creo que la vi dirigiéndose al área de fotocopias.

Realmente nunca sabía dónde se metía Kat porque no me lo decía. Aun así, entendía que yo quedaría mal con ella si decía algo. Así que siempre mentía en su favor.

Hoy, sin embargo, Alan estaba persistente.

Cuando volvió a llamarme para preguntarme si la había visto, miré el reloj y me di cuenta de que hacía más de treinta minutos que se había ido. Así que le dije que ahora creía que se había ido a comer.

Pero ya era la 1:30 p. m. y el jefe estaba otra vez parado frente a mí, preguntando por ella. Y a pesar de lo increíble que era mi nuevo reloj, no podía decirme adónde había ido Katherine.

Cuando estaba a punto de confesarle que no tenía ni idea, la vi entrar rápidamente en su oficina y cerrar la puerta. Pero antes me di cuenta de que llevaba la blusa desabrochada y el moño de esta mañana ya no estaba.

—Acaba de regresar —dije, y señalé detrás de él.

Dio media vuelta y se dirigió a su oficina. Aliviada por haberme librado del asunto, me puse a contestar algunos correos electrónicos. Pero mi paz no duró mucho.

Menos de diez minutos después, me llamó Kat.

Su puerta estaba abierta. Me pregunté cuándo se habría marchado Alan. Entonces, ella me miró de atrás de su escritorio.

—¿Por qué no me mandaste un mensaje diciendo que Alan me buscaba? —me dijo en cuanto me senté.

Me encogí de hombros.

—No sabía que ibas a estar fuera tanto tiempo.

Sus ojos se entrecerraron.

—¿Qué se supone que significa eso?

—Pensé que todavía estabas en el edificio. Supuse que volverías en algún momento.

—La próxima vez, mándame un mensaje. No supongas nada, ¿de acuerdo?

—De acuerdo —respondí. Una parte de mí quería preguntarle dónde había estado. Pero sabía que no debía hacerlo—. ¿Eso es todo?

Me entregó una carpeta y se volvió hacia la pantalla de su computadora.

—Alan quiere que mires este *stock* de fotos de parejas y elijas las que creas que podríamos hacer pasar por hispanas.

Abrí la carpeta y vi dos páginas llenas de imágenes.

—¿En serio me estás pidiendo que elija basándome en el color de la piel de las personas?

Kat se volvió para mirarme.

—Eso es exactamente lo que te estoy pidiendo. ¿Cuál es el problema?

Cualquier otro día habría mantenido la boca cerrada. Pero no me gustaba tener que mentirle a Umbridge en su nombre.

—No todos los latinos son morenos. Creo que el departamento gráfico debería volver a la pizarra de dibujo y sacar imágenes que utilicen específicamente modelos latinos.

Me preparé para su sarcasmo habitual. En lugar de eso, cruzó los brazos delante del pecho y se reclinó en la silla.

—Ve a la sala de conferencias en cinco minutos. Vas a asistir a una reunión con un nuevo cliente.

Kat rara vez me invitaba a reuniones con nuevos clientes. Mis instintos me decían que algo pasaba. El pánico se apoderó de mis entrañas y me arrepentí al instante de lo que había elegido para almorzar. Yo había consultado su agenda cuando Alan la estaba buscando, así que sabía que la reunión era con alguien llamado Scott Anderson, de una empresa llamada Cup of Sugar.

La empresa me sonaba vagamente, pero no tuve tiempo de hacer una búsqueda rápida en Internet. Salí de su despacho y me detuve en mi mesa para coger un bloc de notas, un bolígrafo y mi iPhone. Luego me apresuré a la sala de conferencias.

Kat ya estaba allí, sentada a la cabecera de la mesa, y a su derecha había un hombre que supuse era el señor Anderson. Era más joven de lo que me había imaginado, quizá treintañero o puede que cuarentón. A su izquierda estaba Henry Umbridge.

—Scott, esta es mi adjunta, Selena Lopez —me presentó Kat con su falso tono almibarado—. Le pedí a Selena que se uniera a nosotros ya que mencionaste por teléfono que también estabas interesado en obtener algunas ideas para estrategias de redes sociales. Pensé que podríamos hablar de eso hoy.

El señor Anderson se levantó y me estrechó la mano. Su palma era fría y su apretón, fuerte. Noté que sus ojos eran de color avellana y que su sonrisa era cálida y despreocupada.

—Gracias por estar aquí, Selena. Estoy impaciente por oír todas tus ideas.

¡Oh, mierda! Así que eso es lo que tramaba la muy perra. Meterme en el último minuto para que no estuviera preparada y luego disculparse profusamente con el cliente por mi incompetencia. Así Kat podría culparme por nuestra falta de estrategia en redes sociales, ya que esta era un área en la que ella no era experta y yo sí. O, en todo caso, yo era lo más parecido a una experta que Umbridge & Umbridge pudiera ofrecer.

Mientras Kat repasaba su presentación en PowerPoint sobre publicidad, relaciones públicas y planes de *marketing*, recordé dónde había oído antes el nombre de la empresa. Era la empresa con la que Nathan se había reunido el mes pasado.

Cup of Sugar era una aplicación emergente que permitía a vecinos alquilar o vender cosas a otras personas que vivían cerca. Nathan había explicado que la empresa estaba a punto de expandirse y que lo habían contratado para ayudar a encontrar personal para algunos puestos clave. Se había impresionado mucho con los comienzos de este negocio y sus planes a futuro.

Y, afortunadamente para mí, yo había escuchado cada palabra que dijo, muy a diferencia de Kat.

—Como puedes ver, Scott, Umbridge & Umbridge es una agencia con servicios integrales que puede ofrecer estrategias eficaces y galardonadas que llevarán la marca de su empresa al siguiente nivel —ronroneó Kat al concluir su presentación de PowerPoint.

Scott asintió y sonrió a Kat. Luego se volvió para mirarme, así como Umbridge y también Kat, con su malvada sonrisa de Cheshire.

Me aclaré la garganta y devolví la sonrisa.

—Perdóneme, señor Anderson, pero no tengo una presentación en PowerPoint como la de Kat —empecé. Me di cuenta de que la malvada bruja iba a hacerse la sorprendida, así que continué—: Pero basándome en las raíces de su empresa, supuse que apreciaría un enfoque más orgánico.

Durante los siguientes veinte minutos, les hablé sobre la creación de una estrategia en las redes sociales que diera a conocer la marca y mantuviera, al mismo tiempo, su carácter desenfadado y local.

—Estoy muy impresionado, Selena —dijo el señor Anderson cuando terminé mi improvisada presentación—. Me pondré en contacto contigo en unos días para discutir los próximos pasos.

El orgullo se apoderó de mí junto con un poco de petulancia. Bueno, mucha petulancia. En especial cuando miré a Kat. Sus labios finos y sus brazos cruzados me dijeron que lo había hecho mejor de lo que pensaba. Fue una sensación increíble. Y el hecho de que también hiciera que Kat se hirviera de celos era un gran bono.

Me quedé sentada mientras todos los demás se levantaban para marcharse, ya que Kat siempre esperaba que yo guardara la *laptop*, las pantallas e incluso que limpiara las tazas de café y las bandejas de panes dulces después de todas las reuniones con los clientes. Así que recogí los papeles de la mesa y empecé a apagar la *laptop*. Fue entonces cuando me di cuenta de que ella había dejado el móvil. Lo tomé y estaba a punto de salir corriendo tras ella cuando apareció.

—Sabía que olvidaba algo —dijo.

—Estaba a punto de ir a dártelo —le expliqué, entregándole el teléfono.

Por supuesto, no me dio las gracias.

—¿Miraste mis mensajes?

—¿Qué? Claro que no.

Consultó su teléfono, sonrió y se lo metió en el bolsillo. Pero su sonrisa desapareció.

—Iba a reunirme contigo más tarde para decirte lo siguiente, pero tengo que salir a hacer un recado y puede que no regrese por el resto del día —dijo—. He decidido incorporar a Rebecca para que se encargue de la estrategia de redes sociales de esta cuenta.

El corazón me dio un vuelco.

—No lo entiendo. Creo que demostré que…

—Hoy estuviste bien, pero no estoy convencida de que tu enfoque sea lo que Cup of Sugar necesita.

—Al señor Anderson pareció gustarle mi enfoque.

No pude evitar añadir el golpe.

Sus ojos se entrecerraron aún más.

—Sí, bueno, pero el señor Anderson no es tu jefe. Además, no vas a tener tiempo para dedicarte a una cuenta de esa magnitud. Tenemos nuevas campañas en marcha y vas a estar hasta arriba de informes.

En cuanto Kat salió de la habitación, me desplomé en una silla. ¿Qué demonios acababa de pasar? Había hecho una presentación estupenda. Sobre todo, teniendo en cuenta que no había preparado nada, y ella lo sabía. ¿Cómo podía eliminarme de ese trabajo? No era justo.

Pero me negué a llorar por ello. No era mi estilo. En su lugar, cogí mi móvil y envié un mensaje a Nathan. Supongo que, después de todo, sí iba a haber una visita planeada a Nueva York.

Capítulo 16
MARI

El agua caliente me sentaba bien. Era un domingo tranquilo y aproveché para darme un chapuzón rápido en la piscina climatizada de mi jardín.

Siempre fui muy buena nadadora, lo único bueno que heredé de mi padre. Welita decía que él había ganado muchos campeonatos de natación en la preparatoria. Así que, incluso antes de que yo caminara, mi padre me metió en la piscina de nuestro complejo de apartamentos y me enseñó a nadar. Según Welita, solía llamarme su "pescadito", algo que tampoco recuerdo.

Lo que sí recuerdo es que todos los veranos, hasta que cumplimos once o doce años, mis primas y yo tomábamos clases de natación en la piscina pública local. Ellas se quedaron en la clase básica, nadando en la parte poco profunda, pero yo pasé rápidamente al grupo avanzado en la parte profunda. Mi abuelo nos llevaba y se sentaba en el auto a escuchar la radio mientras tomábamos la clase. Siempre se molestaba porque mojábamos los asientos del auto, así que nos sentábamos en toallas y temblábamos durante todo el trayecto de vuelta a casa.

Acabé entrando en el equipo de natación en la prepa, pero lo dejé a mitad de la primera temporada. Mi padre había insistido mucho en que quería venir a las competiciones, así que en vez de decirle que no quería verlo ahí, lo abandoné.

Acababa de salir a tomar aire en mi décima vuelta cuando me fijé en un par de zapatos de hombre, caros, de vestir, al borde de la piscina. Me quité el agua de los ojos, me eché el cabello hacia atrás y vi a mi marido mirándome.

—Me encanta verte nadar —me dijo. Incluso en la bruma del cloro, pude ver el deseo en sus ojos. Me excité de inmediato.

—Lo sé. ¿Por qué no te quitas la camisa y te metes? Podría enseñarte algunos movimientos.

—Aunque suena tentador, solo salí para avisarte que estaba en casa, pero tengo que volver a salir. —Se agachó justo cuando me había apoyado en el borde de la piscina con mis codos—. Termina de nadar.

No iba a dejar que se librara tan fácilmente de mí. Sobre todo, porque hacía días que no hacíamos el amor.

—No, está bien. Ya había terminado de cualquier manera. Espera, saldré y caminaré contigo de vuelta a la casa.

Apartándome del borde, le dediqué una sonrisa pícara. Luego me giré para zambullirme bajo el agua. Sabía que estaba demostrando mis habilidades como nadadora, pero en realidad tenía en mente otro tipo de espectáculo. Quería que me viera salir de la piscina. Llevaba puesto uno de mis bikinis más sexys, blanco con lazos plateados, y estaba agradecida de poder modelarlo delante de él.

Cuando llegué a la parte menos profunda, me levanté despacio y subí los tres escalones para que pudiera darme un buen vistazo. El aire frío me puso la piel de gallina y me estremecí.

Esteban cogió mi toalla de rayas de una de las tumbonas y me la puso alrededor de los hombros.

Levanté la cabeza para besarlo, pero él se apartó.

—Me vas a mojar —susurró.

—Esa es la idea —le susurré también con una sonrisa.

—No se puede.

—Claro que sí. Ya estoy medio desnuda.

—Chris está dentro esperándome.

Al oír el nombre de Chris, di un paso atrás.

—¿Chris? ¿Por qué?

—Vamos a Santa Mónica a cenar con un nuevo cliente. Te lo conté anoche.

Retazos de la conversación empezaron a volver. La que habíamos tenido mientras él estaba en la ducha y yo me cepillaba el pelo antes de acostarme. Eso era lo que llamaba "tiempo de calidad" para ponernos al día mientras estaba en modo juicio.

—Sí, lo hiciste. Supongo que lo olvidé.

Me lanzó una mirada que decía que sabía que estaba haciendo pucheros.

—Trataré de llegar a casa temprano.

Respondí a su promesa con una sonrisa rápida, aunque sabía que era vacía. Las cenas con los clientes siempre eran hasta bien tarde. Sabía que esa noche no podía esperar nada más que una cita con mi vibrador.

Me dio un beso en la frente y me dijo que me diera prisa para entrar antes de que pescara un resfriado. Pero esperé quince minutos antes de seguir sus instrucciones. De ninguna manera iba a arriesgarme a ver a Chris así, sintiéndome tan expuesta.

Y no lo decía solo por mi diminuto traje de baño.

◆ ◆ ◆

Más tarde esa noche, me desperté con unos suaves besos en el cuello. Mi mano se estiró en la oscuridad para tocar la mejilla de Esteban.

—Estás en casa —susurré.

—Lo siento. Pensé que, si llegaba a casa sobre las once, aún estarías despierta.

Unos dedos pesados encontraron mi pecho derecho y suspiré.

—Ya estoy despierta.

—Sí, me doy cuenta —dijo mientras me pellizcaba el pezón hasta que se endureció.

El calor se acumuló entre mis piernas y tiré de él hacia mí hasta que nuestros labios se encontraron bajo el único rayo de luz de luna que entraba por la ventana sobre nuestra cama. Nuestras respiraciones se entrecortaron y tiramos de la ropa hasta que no quedó nada que impidiera que nuestros cuerpos calientes se tocaran.

—Te he echado de menos —cuchicheó.

—Aquí me tienes —le dije, y llevé su mano a mi sexo.

Me metió un dedo y los dos gemimos.

—Llevo toda la noche pensando en hacer esto. Apenas pude escuchar a mi cliente durante la cena porque las imágenes de ti en ese traje de baño sexy no dejaban de pasar por mi cabeza.

Nos besamos hasta que me estremecí con su mano. Entonces se movió entre mis piernas y por fin nos dio a los dos lo que tanto necesitábamos. Más tarde, cuando me abrazó contra su pecho, me sentí como antes. Aquel antes cuando estábamos conectados y siempre en la misma página. Tal vez por eso decidí confesarle algo.

—¿Adivina quién me ha llamado hoy?

Esteban me besó en la coronilla y preguntó:

—¿Quién?

—Julissa, de más abajo en la cuadra. Va a organizar un *baby shower* para su hija dentro de unas semanas y me ha pedido que le haga unos dulces de limón para la fiesta. Incluso quiere pagarme.

Me había emocionado tanto después de colgar el teléfono que había estado a punto de llamarlo en ese mismo momento. Pero decírselo ahora, así, era mucho mejor. Qué equivocada estaba.

Esteban se apartó de mí.

—¿Pagarte? No eres un servicio de *catering* de alquiler. ¿Quién demonios se cree que es?

Aunque apenas podía verle la cara, su enfado era inconfundible. Me incorporé y tiré de la sábana para cubrir mi desnudez.

—¿Por qué estás tan enfadado? Creía que estarías orgulloso de mí. Julissa se esmera en sus fiestas y solo contrata a los mejores. Eso significa que cree que mis dulces son de calidad. Quiero hacerlo.

—Por supuesto que no. Las mujeres que asistirán a ese *baby shower* son las mismas que ves en el club o en tus comités. ¿No crees que aprovecharán esta oportunidad para tratarte de forma diferente? ¿No recuerdas lo difícil que fue para ti cuando nos casamos? Por fin sientes que perteneces. ¿Por qué querrías arriesgar eso?

No se equivocaba. ¿Cuántas veces había vuelto a casa llorando después de que alguna de esas esnobs engreídas hubiera hecho un comentario sarcástico sobre que yo era una cazafortunas? ¿Cuántas veces fingieron ser amables conmigo, en mi cara, para luego burlarse a mis espaldas?

Pero ¿desde cuándo había pasado de odiar a esas mujeres a convertirme en una de ellas? Pensar eso me hizo desear aún más el trabajo.

—Pero Esteban, yo… necesito… hacer algo por mí.

No estaba dispuesto a cambiar de parecer.

—Pensé que habíamos acordado que cuando nos casáramos ibas a renunciar a cualquier idea sobre el negocio de *catering*.

Un calor diferente recorrió mi cuerpo.

—No estuve de acuerdo con eso y lo sabes. Dije que esperaría y ya he terminado de esperar. Me lo prometiste.

Esteban se bajó de la cama y se dirigió a su armario, al otro lado del dormitorio. Pero antes de entrar, dijo:

—Y tú me prometiste un bebé.

Hasta ahí llegó lo de estar en la misma página.

Capítulo 17
GRACIE

—¿Qué piensas del nuevo profesor de Educación Física?

Acababa de volver de acompañar a los alumnos y los padres hasta el estacionamiento, y la pregunta de la hermana Patricia casi me hace tropezar con el contén de la acera. Se había terminado el horario de clase y estábamos de guardia de tránsito.

Pensé detenidamente mi respuesta antes de contestar.

—Parece que le cae bien a los alumnos.

Era la verdad. Mis propios alumnos cantaban sus alabanzas todos los miércoles al volver de cualquier actividad que él les hubiera hecho completar.

La hermana Patricia hizo un gesto con la mano para que avanzara la fila de autos.

—Sí, bueno. Aun así, hay algo en él que no me acaba de gustar.

—¿En serio? —dije.

Mi voz sonó más curiosa de lo que quería.

—Tú también debes sentir algo parecido. Por eso nunca hablas con él, ¿verdad? —preguntó.

Levanté la cabeza para mirarla.

—Yo sí hablo con él.

Se encogió de hombros y volvió a saludar a los autos.

—Bueno, lo saludas. Pero nunca te he visto tener una conversación real con el hombre.

Pensé en los últimos días. Había visto a Tony en la sala de profesores, en nuestra reunión semanal y también en el patio de recreo. No eran precisamente las mejores oportunidades para charlar de verdad. Pero una parte de mí se había preguntado si debía ir a preguntarle por la fiesta de otoño. El comité tenía previsto reunirse la semana que viene y aún no habíamos pensado en ningún plan. Me había abstenido de molestarlo con el tema. Sobre todo, porque no quería que pensara que me inventaba excusas para hablar con él. Pero hoy la hermana Catherine había asomado la cabeza durante una tutoría y había mencionado lo mucho que le apetecía escuchar nuestros planes y que iba a reservar veinte minutos del orden del día solo para nosotros. No tenía ni idea de si Tony quería discutir ideas conmigo o proponer solamente las suyas. También me había convencido de que nunca era el momento adecuado para acercarme a él.

La vergüenza se enredaba en mi corazón.

Dios mío, ¿estoy evitando a Tony a propósito? ¿Es tan evidente? ¿Seré una persona horrible por voltearme en dirección contraria cada vez que lo veo caminar hacia mí?

Entonces me di cuenta de que Dios no tenía que responderme. Me había enviado a la hermana Patricia.

—¿Quizás debería esforzarme en ser más amable con él? —le pregunté.

La hermana levantó la barbilla haciendo con ella el gesto de "detrás de ti".

—Esta es tu oportunidad —dijo—. Viene caminando hacia acá ahora mismo.

Mi cuerpo se congeló mientras mi mente reproducía diferentes escenarios. ¿Debería girarme para mirarlo? ¿Debería esperar a que se acerque? ¿Qué le diré?

Incluso sin mirar, intuí que ya estaba detrás de mí.

—No puede ser —oí que le dijo a la hermana Patricia—. Me equivoqué otra vez con el día que me toca cuidar el tránsito escolar. Aunque estaré encantado de quedarme si necesitan mi ayuda.

Ella me miró antes de contestarle. Bajé la mirada.

—Estamos bien. Gracias. Creo que mañana sí estás de servicio.

—De acuerdo entonces. Que tengan un buen resto de la tarde, señoritas.

Murmuré un rápido "gracias" antes de guiar al siguiente grupo a través del concurrido estacionamiento. Esta vez me quedé al otro lado de la acera hasta que se volvió a reunir suficiente gente en el contén. Cuando volví a mi sitio, Tony hacía tiempo que se había ido y la hermana Patricia seguía tan engreída como siempre.

Una hora más tarde estaba de nuevo afuera y me dirigía a casa. El cielo se había vuelto gris oscuro y con amenaza de lluvia. El aire olía a humedad, pero el asfalto del estacionamiento aún estaba tan seco como en la mañana.

Sin embargo, parecía que se avecinaba una tormenta.

Abrí el maletero y metí la mochila. Ya eran más de las cuatro de la tarde y aún tenía que llegar a casa y ayudar a mi madre con la cena. Me había enviado dos mensajes de texto para recordarme que pasara a buscar leche para el puré de papas. Pero la tutoría se había retrasado un poco debido a que un alumno de quinto grado había borrado accidentalmente todo lo que había completado en su *laptop*, incluidas sus tareas para el día siguiente.

El pitido de un silbato y unas palmas desviaron mi atención del maletero a las canchas de baloncesto situadas al otro lado del estacionamiento de St. Christopher's. Sabía por el horario publicado en la sala de profesores que nuestro equipo masculino de octavo grado jugaba contra el equipo de la otra preparatoria en la misma calle. Eso significaba que Tony estaba allí.

Pensé en lo que había dicho antes la hermana Patricia y en la cara de emoción de la hermana Catherine. Las monjas me tenían acorralada en una esquina. Era hora de acabar de una vez con el asunto. Volví a sacar la mochila, me la colgué al hombro y me dirigí a las canchas de baloncesto.

Dios mío, por favor, no dejes que vuelva a hacer el ridículo delante de él. Por una vez, quiero que vea que soy perfectamente capaz de mantener una conversación profesional. Es un profesor más, ¿verdad? No hay razón para que me ponga nerviosa. ¿De acuerdo? Gracias, Dios. Amén.

Las gradas estaban medio llenas y me senté cuatro filas más arriba. Me fijé en Tony, de pie junto a la pista, que gritaba a los jugadores mientras ellos se pasaban el balón de un lado a otro. Saqué mi carpeta y un bolígrafo de la mochila. No tenía ningún interés en ver el partido, así que pensé que mientras esperaba a Tony podría adelantar algo de trabajo.

—Maldita sea. Su culo se ve bien en esos *jeans* hoy.

Levanté la cabeza para ver quién hablaba y de quién hablaban. Era la rubia que tenía delante y miraba fijamente a Tony.

—¿Hoy? Todos los días, querrás decir —dijo la mujer sentada a su lado.

Las dos se rieron como colegialas y yo puse los ojos en blanco.

La rubia se inclinó hacia su amiga y le dijo algo en voz baja, pero no lo suficientemente baja como para que no alcanzara a oírla:

—He estado intentando que venga un sábado a casa para hacer algunos ejercicios con Sean, pero ha estado ocupado.

—¿Él hace eso?

—Sí. Fue a casa de Mónica después de clase un día de la semana pasada para practicar con Timothy. Pero luego, cuando ella lo invitó a quedarse a cenar, él dijo que ya tenía planes con su novia.

No pude evitar inclinarme un poco hacia delante. ¿Tony tenía novia?

—¿Tiene novia? —Al parecer la amiga estaba tan sorprendida como yo.

—Eso es lo que dijo, pero creo que solo lo hizo para no herir los sentimientos de Mónica. Quiero decir, vamos, ¿has visto la forma en que coquetea con nosotras? Si de verdad tiene novia, es obvio que no está contento con ella.

Odiaba estar escuchando a escondidas. No estaba bien. No era asunto mío saber si Tony tenía novia o si iba a engañarla con una de las madres del equipo. También odiaba cuánto me molestaba todo el asunto.

Sonó un silbato y se acabó el partido. Pero ahí también se acabó cualquier deseo que hubiera tenido de hablar con él sobre la reunión del comité. Se me ocurrirían mis propias ideas y se las presentaría a la hermana Catherine. Tony, por su parte, podía hacer lo él que quisiera.

Las madres que habían estado sentadas delante de mí se dirigieron a la pista. La rubia chocó los cinco con uno de los chicos y supuse que debía de ser su hijo. Entonces ella y su amiga se unieron al círculo de padres, y principalmente las madres, me di cuenta, rodeaban a Tony.

Eso era suficiente. Metí todo en la mochila y bajé. Sin ni siquiera mirar en su dirección, pasé rápido por delante de su club de fans.

—¡Gracie! ¡Oye, Gracie! ¡Espera!

Sin embargo, no me detuve. Los gritos de Tony me hacían caminar más rápido. Pero él tenía las piernas más largas y me alcanzó.

—¡Hola!

—Hola —le dije cuando me giré para mirarlo.

—¿Estabas viendo el partido?

—Solo los últimos minutos. Felicidades por la victoria. Nos vemos mañana.

Había dado unos pasos más cuando saltó delante de mí.

—¿Qué pasa? ¿Tienes una cita o algo así? —dijo.

¿Qué? ¿Por qué diría eso?

—¿Disculpa?

—Es que parece que tienes prisa, eso es todo. Esperaba que pudiéramos hablar sobre lo del comité de fiestas.

—Es verdad, pero ahora no es un buen momento. Tengo que irme a casa.

—Vale. ¿Qué tal si nos reunimos algún día después de clase para debatir algunas ideas? La hermana Catherine me separó justo antes del partido y básicamente me advirtió que teníamos que impresionar al comité.

Ah, entonces la hermana Catherine también lo estaba presionando. Por supuesto. Seguro ya estaba entrando en pánico porque lo había olvidado todo. Y, al igual que en octavo grado, esperaba que yo salvara el día.

—Ya te avisaré. Esta semana estoy bastante ocupada —le dije y eché a andar de nuevo.

Pero Tony no me dejó ir.

—Entonces, la semana que viene —me dijo, alcanzándome de nuevo, y siguió caminando a mi lado.

—Revisaré mi agenda y te llamaré.

—¿He hecho algo para molestarte? —preguntó.

Habíamos llegado a mi auto, así que me detuve y me giré para mirarlo de frente.

—¿Por qué dices eso?

Se encogió de hombros.

—Porque parece que no tienes problemas para hablar o ser amable con el resto de los profesores de esta escuela. Y yo solo obtengo de ti, cuando me ves, un educado "hola" o "hasta mañana." Por ejemplo, ahora estoy intentando acercarme a ti, para que los dos no parezcamos idiotas en la reunión del comité, y es como si ni te inmutaras.

La culpa me avergonzó y me hizo mirar al suelo en vez de a él.

Tiene razón. Estás juzgando al hombre basándote en el pasado y en chismes. Tú eres mejor que eso.

Lo miré fijamente.

—Lo siento si te he dado esa impresión. Tardo en acostumbrarme a la gente nueva.

—¿Nueva? Pero si me conoces desde siempre. —Sonrió, y eso me tranquilizó.

—En realidad, no. Pero tienes razón: tenemos que estar preparados para la reunión. ¿Qué tal si nos vemos el lunes? No tengo tutoría los lunes.

—Eso me sirve. ¿Pero puede ser más tarde, sobre las seis? Tengo entrenamiento.

Pensé en su posible novia.

—¿Estás seguro? No quiero entrometerme en tu vida personal.

—Estoy seguro. El lunes me queda perfecto. De acuerdo, será mejor que vuelva por si alguno de los padres aún necesita hablar conmigo.

—De acuerdo.

Estaba a punto de abrir la puerta del auto cuando Tony me volvió a llamar.

—Ah, Gracie, nos vemos mañana.

Capítulo 18
ERICA

Mi cerveza se había acabado y tenía que hacer algo al respecto.

Atravesé el mar de cuerpos que se había reunido en la sala pequeña de Deanna y Mark, decidida a no detenerme hasta llegar al surtido de cervezas que se enfriaban en cubos en el exterior. Estaba debatiéndome entre si tomar otra Hefeweizen o pasarme a las Coronas por el resto de la noche cuando un torso cubierto de cuadros apareció de la nada y me bloqueó el paso. El patrón rojo y gris era reconocible al instante. Después de todo, lo había visto prácticamente todo el día. Levanté la vista para encontrarme con la cara erudita de Adrian.

Tras la charla en la sala de conferencias, nuestra relación laboral había mejorado. Algo. Seguía siendo un arrogante sabelotodo, pero ahora parecía intentar ser más humano. Se aseguraba de decir a todo el mundo "buenos días" cuando entraba en la redacción, y de vez en cuando soltaba un "buen trabajo" a alguno de nosotros, los reporteros.

Al final no abandoné el equipo. Ya era lo bastante mayor como para admitir (aunque solo para mí misma) que él era un jugador de fútbol bastante bueno. Habíamos ganado todos los partidos desde que se había unido, así que, ¿quién era yo para arruinar algo que estaba funcionando? Había decidido que podía vivir viéndolo cada domingo fuera del trabajo. Y supongo que también algún que otro viernes por la noche, aquí y allá.

—Hola. Veo que pudiste venir después de todo —le dije.

—Hola, Erica. Sí. Steve solo tenía que corregir una historia más, así que pensé que estaría bien si me iba —respondió mientras observaba la multitud—. No esperaba ver tanta gente.

Me entraron ganas de reírme. Era una fiesta, por el amor de Dios. ¿Qué demonios esperaba? ¿Una cena a la luz de las velas para cuatro? Pero intenté contener el sarcasmo por el bien de los dos.

—A Deanna le gusta darlo todo cuando organiza fiestas. Incluso invita a sus vecinos para que después no se quejen del ruido.

Asintió como si fuera el tipo de persona que va por ahí juzgando las decisiones divertidas de los demás.

—Inteligente. Pero ¿por qué un viernes por la noche?

Supongo que sí era ese tipo de persona.

—Deanna está de guardia mañana —le expliqué, impacientándome por el hecho de que él seguía interponiéndose entre el alcohol y yo—. No quería arriesgarse a tener que irse en medio de la fiesta del cumpleaños número treinta de su novio.

—Oh.

Como no se apartó de mi camino ni continuó la conversación, le ofrecí:

—Si quieres tomar algo, las bebidas están fuera.

Sin esperar respuesta, lo rodeé y me dirigí al patio trasero. Mas no tardó mucho en seguirme.

—¿Qué estás bebiendo? —me preguntó justo cuando sacaba otra Hefeweizen de uno de los cubos.

Le enseñé la botella y agarré un abridor de una mesa cercana. Asintió con la cabeza en aprobación y tomó lo mismo.

—La comida está en la cocina —dije después de tomar mi primer sorbo—. Tienen una bandeja con bocadillos, papas fritas y pizza. Sé que Deanna también tiene un pastel, pero aún no lo ha sacado.

—Está bien. Tal vez me sirva algo dentro de un rato. ¿Ya comiste?

—Sí. Los sándwiches están muy buenos. Probablemente volveré por más luego. Necesito algo para compensar todo el alcohol que pienso beber.

Me reí, pero él apenas esbozó una sonrisa.

Muy bien. Había llegado el momento de dejar a mi jefe e ir a buscar gente que apreciara mi sentido del humor autocrítico. Pero cuando volví a entrar en busca de mis amigos, Adrian seguía justo detrás de mí. Se mantuvo conmigo mientras charlaba con dos compañeros de trabajo del concesionario de Mark, ofreciendo sus opiniones no solicitadas sobre los autos fabricados en el extranjero. Después me acompañó cuando me senté en el sofá junto a una pareja que solía jugar en el equipo, pero que se estaba tomando un descanso después de adoptar a dos niñas pequeñas de China.

—¿Dónde está Greg? —me preguntó Kyle después de darme un abrazo.

La mención de su nombre me paró en seco. Por supuesto, Kyle no podía saber lo que había pasado, ya que apenas había pasado un mes desde nuestra ruptura. Aunque cada vez se me daba mejor hablar de Greg, no me apetecía entrar en detalles escabrosos en aquel momento. Así que sacudí la cabeza y arrugué la cara.

—Es una larga historia. Además, ¡quiero ver a los bebés!

Kyle lanzó una mirada a su compañero, Devon, quien me ofreció una sonrisa simpática. Entendieron perfectamente.

—Son preciosas —dije con mimos mientras Kyle desplazaba las fotos de su teléfono y podíamos ver a las dos niñas con mejillas rollizas y sonrisas adorables.

—Mi madre insiste en que se parecen a mí cuando era bebé —dijo Devon, y todos nos echamos a reír.

Bueno, casi todos.

—Pero son adoptadas, ¿no? —preguntó Adrian en tono confuso.

—Sí. Por eso nos reímos —le expliqué.

Asintió con la cabeza, pero creo que seguía sin entender el chiste. Jesucristo, este tipo me estaba matando. Con todo, algo me impidió decirle que se alejara, por lo que estuvo a mi lado el resto de la noche. Y después de que nos unimos para cantar "Feliz cumpleaños" a Mark, agarramos nuestros trozos de pastel y volvimos a la parte de afuera. Sostuve nuestros platos mientras Adrian abría dos Hefeweizens más para nosotros y me indicaba que tomara asiento en el columpio del porche de Deanna. Luego se sentó a mi lado.

Comimos y bebimos en silencio durante unos minutos hasta que no pude contenerme más.

—¿Estoy loca o esta cerveza combina perfectamente con el pastel?

—Es el relleno de queso crema —dijo con toda la naturalidad.

—¿Eso crees?

—Sí, Erica. Así es. Las cervezas de trigo se complementan con los quesos más ligeros.

—Vaya, señor Mendes, sigues impresionándome con tus conocimientos multifacéticos.

—Supongo que ese será mi truco para triunfar en las fiestas entonces. No se me da bien la cháchara, por si no te has dado cuenta.

—Un poco —dije con honestidad e intenté no sonreír.

—Erica, lo siento si ofendí a tu amigo, hace un rato.

—¿A quién? ¿Devon? No te preocupes. No te golpeó la cara, así que obviamente no le importó.

Asintió y sonrió.

—Qué bueno.

Tomamos más tragos y más bocados.

—Entonces, ¿quién es Greg?

El tenedor que sostenía un trozo de glaseado se detuvo delante de mi boca. No se me ocurrió ninguna razón para no contestar, así que bajé el tenedor.

—Es mi ex. Rompimos justo antes de Navidad.

—¿Quién rompe justo antes de Navidad? Me parece que eso es más propio del primero de enero.

—¿Primero de enero?

—Sí. Así todavía tienes con quien pasar la Nochevieja.

—Cierto. ¿Cuenta si te acuestas con tu ex en Nochevieja, aunque hayan roto antes de Navidad? —Lo dije sin poder evitarlo. Hice una mueca de dolor, preparándome para su juicio o, peor aún, su decepción.

En cambio, pareció asentir en señal de comprensión.

—¿Cuánto tiempo llevaban juntos? —preguntó.

—Casi dos años. En realidad, hasta pensé que iba a casarme con él. Él, en cambio, no creía que yo fuera de las que son para casarse, supongo.

—Yo casi me casé una vez —anunció.

Su declaración me cogió por sorpresa.

—¿Cuándo?

—Hace mucho tiempo. Ella y yo salimos juntos en la universidad, y le propuse matrimonio la Navidad siguiente a nuestra graduación. Pero entonces conseguí el trabajo en Washington y ella no quiso mudarse conmigo. Todavía vive aquí. Bueno, en Los Ángeles. Sabes que soy de aquí, ¿verdad?

No lo sabía, pero aun así asentí.

—De todos modos, todo salió bien. Éramos demasiado jóvenes para comprometernos.

—¿La has visto desde tu regreso?

—Nop. Sus padres y los míos son muy buenos amigos, así que siempre me informan de cómo está. Ni siquiera sé si querría verme. Y no pasa nada. Ella hizo su vida después de que me fui. No necesito formar parte si ella no quiere.

Era raro escuchar a Adrian hablar de algo tan personal. Sin embargo, no se sentía raro en lo absoluto, sino cómodo, natural.

—¿Y tus padres? —pregunté, de repente queriendo saber más sobre él y su vida fuera del trabajo—. ¿Los visitas a menudo?

Incluso con poca luz, pude ver un tic de su mandíbula.

—No.

—¿Por qué no? —se me salió la periodista. Por supuesto que no iba a dejarlo pasar.

—Bueno, mi padre no estuvo muy emocionado con que aceptara el trabajo en *News-Press*. Quería que fuera a trabajar con él al negocio familiar.

Parece que el alcohol o el subidón de azúcar me hacían valiente.

—Adrian, ¿puedo hacerte una pregunta?

—Dispara —dijo mientras tomaba nuestros platos vacíos y los tiraba en la basura cercana.

—¿Y por qué fue que aceptaste el trabajo? ¿No tenías un gran contrato para un libro o algo así? Parece un cambio grande.

Volvió a sentarse.

—Mi segundo libro fracasó.

—¿Escribiste un segundo libro?

Se rio.

—Exacto. Me gasté el anticipo en comprar un apartamento en Washington, lo cual hizo que se acabara enseguida. Y con las ventas tan bajas, no había forma de que la editorial volviera a darme otro contrato de ese nivel. No se me ocurría cómo reinventarme a mí mismo ni escribir los libros que quería escribir, así que tuve que buscar trabajo. Pero sabía que de ninguna manera iba a trabajar para mi padre, así que llamé a algunos contactos y mi antiguo editor me habló de esta vacante. Era lo que estaba buscando en ese momento, supongo. Mi padre ha estado enfadado conmigo desde entonces. Llamo a mi madre todas las semanas, pero aún no estoy preparado para enfrentarme a él.

—Es una pena. Yo hablo con mi familia todos los días y los veo todos los fines de semana. Claro, solo viven a cinco minutos de mi casa.

—¿Tienes una familia grande?

No pude evitar sonreír.

—Enorme. Tengo la suerte de que mis abuelos siguen vivos. También mi bisabuela. La llamamos Welita.

—Es el diminutivo de *abuelita*, ¿verdad?

—Sí. Es una auténtica fuerza de la naturaleza y hace los mejores tamales del mundo. Bueno, técnicamente, nosotros hacemos los tamales entre todos y ella nos supervisa para asegurarse de que hacemos bien su receta.

—Hace años que no como tamales caseros. Tienes que traer al trabajo alguna vez.

Sacudí la cabeza.

—Lo siento. Los tamales de nuestra familia solo se hacen la mañana de Nochebuena. Quizá si sigues por aquí en diciembre, pueda sacarte un par.

—Voy a recordar que dijiste eso —aseguró riendo.

Aunque antes me había molestado un poco porque Adrian se había pegado a mí, estaba resultando no ser tan mal tipo.

—Si sirve de algo, creo que eres mucho más genial de lo que pensaba.

—Gracias. Si sirve de algo también, mereces más que un tipo que termina contigo justo antes de Navidad.

Y, para mi sorpresa, resultó que sirvió bastante.

Capítulo 19
SELENA

No me importaban tanto los susurros como las miradas.

Primero, sorpresa genuina. Luego, curiosidad. Y finalmente, la deliciosa aprobación. Todo disparado por un desconocido muy guapo que se había presentado con pizza y cerveza en el Inland Valley Civic Center. Un desconocido que ahora estaba ayudando a mi familia a preparar, para el día siguiente, la fiesta de quince años de Rachel.

Miré a Nathan, que estaba superconcentrado envolviendo un tenedor y un cuchillo de plástico con una servilleta de papel.

—Selena, ¿el tenedor va encima del cuchillo o es al revés? —preguntó en voz alta.

—Encima —respondieron Gracie y Erica al unísono.

Estábamos sentados todos juntos con Rachel en una mesa redonda dentro de una de las salas de banquetes del Civic Center. Nuestro grupo se encargaba de envolver 150 juegos de tenedores y cuchillos. Mi madre y mis tías estaban ocupadas en la esquina opuesta montando centros de mesa. Sentía que sus miradas me hacían un agujero en la nuca.

Iba a ser una noche muy larga.

Nathan me había llamado unas horas antes para decirme que había terminado sus reuniones antes de tiempo y que quería verme para cenar. Pero cuando le dije que no podía porque tenía que ayudar a preparar las cosas para la fiesta, me preguntó si necesitábamos otro par de manos.

Solo le di la dirección porque sinceramente pensé que estaba bromeando.

—Entonces, Nathan, ¿esta es la noche de viernes más excitante que has tenido en la vida o no? —Erica se burló.

Él me miró y me guiñó un ojo.

—La segunda más excitante.

—¿Cuál fue la primera? —preguntó Rachel inocentemente.

Tosí el trago de cerveza que acababa de tomar. Erica se partió de risa y la pobre Gracie se puso de un color rojo que nunca había visto. Estaba segura de que mi tez probablemente pertenecía a la misma paleta de color que la de ella. No ayudaba que Nathan pareciera bastante confiado de sí mismo. Tuve que darle una patada debajo de la mesa.

Me hizo una seña antes de contestar a Rachel.

—Mi noche de viernes más emocionante fue la noche… en la que fui a mi primer partido de los Cubs, cuando tenía once años.

Todos miramos a Rachel. Ella pareció satisfecha con su respuesta y siguió atando con tiras de cinta blanca los bulticos que habíamos creado. Luego volvió a hacer que me ahogara con mi cerveza cuando le preguntó a Nathan si quería venir a sus quince.

—Rachel, eres muy amable, pero Nathan vuelve a Nueva York mañana por la tarde —alcancé a decir.

Miré en su dirección, esperando que se negara amablemente. En lugar de eso, me sorprendió por segunda vez esa noche y dijo:

—Bueno, podría cambiar mi vuelo para el domingo. Si hay sitio, me encantaría venir.

Rachel saltó y aplaudió.

—¡Sí! Voy a decírselo a mi mamá ahora mismo.

Antes de que pudiera tirar del suéter de mi hermana para detenerla, ya estaba gritando la noticia a pleno pulmón. Estupendo. Eso sí que iba a hacer sonar la alarma para el escuadrón de entrometidas de la esquina.

—Le alegraste el día, Nathan —dijo Gracie—. ¿Estaba suspirando?

—Ya estoy deseando que llegue mañana —añadió Erica, mirándome directamente con una sonrisa malvada.

◆ ◆ ◆

—Entonces, de nuevo, ¿quiénes son los niños que se sientan en los bancos de la parte delantera? —susurró Nathan al comenzar la misa.

—Son su corte de honor —le susurró Erica, que estaba sentada a su lado izquierdo.

—¿Corte? ¿Como una corte real? ¿Por eso lleva una tiara?

Negué con la cabeza. Anoche, él había empezado a hacer preguntas y enseguida se había dado cuenta de que yo no era su mejor fuente de información. Yo misma había renunciado a celebrar mis quince y había optado por una fiesta a los dieciséis. Gracie también se había negado, sobre todo porque odiaba la idea de tener que pedir a los chicos del colegio que fueran a su cortejo, ya que todos nuestros primos varones tenían menos de seis años.

A nuestra hermana, sin embargo, le encantaba ser el centro de atención. Y si se le presentaba la oportunidad de disfrazarse y bailar con un chico, la iba a aprovechar.

Hasta hoy, Erica había sido la única de nuestras primas que celebró sus quince.

—Y entonces, ¿cuándo se cambia los zapatos? —preguntó Nathan unos minutos después, y me impresionó el hecho de que recordara la explicación de anoche de algunas de las tradiciones.

—Eso pasa en la fiesta, no aquí en la misa.

Asintió como si todos estos rituales desconocidos tuvieran sentido para él.

No pude evitar soltar una risita y aparté la mirada, pero di directamente con la de la divertida tía Espy, sentada en el banco de enfrente.

—Es tan dulce —dijo.

—Es solo un amigo —le contesté.

Me guiñó un ojo y puse los ojos en blanco.

No quería que ella ni nadie supiera que mi corazón iba a mil por hora. Me dije que no era para tanto que Nathan quisiera conocer a mi familia. Al fin y al cabo, era un amigo. Me dije que esa extraña sensación que sentía en la boca de mi estómago era solo porque Nathan me había sorprendido.

Seth siempre tenía una excusa cuando lo invitaba a fiestas y cenas familiares, así que nadie, excepto Gracie y Erica, lo había conocido. Pequeñas ventajas ahora, supongo.

Más tarde, en el Civic Center, hice jurar a mis primas que cuando les preguntaran por Nathan (porque lo harían), explicarían que solo era un amigo de otra ciudad. Pero eso no impidió que la madre de Erica le hiciera veinte preguntas mientras esperábamos en la cola del bufé.

¿Y a qué te dedicas?

Parece que viajas mucho. ¿No quieres sentar cabeza?

¿Con qué frecuencia vienes a California?

¿Te gusta la barbacoa o eres uno de esos vegetarianos veganos?

La última pregunta le desconcertó un poco, así que le expliqué.

—Se trata de carne de cabrito desmenuzada. Mi tío la hace para todas nuestras grandes fiestas familiares.

—Ah. Bueno, nunca la he probado, pero estoy dispuesto a intentarlo. —Luego añadió—: Me gusta una buena carne.

A medida que avanzaba por la fila, charlaba con cada pariente que le servía la comida. Cuando vi que mi madre le puso dos rollitos de más, dándole una enorme sonrisa bobalicona, me quedé detrás de él y, cuando se alejó, le dije:

—Mami, compórtate, por favor.

—¿Qué hice? —preguntó, tratando de hacerse la ofendida. Pero a mí no me engañaba.

—Ya expliqué que no es mi novio —dije lo más bajito que pude—. Solo somos amigos.

Amigos que duermen juntos.

—¿Qué te pareció? —le pregunté a Nathan cuando estábamos de vuelta en la mesa y había probado unos bocados de su barbacoa, arroz, frijoles y ensalada de papas.

—Asombroso. ¿Tus parientes hicieron todo esto?

—Sí. Incluso la salsa que hay en todas las mesas —contesté y bebí un trago de mi ponche.

—Oye, ¿por qué no tienes carne en el plato? Estoy seguro de que no eres una de esas vegetarianas veganas —bromeó.

—A Selena no le gusta la comida mexicana de verdad —dijo Gracie mientras se sentaba a mi lado con su plato.

—Eh, sí me gusta. Bueno, alguna. ¿No ves? Aquí tengo un poco de arroz —dije señalando mi plato casi vacío.

—Si la fiesta hubiera sido en casa de nuestra abuela, Selena se habría pedido una pizza para ella —dijo Erica. Todos se rieron y yo no pude enfadarme. Era totalmente cierto.

—Oh, créeme. Sé lo mucho que le gusta la pizza a Selena. Otra razón más que tiene para ir a Nueva York —dijo Nathan y le di una patada por debajo de la mesa. Pero ya era demasiado tarde.

—¿Cuándo vas a Nueva York? —Erica y Gracie preguntaron al mismo tiempo.

—No voy. Quiero decir, aún no sé. Nathan quiere que vaya de visita y todavía me lo estoy pensando.

Ignoré sus cejas arqueadas y me llevé a la boca un tenedor lleno de arroz. No pensaba ofrecer más combustible al tren de los chismes. Incluso la mera mención de la remota posibilidad de que me mudara a Nueva York por un nuevo trabajo se abriría paso por la recepción antes de que pudiera decir "Estatua de la Libertad".

—¿A alguien más no le sorprende que no esté aquí? —anunció Erica. Agradecí que cambiara de tema, pero me hubiera gustado que hubiera sido a otro.

Mari y Esteban no habían aparecido por la iglesia y una parte de mí esperaba que cruzaran pronto las puertas del vestíbulo. La otra parte de mí no podía contener la respiración.

No podría precisar el día exacto, pero en algún momento después de cumplir dieciséis años, Mari empezó a alejarse. El divorcio de sus padres fue duro para ella. Todas lo sabíamos. Fuimos jóvenes e ingenuas al pensar que podríamos hacerle la vida más fácil de alguna manera.

Primero, empezaron las excusas de por qué no podía venir a visitar a su padre el fin de semana que le había asignado el tribunal. Que si estaba enferma. Que tenía un proyecto escolar que hacer. Que porque quería pasar la noche en casa de una amiga.

Así que solo seguíamos en contacto escribiéndonos cartas y hablando por teléfono. Pero al llegar a la universidad, incluso esas conversaciones eran cada vez menos frecuentes. No recordaba la última vez que había venido por la semana de Pascua o al cumpleaños de alguna. Por último, se había perdido esta última Navidad.

—La fiesta no se ha terminado. Aún podría aparecer junto a su esposo —comentó Gracie.

—¿De quién hablan? —Nathan se inclinó hacia mí para preguntarme.

—De Mari, mi prima —contesté. Satisfecho con la respuesta, siguió comiendo.

Erica negaba con la cabeza.

—No entiendo por qué todo el mundo sigue esperando a que ella cambie.

—Selena, olvidaste presentarle tu amigo a alguien.

Todos levantamos la vista y vimos a la mamá de Erica de pie con Welita junto a nuestra mesa. Me pregunté cuánto habrían oído. Le di un codazo a Nathan y los dos nos levantamos. Welita le estrechó la mano mientras yo hacía las presentaciones. Le dijo en español que esperaba que se la estuviera pasando bien. Y, para mi asombro, él respondió.

Eso también la impresionó. Me miró, lo señaló y subió ambos pulgares en señal de aprobación. Antes de que mi tía la llevara a otra mesa, Welita le dijo algo a Erica en español. Ella asintió avergonzada.

—¿Qué te dijo? —pregunté cuando se habían retirado.

Nathan respondió antes de que Erica pudiera abrir la boca.

—Dijo que se supone que nunca debes renunciar a la familia.

Eso significaba que Welita nos había oído hablar de Mari.

Todos nos quedamos callados y nos concentramos en terminar la comida. Con el tiempo, Nathan volvió a hacer preguntas sobre las tradiciones de las quinceañeras y, al poco rato, ya nos estábamos riendo y la ausencia de Mari había quedado relegada a un segundo plano.

Más tarde, las luces de la sala se atenuaron y el DJ anunció a mi hermana y a su corte. Estaba guapísima con su vestido y se notaba que deliraba de felicidad. Mientras la observaba a ella y a su corte interpretando un vals cuidadosamente coreografiado, una parte de mí casi se arrepintió de no haber tenido fiesta de quince años.

El vals terminó y todos nos pusimos de pie para aplaudir la actuación. De pronto, una canción popular sonó por los altavoces y Erica gritó de emoción. Me agarró de la mano y me arrastró a la pista de baile. Y yo arrastré a Nathan.

Los tres bailamos las dos canciones siguientes hasta que Nathan y yo pedimos un descanso y volvimos a la mesa a sentarnos.

—¿Desde cuándo hablas español? —le pregunté mientras veía a mi prima y a mi hermana acercarse a hablar con mi madre y Welita.

—La vecina de al lado de mi casa solía cuidarme en la suya después de la escuela. Aprendí una que otra palabra viendo telenovelas.

Eso me hizo reír mucho.

—¿Qué otros talentos tienes que yo no conozca?

Se inclinó y me susurró al oído:

—Tengo muchos. Quizá, si te portas bien, te enseñe algunos nuevos esta noche.

El corazón se me aceleró y se me puso la piel de gallina. ¿Desde cuándo este hombre podía excitarme tanto con solo unas palabras? Y aunque me había irritado la reacción de mi familia, tenía que admitir que estaba disfrutando tener a Nathan a mi lado, y no solamente por lo que haríamos cuando volviéramos a mi casa. Me hacía reír y parecía gustarle de verdad mi familia.

¿Qué significaba todo eso?

Entonces recordé que se iría en unos días y que pasarían uno o dos meses antes de que volviera a verlo. Por tanto, en realidad, no significaba nada. Nathan era un amigo y nos gustaba tener sexo. Eso era todo.

Y yo estaba muy bien con eso.

Realmente bien.

Capítulo 20
MARI

Cuando Esteban entró por la puerta de nuestro cuarto, yo acababa de quitarme el último de los prendedores.

Me dolían el cuero cabelludo y las raíces del pelo después de todo el estira y encoje que tomó peinarme durante cuarenta y cinco minutos en la peluquería. Con todo, me puse mi elegante vestido azul. No porque me sintiera cómoda en él, sino porque quería que me lo viera puesto.

Y lo vio.

—¿Por qué estás tan elegante? —dijo mientras entraba a su armario para colgar el traje y la corbata.

—Porque por alguna tonta razón pensé que hoy íbamos a los quince de mi prima.

—Creía que eso era la semana que viene —dijo alzando la voz.

No respondí de inmediato. En cambio, me acerqué a él y le clavé en el pecho la invitación que había estado sosteniendo durante casi dos horas.

—No. Era hoy. A las tres de la tarde.

Me siguió fuera del armario.

—Mierda. Lo siento, cariño. Lo olvidé por completo. ¿Por qué no me mandaste un mensaje?

Me di la vuelta y levanté las manos.

—Porque estoy cansada de perseguirte y preguntarte cuándo vas a estar en casa. Es sábado, Esteban. ¿De verdad necesitabas estar en la oficina hasta tan tarde?

Intentó halarme hacia él, pero no cedí.

—Sabes que este juicio es importante. Cuando no estoy en el tribunal, tengo que estar preparándome para el juicio. Siento haberlo olvidado. Además, no pensé que realmente quisieras ir.

Al principio no quería. Pero hacía unas semanas que había llamado a Welita para preguntarle qué tipo de pan utilizaba en su receta de capirotada. No paró de repetirme lo emocionada que estaba por la fiesta y las ganas que tenía de verme. Incluso después de todos estos años, Welita todavía sabía cómo hacerme sentir el cargo de conciencia. Así que cambié de opinión.

Lograr que Esteban aceptara ir había sido más fácil de lo esperado. Sabía que se sentía culpable por haberme obligado a decirle que no a Julissa, y me había traído regalos a casa todos los días desde nuestra gran pelea.

Pero de pronto me di cuenta. ¿Había dicho que sí a la fiesta porque nunca tuvo la intención de ir?

Lo acusé exactamente de eso.

—¡Claro que no! —insistió—. De verdad que se me olvidó. Además, podrías haber ido sin mí.

Levanté las manos.

—Vaya, pero ese no es el punto. Te dije que te necesitaba allí para ayudarme a enfrentarme a mi padre. Y dijiste que irías conmigo.

Esta vez logró rodearme la cintura con los brazos y abrazarme.

—Lo siento. Déjame compensártelo. Pasaremos la tarde de mañana juntos, y te llevaré de compras y luego a cenar. Lo que quieras, adonde quieras.

Esteban me besó, pero yo no le devolví el beso. Quería decirle que no podía conseguir todo a base de besos y compras. Quería decirle que sentía que yo ya no existía en este matrimonio. Quería decirle que, si no tenía cuidado, su mejor amigo podría robarme.

—¿De verdad? ¿De verdad te vas a enfadar conmigo porque te perdiste una fiesta a la que probablemente ni querías ir?

Me aparté y respiré hondo.

—No se trata solo de la fiesta. A veces siento que no soy una prioridad para ti.

—¿De qué estás hablando? Tú eres mi mundo. Eres mi única prioridad.

—Sabes que eso no es verdad. Ya no lo soy.

Parecía como si lo hubiera abofeteado.

—Marisol, todo lo que hago es por ti.

—Lo sé. Lo sé. Pero a veces sería mejor que en vez de hacerlo todo, estuvieras más aquí conmigo.

—¿Esto es por el juicio? Sabes que no va a durar para siempre. Las cosas volverán a la normalidad.

No quería más esa normalidad. Ya no.

Pero sabía que no podía hacerlo entender. Al menos, no esta noche. Así que me dirigí a la puerta.

—¿Adónde vas? —preguntó.

—A hornear algo.

—¿Vestida así?

Me miré el vestido.

—No, tonto. Me pondré un delantal.

Pero cuando llegué a la cocina y saqué el delantal de la gaveta, lo volví a meter. De repente no me importaba mi vestido. Ni el delantal. Miré mi teléfono, que había dejado sobre la encimera. Las ganas de enviar un mensaje a Erica me abrumaron. Entonces recordé que probablemente estaría en la fiesta. Selena y Gracie también estarían allí. Y aunque me había convencido a mí misma de que sí estaba lista para verlas, no estaba tan segura de estar preparada para hablar con ellas.

Pensé en llamar a Chris. No lo había visto ni había hablado con él desde el día que fuimos a comer. Casi había sido un alivio que no se hubiera aparecido por aquí. Pero cuanto más tiempo pasaba sin hablar con él, más deseaba que al menos me enviara un mensaje.

¿Y después, *qué?*

No, no podía llamar a nadie. Así que abrí mi caja de recetas y saqué la tarjeta del quiche de espinacas y beicon. Si no podía dormir, me aseguraría de tener algo que comer cuando saliera el sol.

Capítulo 21
GRACIE

Resultó que Tony y yo estábamos más ocupados de lo que habíamos pensado.

Así que, en lugar de reunirnos el lunes, tuvimos que hacer nuestro debate de ideas justo antes de la reunión del comité del viernes. Me sugirió que fuéramos al Denny's al final de la calle de la escuela y acepté.

Salí corriendo de mi clase para ponerme unos *jeans* y una blusa ancha roja que sabía que ocultaba las partes de mi cuerpo que me acomplejaban. Tomé prestado un poco de rímel y pintalabios del neceser de maquillaje de Rachel e intenté arreglarme el pelo, pero no supe cómo utilizar sus rulos. Después de quince minutos alistándome, me miré en el espejo. Mi frente sudorosa, mis mejillas sonrosadas y mi pelo encrespado me daban ganas de llorar.

—No puedes perder quince kilos ni cambiar todo lo que no te gusta de ti en treinta minutos —murmuré a mi reflejo.

Así que me lavé la cara, me hice una coleta y conduje hasta el Denny's. No iba a matarme tratando de impresionar a Tony. No lo dejaría tener ese control sobre mí otra vez. A las 4:33 p. m.

entré al restaurante y busqué a Tony. No lo vi, así que seleccioné una mesa, me senté y esperé.

Querido Dios, por favor, no me dejes tener un ataque de pánico. Amén.

Pero cada minuto que se retrasaba aumentaba mi ansiedad y más parecía posible que me hubiera dejado plantada. Fui una idiota.

Terminé de tomarme el café que había pedido, dejé un par de dólares sobre la mesa y saqué las llaves del bolso.

—¡Hola! ¡Siento llegar tarde! —Tony se deslizó en la cabina frente a mí—. Quería ducharme y cambiarme, pero recibí una llamada y tardé más de lo que pensaba. Siento haberte hecho esperarme aquí.

Sonreí y volví a meter las llaves en el bolso.

—Oh, no pasa nada. No hay problema.

Apareció la camarera y Tony pidió una hamburguesa con papas fritas y una Coca-Cola. Yo pedí una ensalada y un vaso con agua. Saqué el cuaderno que había traído y empezamos a hablar de la fiesta.

—Recuerdo que la fiesta cra el lugar de moda cuando estábamos en la escuela —dijo Tony—. Rogaba a mis padres que me llevaran los tres días y me quedaba allí con mis amigos.

Mientras él rememoraba, yo me limitaba a asentir e intercalar algunas palabras aquí y allá. Me puso al día de lo que hacían algunos de nuestros antiguos compañeros de clase, ya que seguía en contacto con el mismo grupo desde entonces. Justin Silva era abogado en Miami; Lacey Buenavista estaba divorciada y tenía tres hijos en Seattle, y Tracy Kellogg era ahora Tracy Johnson, agente inmobiliaria en Houston. Al parecer, Tony y ella habían salido de vez en cuando estando en la prepa, pero se separaron en la universidad.

—Siempre imaginé que acabarían juntos —dije con naturalidad.

—Yo también lo supuse. Pero luego me lesioné la rodilla, y cuando su futuro de convertirse en la esposa trofeo de un jugador de béisbol de las grandes ligas desapareció, ella también —dijo Tony, con una pizca de amargura en el tono—. Pero hubo algo bueno en ello después de todo. No creo que ella hubiera querido volver aquí, a Inland Valley y a St. Christopher's.

—¿Y cómo te sientes ahora? ¿Por qué volviste? —pregunté, sorprendida de mi propia valentía para mantener una conversación profunda con él.

Le dio un buen mordisco a su hamburguesa y se encogió de hombros.

—Sinceramente, es el único sitio que me aceptó. Después de operarme de la rodilla, tuve que dejar la universidad porque estaba allí con una beca. Sin embargo, me quedé en Texas y encontré algunos trabajos como entrenador en un par de institutos. Incluso me licencié en kinesiología al cabo de unos años. Mi sueño siempre ha sido conseguir un puesto de entrenador en una universidad o incluso en un equipo profesional, pero nunca lo he conseguido. A principios de este año, solicité un puesto en el equipo de béisbol del Arizona College, pero me contestaron por correo electrónico que estaban congelando las contrataciones debido al presupuesto. El mismo día recibí otro correo electrónico de Jerry Patterson, ¿lo recuerdas? Sus hijos van a St. Christopher's y él es miembro de la Asociación de Padres y Maestros. Me dijo que me recomendaría para el puesto de instructor de Educación Física, y dos semanas después estaba en un avión de vuelta a California y a Inland Valley.

Se comió su última papa frita y me preguntó qué había sido de mí después de la prepa. Le conté la nada emocionante verdad. Fui a la universidad estatal de Los Ángeles, obtuve mis credenciales de profesora y conseguí mi primer y único trabajo aquí, en St. Christopher's.

—¿Y matrimonio? ¿Hijos? —me preguntó.

Me obligué a no sonrojarme, pero ya notaba el calor en mis cachetes.

—No…, nada, todavía no —dije, bajando la vista hacia mi ensalada.

Sentí que me miraba fijamente, así que me obligué a levantar la vista y a mirarlo a los ojos.

—¿Y tú? ¿Hay alguna futura señora Bautista por ahí?

—¿Ahora mismo? No. Pero sí, me gustaría sentar cabeza algún día.

—Deberías… Bueno, lo que quiero decir es que eres bueno con los niños. Probablemente serás un buen padre.

—Gracias. Sabes, Gracie, aquel primer día en el salón no pretendía avergonzarte —dijo. Podía sentir mis mejillas ardiendo ahora—. Fue solo que tú… Bueno, supongo que me sorprendió verte allí, después de tanto tiempo. De todos modos, solo quería decirte que fue agradable ver una cara familiar y espero, ya sabes, que podamos ser amigos de nuevo.

¿Otra vez? ¿Acaso me perdí la parte en la que fuimos amigos antes?

—Claro, por supuesto. Además, somos los más jóvenes del profesorado. Nosotros los jóvenes tenemos que mantenernos juntos —intenté bromear.

Sonrió y empezó a preguntarme si tenía alguna idea para la fiesta. Yo tenía la usual, la de siempre: más atracciones, más juegos. También le conté mi idea de organizar un concurso de cocinar un buen chili con carne. Le gustó todo lo que había en mi lista, pero él también tenía algunas ideas propias.

—Necesitamos algo que atraiga más gente —empezó—. Ya sabes, como música en vivo o algo así.

—Bueno, tenemos el coro de la iglesia que actúa los domingos, y el fin de semana hay un DJ, uno de los padres de la escuela que ofrece su tiempo de manera voluntaria —le dije.

—No, no, me refiero a bandas o cantantes de verdad. Estoy seguro de que hay algunos locales que saltarían ante la oportunidad de actuar frente a una audiencia en vivo.

Se veía tan guapo, entusiasmado con la idea de convertir la fiesta en un acontecimiento, en un destino. Empezó a hacer una lista con los nombres de bares y discotecas que podría visitar para localizar a posibles artistas.

Esa misma noche, durante la reunión del comité, Tony expuso nuestras ideas y todas fueron un éxito. Además de los grupos locales, incluso dijo que iba a llamar a un amigo para ver si podíamos conseguir uno o dos grupos o cantantes que hubieran grabado discos en los años 80 o 90, y que averiguaría cuánto cobrarían por actuar.

Hasta la hermana Catherine estaba entusiasmada, tanto que después se acercó a nosotros y nos dio un abrazo.

—Hacen un gran equipo —exclamó.

Cuando se alejó, Tony me guiñó un ojo y dijo:

—Hacemos un gran equipo.

Sonreí y floté hasta mi auto.

Capítulo 22
ERICA

Tengo muchas cualidades sobresalientes, pero ganar con mesura nunca ha sido una de ellas.

Tanto si se trataba de una partida de tres en raya con mi primo pequeño como si era un partido del torneo contra el equipo de fútbol mixto de la otra punta de la ciudad, yo siempre he tendido a excederme en las celebraciones.

Por eso seguía bailando como una idiota una hora después de nuestra reñida victoria en el campo.

—Ni siquiera están poniendo música —me explicó Adrian, como si eso fuera a detenerme.

—Ya habrá —dije—. Solo estoy entrando en calor.

Estábamos con el resto del equipo en nuestro lugar habitual de reunión después de los partidos, The Scoreboard. Debería haber estado agotada después de jugar tres partidos ese día. Pero no, en lugar de eso me había ido a casa para darme una ducha rápida, cambiarme y tomar un Lyft hasta el bar. Cuando entré por la puerta doble, el espacio estaba lleno de energía y listo para celebrar con bebidas y baile. Mucho baile.

Adrian puso los ojos en blanco y sacudió la cabeza.

—Eres ridícula a veces, ¿lo sabías?

Asentí con la cabeza, sonreí y tomé un sorbo de su cerveza.

—Oye, me la estaba bebiendo —se quejó, pero yo sabía que en realidad no le importaba. Bueno, ya no.

Si alguien me hubiera dicho hace dos meses que estaría compartiendo una cerveza con Adrian Mendes en un bar, seguro le habría dado un puñetazo en la cara por difundir mentiras. ¿Quién me iba a decir que llegaríamos a ser tan buenos amigos?

Él podía seguir siendo un imbécil cuando quería, sobre todo si pensaba que uno estaba siendo perezoso con los reportajes y con la escritura. Pero el resto del tiempo era divertido y generoso, y ni siquiera ya me molestaba que vomitara hechos e historias al azar. Bueno, no tanto.

Mark y Deanna se acercaron, así que decidí hacer una pausa en mi espectáculo de meneos y movimientos y me senté en una silla. El resto de los jugadores, sus familias y amigos estaban dispersos en las diferentes mesas altas y cabinas que rodeaban la única mesa de billar del bar.

—No me digas que estabas haciendo tu baile de la victoria otra vez —gimió Deanna mientras tomaba asiento.

—Lo estaba haciendo —respondió Adrian—. Y yo me sentía ridículo a su lado.

Le di un puñetazo en el hombro derecho.

—Oh, no mientas. Sabes que te encantó. Incluso ibas a hacer algunos "movimientos" antes de que ellos vinieran.

—Tú mientes. Nunca he hecho ni haré ningún "movimiento". ¿Qué significa eso, por cierto?

Fue mi turno de gruñir.

—Dios mío, por favor, no empieces toda una discusión sobre lo que significan las palabras en argot urbano.

—De acuerdo. Por ahora no cuestionaré nada —dijo.

—Ah, eres el mejor —bromeé. Y como habíamos ganado el partido y estaba de muy buen humor, y sobre todo porque ya me había tomado dos cervezas, le rodeé los hombros con mis brazos y lo abracé. Casi de inmediato, enderezó la espalda y su cuerpo se tensó junto al mío. Lo solté.

—Ok, ¿quién quiere otra ronda? —preguntó, poniéndose en pie.

Todos levantamos la mano y él y Mark se dirigieron a la barra. Se volvió y me preguntó si también quería compartir nachos y acepté.

No pasaron ni tres segundos después de que se alejara para que Deanna atacara.

—¿En verdad lo acabas de abrazar?

Yo estaba tan sorprendida como mi amiga por el hecho, pero le resté importancia.

—¿Y qué?

—¿Cómo que "y qué"? Siento que me perdí algo. ¿Los abrazos? ¿El coqueteo? ¿Qué pasó con el señor pinche imbécil?

Extendí la mano en un movimiento de parada.

—¡Eyyy! Espera un momento, carajo. Primero, aquí no hay ningún coqueteo. Y segundo, ciertamente él sigue siendo el señor pinche imbécil. Pero bueno, a veces.

—Si no hay coqueteo, entonces ¿qué era ese bailecito que estabas haciendo delante de él y el acuerdo de compartir un plato de nachos?

—Eh, ¿perdón? Compartiría nachos con cualquiera. Ya lo sabes.

Deanna frunció los labios y murmuró:

—Ummm. Lo que tú digas.

—Yo digo que somos amigos. Y eso es todo. ¿De acuerdo?

—De acuerdo. —Ella no parecía creerme.

Durante la hora siguiente, debido a las acusaciones de Deanna, fui muy consciente de lo que decía o hacía cerca de Adrian. ¿Estaba demasiado cerca? ¿Le habré rozado el brazo sin querer? ¿Lo miré mucho tiempo o le sonreí demasiado?

Si se había incomodado con el abrazo, no lo demostró. Aun así, no quería darle, ni a él ni a nadie, una impresión equivocada. Era mi jefe y mi amigo, no quería que pensara que me le estaba insinuando de ninguna forma. Así que cuando otro chico que no era de nuestro equipo se acercó y me sacó a bailar, aproveché la oportunidad.

La canción era rápida y al principio me pregunté si podría seguirle el ritmo. Me hizo girar y mi espíritu bailador se activó más. Con las manos en mis caderas, movía mi cuerpo al unísono con el suyo. Puse mis brazos alrededor de su cuello y relajé mi cuerpo para que pudiera manipularlo como una muñeca de trapo. Era como si él bailara para los dos.

—Te mueves muy bien —me gritó mi pareja de baile al oído.

—Tú también hueles bien.

Lo miré y sonreí. Era guapo, pero no era mi tipo. No había una razón específica para ello, simplemente no lo era. Y eso significaba que no tendría un segundo baile.

Pasado otro minuto intentó decirme algo, pero la música estaba demasiado alta para que pudiera distinguir cada palabra.

—¿Qué?

Volvió a acercarse a mi oído.

—Dije que si quieres salir a tomar el aire.

La canción terminó y pude oír cada palabra alto y claro. Tenía la intención de que me quedara a solas con él.

—En realidad, voy a sentarme para la próxima. Pero gracias.

Me acompañó de vuelta a la mesa y se marchó en busca de otra compañera de baile. Deanna y Mark se habían ido a hablar con otros jugadores, así que solo quedaba Adrian en la mesa. Bebí un sorbo de cerveza, pero no me senté.

—¿Te has quitado por fin todas las ganas de bailar de encima? —preguntó.

—Tal vez. O tal vez baile con todos los chicos de este lugar. —Luego me apresuré a añadir—: Bueno, ya sabes, excepto contigo, que no bailas.

—¿Quién dijo que no bailo? Solo dije que no haría "movimientos".

Me reí a carcajadas y bebí otro trago. Casi lo escupo cuando Adrian se levantó y me tomó de la mano. Me llevó a la pista de baile justo cuando empezaba un tema más lento.

—Ok, vale. Te creo. No hace falta que me demuestres nada —dije, intentando soltarle la mano. Miré a mi alrededor. Por alguna razón no quería que otros nos vieran, pero Deanna y Mark seguían al otro lado de la barra.

—Por Dios, Erica, deja de hablar —me ordenó mientras me rodeaba la cintura con un brazo y tiraba de mí contra él. Respiré agitadamente en cuanto nuestros cuerpos entraron en contacto. Sus brazos eran fuertes, su pecho y su estómago, duros. ¿Por qué nunca me había dado cuenta de lo en forma que estaba? Y antes de que pudiera preguntarme si él estaba pensando exactamente lo contrario sobre mí, empezamos a movernos.

Debería haber sabido que era un buen bailarín, dado el elegante juego de pies que hacía para manipular y regatear un balón de fútbol. Lo que no esperaba era lo en serio que se estaba tomando nuestro baile. Y digo *en serio*. Comenzó a balancearme de un lado a otro y pronto no pude evitar apoyar la cabeza contra su pecho.

Si hubiera sido cualquier otro tipo en cualquier otro bar, habría acercado más mi cuerpo. Así de bien me sentía entre sus brazos.

—¿Acabas de temblar? ¿Tienes frío? —preguntó.

—No, no tengo frío.

—Entendido.

Bailamos sin hablar y fue fácil cerrar los ojos y perderme en la música. Su colonia me cosquilleaba la nariz: un ligero aroma a madera mezclado con algún tipo de cítrico. ¿Quizá limón? Inhalé su olor con codicia. Podría estar así toda la noche. Pero la canción terminó, por supuesto. Lamentándolo, aparté mis brazos de su cuello, mas no me soltó de inmediato. Tal vez solo fue que así lo sentí.

—Gracias por el baile —murmuró, y caminó de nuevo hacia la mesa.

Deanna y Mark nos estaban esperando.

—Vaya, Adrian, no sabía que podías bailar así —dijo ella—. Oye, Erica, ¿sabías que podía moverse así?

Ignoré su sonrisa socarrona.

—No tenía ni idea —respondí.

—Supongo que esta noche estoy lleno de sorpresas —dijo—. De hecho, tengo una más: la próxima ronda la pago yo.

Pero otro trago ya no sonaba tan bien. No podía dejar de balancearme de un lado a otro y no porque no pudiera dejar de bailar, sino porque me sentía mareada. Me llevé la mano a la frente y las mejillas. También ardían.

—Vuelvo enseguida —dije a todos—. Necesito tomar un poco de aire.

Salí del bar y me apoyé en una pared cercana para estabilizarme. Unos minutos más tarde Adrian me encontró.

—¿Estás bien?

La preocupación en su voz me conmovió.

—Sí, claro. Me encuentro bien. Aunque creo que debería ir más despacio con las cervezas.

—Bien. Me quedaré aquí contigo entonces.

Sacudí la cabeza y cerré los ojos. El mundo seguía girando.

—No tienes que hacer eso. Vuelve adentro. Invita a las bebidas.

—Le di a Mark mi cartera. Probablemente no fue la mejor idea, ahora que lo pienso. Pero no voy a dejarte sola, sobre todo porque no te encuentras bien.

Lo miré.

—No estamos en la sala de redacción, Adrian. No tienes que sentirte responsable por mí.

Sacudió la cabeza.

—Esto no tiene nada que ver con eso. Somos amigos, ¿verdad? Y los amigos no dejan que sus amigos salgan solos de los bares. Sin embargo, siento que debo advertirte que si empiezas a vomitar, me voy de aquí.

Eso me hizo reír.

—Qué bueno saberlo. No me había dado cuenta de que eras una de esas personas.

—Lo soy. Ahora mismo, aunque solo estemos hablando de ello, ya me dan arqueadas. Por alguna razón, sin embargo, no tengo problemas con ver sangre.

La rareza de nuestra conversación me ayudó a centrarme otra vez y empecé a sentirme normal.

—O sea, que si alguna vez necesito ir a donar sangre, ¿vendrías conmigo?

—No solo iría contigo, incluso te tomaría de la mano.

Aunque nunca había donado sangre en mi vida, la idea de tener a Adrian a mi lado si alguna vez lo hacía movió algo en mis entrañas. Y sabía que no podía echarle la culpa al alcohol por lo que estaba sintiendo.

Capítulo 23
SELENA

Llegué al aeropuerto LaGuardia de Nueva York un jueves poco después de las once de la noche. Nathan me esperaba con un cartel que decía "Chica sexy de Los Ángeles".

Me besó y sonreí en sus labios.

—¿Qué ibas a hacer si no era la única chica sexy de Los Ángeles que llegaba esta noche?

—Oh, pero no lo fuiste. Otras dos mujeres se me acercaron antes que tú. Digamos que ha sido una noche incómoda.

Eso me hizo reír mucho. Estaba tan feliz de estar en Nueva York. Y con Nathan.

Algo había cambiado definitivamente entre nosotros en los últimos dos meses. Cuando estuvimos juntos por primera vez, le dije que era cosa de una sola noche. Estuvo de acuerdo. Luego me encontró en LinkedIn y me dijo que volvería a la ciudad en unas semanas y me invitó a cenar. Rechacé la invitación, pero me ofrecí a verlo en su hotel. Y así habían sido las cosas durante el último año. Entonces, hace unos meses, empezó a enviarme mensajes de texto incluso cuando no estaba en la ciudad. Los mensajes se convirtieron en llamadas semanales y la mayoría de las veces ni siquiera teníamos sexo telefónico. Pero todavía no consideraba que estuviéramos saliendo, para decepción de mi familia. Ahora él era el tema de todas las conversaciones.

¿Cómo está Nathan?

¿Cuándo viene de visita otra vez?

¿Por qué no lo traes a cenar?

¿Por qué no quieres ser feliz?

¿Quieres estar sola para siempre?

Etcétera. Etcétera. Etcétera.

La verdad era que no sabía lo que quería de Nathan. Y yo no sabía lo que él quería de mí. Además, tenía suficiente en mi mente con la entrevista de trabajo para gerente de cuentas en Kane. No podía pensar en asuntos amorosos también.

Aun así, no le discutí cuando me sugirió que me quedara en su apartamento en lugar de en una habitación de hotel. Tenía sentido, ya que llegué tarde y solo pensaba quedarme hasta el sábado por la noche.

También era un plan que funcionó a la perfección. Paramos a comprar comida para llevar. No tenía idea de que en Nueva York hubiera tantos sitios abiertos hasta tan tarde. Después de cenar tuvimos sexo (por supuesto) y luego desfallecí de cansancio.

Cuando llegué a la entrevista al día siguiente, estaba bien descansada y lista para dar una buena impresión al equipo de contratación de Kane, que estaba conformado por el director de Recursos Humanos de la empresa, el director de Servicios al Cliente y el director del Departamento de Marketing. Sus preguntas fueron difíciles, pero yo iba preparada.

Para lo que no estaba preparada fue para que me dijeran que esperara en la sala para una segunda entrevista.

¿Segunda entrevista?

Al parecer, como yo era una candidata que venía de otra ciudad, decidieron pasarme a la siguiente ronda en el mismo día. Esta vez, mi entrevista sería con Leo Markham, vicepresidente de Marketing, Comunicaciones y Relaciones Públicas.

Tan solo su altura ya intimidaba. Cuando entró en la sala fue como si todo se encogiera, incluida yo. Medía más de dos metros, eso lo podía notar. Su enorme mano apretó la mía y su voz grave resonó en el gran espacio.

Mientras que el otro equipo era afable y cálido en su modo de preguntar, Leo era rígido y arrogante.

—Basándome en tu currículum, sinceramente, no sé por qué te estoy entrevistando hoy —dijo con mucha naturalidad desde el otro lado de la mesa.

Tardé unos segundos en digerir lo que había dicho.

—¿Perdón? —pregunté, intentando averiguar si en verdad había oído lo que había oído.

Dejó escapar un largo y aburrido suspiro.

—En papel, usted no está a la altura del puesto, señorita Lopez. Dígame por qué debo continuar con esta entrevista.

Intenté canalizar la paciencia de mi hermana y los constantes consejos de mi madre sobre no decir nada cuando no hay nada bueno que decir.

—Bueno, ¿no es ese el objetivo de la entrevista, que pueda hacerle saber lo que no está en el papel?

—Bien. Adelante.

Me aclaré la garganta y le solté la perorata que había estado practicando toda la mañana. Hablé de las cuentas en las que había trabajado y de los premios que había ayudado a ganar a Umbridge & Umbridge en los últimos años. Pero cuanto más hablaba, más apretaba los puños bajo la mesa. Markham aún parecía aburrido. Ni siquiera se molestaba en dejar de mirar el móvil. Excepto cuando empecé a repasar mis responsabilidades diarias. Fue entonces cuando levantó la mano.

—Todo eso está muy bien para tu pequeña agencia. Pero Kane es un jugador de un mundo totalmente diferente. Nuestros clientes tienen las más altas expectativas, y no veo cómo alguien con tu limitada experiencia puede cumplirlas.

Y ahí mismo decidí que ya había aguantado suficiente.

—¿Sabes? Que no trabaje ahora en una gran agencia no significa que no sea una buena adquisición para Kane. De hecho, creo que sería una incorporación fantástica al equipo. Sí, estoy acostumbrada a una oficina más pequeña y menos gente, pero ¿adivina? Menos gente significa menos manos para ayudar. Aquí hay una persona que se dedica solo a la publicidad, otra que se ocupa de las redes sociales y otra que lleva las relaciones públicas. Yo tengo que hacer todo eso en mi "pequeña" agencia. Lo cual significa que puedo ver las cuentas desde todas las perspectivas y entender las estrategias que hay detrás. Además, algunos clientes necesitan ser llevados de la mano. No quieren sentirse como si fueran un contrato más. Quieren un servicio personalizado, sentir que su proyecto no se pierde en el camino. Esa es mi especialidad. ¿Por qué? Porque encima saco tiempo para responder sus llamadas y correos electrónicos. Y me adoran por ello. Creo que a tus clientes también les encantaría ese tipo de atención personalizada, sobre todo porque tu agencia es muy grande. Pero parece que ya has tomado una decisión sobre mí, así que no quiero hacerte perder más de tu valioso tiempo. Estoy segura de que tienes cosas mejores que hacer en esta agencia gigante.

Mi corazón iba a mil por hora. Contuve la respiración mientras esperaba a que Leo dijera algo.

Sus cejas se arquearon y sus ojos se llenaron de sorpresa. Por un segundo, pensé que empezaría a gritar. Pero, en lugar de eso, dejó el bolígrafo y dijo:

—Bueno, supongo que no queda nada que decir.

Me levanté, me alisé la falda y recogí mi portafolio de la mesa, también mi bolso, y luego bajé mis gafas de sol hacia los ojos.

—Gracias por su tiempo.

Salí de su despacho con las rodillas temblorosas, pero la cabeza bien alta. Durante todo el trayecto de bajada en el ascensor y en el taxi hasta el apartamento de Nathan, me maldije por haber perdido el control. Por suerte, él tenía reuniones el resto del día y me había dado su llave. No quería enfrentarme a él así, todavía.

Por supuesto, Nathan me mandó un mensaje poco después de la entrevista para preguntarme cómo había ido todo. Pero solo respondí: *Bien*.

El resto de la tarde intenté leer y ver la televisión. Pero mi mente seguía agitada, así que llené la bañera y traté de calmar mi ansiedad.

Cuando Nathan me llamó más tarde para invitarme a cenar, me preparé para lo peor. Él me había recomendado para el trabajo, así que podría estar enfadado por mi actitud, por las implicaciones que eso tendría en su reputación, en su comisión. Quizás estaría tan molesto como para subirme él mismo a un avión, de regreso.

Por tanto, volví a guardar toda la ropa en la maleta e incluso entré en la página web de la aerolínea para ver si había un vuelo nocturno a casa. Entonces, pensando que solo me quedaban unas horas en la ciudad que nunca duerme, me tomé dos Cuba Libre bien fuertes y me dirigí al restaurante para reunirme con él. Cuando llegué ya estaba en la mesa, bebiendo una Stella Artois.

Lucía relajado, incluso feliz. Eso significaba que la gente de Kane aún no le había contado sobre mí.

Estudié el menú, pedí un filete de sesenta dólares y disfruté hasta el último bocado. Entre una cosa y otra, charlamos de nuestra infancia, nuestras familias y de lo que nos gustaba de Nueva York. Cuando el camarero nos preguntó si queríamos postre, le dije que volviera dentro de cinco minutos.

—Bueno, Nathan, quiero disfrutar mi *cheesecake* de frambuesa, pero no podré hasta que sepas la verdad.

Dejó la servilleta.

—¿Qué quieres decir?

—Puede que hoy haya saboteado las entrevistas. No era mi intención, pero ese tal Leo fue un poco imbécil, y sé que mañana vas a oír que fui una grosera y que jamás me ofrecerían un trabajo allí ni en un millón de años.

Nathan casi escupió el agua fría cuando se echó a reír.

—No creo que haya nada gracioso en lo que te estoy contando —dije con bastante severidad.

—Lo siento, Selena, pero creo que sí es bastante divertido —se rio—. ¿Qué te hizo pensar todo eso? El chico de Recursos Humanos me llamó justo antes de que te invitara a cenar.

Debí de poner cara de asombro, porque volvió a soltar una carcajada.

—¿Y qué te dijo? —pregunté despacio.

—Que les encantaste. Sabía que así sería. Leo es muy reservado cuando se trata de repartir cumplidos, pero no tenía más que cosas buenas que decir sobre ti.

Esta vez fui yo quien casi escupe el agua fría.

—¿Leo dijo cosas buenas de mí?

Ahora estaba totalmente confundida. Nathan debió ver la confusión en mi cara.

—Selena, lo hiciste muy bien. Van a entrevistar a unos cuantos candidatos más, pero ahora mismo eres la primera en la lista. Estoy bastante seguro de que el trabajo será tuyo si lo quieres. ¿Qué dices?

En ese momento el camarero volvió a nuestra mesa.

—Digo que comeré el *cheesecake* de frambuesa —anuncié.

Pero de pronto no podía ignorar la pesadez que se había acomodado en mis hombros.

Cuando creía que no había ninguna posibilidad de que me dieran el trabajo, lo había deseado más que nada en la vida. Pero ahora que podía ser mío… ya no estaba tan segura.

¿De verdad estaba preparada para dejar Los Ángeles? Definitivamente estaba lista para irme de Umbridge & Umbridge, pero ¿tenía que irme a la costa opuesta? Pensé en mi hermana, Erica, y en el resto de mi familia. ¿Qué pensarían de mi partida? Esto era mucho más que conseguir un nuevo trabajo. Era empezar una nueva vida.

A la mañana siguiente, salí del apartamento de Nathan y le dije que tenía que pensarlo. Y siempre pensaba mejor con un par de compras en cada brazo.

Al cabo de una hora, estaba dentro del único monumento neoyorquino que me interesaba visitar: Bergdorf Goodman, en la Quinta Avenida. Recorrí los pasillos con adoración y asombro. Este era sin dudas mi lugar feliz. Si aceptaba el trabajo, probablemente gastaría una buena parte de mi sueldo aquí. Eso era tanto un pro como un contra.

La emoción se apoderó de mí nada más vi la sección de bolsos. Luego, casi chillo cuando mis ojos se posaron en la cosa más bonita que había visto nunca. Acaricié el bolso rosa claro de Prada e imaginé varios conjuntos con los que lo combinaría. Luego me incliné para aspirar el lujoso aroma del cuero. La dependienta del mostrador ni siquiera pestañeó. Como un sumiller de buen vino, entendió perfectamente lo que yo estaba haciendo.

—Acaba de entrar esta semana. Serías una de las primeras en comprar ese modelo —dijo para endulzarme. La señora sabía reconocer a una debilucha cuando la veía.

—Y yo puede que empiece en un nuevo trabajo —anuncié, como si tuviera que explicarle a una desconocida por qué estaba pensando en gastarme un par de miles de dólares en un bolso.

—Felicidades. Suena a que te mereces un capricho.

Asentí y sonreí. Me lo merecía.

—Siempre has tenido buen gusto —una voz familiar me arrancó de la adoración al bolso.

Mi prima Mari estaba a mi lado en el mostrador.

Sacudí la cabeza con incredulidad.

—¡Dios mío! ¡Estás aquí, en Nueva York! —dije mientras le daba un abrazo y un rápido beso en la cara.

—Tú también —contestó con una sonrisa—. Esteban está en la ciudad para reunirse con un posible nuevo cliente y yo lo acompañé. Nueva York es una de mis ciudades favoritas.

—Qué bien. Yo estoy en la ciudad visitando a un amigo.

Aunque no estaba segura de si Mari hablaba semanalmente con alguien de la familia, seguía sin sentirme bien contándole a ella lo de mi entrevista y no a Gracie o a Erica.

—Mientras Esteban está en reuniones, pensé en hacer unas compras. ¿Ese es nuevo? —la pregunta era para la dependienta.

—Sí. Acaba de llegar esta semana.

Le lancé a la chica una mirada malvada. Ella no la vio.

—Oooh, se ve tan encantador. Me lo llevo. —Mari sacó su tarjeta de crédito y se la dio a la dependienta. Me di cuenta de que ni siquiera preguntó el precio ni si yo pensaba comprarlo. Aunque estaba un poco irritada, no pude evitar oír la voz de Gracie diciéndome que hiciera un esfuerzo por ponerme al día con Mari.

Después de que Mari cogiera la bolsa de la compra con el precioso Prada dentro, me le acerqué.

—Bueno, mañana me voy a casa, pero esta noche estoy libre si quieres salir a cenar —le dije.

Sus ojos se abrieron de par en par y su rostro se suavizó. Por un segundo, pensé que aceptaría mi invitación. Pero entonces se le borró la sonrisa.

—Oh, ojalá pudiera. De verdad. Pero ya he quedado con Esteban para cenar. Es una especie de cita nocturna —dijo avergonzada.

Una oleada de alivio inesperado me invadió.

—Oh, por supuesto. Lo entiendo perfectamente. No te preocupes.

Mari volvió a sonreír y me dio un abrazo.

—Bueno, ha sido un placer verte, prima. ¿Quizá podríamos ir a cenar cuando estemos de vuelta en California?

—Claro —dije sabiendo que eso nunca ocurriría.

Entonces se fue.

—Señorita, ¿usted también quería uno? —De repente, la dependienta pareció acordarse de mí.

Sacudí la cabeza.

—No, gracias. No es realmente lo que estaba buscando.

Así, me di la vuelta y salí de Bergdorf Goodman. No sabía qué me entristecía más, si el hecho de no tener un bolso nuevo o el hecho de haberme sentido un poco aliviada por no tener que entablar una conversación incómoda con Mari mientras tomábamos una copa de vino.

De pronto entendí por qué Erica estaba siempre tan enfadada. No importaba de quién fuera la culpa, el hecho era que nuestra relación con Mari ya no era la misma. Cuánto deseaba que todas pudiéramos ser como antes.

De repente, no veía la hora de llegar a casa.

Capítulo 24
MARI

Mi prima Selena estaba en Nueva York.

Mientras me vestía para ir a cenar con Esteban, la idea seguía rondándome por la cabeza. También lo hizo el recuerdo de lo incómodo que fue el encuentro entre nosotras.

Hacía meses que no la veía ni a mis otras primas. Recibía noticias de ellas cuando visitaba a mis abuelos y a Welita. Sabía que Selena seguía trabajando en una agencia de relaciones públicas en Los Ángeles y que, en mi última visita, no tenía novio estable. Me dijo que había venido a visitar a un amigo, pero me dio la impresión de que había algo más que no me estaba contando.

Una brizna de arrepentimiento se arremolinó en mi interior. Debería haberla invitado a tomar un café cuando rechacé su invitación a cenar. Pero, por otra parte, no parecía muy dispuesta a charlar más de lo que lo habíamos hecho.

¿Sería porque me había comprado el bolso al que ella le había estado echando el ojo?

Miré el bolso sobre la cama del hotel y suspiré. ¿Por qué había hecho semejante estupidez? ¿De verdad era tan mezquina que me había comprado un bolso caro solo para demostrarle a mi prima que podía?

Sí, lo eres.

Recordé cuando visitaba a mi padre después del divorcio. Siempre me sentía fuera de lugar, a pesar de que la casa de mis abuelos había sido mi segundo hogar mientras crecía. Mis primas no eran ricas, pero sus padres les compraban casi todo lo que querían. Me vino a la mente un día que fuimos al centro comercial porque Gracie había recibido cien dólares por su cumpleaños. Selena y Erica también tenían algo de dinero, y yo tenía que mirar de reojo cómo compraban en sitios que yo nunca podía. No tenían ni idea de que el conjunto que llevaba ese día había salido de una tienda de segunda mano.

Cuando Erica se dio cuenta de que no compraba nada, se ofreció a comprarme una camisa que tenía en la mira. Luego, Gracie intentó comprarme unos pendientes. En lugar de estar agradecida, me enfadé, me avergoncé y salí corriendo de la tienda. Ahora que lo pienso, sé que solo querían hacerme feliz. Y, como de costumbre, me lo tomé bastante mal.

Una parte de mí quería enviarle un mensaje de texto a Selena y preguntarle si todavía quería el bolso como regalo anticipado de cumpleaños. Pero sabía que nunca lo aceptaría. No quería mis sobras. ¿Por qué tuve que ser tan perra? En lugar de responderme mi propia pregunta, me centré en prepararme para la cita con mi marido.

Hacía dos días que me había dicho que viajaba a Nueva York el fin de semana para reunirse con el director de cine Tuck Hunter, quien estaba en la ciudad buscando locaciones para su próxima película. Tuck había despedido a su abogado el mes pasado y necesitaba a alguien nuevo que lo representara durante su juicio por conducir ebrio en Los Ángeles. Como Esteban iba solo, le rogué que me llevara. Me encantaba Nueva York, las compras, los restaurantes e incluso las multitudes de esa ciudad. San Marino era tan tranquilo que llegaba a ser sofocante. Prefería el caos de Nueva York. Pero además de querer visitar la ciudad, me imaginé que un fin de semana fuera podría ayudarnos a reconectar y retomar el rumbo. Necesitábamos tener por fin esa larga conversación. Necesitaba hacerlo entender por qué no era feliz.

Aunque me había advertido que estaría ocupado con reuniones la mayor parte del tiempo que estuviéramos aquí, había prometido salir conmigo esta noche. Yo esperaba que también fuéramos a un espectáculo de Broadway, pero me había mandado un mensaje diciendo que las reuniones se estaban retrasando y pidió que nos viéramos en el restaurante a las ocho de la noche.

Así que volví a salir de compras y me compré un vestido rojo entallado para la ocasión. Era el atuendo perfecto para seducirlo.

Esteban me estaba esperando afuera del restaurante y se ocupó del taxista cuando me bajé.

—Estás tan guapa como siempre, cariño —me dijo antes de besarme en la boca. Y no fue un beso rápido. Se detuvo en mis labios, saboreándolos y jugando conmigo. Me dio un vuelco el corazón y le rodeé el cuello con mis brazos.

—Podríamos volver al hotel y pedir servicio a la habitación —le dije cuando se apartó.

Sonrió y llevó mis manos a su pecho.

—Sé que has estado encerrada en esa habitación de hotel, y siento mucho no haber podido escaparme antes. Tuck es un hombre muy ocupado. Básicamente nos conocimos en el asiento trasero de un auto mientras lo llevaban a todos los sitios de rodaje de la ciudad. Aunque nada me gustaría más que llevarte a nuestra habitación y hacerte estragos, estás vestida para una noche de fiesta, y una noche de fiesta es lo que voy a darte. Además, ya nos están esperando.

—¿Están? —le pregunté mientras tiraba de mí hacia el restaurante.

—Sí. Vamos a cenar con Tuck, su representante, su asistente personal y, por supuesto, con Chris.

Dejé de caminar.

—¿Chris?

Se volvió hacia mí para explicarse.

—Es verdad, no te lo había dicho. Lo llamé esta mañana y le pedí que volara para acá. Llegó hace unas horas y se va a quedar hasta el lunes por si no conseguimos cerrar todo mañana. Bueno, vamos. Ya tenemos mesa.

El restaurante estaba lleno y tuvimos que apretujarnos entre la multitud que esperaba cerca del puesto de la *hostess*. Lo había buscado durante el trayecto en el taxi y estaba deseando comer allí. Aunque este restaurante coreano solo llevaba abierto un año, sus excelentes críticas y su clientela célebre lo habían convertido en un lugar de moda.

Pero cuando por fin nos libramos de la multitud y llegamos a nuestra mesa, lo último en lo que pensaba era en la comida.

Esteban me presentó a Tuck; a Luca, su representante, y a Darcy, su ayudante. Chris se levantó y yo contuve la respiración cuando se acercó a mí.

—Me alegro de verte, Marisol —me dijo mientras me besaba la mejilla. Luego acercó la silla que tenía al lado y me indicó que me sentara. Esteban ocupó la silla del otro lado.

Agradecida porque alguien ya me había servido una copa de vino, la tomé y le di un gran trago. ¿Por qué no me había quedado en casa?

Hice todo lo que pude para participar en la conversación durante la cena, principalmente respondiendo preguntas sobre lo que pensaba de Nueva York y de mi trabajo con la coalición de personas sin hogar.

—Sí, mi Marisol es una mujer ocupada. No sé cómo hace todo eso —alardeó Esteban después de que yo les hablara de la gala benéfica del bufete en otoño.

Me ardían las mejillas.

—Oh, él exagera.

—Y también es una gran pastelera —añadió Chris—. Sigo diciéndole que tiene que abrir su propio negocio de *catering.*

Sacudí la cabeza para mirarlo. ¿Qué demonios estaba haciendo?

—Ah, ¿sí? —dijo Tuck—. Bueno, los *sets* de rodaje siempre necesitan de buenos proveedores. Si alguna vez decides dar el paso, avísame y puedo darte algunos contactos.

Seguro que se me salieron los ojos de las órbitas.

—Muchas gracias, Tuck. Eres muy amable.

Esteban me pasó un brazo por los hombros.

—Sí, gracias. Aunque todavía falta mucho. Marisol tiene otras prioridades ahora mismo, ¿verdad, mi amor?

No asentí, pero tampoco lo negué y pronto la conversación derivó hacia otras cosas.

Mientras fingía escuchar se me revolvía el estómago. ¿Por qué no había dicho nada?

Porque no habría cambiado nada. Él podría haber fingido estar de acuerdo delante de esa gente, pero sabes que en casa cambiaría de opinión y encontraría la manera de convencerte de que lo pospusieras de nuevo.

El corazón me latía con fuerza en los oídos y se me secó la garganta. Si no me controlaba pronto, me iba a dar un ataque de pánico en toda regla. Murmuré un "disculpen" y fui en busca del baño de damas.

Afortunadamente, el baño estaba vacío y empecé a caminar de un lado a otro. Este viaje me había parecido una buena idea, pero sin duda había sido un error. No podía distraerme horneando aquí. Tendría que soportar la ansiedad respirando hondo y con una toalla de papel húmeda en la frente. Tardé unos minutos en calmarme.

Por fin, serena, salí del baño y me dirigí directamente a Chris, que me esperaba.

—¿Estás bien? —dijo.

—Estoy bien, gracias. Tengo que regresar.

Pasé junto a él, pero me sujetó el codo.

—¿Por qué no dijiste nada más? ¿Por qué no le dijiste a Esteban que el negocio de *catering* es una prioridad?

—Porque no lo es y porque este no es el lugar ni el momento para tener esa conversación.

Sacudió la cabeza y dejó escapar un suspiro exasperado.

—Si fueras mi esposa, yo…

—Pero no lo soy —dije, y quité su mano de mi codo—. Por favor, no empieces.

Chris se acercó aún más, con su cara a escasos centímetros de la mía.

—Me importas, Marisol. —Su voz era áspera y profunda, y sus ojos me atravesaron como fuego.

No podía apartar la mirada y por un segundo me pregunté qué pasaría si me giraba ligeramente y despegaba los labios. Unos pasos que se acercaban rompieron nuestro trance y una anciana entró en el vestíbulo. Nos separamos para dejarla pasar. Fue la pausa que necesitaba para recuperar la cordura y calmarme.

—Nunca puede pasar nada entre nosotros, Chris. En el fondo lo sabes. Es mejor para los dos que empieces a aceptarlo.

Odié la expresión de dolor que cruzó su rostro antes de reprimirse. No dijo nada más y desapareció en el baño de hombres. Tomé aire y volví a mi mesa.

Me preocupaba que dijera o hiciera algo cuando volviera unos minutos después. Pero no lo hizo. De hecho, apenas me miró y ni habló conmigo el resto de la noche. Darcy, la guapa asistente pelirroja sentada a su lado, se convirtió en el centro de su atención. Me dije que era mejor así. Necesitaba oír lo que le había dicho porque yo nunca correspondería a sus sentimientos. Yo estaba casada.

A la mañana siguiente, cuando Esteban me envió un mensaje diciéndome que se había encontrado con Darcy saliendo de la habitación de hotel de Chris, puse los ojos en blanco, me reí e ignoré la sensación de mareo que sentía en la boca del estómago.

Porque era mejor así.

Capítulo 25
GRACIE

Era mi tercera cita con Tony. Bueno, técnicamente no era una cita, pero era la tercera vez que salíamos juntos. Estábamos "investigando" para la fiesta, buscando bandas locales que pudieran estar interesadas en tocar.

Esta noche íbamos a un bar en Riverside a ver a Come On, Jolene interpretar éxitos de los ochenta.

—Los grupos de *covers* de los ochenta siempre atraen al público —me explicó Tony mientras conducía por la autopista—. ¿Sabes que algunas de esas canciones se tocan ahora en emisoras de *rock* clásico?

—Me siento tan vieja —me reí, pero en realidad no era verdad. Sentada en el auto junto a Tony me sentía joven, como si estuviera en octavo grado otra vez.

Querido Dios, quiero agradecerte de antemano por una noche tan grandiosa. Sé que acaba de empezar, pero no quería olvidarlo. Amén.

—Bueno, si te hace sentir mejor, no te ves vieja. Estás estupenda. De verdad. —Siguió mirando al frente y me alegré porque sabía que mi cara se estaba poniendo roja.

Yo también quería decir algo ingenioso o hacerle un cumplido, pero no podía abrir la boca.

—Entonces, ¿habías venido antes a este bar? —dijo tras unos instantes de silencio.

—¿Yo? Eh, no. Los bares no son lo mío.

—¿Y qué es lo tuyo? ¿Qué te gusta hacer para divertirte?

—No sé. Lo normal, supongo: leer, ver la televisión, dar clases particulares después de la escuela y ser voluntaria en el refugio de animales.

—Te das cuenta de que eso no es lo normal, ¿verdad? —dijo riendo.

¿Por qué no me gustaban más cosas divertidas?

—También me gusta pasar tiempo con mi familia —añadí—. Tengo una bastante grande, así que siempre hay algo que hacer cada fin de semana. La verdad es que me mantienen muy ocupada.

—Qué bien. Mis padres se mudaron a Florida hace unos años, así que no los veo mucho.

Por alguna razón, pensé que no debía mencionar que aún vivía con mis padres.

—Todos los miembros de la familia de mi mamá viven en Inland Valley. Es agradable tenerlos tan cerca, sobre todo a mi bisabuela.

—Wow. Impresionante.

—Lo es. Mi Welita sigue siendo una señora muy activa. Ayuda a mi abuela en el jardín y prepara el desayuno para todos. Le gusta estar ocupada. Mi hermana quiere que todos colaboremos y le compremos uno de esos patinetes eléctricos. Así podrá ir a la tienda de la esquina cuando quiera.

Tony se rio y me sentí más tranquila, así que seguí hablando. Le conté todas las cosas que Welita nos dejaba hacer cuando era nuestra niñera, desde construir fuertes con las mantas de mi abuela hasta probarnos sus joyas, su ropa y sus zapatos de tacón alto.

No me había dado cuenta de cuánto tiempo llevaba hablando hasta que entramos al estacionamiento del bar. Ni siquiera me había dado cuenta hasta entonces de que habíamos salido de la autopista.

—Lo siento. He estado como una cotorra —dije después de que Tony apagara el motor.

Se volvió hacia mí. Incluso en las sombras pude distinguir su sonrisa con facilidad.

—Está bien. Me gustó escuchar tus historias. De hecho, sería perfectamente feliz sentado aquí toda la noche escuchándote hablar.

El corazón me latía desbocado bajo la blusa de estampado floral y el cárdigan color azul pastel.

—Es fácil hablar contigo —dije por fin.

Era la verdad. Aparte de con mi familia y algunos compañeros de trabajo, me costaba mantener conversaciones con los demás. Nunca sabía qué decir. Así que prefería escuchar y observar. Hasta que llegó Tony.

Consideró mis palabras durante un momento.

—Eres la primera persona que me dice eso —agregó finalmente.

—¿En serio?

—De verdad. Supongo que sacas lo mejor de mí, Gracie.

Tony me dedicó otra sonrisa antes de darse la vuelta. Cuando se bajó del auto, me desabroché el cinturón, desconcertada. ¿Lo decía en serio o solo estaba siendo educado?

No volvimos a hablar hasta que llevábamos como media hora en el club. El grupo resultó ser bastante bueno. La música, combinada con un par de cervezas, había relajado a Tony, que empezó a hablarme de nuevo. Estábamos sentados uno al lado del otro en un pequeño reservado. Yo seguía tomando mi primera piña colada y él su segunda cerveza. Cada vez que quería decirme algo, tenía que acercarse a mi oído debido al volumen de la música. A veces, nuestras rodillas se tocaban o su brazo cruzaba el asiento detrás de mí.

Y cuando Come On, Jolene empezó a tocar su versión de "Careless Whisper", Tony me tomó de la mano y me dijo que había llegado la hora de bailar.

No tuve tiempo de decir ni sí ni no. Nos unimos a las parejas en la pista de baile y Tony me rodeó con sus brazos y tiró de mí. Intenté no ponerme rígida. Ya había bailado antes con un chico, pero fue cuando estaba en la preparatoria, durante la fiesta de quince años de una prima lejana, y en México.

Entonces yo tenía casi diecisiete años y el chico diecinueve. Primero se lo pidió a mi hermana, pero ella le dijo que no porque se había fijado en otro. Técnicamente no me lo pidió con palabras, solo me tendió una mano y señaló la pista de baile con la otra. Creo que se sabía que éramos de California y que nuestro español era limitado. Miré a mi alrededor, esperando que alguien interviniera, pero en lugar de eso solo vi a mi mamá mirándome con una sonrisa boba. Pensando que era mejor que estar allí sentada con mis primos más pequeños, tomé la mano del chico y dejé que me llevara a bailar.

Bailamos un par de canciones movidas y luego una suave. Al terminar, me alejó de la multitud y me llevó a un pasillo oscuro que conectaba la iglesia con el salón donde se celebraba la recepción. En un español e inglés entrecortados me dijo que había bailado bien y me preguntó si podía besarme. Le dije que sí, y al instante su boca estaba en la mía y sus manos sobre mis pechos.

Mientras intentaba meterme la lengua entre los dientes, lo único que podía pensar era que por fin estaba dando mi primer beso. Cerré los ojos e intenté disfrutar del momento para poder recordarlo más tarde. Le devolví el beso y quise igualar su fervor, aunque no tenía ni idea de lo que estaba haciendo. Dejé que me apretara y me pellizcara donde quisiera, pero cuando su mano empezó a meterse por debajo de mi falda, me pareció suficiente.

Le dije que no y le saqué la mano. Al principio se rio y empezó a besarme de nuevo. Esta vez moví la cabeza y lo aparté débilmente. Pude ver el cambio de expresión de sus ojos, que brillaban de rabia. Me dijo algo en español y me dejó sola en el pasillo. Fue Selena quien me encontró. Me arregló la falda torcida y me volvió a abrochar la blusa. Luego me llevó al baño para que pudiera arreglarme el pelo y maquillarme. El resto de la noche se quedó a mi lado, rechazando a todos los chicos que venían a sacarla a bailar.

Nunca me preguntó qué había pasado, pero estoy segura de que se hacía una idea. Mi vergüenza era evidente, y tardé otros tres años en dejar que algún chico se acercara a besarme. No me malinterpreten. No es que los rechazara por docenas, pero sí envié la señal de que ni siquiera me miraran de reojo.

Mi única otra "cita" fue con un chico llamado Will, de mi clase de álgebra en la universidad. Nos habíamos sentado uno al lado del otro durante todo el semestre y apenas nos mirábamos. Después, durante el verano, me encontré con él en una librería. Estábamos buscando películas y acabamos en su apartamento viendo *El código Da Vinci*. Su compañero de piso estaba fuera de la ciudad durante el fin de semana, así que estábamos solos y bebíamos cervezas de marca genérica. A mitad de la película, Will me agarró de la mano. Le sonreí y se inclinó hacia mí para besarme. Fue un beso agradable, no tan fuerte y desesperado como el de mi pareja de baile en México.

Así que no me opuse cuando me propuso ir al dormitorio a seguir besándonos. Dejé que me quitara los pantalones, pero no la camisa. Él se quitó la camisa y los *jeans*, pero se dejó los calzoncillos. Nos besamos más y Will me pidió que le tocara el bulto que tenía entre las piernas. Acepté, y antes de darme cuenta estaba moviendo mi mano arriba y abajo hasta que se vino dentro de sus calzoncillos.

Me dijo que me llamaría, pero no lo hizo. Finalmente, un día después de clase, me habló a escondidas y me dijo que lo sentía mucho, pero que no podía salir conmigo después de todo. Dijo que lo que habíamos hecho ese día en su apartamento era pecado y que si salíamos juntos seguro volveríamos a pecar, y que él intentaba ser un buen cristiano.

Nunca me había sentido tan atormentada. Ese domingo fui a las tres misas y a confesarme. Pensé que jamás escaparía de esa sensación de suciedad.

Pasaron varios años después de aquel encuentro hasta que por fin me permití pensar en tener relaciones sexuales con alguien. Sentía curiosidad, por supuesto. Pero no la suficiente como para hacer algo al respecto. Pensé que cuando encontrara a la persona adecuada, sucedería de forma natural.

Bailar en los brazos de Tony se sentía así. Su mano apretada contra mi espalda, su aliento en mi pelo… Todo me parecía correcto.

—Bailas muy bien —le dije.

—Gracias. Tú también.

Me reí.

—Mientes muy mal.

—No estoy mintiendo. ¿No ves?

Me hizo girar con pericia y no pude evitar reír a carcajadas de placer. Pero cuando volvió a acercarme a él, noté que el espacio entre nosotros era menor. Su pecho estaba duro contra el mío. El deseo se apoderó de mí y me entraron ganas de tocarlo por todas partes.

Lo miré a los ojos y por un segundo pensé que iba a besarme.

—¿Quieres tomar otro trago? —dijo justo cuando terminó la canción.

—Estoy bien —le respondí.

Pero en realidad no lo estaba.

Cuando estacionó su auto delante de la casa de mis papás esa noche, las mariposas de mi estómago estaban fuera de control. Me preguntaba en silencio si sería capaz de caminar hasta la puerta de mi casa, de lo blando que se sentía todo dentro de mí.

—La pasé muy bien —dijo Tony antes de que pudiera abrir la puerta.

Lo miré y sonreí.

—Yo también.

—Antes de que te vayas, ¿puedo hacerte una pregunta?

—Por supuesto —respondí, deseando que mi voz no sonara tan temblorosa.

Tony se acomodó en su asiento.

—¿Por qué nunca me hablabas en la escuela?

Si hubiera podido adivinar de entre todas las posibles preguntas cuál me haría, esa ni siquiera habría estado entre las cien primeras.

—Sí hablé contigo.

Se encogió de hombros.

—Tal vez una palabra aquí y allá. Pero realmente parecía como si me estuvieras evitando.

—¿Te diste cuenta? —solté de golpe antes de pensarlo mejor.

Tony asintió.

—Lo sabía. Pero ¿por qué? ¿Hice algo para que me odiaras?

No va por ahí la cosa.

Pero no podía decírselo. En lugar de eso, respiré hondo y recordé lo que Selena y Erica me habían dicho. Si alguna vez iba a pasar algo, yo tenía que dar el primer paso. Así que le dije la verdad.

—¿Recuerdas aquella vez en octavo grado cuando nos emparejaron juntos para hacer aquel proyecto?

Arrugó la frente.

—Más o menos.

Dios mío, ¿de verdad tengo que hacer esto ahora?

Dios no respondió, pero sí la voz de Selena. *Díselo, Gracie.*

Respiré hondo.

—Bueno, estábamos juntos y tú eras simpático y parecías entusiasmado por ser mi pareja. Pero luego escuché que la única razón por la que eras amable conmigo era porque querías que hiciera yo sola todo el trabajo.

Al decir las palabras en voz alta, ahora me parecían una tontería. ¿Por qué me había aferrado a ese recuerdo durante tantos años? Deseaba correr a mi dormitorio y esconderme bajo las sábanas.

En su defensa, él obviamente se veía avergonzado.

—Ojalá pudiera decir que no fue así —admitió, y mi corazón se hundió—. Pero sé que cuando pasó aquello yo era un poco idiota y no pensaba en los sentimientos de los demás. Lo siento muchísimo. Nunca quise hacerte daño, Gracie.

Me invadió un calor distinto.

—Lo sé —respondí.

—¿Podemos empezar de nuevo y ser amigos? ¿De verdad?

No pude evitar sonreír.

—Sí. Eso me gustaría.

Al darme cuenta de que no había forma de que pudiera soportar más revelaciones esa noche, me despedí con la mano y escapé de su auto lo más rápido posible.

Una parte de mí quería enviarle un mensaje a Selena en cuanto estuviera en la cama. Otra parte de mí quería saborear el momento sola, un poco más.

Guardé el teléfono y me dormí con una sonrisa en la cara.

Capítulo 26
ERICA

—Feliz cumpleaños, Welita.

—Gracias, mija.

Era el cumpleaños de Welita y también Domingo de Pascua. Le entregué el ramo de lirios que acababa de comprar en la floristería de la esquina y ella lo puso con todos los demás en la mesa de la cocina en casa de abuela. Había unos seis o siete arreglos florales variados e incluso más lirios.

Ya era casi una tradición (o tal vez una broma) que desde que hace unos años se deleitó con una orquídea que alguien le había regalado, ahora todo el mundo le regalaba siempre algún tipo de flor en maceta: nochebuenas por Navidad, lirios en Pascua y tulipanes el Día de las Madres. Y ella nunca decía nada negativo mientras su jardín de regalos crecía con cada visita. Una vez le pregunté por qué no le decía a la gente lo que realmente quería para que todo el mundo dejara de regalarle tantas flores.

Me contestó en español:

—¿Por qué? Si alguien quiere regalarme una flor, entonces estoy feliz de recibirla. Un regalo es un regalo, y siempre hay que agradecer todo lo que alguien te da con amor. El día que le dices a alguien lo que tiene que regalarte es el día en que ya no recibes regalos por amor, sino por obligación. En mi caso, prefiero el amor.

Le entregué mi otro regalo, envuelto cuidadosamente en papel rosa. Sus manos arrugadas y con machas color marrón lucharon por despegar el papel de la cinta. La preocupación me oprimió el pecho hasta que por fin sacó el CD.

Se quedó mirándolo unos segundos sin decir nada.

—¡Es la banda sonora de *Jersey Boys*! —le expliqué—. Ya sabes, sobre Frankie Valli y The Four Seasons.

Su confusión se convirtió en alegría. Le había hablado de la producción de Broadway después de que me preguntara si había más discos o CD de los Four Seasons que pudiera comprarle. Incluso, Selena y yo habíamos prometido llevarla a ver el musical en cuanto llegara a Los Ángeles.

—Pónmelo —dijo en español.

Me acerqué a su viejo reproductor de CD, que estaba sobre la encimera, y vi un enorme arreglo de flores silvestres y margaritas en un hermoso jarrón de cristal.

—Welita, ¿quién te dio estas flores?

—Marisol.

Me explicó que mi prima había pasado ayer por la casa y que también le había traído una tarta de piña. Por alguna razón, este dato me molestó. Aunque me alegraba que al menos hubiera hecho un esfuerzo por visitar a Welita, me irritaba que lo hubiera hecho el día antes de la fiesta familiar. El arreglo también era excesivo y, para mí, parecía que estaba presumiendo de su dinero o, mejor dicho, del dinero de su marido.

—¿Qué te pasa, mija?

La pregunta de Welita me sobresaltó. Supongo que pudo leer el enojo en mi cara.

Le dije la verdad.

—Ojalá Marisol hubiera venido hoy —dije—. Hace mucho que no la veo ni hablo con ella. Supongo que desearía que todas siguiéramos tan unidas como cuando éramos niñas.

Asintió con tristeza y por primera vez vi lo cansada que parecía. ¿Por eso estaba aún dentro de la casa, en lugar de en el patio con el resto de la familia? ¿Era por eso que todavía llevaba su habitual abrigo de flores en lugar de su vestido de iglesia? ¿Había ido hoy a la iglesia?

Volvió la preocupación y le pregunté si se encontraba bien. Me dijo que creía que se estaba resfriando. Hablamos un poco más hasta que me dijo que quería tumbarse un rato. Pero antes de ir a su habitación, me cogió de la mano y me dijo:

—Nunca es demasiado tarde.

Sabía que hablaba de Mari. Yo tampoco quería creer que era demasiado tarde para nosotras. Pero tampoco sabía cómo solucionarlo. Al menos, hoy no lo sabía. Así que le prometí que me pondría en contacto con Mari y eso la hizo sonreír.

Debía de seguir con el ceño fruncido cuando volví a salir al patio, porque mi mamá me preguntó qué me pasaba. Cuando se lo dije, se encogió de hombros.

—No entiendo por qué te preocupas tanto por lo que haga o deje de hacer tu prima.

—Porque algo no está bien, mamá. Lleva mucho tiempo sin formar parte de esta familia y estoy harta de que nadie le diga nada.

—¿Pero por qué tenemos que, como tú dices, decirle algo? Ya ustedes no son niñas. Sus decisiones son suyas. No podemos obligar a Mari a formar parte de esta familia si no quiere.

Quería hablar más de Mari y de mi preocupación por Welita, pero no era el momento ni el lugar. En cambio, hice mi ronda y saludé a todos mis tíos y a mis tías con un beso en la mejilla y un "felices Pascuas".

—¿Qué tal el periódico, Erica? —me preguntó tío Ricardo después de darme un abrazo.

—Bastante bien —le contesté—. ¿Dónde está tía Espy?

—En el patio. Está intentando que Araceli entre a comer.

Sonreí. Me llegó al corazón ver a mi tío tan feliz y sano. No siempre lo había sido. Y de todos en la familia, Mari era la que más daño le había hecho. Nunca entendí por qué odiaba tanto al tío Ricardo, su papá.

Mi padre y yo nos peleábamos a menudo, pero yo lo respetaba. Seguía hablando con él. Mari, por su parte, le había dado la espalda a su papá hacía mucho tiempo.

Aún más ira burbujeaba en mi interior, y no quería que mi tío la viera.

—Bueno, será mejor que vaya por algo de comida antes de que se acabe.

Jesús, ¿por qué estaba de tan mal humor hoy?

Podría echarle la culpa al cielo nublado. Pero probablemente lo que me pasaba era que de idiota había empezado Weight Watchers y un programa de pilates justo antes de las vacaciones. Gracie prácticamente me había suplicado que me uniera con ella. Su hermana también se habría apuntado, pero todas sabíamos que Selena no tenía que perder ni un gramo. Así que, aunque estaba en buena forma gracias al fútbol, no me vendría mal tonificar algunas partes. Además, no era la más sana de las comedoras ni de las bebedoras.

Pero fui tonta. Debería haber convencido a mi prima de esperar hasta después de nuestra comida de Pascua para empezar con los ejercicios y las dietas. Miré con nostalgia los recipientes llenos de macarrones con queso, puré de papas, arroz y pollo frito. Luego, con un suspiro muy triste, me serví ensalada verde, brócoli al vapor y dos lascas de jamón.

Cuando me dejé caer en una silla junto a Gracie, me di cuenta de que ella estaba tan triste como yo. Seguía empujando su brócoli, probablemente deseando en silencio que se convirtiera en una hamburguesa con queso. Sonreí. No quería ser la única sufriendo en el día de la resurrección de Jesús.

—Todo lo que digo es que si no pierdo como quince libras para el mes que viene, entonces voy a conducir hasta el este de Los Ángeles y me voy a comer uno de esos burritos enormes de El Tepeyac y ni siquiera me voy a arrepentir —le dije.

—Erica, aunque estuvieras siguiendo el programa a la perfección, que no lo haces, sería físicamente imposible que perdieras tanto peso en un mes. Tal vez, como mucho, podrías perder tres o cuatro libras. —Se metió el brócoli en la boca y comió.

Al igual que con todo lo demás que hicimos juntas, Gracie decidió que sabía más de Weight Watchers que yo. Además, estaba muy comprometida y me llamaba todos los días para decirme lo que no había comido. Ayer casi me caigo al suelo cuando me dijo que le había pedido a Selena que la ayudara a comprar ropa nueva cuando alcanzara su objetivo del veinte por ciento.

¿Gracie queriendo consejos de moda de Selena? Definitivamente el infierno se había congelado. O alguien se había enamorado del nuevo profesor de Educación Física de su escuela.

En nuestro primer pesaje oficial Gracie había perdido dos kilos. Yo había perdido uno punto ocho, pero le dije a mi mamá que habían sido dos, porque si hubiera hecho pipí justo antes, habría llegado a los dos. Le expliqué a la responsable de nuestra reunión que también estaba haciendo pilates, así que probablemente había ganado algo de músculo. Eileen, así se llamaba, se limitó a sonreírme y me devolvió mi pequeño libro de registro de peso. Durante la reunión, Eileen le dio a Gracie una estrella dorada por haber perdido los dos kilos. Y yo todo lo que obtuve fue un "Espero ver *menos* de ti la semana que viene, cariño". Grrr.

Más tarde, le dije a Gracie que quería reunirme con un líder diferente porque no creía que Eileen me entendiera. La señora había perdido veinte kilos hacía veinte años y seguía delgadísima.

—¿Cómo demonios esa flaca va a inspirarnos a adelgazar? —pregunté.

Gracie me dijo que teníamos que darle un poco de tiempo, y si seguía sin gustarme, entonces podríamos cambiar los días de reunión. Ya estaba pensando en saltarme las reuniones presenciales y hacerlo todo por Internet. No necesitaba que Eileen ni nadie me señalara si había engordado uno o dos kilos. Para eso estaban mi abuela y mi madre.

—¡Me llené! —proclamó Selena, que estaba sentada a mi lado izquierdo. Apartó su plato y yo luché contra el impulso de agarrarlo y engullir lo que había dejado.

La Pascua era probablemente la fiesta gastronómica favorita de Selena, porque en nuestra familia se celebraba al estilo *potluck* y la mayor parte de la comida era tradicional americana, salvo los frijoles y la salsa, hechos especialmente por mi abuelo y mis tíos.

—Te odio —murmuré mientras cogía una zanahoria del plato y la dejaba caer sobre él.

—¿Qué? Pensaba que lo mejor de Weight Watchers era que podías comer lo que quisieras mientras lograras los puntos. No me odies solo porque prefieres usar tus puntos para comida de conejo en lugar de huevos endiablados. —Selena se echó a reír y se levantó para ver qué había en la mesa de postres.

—Tiene razón, ¿sabes? —añadió Gracie—. No debemos privarnos. Si quieres algo más, entonces debes tomarlo. De lo contrario, no vas a ser capaz de estar sin comer luego.

—Entonces, ¿por qué no estás comiendo pastel? ¿No es para eso nuestra asignación semanal de puntos, eh, señora Weight Watcher?

—No voy a comer pastel porque no quiero —respondió Gracie y volvió a concentrarse en su trozo de brócoli.

—Mentirosa —le dije.

Selena volvió a la mesa con un cuenco de ensalada y un trozo muy grande de tarta de piña.

—¿La estás llamando mentirosa porque no admite que le gusta Tony, el profesor de ED? —dijo con la boca llena.

Gracie miró mal a su hermana.

—Lo que tú digas, Selena. Si alguien es una mentirosa aquí, eres tú. Erica, ¿sabías que Selena visitó a Nathan en Nueva York? Dice que no significó nada, pero sospecho que miente. Creo que están empezando a ir en serio.

Selena puso los ojos en blanco.

—Por el amor de Dios, Gracie. Ya te he dicho que ni siquiera estamos saliendo.

Estaba demasiado ocupada comiendo de la tarta de Selena e inhalando cada miga como para prestar atención a sus disputas. Estaba húmeda, dulce y deliciosa, mucho mejor que todo lo que había comido hasta entonces. Y a punto de cortar otro centímetro, Gracie me quitó el tenedor.

—Ya picaste, ahora déjalo. ¿No tienes nada que decir sobre Selena y Nathan?

Le dirigí mi mirada más molesta.

—Eso fue cruel, Gracie. No le quitas el tenedor así a una chica hambrienta. —Yo hablaba en serio. Se había pasado de la raya—. A ver, que Selena esté deseando a un tipo no es ninguna novedad. Lo que quiero saber es por qué intentas cambiar el tema. Vamos, Gracie, dímelo. ¿Qué pasa con Tony?

—Sí, Gracie —se burló Selena—. ¿Qué pasa?

Ella dudó unos segundos y luego cedió a la tentación.

—Aaah, olvídenlo. —Gracie agarró el plato de Selena y se zambulló en el dulce—. Dios mío, está increíble. ¿Quién lo hizo? —dijo con la boca llena.

—¿Quién crees?

—¿Mari?

—Sí, por lo visto ayer estuvo aquí para dejarle un regalo a Welita.

—¿Ayer? ¿Por qué no vino hoy? —preguntó Gracie.

—Abuela me dijo que estaba organizando un almuerzo para unos clientes de Esteban en su casa.

—Claro —murmuré.

—Erica, no seas así. Al menos vino a ver a Welita. Eso cuenta como algo, ¿no?

Me encogí de hombros, me levanté de la mesa y me dirigí directo a los postres. Estaba enfadada conmigo misma por permitir que mis problemas con Mari enturbiaran otro día familiar. Selena y Gracie nunca entendieron por qué me molestaba tanto. A veces yo tampoco lo entendía.

Unos treinta minutos después visitamos a Welita en su dormitorio. Parecía menos cansada, pero seguía sin ser ella misma debido al resfriado. Observé a mis primas para ver si parecían preocupadas. No lo estaban, así que hablamos un rato más con ella.

Después, las tres decidimos dar una vuelta a la manzana para que Gracie y yo pudiéramos acabar con el trozo de tarta que habíamos traído para Welita, pero que habíamos acabado comiendo nosotras.

—Gracie, siento haberte molestado con lo de Tony —le dije después de que hubiéramos pasado por delante de la casa del vecino—. Mi cuerpo estaba hambriento de carbohidratos en ese momento y no merecías mi ira mal dirigida.

Me rodeó con el brazo.

—No pasa nada. No quiero que sea como cuando íbamos a la escuela y todo el mundo pensaba que lo seguía como un cachorrito enamorado —admitió Gracie.

—No pensamos eso, lo prometemos —dijo Selena—. Pero si realmente te gusta, entonces deberías invitarlo a salir. Y si no, podrías follártelo y ya.

Solté una carcajada sorprendida. Gracie, en cambio, estaba horrorizada.

—Sabes que no me gusta hablar de ese tema, Selena —resopló.

—¿Por qué? Es perfectamente normal hablar de sexo. ¿De qué otra forma vas a aprender? —Selena se agachó antes de que el puño derecho de Gracie pudiera golpear su hombro—. En serio, Gracie —continuó—. No estoy diciendo que tengas que salir y acostarte con cualquiera mañana. Es solo que no quiero que esto de la virginidad te frene. Cuando tenga que pasar, pasará. Pero no va a ocurrir si te pasas todos los viernes y sábados por la noche en casa con mamá y papá.

—¿Y si es demasiado tarde para mí?

Selena y yo dejamos de caminar. ¿Gracie acababa de admitir que algún día quería tener relaciones sexuales? Siempre había supuesto que su decisión de mantenerse virgen tenía que ver con la religión. Pero eso no explicaba por qué nunca salía ni tenía un novio de verdad.

—No es demasiado tarde —le dije—. Todavía eres joven, inteligente, guapa y una de las personas más agradables del mundo. Hay un hombre ahí fuera que te va a querer por todo eso. Pero Selena tiene razón. No lo vas a encontrar sin al menos buscar un poco.

Ella asintió.

—Lo sé. Pero da miedo ahí fuera.

—Es verdad —dije refunfuñando.

Selena abrazó a su hermana.

—¡Sí! Me alegro mucho de que hayamos hablado de esto. Sería una buena terapeuta sexual, ¿cierto?

Todas volvimos a reír y continuamos caminando.

—¿Y qué hay de ti, Erica? —preguntó Selena—. ¿Pasa algo en tu vida sexual de lo que quieras hablar?

Por alguna razón pensé en Adrian, pero lo descarté rápidamente.

—La verdad, sí. La otra noche casi tuve un orgasmo pensando en Twinkies fritos cubiertos de chocolate. ¿Qué crees que signifique eso?

No me agaché lo bastante rápido y ambas hermanas me dieron puñetazos en los brazos.

Capítulo 27
SELENA

Algo estaba pasando en Umbridge & Umbridge.

Después de hacer una encuesta informal en la oficina, descubrí que todo el equipo directivo estaba a puerta cerrada en la sala de conferencias. Todos, excepto Kat. Lo sabía porque la había visto entrar en la oficina de Henry justo antes de ver a los demás ir para la sala de conferencias.

Incluso, una de las chicas de Nóminas me envió un mensaje para preguntarme si Kat había salido ya. Le contesté que no y le pregunté si su amiga de IT le había dicho algo. No sabía nada.

Ambas reuniones ya iban por treinta minutos, y cuanto más se alargaban más me preguntaba si alguna de ellas tenía que ver con una campaña que se hizo viral en Twitter la semana pasada en relación con uno de nuestros clientes, la cual no había salido exactamente como se esperaba.

Después de la reunión con Cup of Sugar, Kat decidió que debía supervisar todas las campañas en redes sociales, desde la lluvia de ideas hasta la ejecución. E incluso si un cliente no quería redes sociales, ella iba a convencerlo de que las necesitaba.

Así, convenció a George & Sons, una empresa inmobiliaria de éxito de la ciudad, para que organizara una sesión especial de preguntas y respuestas en línea con el hijo del fundador, vicepresidente de la empresa. De este modo promocionarían la próxima inauguración de su último centro comercial. La mañana del chat en Twitter, Kat y el vicepresidente de la empresa, Darren George, instalaron una *laptop* en su oficina y empezaron a tuitear sobre el proyecto y a animar a los usuarios de Twitter a hacer preguntas. A los diez minutos de la charla, un usuario de Twitter empezó a hacer preguntas sobre un pleito pendiente contra la empresa. El mismo usuario también acusó a Darren de sobornar a funcionarios municipales y retener el salario de sus trabajadores de la construcción. Aunque Kat dijo que había intentado hacerse cargo de las respuestas, Darren se había enfurecido tanto con los incesantes tuits que había respondido con insultos y blasfemias. El intercambio estalló e incluso fue objeto de un artículo en BuzzFeed. La empresa canceló la presentación y me enteré de que Darren estaba siendo investigado.

La puerta de la oficina de Henry se abrió y Kat salió. Aunque su expresión era pétrea, como de costumbre, cuando nuestros ojos se cruzaron juraría que los suyos estaban llorosos.

Sonó mi teléfono y me sobresalté. Era Henry.

—Selena, ¿puedo verte en mi oficina, por favor?

—Sí, ya voy.

Tomé mi teléfono, un bolígrafo y un bloc de notas, por si acaso, y me senté en su oficina.

—Como seguro sabes, el fiasco de Darren George en Twitter se ha convertido en una mancha para la reputación de nuestra agencia. En cooperación con el señor George, hemos estado estudiando este asunto internamente para encontrar una explicación de cómo pudo ocurrir algo así. La mala noticia es que no estábamos preparados para todo lo que descubrimos. Lo único que puedo decirte es que, debido a su papel en la situación, Kat ha sido despedida con efecto inmediato.

Me quedé con la boca abierta.

—El equipo directivo ha sido convocado a una reunión de personal durante la próxima hora y se les informará sobre Kat al término de esta. Puesto que reportabas directamente a ella, sentí que era necesario hacerte saber la situación lo antes posible. Le he dado treinta minutos para limpiar su oficina y me ha pedido que te permita ayudarla, a lo que he accedido.

Espera. ¿Kat fue despedida, pero todavía tenía que trabajar para ella? ¿Qué clase de infierno era este?

—Agradecería tu cooperación y confidencialidad durante este tiempo. Hablaremos más tarde sobre sus cuentas y sobre lo que puedes hacer mientras tanto.

Dejó de hablar y pensé que por fin me tocaba a mí decir algo.

—Ummm, vale.

Evidentemente satisfecho con mi respuesta austera, Henry se desentendió de mí.

Nada más salir, mi teléfono vibró con un mensaje de texto de Kat: “Tráeme cinco cajas de la sala de correo”. Aun cayendo en desgracia, Kat se mantuvo fiel a su mal genio. Supongo que tengo que darle crédito por eso, al menos.

Minutos después, entré en su despacho con las cinco cajas y cinta de embalar extra.

—Cierra la puerta y empieza a recoger mis estanterías.

Asentí e hice lo que me pedía. Trabajamos en silencio durante unos quince minutos. Despejó su mesa, excepto el ordenador y el teléfono, y me dio objetos de sus cajones para que los metiera en una bolsa de compra reutilizable. Cuando terminamos, me pidió que la ayudara a llevar algunas cajas hasta su auto.

La oficina principal seguía bastante vacía cuando salimos. Me sentí aliviada porque no quería tener que soportar miradas de lástima. No importaba que no me gustara la señora, nadie debería tener que pasar por una vergüenza así.

Hicieron falta tres viajes, pero pudimos terminar antes de la fecha límite de Henry.

Cuando cerró el maletero de su auto, Kat finalmente habló.

—¿Qué te ha dicho? —me preguntó antes de sacar un paquete de cigarros y un encendedor del bolso. Después de tanto tiempo, no tenía ni idea de que ella fuera fumadora.

—¿Quién? ¿Henry? Acaba de decir que te despidieron por lo que pasó con George en Twitter. Si te sirve de algo, creo que eso estuvo mal. No es culpa tuya que un desconocido en Twitter decidiera atacar así al señor George.

Dio una calada y expulsó el humo.

—Fue culpa mía. Yo era el desconocido en Twitter.

—¿Qué? ¿Cómo es posible? Estuviste con el señor George en su oficina durante los tuits.

—Por fin he descubierto cómo usar Hootsuite.

Kat me explicó que había creado una cuenta falsa en Twitter hacía unas semanas y luego programó los tuits la noche anterior para la sesión de preguntas y respuestas.

—Si te fijas en el flujo de tuits, ni una sola vez el "desconocido" respondió directamente a nada de lo que Darren o yo publicamos. Todo eran acusaciones repetidas.

—Pero…, pero ¿por qué?

Se rio con una amargura que me heló la sangre.

—Venganza. Sin rodeos. El muy cabrón me estaba engañando.

La formación de sus palabras me abofeteó.

—¿Tú y Darren?

—Sí. Desde hace unos meses empecé a sospechar porque cancelaba cosas a último minuto o siempre tenía una excusa por la que no podía verme. Así que una noche esperé afuera de su casa y lo vi con otra mujer. Trabaja en su oficina e incluso ha ido a reuniones con clientes. Qué imbécil, ¿verdad?

Asentí, aún sin entender del todo lo que estaba pasando.

—Ay, Kat. No sé qué decir.

—Reconozco que fui demasiado lejos. Estaba tan cegada por mi rabia que tampoco lo planifiqué muy bien. Al parecer, algunas de las cosas de las que lo acusé solo las sabían unas pocas personas, por lo que no tardó mucho en sospechar de mí y fue a contarle a Henry nuestra aventura. Entonces, supongo que IT encontró las pruebas en mi *laptop*. Admití lo que había hecho en cuanto me enfrentó por ello.

Estaba en *shock*. Nunca hubiera pensado que Kat haría algo así.

—Te digo todo esto porque se nota que quieres superarte, Selena. Y si sigues haciendo lo que estás haciendo, vas a llegar a lo más alto. Pero mi único consejo es que nunca comprometas tu carrera por un hombre. No merecerá la pena.

Kat tiró el cigarro al suelo y lo apagó. Me tendió la mano y se la estreché. Luego se subió a su BMW descapotable y se marchó.

No volví a entrar de inmediato al trabajo. Necesitaba unos minutos para procesarlo todo.

Las cosas estaban a punto de cambiar en Umbridge & Umbridge. Y cuanto más tiempo permanecía fuera, más tiempo evitaba pensar si quería tener algo que ver con esos cambios.

Capítulo 28
MARI

Era el tercer miércoles de mayo. Y como cada tercer miércoles en los últimos tres meses, estaba sentada en la sala de conferencias de Delgado & Ramos, deseando estar en cualquier otro lugar.

—Oh, Dios mío, Marisol. ¿Dónde compraste estas magdalenas? Tengo que comprar para mi marido. Le encantan los arándanos.

Alicia, la directora de Asociaciones Comunitarias de la empresa, acababa de dar un mordisco a una entre las docenas de magdalenas de arándanos y naranja que yo había horneado la noche anterior. Estábamos esperando a que llegaran los demás miembros del comité para nuestra reunión mensual de planificación de la gala benéfica de otoño.

—No las compré en ningún sitio. Las hice yo —dije mientras tomaba notas en nuestra agenda.

—Cállate. No puede ser.

—Pues así es, las hice yo.

Una voz grave y familiar me hizo dejar de escribir. Levanté la vista justo cuando Chris tomaba asiento a mi lado.

—¿Qué haces aquí? —No me importó cómo sonó mi pregunta ni que había alguien más en la habitación. No estaba de humor para lidiar con él. Menos con sus juegos.

Alicia se rio.

—Alguien no leyó sus correos electrónicos esta mañana. Chris es el miembro más reciente de nuestro comité. ¿No es maravilloso? Da muy buen ejemplo y hace saber a todos en la empresa que este evento es una prioridad. Estoy segura de que ayudará a aumentar la asistencia este año.

Chris me lanzó una sonrisa pícara y un guiño justo cuando aparecieron los otros miembros del comité.

No dejes que te distraiga. Aunque no quieras estar aquí, esto es por una causa importante. Tienes que permanecer concentrada.

—Chris, ¿en verdad acabo de oír que este año te unes a nuestro pequeño comité?

Mis hombros se tensaron al oír una voz almibarada. Me giré lentamente para ver a Dawn Beck.

Dawn era una de las *socialites* más activas de San Marino. Si había que organizar una gala, una subasta, una recaudación de fondos o una cena benéfica, Dawn estaba en el comité. La había conocido cuando me uní a las Damas Auxiliares de la Comida de San Marino hacía cuatro años. Otros miembros del grupo eran la esposa de otro concejal, la esposa de un cirujano y algunas amas de casa que necesitaban llenar sus días planificando eventos para recaudar fondos y hablando de las mujeres que odiaban, así como de su próximo destino de vacaciones. Después de solo seis meses en el grupo, conocía la jerarquía y cómo funcionaba. Así que, hasta que alguien tuviera los cojones de plantarle cara, Dawn era la presidenta de las Auxiliares y tenía el poder definitivo. Pero yo sabía que no debía darle ningún tipo de armamento para que lo usara contra mí.

Algo que sé que ella odiaba.

Cuando se enteró de que yo planearía la gala anual del bufete, se ofreció como voluntaria para formar parte del comité. Lo vi como lo que era, un intento poco disimulado para sacar a relucir algunos trapos sucios.

—Es verdad —le dijo Chris después de que ella le plantara un beso en la mejilla a modo de saludo—. Decidí que ya era hora.

Chilló como una niña pequeña y aplaudió.

—Nos vamos a divertir mucho.

Chris se rio y me miró. Como no le correspondí, pidió permiso y dijo que iba a buscar el teléfono a su oficina y que volvía enseguida.

Cuando se alejó al punto de que no podría oírnos, Dawn me agarró del brazo y tiró de mí.

—¿Chris sigue soltero?

Pensé en lo que había sucedido en Nueva York.

—Eh, no estoy segura. Realmente no llevo su agenda de citas.

Cuidado, Mari.

El amor de Dawn por el chisme era casi tan grande como su amor por los abdominales de su entrenador personal. Y aunque decapitaría a cualquiera que dijera una palabra de sus indiscreciones a su marido, Dawn se enorgullecía de ser una difusora de las noticias malas y más escandalosas. Si yo mostraba siquiera un atisbo de sentirme incómoda hablando de Chris, ella se aseguraría de que las demás mujeres en las Damas Auxiliares de la Comida de San Marino lo supieran para mañana.

No era el primer comentario que Dawn hacía sobre Chris. Los dos se habían conocido en la fiesta de Nochevieja en nuestra casa. Ella estaba borracha y se le insinuó casi toda la noche. Incluso Esteban estaba horrorizado por su evidente coqueteo. Chris, en cambio, se lo tomó con calma y se comportó como un caballero, incluso cuando ella "accidentalmente" le derramó el vino en la entrepierna e intentó limpiarlo con la mano. Esa noche, en realidad no me importaba si Chris se acostaba con ella. Simplemente no quería que ninguna relación afectara la mía con Dawn o mi inclusión en las Auxiliares. Pero Chris no mordió el anzuelo y ella acabó volviendo a casa con su despistado marido, muy borracha y frustrada.

Me aparté de ella y traté de concentrarme en leer de nuevo el orden del día. Aparecieron algunas más del comité y me sentí aliviada por la compañía, aun si era temporal.

—Creo que tienes que organizar una de tus famosas fiestas y asegurarte de que él esté allí. Un regalo para la vista es lo mejor para atraer gente a un evento. Es mucho más interesante que las magdalenas —me susurró Dawn al oído justo cuando Chris volvía a entrar en la sala.

El resto de la reunión transcurrió sin incidentes, gracias a Dios. Hablamos de los artículos de la subasta silenciosa y de las necesidades audiovisuales de la banda. También ultimamos el menú y aprobamos el diseño de la tarjeta de invitación. Y como la organización benéfica de este año era un refugio para mujeres abusadas y sus hijos, el comité decidió contratar a un escritor independiente que pudiera entrevistar a algunos de los clientes del refugio y a su personal para incluir testimonios en el libro del programa del evento.

Cuando terminó la reunión, animé a todo el mundo a llevarse una o dos magdalenas para el camino. Letty me había advertido que no me trajera ninguna de regreso, pues aún tenía dos docenas más en casa.

—Esta va a ser una de las mejores galas de la historia —Alicia me sonrió desde el otro lado de la mesa de la sala de conferencias—. Siempre haces un gran trabajo, Marisol. No sabes lo contenta que me puse cuando Esteban me dijo que volverías a presidir el comité.

—Es muy amable que digas eso, pero es un trabajo en equipo.

—Marisol es muy modesta —dijo Chris, que se había sentado al lado mío durante la reunión. Por suerte, había estado demasiado concentrada en mi agenda como para distraerme con su cercana presencia.

—Lo sé —continuó Alicia—. Por eso la queremos tanto.

—Sin duda —respondió Chris.

—Bueno, será mejor que avise a la agencia que podemos seguir adelante con la impresión de las invitaciones. Incluso podríamos enviarlas por correo a principios de la semana que viene.

Alicia se fue y yo empecé a recoger mis papeles. Vi que Dawn se levantaba, pero no se iba. En lugar de eso, sacó su teléfono y empezó a hablar con alguien.

Chris se inclinó hacia mí.

—Alicia tiene razón. Puede que haya un comité planeando esto, pero tú eres definitivamente quien hace que todo suceda.

Sin mirarlo, le dije:

—¿Y por qué te uniste al comité, exactamente?

—Porque es un acontecimiento importante para la empresa.

—Este es nuestro tercer año preparándola y ni tú ni Esteban se han sentado nunca en una reunión de planificación. Así que inventa otra respuesta.

—Bien. Supongo que es mi forma de disculparme contigo por cómo actué en Nueva York.

Mi mano se detuvo un segundo.

—¿Qué quieres decir?

Acercó aún más su silla.

—Estuvo mal que actuara como lo hice, sobre todo con Esteban ahí —dijo en voz baja—. Fue inapropiado y te pido disculpas. Tampoco debí acostarme con Darcy. Estaba enfadado contigo por lo que dijiste. Fue una estupidez.

Eso hizo que por fin lo mirara.

—Acepto tus disculpas por haber actuado de forma inapropiada —susurré—. Pero ya está. No me debes ninguna explicación sobre Darcy porque, desde luego, no es asunto mío con quién te acuestas.

No pude evitar mirar a Dawn, que había terminado su llamada, pero ahora se quedaba en la puerta.

—Marisol… —empezó.

Eché la silla hacia atrás y me levanté.

—Gracias por venir hoy, Chris.

Mientras recogía el resto de mis cosas, oí que Dawn le preguntaba a Chris si podía enseñarle su oficina. Esperé uno o dos minutos y me dirigí al ascensor. Otro día cualquiera habría pasado a ver a Esteban, pero no quería arriesgarme a quedarme atrapada en un ascensor con aquella mujer.

Esa misma tarde, no podía deshacerme del nudo de furia que estallaba en mi vientre. Dawn realmente me había afectado. Necesitaba algo que me distrajera de ella y de Chris.

Saqué mi caja con recetas que yo había escrito a mano. Algunas eran de Welita y de mi abuela, y otras eran mías. Cuando trabajaba en la empresa de *catering*, solía rogar a los cocineros que me dejaran ayudarlos a preparar los postres. Una vez terminado el evento, volvía a casa y me sentaba en la mesa de la cocina a reescribir sus recetas y añadirles mis propias especias o ingredientes para darles un toque personal.

Mientras pensaba en Dawn y en lo mucho que deseaba ponerle las manos encima a Chris, amasaba y perforaba la masa de pan para mi nueva receta de capirotada. La mayoría de las veces hacía el budín de pan mexicano con lo que tenía en la despensa. Pero después de hablar sobre ello con Welita, quise probar una nueva forma de hacerla que fuera muy parecida a su receta tradicional. Me hacía ilusión servirla en alguna comida auxiliar del próximo mes.

No sé exactamente cuándo aprendí a hornear. Puede que todo haya empezado la primera vez que Welita nos dejó ayudarla, a mí y a mis primas, a hacer tortillas de harina.

Uno a uno, nos dejó verter los ingredientes en su gran cuenco de cerámica amarilla. Luego, con envidia, veíamos cómo ella metía las manos en la mezcla blanca y empezaba a amasarla hasta que se convertía en una masa blanca granulada. Por último, cuando estaba satisfecha con la textura, nos daba a cada una un trozo de la preparación para que la amasáramos y la hiciéramos una bola. Lo hacíamos una y otra vez hasta que teníamos docenas de bolitas alineadas en la encimera. Luego, ella las aplastaba en forma de tortilla y las cocinaba en su comal de hierro fundido. Mientras ella cocinaba, nosotras limpiábamos lo que podíamos y nos sentábamos en la mesa de la cocina esperando ansiosas nuestra primera degustación. Cada una cogía una tortilla y enseguida la untábamos con mantequilla, la enrollamos en forma de tubito y le dábamos un bocado. Era lo que más me gustaba comer en el mundo.

Cuando era adolescente, empecé a buscar recetas por mi cuenta. Veía algunas en revistas o en los libros de cocina de mi mamá (que, de todos modos, nunca usaba). Si me sentía triste o sola, preparaba un pastel o una tarta. No lo hacía porque quisiera comérmelos. Simplemente disfrutaba crear algo que gustara a los demás. A veces me comía un trozo de lo que horneaba o se lo guardaba a mi mamá. Pero la mayoría de las veces regalaba a amigos lo que había hecho, a mis vecinos, a mis primas, a quien quisiera.

La repostería se convirtió en mi vía de escape, algo que hacer cuando no podía dormir o necesitaba distraerme.

—¿Por qué estás enfadada? —me preguntó Letty mientras entraba en la cocina con dos bolsas llenas de comida.

—No lo estoy —mentí.

Puso las bolsas sobre la encimera.

—Pues entonces, realmente odias esa masa.

Dejé de golpearla y la aparté.

—Tuve mi reunión para hablar de la gala hoy. Dawn Beck estaba allí.

Letty hizo una mueca y sacó un paquete de arroz de una bolsa.

—Esa mujer es complicada. No sé cómo puedes soportar estar cerca de ella y de sus enormes tetas falsas.

Me reí y me limpié las manos en el delantal para poder ayudar a guardar las cosas.

—Esas no son las únicas cosas falsas que tiene.

—¿Qué ha dicho esta vez?

—Lo de siempre. Supongo que yo hoy no estaba de humor para tratar con ella. Sobre todo cuando empezó a hablar de Chris.

Mierda. ¿Por qué lo mencioné?

Letty negó con la cabeza.

—¿Por qué esa gringa piensa que el señor Ramos podría estar interesado en ella?

—Por sus tetas falsas —bromeé.

Letty se rio.

—Puede ser. Pero, aunque no fuera tan bruja, sigue siendo una mujer casada. El señor Ramos es demasiado buen hombre como para meterse en algo así.

Acababa de abrir la puerta del refri para guardar el jugo de naranja, agradecida de que no pudiera verme la cara y empezara a hacer preguntas.

—Exacto —dije mientras movía cosas sin motivo en los compartimentos—. Es ridículo siquiera pensar que Chris se interesaría por alguien como Dawn.

Porque aparentemente está enamorado de mí.

—Y hay que saber que no se deben hacer cosas que no se pueden deshacer —dijo.

El pánico calentó mi cara. ¿Había dicho eso en voz alta? Me giré para mirar a Letty.

—¿Qué dijiste?

Letty señaló la masa que seguía sobre la encimera.

—Llevas suficiente tiempo horneando como para saber que amasar demasiado arruinará la masa. No se puede deshacer una vez que está hecha, y esta se ve muy hecha.

Casi se me caen las rodillas del alivio.

—Tienes razón. Parece que me pasé. Empezaré de nuevo.

Y esa era, probablemente, otra de las razones por las que me encantaba la repostería. Corregir los errores era tan sencillo como empezar una nueva preparación.

Lástima que otras cosas no pudieran arreglarse con tanta facilidad.

Capítulo 29
GRACIE

El verano fue un descanso de la escuela, pero no del comité de planificación de la fiesta. Y aunque me lamentaba con mi familia por tener que ir a las reuniones semanales, en secreto me alegraba, pues eso significaba seguir viendo a Tony.

A veces, comíamos algo juntos antes de la reunión o comíamos más tarde después. Nunca le conté a nadie. Pero Selena se ponía suspicaz y me interrogaba cada vez que le decía que no podía salir con ella.

—Vamos, Gracie. Dudo que el comité de fiestas de St. Christopher's se venga abajo si faltas a una reunión —se había quejado el jueves pasado.

Le dije que íbamos a votar algunas cuestiones importantes y que la hermana Catherine ya había dicho que la reunión del viernes era obligatoria.

—Bien —dijo después de un rato—. Entonces podemos vernos después de la reunión. ¿A qué hora terminará?

Las reuniones nunca pasaban de las siete de la noche, pero no quería perderme una posible cena con Tony. De nuevo, le dije que la reunión probablemente sería hasta tarde por todas las cosas que estábamos viendo. Pareció convencida y me dijo que le pediría a Erica que saliera con ella.

Esta mañana me ha vuelto a llamar.

—Bueno, confiesa ya. Mamá dice que no llegaste a casa hasta pasadas las once, y yo sé que no hay forma de que la hermana Catherine y todos esos vejestorios del comité de fiestas se quedaran hasta tan tarde, por muchas decisiones serias que hubiera que tomar. Entonces, ¿qué pasa? ¿Adónde te escapas los viernes por la noche?

—No me escapo a ningún lado —había susurrado al teléfono. Estaba en el salón cuando contesté, y toda la familia estaba allí viendo un partido de fútbol. Salí al patio e intenté convencer a Selena de que no estaba ocultando nada.

—Gracie, eres tan mala mintiendo. Eso es lo que te hace Gracie. Así que deja de inventar cosas, porque sabes que luego te vas a sentir culpable y me vas a llamar para decirme, de todas formas —Selena suspiró.

—Muy bien. De acuerdo, de acuerdo. Sí voy a esas reuniones de la comisión de fiestas. Lo que no te he dicho es que Tony Bautista también está en el comité, y a veces vamos juntos o salimos a comer después —me apresuré a decir, con la esperanza de que Selena no me oyera.

Y al principio creí que no lo había hecho, porque al otro lado hubo un silencio absoluto. Entonces gritó y casi se me cae el teléfono.

—¡LO SABÍA! ¡LO SABÍA! Sabía perfectamente que tenía que haber algún tipo involucrado. ¡Has estado usando rímel y faldas! ¡Le dije a Erica que seguro tenías un novio secreto!

—No es mi novio. Solo somos amigos, colegas. Resulta que estamos en el mismo comité y a veces tenemos que investigar, así que lo hacemos. Bueno, no lo *hacemos*, trabajamos después o antes de las reuniones.

—Da igual. Te conozco, hermana mayor, y aunque digas que solo son amigos, sé que estás enamorada —Selena se echó a reír.

—No estoy enamorada de Tony Bautista.

—Sí que lo estás.

—No, no.

—Sí, así es.

—No, yo… Olvídalo. Olvida lo que he dicho. Ahora tengo que irme. Mamá y yo vamos a casa de abuela. —Entonces le colgué antes de que pudiera decir algo más.

Ahora bien, resultó que mi mamá también sospechaba de mí.

—Solo estoy diciendo que está bien que salgas con alguien, pero no entiendo por qué lo mantendrías en secreto —me explicó tras mi enésima negativa. Habíamos venido a visitar a mis abuelos y a Welita.

—Ay, Olivia, déjala tranquila —le dijo Welita.

—Sí, Olivia, deja en paz a Gracie. Cuando quiera hablarnos de su novio, lo hará —añadió mi abuela.

—Pero abuela, no tengo novio. Solo… solo tengo un amigo. También es profesor y estamos juntos en la comisión de la fiesta. Nada más. No pasa nada más —juré.

—¿Y no hay más nada entre ustedes, de verdad? —preguntó mi mamá e intenté ignorar el sonido de decepción en su voz.

Cuando asentí, mi abuela se acercó y me dio unas palmaditas en la mano.

—Bueno, eso también es bonito, mija.

—Y, quién sabe, quizá algún día sean algo más que amigos —sugirió mi mamá y de nuevo intenté ignorar su tono, aunque esta vez sonaba demasiado esperanzador.

—Por favor, no digas eso, mamá. Además, estoy segura de que lo único que quiere es mi amistad —admití, tanto para mí como para mi familia.

—¡Basta! Ya basta —dijo mi abuela—. Gracie, tú no puedes ver el futuro, así que no pienses así. Las cosas nunca suceden como pensamos que van a suceder. Mira a mi mamá y a mi papá. Se conocieron cuando ella era solo una niña. Ella seguro no pensaba que fuera a conocer a su marido ese día. No, claro que no. Pero así es la vida. Si Dios quiere que así sea, así será.

Luego le pidió a Welita que me contara la historia del día en que conoció a mi bisabuelo.

Como siempre, una sonrisa melancólica se dibujó en su rostro y empezó a hablar. Yo ya había oído la historia muchas veces, pero no la interrumpí. No solo porque me gustaba oírla, sino porque sabía que a ella le gustaba contarla.

Ella tenía quince años y un joven policía había pasado por la tienda de su padre para reparar un dobladillo de su uniforme. Ella le ofreció agua y él le preguntó si ya se conocían. Mi Welita le dijo que no.

—Porque me habría acordado de él —me dijo.

Unos años más tarde, Francisco Martínez volvió a la tienda y le pidió que fuera su esposa. Ella solo tenía diecisiete años. Sus padres les dieron la bendición y en diez años tuvieron cinco hijos. Mi bisabuelo le contaba que aquel primer día que la vio, la había reconocido de sus sueños.

Incluso ahora, contando otra vez la historia, se sonrojaba.

—Qué tonto —dijo al cabo de un rato limpiando sus ojos con un pañuelo. Porque por mucho que el recuerdo la hiciera sonreír, también la entristecía. Mi bisabuelo murió en el cumplimiento del deber. Y ella, a los treinta y cuatro años, se convirtió en madre soltera de cinco hijos. Con el tiempo, llegó a Estados Unidos en busca de trabajo. Pero nunca volvió a casarse.

Mi madre saltó de su asiento y le dijo a Welita que quería enseñarle la manta que había estado tejiendo a ganchillo. Sabía que era la forma que tenía de distraerla del tema.

—Gracie, por favor, ve al auto y tráeme mi bolso. Creo que lo dejé en el maletero.

Mientras caminaba hacia el auto, pensé en Tony. Si se fuera ahora, ¿lo echaría de menos? Pensé que sí, y eso me preocupó. Un amor perdido puede ser algo doloroso. Mi Welita era prueba de ello. No me gustaba la idea de sentirme vulnerable. Pero tampoco quería estar sola por el resto de mi vida.

Un grito agudo interrumpió mi reflexión. Era mi mamá gritando mi nombre. Corrí a la casa y me quedé helada al ver la escena. Mi madre y mi abuela estaban arrodilladas en el suelo junto a Welita. Tenía los ojos cerrados y un corte sangriento en la frente. Se agarraba el pecho.

—¡Gracie! ¡Llama a una ambulancia! ¡Creo que Welita está teniendo un infarto!

Capítulo 30
ERICA

Odiaba los hospitales.

No soportaba el olor, las luces fluorescentes brillantes ni el pitido constante de las máquinas que de alguna manera mantenían a la gente con vida. Incluso cuando mi mamá dio a luz a mi hermano pequeño, tuve que obligarme a ir a visitarla.

Al menos en esa época sabía qué me esperaba cuando llegara.

Las puertas del ascensor se abrieron en la segunda planta. Un cartel sobre el puesto de enfermeras me indicó que estaba en el lugar correcto. Cuidados Intensivos Cardíacos. Me acerqué al mostrador y esperé ser atendida por una mujer con bata morada que hablaba muy rápido por teléfono y tecleaba en su computadora.

—Disculpe —le dije.

Me miró y levantó la mano para que esperara a que colgara. Cuando por fin colgó, me preguntó en qué podía ayudarme. Le dije que iba a ver a Felicidad Martínez.

—Solo pueden estar dos personas a la vez en su habitación, pero ahora mismo está el cardiólogo. La sala de espera de los familiares está al final del pasillo, a la derecha. —Señaló más allá de los ascensores.

Recorrí el largo pasillo, leyendo atentamente cada cartel para asegurarme de que iba en la dirección correcta. A medida que me acercaba, supe de nuevo que estaba en el lugar correcto. No por una señal, sino por las voces que oía. Giré a la derecha y allí estaba mi familia: mis primas, mis padres y otros parientes que hacía tiempo que no veía. Hice mi ronda y saludé a cada uno con un beso en la cara. Sonrieron, pero pude ver lo tristes que estaban todos.

Me senté junto a mi mamá y le tomé la mano. Mi padre me agarró la otra.

—¿Dónde está abuela? —pregunté. Mi madre me explicó que todos los hijos de Welita, bueno, los que vivían en la zona, estaban hablando con el cardiólogo. Iba a darles su diagnóstico y las opciones de tratamiento, si es que había alguna.

Gracie y Selena se sentaron frente a mí y parecían tan apenadas como yo.

Entonces me fijé en una mujer sentada sola al otro lado de la sala. Tardé un momento en darme cuenta de que era Mari.

Llamé a Gracie con la vista e hice un gesto señalando a Mari. Gracie se encogió de hombros.

Pasaron unos diez minutos hasta que mi abuela y sus hermanos aparecieron con el médico. Todos se pusieron en pie y se reunieron a su alrededor.

—Soy el doctor Jonathan Tang, el cardiólogo que atiende a Felicidad. Sus hijos me han dado permiso para contarles lo que está pasando.

Todos asentimos.

—Felicidad sufrió un infarto grave. Las pruebas preliminares mostraron algunos daños en sus arterias principales. Tuvimos que ponerle un *stent*, pero por ahora está estable y consciente. La tenemos con algunos medicamentos por vía intravenosa y oxígeno para ayudarla a respirar.

—Doctor, ¿qué sigue de aquí en adelante? —la voz de mi madre era ansiosa.

—Bueno, es difícil de decir. Debido a su avanzada edad y el hecho de que tiene otros problemas de salud, la cirugía es muy arriesgada. Pero si no la operamos, existe la posibilidad de que sufra otro infarto en un futuro próximo. Es difícil de predecir debido a su estado. Pero con el *stent* y medicación adicional, hay muchas posibilidades de que su corazón aguante varios meses más, incluso un año o un poco más.

—¿Solo un año?

El doctor lo dijo como si eso fuera mucho tiempo. No lo era. No para nosotros.

Mientras él seguía respondiendo preguntas, yo volví a mi silla. En el fondo, sabía que daba igual lo que dijera. Las perspectivas eran malas.

Quería llorar. Diablos, quería gritar. Pero eso tampoco le haría bien a nadie. Así que fui a ver a mi Welita.

La misma enfermera de antes me dirigió a su habitación, pero no entré porque Mari ya estaba allí. Estaba de espaldas a mí, pero reconocí su pelo y el vestido de verano que llevaba cuando la vi en la sala de espera. Murmuraba algo y tenía la cabeza inclinada.

Estaba rezando.

Conduje a casa una hora más tarde en medio de la niebla. Una niebla cansina.

Me palpitaba la cabeza y tenía retortijones en el estómago, ya que lo único que había comido en todo el día era una bolsa de papas fritas de la máquina expendedora del hospital. Me había arrepentido de no haberme traído la ensalada de tacos que había en mi mesa en Casa Comida justo antes de que sonara mi móvil. Había salido corriendo del restaurante tan rápido como había podido, dejando atrás mi ensalada y a mis compañeros de trabajo.

Entré al garaje e intenté reunir la energía necesaria para salir del auto y subir las escaleras hasta la puerta principal.

Entonces vi a Adrian bajando por ellas.

—Hola —le dije cuando nos encontramos.

—Hola —contestó, y se metió las manos en los bolsillos—. ¿Cómo estás?

—Estoy bien. ¿Qué haces aquí?

—Marion, la recepcionista, hizo una colecta y te compramos una cesta. Iba a entregártela, pero no contestabas el teléfono y no quería dejarla delante de tu puerta.

—Oh, lo siento. Mi teléfono se murió hace una hora.

—No hace falta que te disculpes. ¿Quieres que saque la cesta de mi auto?

—Claro. Sube, dejaré la puerta abierta.

Asintió y salió a la calle. Subí las escaleras, abrí la puerta y me desplomé en el sofá.

Me estaba quitando los zapatos cuando Adrian entró cargando una pequeña cesta envuelta en celofán y rematada con un lazo azul brillante.

—Ella quería regalarte la cesta de lujo con caviar y esas cosas, pero ya sabes lo pobres y tacaños que son los periodistas —me explicó mientras la colocaba sobre mi mesita.

Sonreí.

—Ha sido un lindo detalle de parte de todos.

Un dolor punzante en la cabeza me hizo dar un brinco.

—¿Seguro que estás bien?

—Tengo un dolor de cabeza de muerte y encima me muero de hambre. Pero no tengo comida en el refri.

Señaló la cesta.

—Hay cosas ahí.

Me puse una ropa cómoda, de estar en casa, agarré dos botellas de agua y luego devoramos una caja de galletas de sésamo, tres triángulos de queso cheddar *gourmet*, media barra de salchicha de verano y una bolsa de *pretzels*. Adrian trataba de abrir una lata de nueces mientras me relataba las historias en las que todos habían trabajado ese día.

Estaba a punto de contarme cómo a Tristan, nuestro reportero municipal, le había colgado el teléfono un funcionario de información pública del alcalde cuando me sobrevino otra descarga de dolor. La comida me había aliviado el estómago, pero no la cabeza.

—¿Todavía te duele la cabeza? —preguntó.

Asentí.

—Ven aquí. —Adrian tomó una almohada cercana y la puso sobre su regazo.

—¿Por qué?

—Porque voy a frotarte las sienes. Te ayudará, lo juro.

—No te preocupes. Puedo masajear mis propias sienes.

—Erica, deja de hablar y ven aquí.

El dolor volvió a apretar mi cabeza como una prensa. La comida y los medicamentos no me habían aliviado mucho, y Adrian se ofrecía a ayudar. No tenía que darle tanta importancia.

Me estiré en el sofá y apoyé la cabeza en la almohada. Me puso los dedos en las sienes y empezó a masajearme. Su tacto era suave y el dolor se calmó. Mis ojos se cerraron y mis pensamientos volvieron a Welita.

Cuando era más joven, también me daban migrañas y a veces tenía que llamar a mi abuelo para que viniera a recogerme al colegio al mediodía porque mis padres estaban trabajando. Cuando llegaba a casa, Welita me servía un vaso de leche fría y me obligaba a tumbarme en el cuarto de invitados. Me traía una bolsa llena de cubitos de hielo y me la ponía encima de la cabeza. Si el dolor seguía siendo excesivo, se acostaba a mi lado y me frotaba la cabeza hasta que me dormía.

No me di cuenta de que estaba llorando hasta que Adrian me secó una lágrima de la mejilla.

—Shhh… —susurró—. Todo va a salir bien. Ella va a estar bien, ya verás.

—Quiero creerlo. Pero no la viste, Adrian. Ella estaba conectada a esas máquinas y su cara estaba cubierta por una máscara de oxígeno. Nunca la había visto tan frágil.

—Claro, ahora está frágil. Su cuerpo acaba de sufrir un gran trauma. Eso no significa que no pueda recuperarse.

—Tal vez tengas razón. Eso espero. Toda mi familia es un desastre ahora mismo. Incluso mi prima Mari, a la que no he visto y con la que no he hablado en meses, estaba allí y parecía destrozada. No quiero ni pensar en lo que nos pasaría si…

Ni siquiera podía decir las palabras.

Adrian dejó de frotarme y me ayudó a incorporarme. Luego me agarró por los hombros y me miró a los ojos.

—Tienes que creer que se pondrá bien. Porque cuando la vuelvas a ver, ella también tiene que creerlo.

Tenía razón. Y aunque lo sabía, no pude evitar que me brotaran las lágrimas.

El pánico y los viejos instintos me sacudieron. ¿Pensaría Adrian que era una niña histérica, como Greg? Intenté apartarme cuando apagar mis sollozos con la mano no funcionó. Me moví para levantarme, pero Adrian no me soltó. En lugar de eso, me apretó contra su pecho. Me rendí y dejé que me abrazara mientras lloraba.

Pasaron mil minutos o quizá menos. Pero durante ese tiempo me di cuenta de algunas cosas. Llevaba mi colonia favorita, la que olía a bosque y limón. Se había aflojado la corbata, se había remangado la camisa y también se había quitado los zapatos. Estaba cómodo, como en casa. También me di cuenta de que, aunque su pecho se elevaba uniformemente, su corazón estaba acelerado debajo. Y me tomaba de la mano. Su agarre era cálido pero fuerte. Lo último en lo que caí en cuenta fue en cómo me hacía sentir todo aquello. Y entonces no pude no reconocerlo…

Santo cielo, me estaba enamorando de Adrian Mendes.

Capítulo 31
SELENA

Era tarde cuando por fin salimos del hospital.

En aquel momento no podíamos hacer nada más, y Welita necesitaba descansar. Algunos de mis parientes iban a quedarse toda la noche por si pasaba algo, pero al resto nos enviaron a casa. Por la hora y por todo lo demás, decidí quedarme en casa de mis papás en lugar de hacer el viaje de vuelta a Los Ángeles.

Gracie y yo compartimos su cama y hablamos hasta que oí sus suaves ronquidos en la oscuridad. Mi cuerpo, sin embargo, no podía descansar. Sobre todo, porque mis oídos estaban en alerta máxima, anticipando una llamada telefónica en mitad de la noche que nos convocaría a todos de regreso al hospital.

Eventualmente, las sombras se disiparon y el cielo se iluminó con los primeros rayos del sol. Decidí, ya que estaba despierta, levantarme y preparar el café para todos.

Mi mamá había tenido la misma idea.

Estaba sentada en la mesa de la cocina, con una taza en la mano y la mirada perdida.

—Buenos días —le dije mientras le besaba la mejilla.

—Buenos días. El café está listo —dijo y bebió un sorbo.

Cuando por fin me reuní con ella en la mesa, noté las bolsas bajo sus ojos.

—Supongo que no fui la única que no durmió.

Ella negó con la cabeza.

—No podría. Por si acaso… ya sabes.

—Lo sé. —Me acerqué y cubrí su mano con la mía—. Ella va a estar bien. Tiene que estar bien.

Mi madre no dijo nada.

—Welita es un hueso duro de roer, ya lo sabes. La fiesta de Araceli es dentro de unas semanas. Sabes que nada le va a impedir estar ahí. Además, ella es la que prepara los frijoles.

Las dos nos reímos durante unos segundos hasta que ella se cubrió la cara con las manos y empezó a llorar.

Me enjugué mis lágrimas también y la abracé.

—Ay, mamá. Todo va a salir bien. Ya lo verás.

Permanecimos así varios minutos. Ambas nos aferramos la una a la otra y a la esperanza de que Welita mejorara. Cuando dejó de sollozar, me separé y le ofrecí una servilleta para que se soplara la nariz.

—Gracias, Selena, por estar aquí —dijo con una pequeña sonrisa.

—¿Dónde más podría estar?

—Ya sé. Pero ha sido agradable volver a tener a todos mis hijos bajo el mismo techo. Me ha dado algo de paz y la necesito ahora mismo.

—Me alegra. Aunque, la próxima vez que pase la noche aquí, usaré el colchón de aire. Gracie ronca.

Ella se rio.

—Lo que tú quieras. Significa mucho tenerlos aquí en un momento como este. Sé que es egoísta, pero no quiero ni imaginarme a uno de ustedes mudándose tan lejos que solo pudiera verlos en vacaciones.

Aunque sonreí, se me hundió el corazón en el estómago. No le había dicho a nadie por qué me había ido a Nueva York, así que sabía que su comentario era inocente. O tal vez existía desde la intuición materna.

Sonó mi teléfono y le dije a mi mamá que volvería para terminarme el café.

—Hola —le dije a Nathan mientras salía por la puerta principal.

—Hola. ¿Te he despertado? Sé que aún es temprano allí.

—Eh, no. De hecho, ni siquiera me he ido a dormir. Mi Welita tuvo un infarto ayer.

Jadeó.

—Dios mío, Selena. Lo siento mucho. ¿Cómo está?

—No muy bien. Todo es un poco incierto en este momento. Más tarde hoy sabremos si ha habido cambios.

—Bueno, sé que es un mal momento, pero en realidad te llamaba para darte una buena noticia. Estás entre los tres candidatos finales para el puesto de Kane.

Me quedé en *shock*.

—¿Yo? Vaya.

—Podemos entrar en detalles más adelante. Esperan tomar una decisión a finales de mes y podrían pedirte que vuelvas a Nueva York para otra entrevista.

—No lo sé, Nathan. Con todo lo que está pasando con mi Welita, no puedo comprometerme a dejar la ciudad ahora mismo.

—Lo sé. Arreglaremos algo si se da el caso, ¿vale? No te preocupes por eso, solo quédate ahí con tu familia.

—Gracias. Eres muy buen reclutador, ¿lo sabías?

—Vaya, gracias.

Me reí un poco.

—También eres un gran tipo. No me extraña que mi familia te quiera.

La última línea se me escapó antes de que pudiera darme cuenta. Apreté los ojos y esperé que no me hubiera oído.

—Me quieren, ¿eh? Es bueno saberlo. ¿Eso significa que me invitan a la próxima fiesta familiar?

—No juegues con candela.

—No sé, Selena. Soy bastante encantador. Puede que me gane tu corazón después de todo.

—Nathan…

—¿Qué? Ambos sabemos que esto entre nosotros está cambiando. Y si te mudas a Nueva York, no hay razón para que no podamos estar juntos como una pareja de verdad.

Mi corazón iba a mil por hora. ¿Desde cuándo Nathan quería algo serio conmigo?

Me quedé callada porque no estaba preparada para tener esa conversación.

—¿Sigues ahí?

—Sí, pero mi mamá me está llamando, así que mejor me voy.

Suspiró.

—Selena, no te asustes conmigo, por favor.

—Adiós, Nathan. Te mandaré un mensaje más tarde, ¿ok?

Colgué el teléfono antes de que pudiera decir una palabra más.

Capítulo 32
MARI

Es curioso cómo la mente puede centrarse en los detalles más insignificantes para bloquear o ignorar el panorama general.

Estudié el diseño en la cuchara de plata que tenía en la mano y me sorprendió no haberme fijado antes. Tenía un signo de infinito, en realidad un triple signo de infinito grabado. Cogí el tenedor que estaba en la mesa del patio y lo estudié también. El mismo signo. Me sentí aliviada. No sé qué habría hecho si no hubieran coincidido.

—Marisol, te estoy haciendo una pregunta.

Levanté la vista y vi a Esteban de pie junto a mí. Letty estaba detrás de él.

—¿Qué? Lo siento, creo que estaba soñando despierta —le dije, y volví a dejar el tenedor sobre la mesa—. Sabes que anoche no dormí mucho.

—Sí, claro que lo sé. —Su exasperación era evidente.

Anoche, Esteban seguía despierto cuando regresé del hospital. Me abrazó y me dejó llorar. En algún momento no supe si mis lágrimas eran por Welita o porque me había hecho sentir tan bien estar así con él.

Por primera vez en mucho tiempo, no bajé a hornear en la noche.

Eran poco más de las cinco de la mañana cuando salí de la cama. Sabía que a él aún le quedaban treinta minutos para despertarse, así que lo dejé durmiendo. Entonces, decidí tomar mi café espresso en el patio para ver el amanecer. No tenía ni idea de qué hora era o de por qué Esteban parecía tan irritado.

—¿Qué pasa? —pregunté, tratando de leer la cara de preocupación de Letty.

Suspiró.

—No puedo irme al juzgado hasta que me digas dónde están tus llaves para poder mover tu auto y sacar el mío del garaje —me regañó—. Y, por supuesto, seguro que has olvidado que Letty va a llevar el Mercedes a que lo pongan a punto. A veces, Mari, realmente no sé qué harías sin mí. ¿Dónde están las llaves?

—Ya te dije la semana pasada que yo iba a llevar el Mercedes y que no hacía falta que Letty lo hiciera por mí —argumenté. Odiaba que me hablara como si fuera una niña.

—¿Y lo hiciste? No. Así que le pedí a Letty que lo hiciera hoy.

—Pero ese no es su trabajo —insistí.

Esteban miró su reloj.

—No tengo tiempo para esto. Te dije que tenía que pasar por la oficina antes del juicio y ahora quizás no pueda hacerlo. Por favor, ve a buscar tus llaves.

Me siguió mientras subía las escaleras, quejándose de que lo hacía llegar tarde a todas las cosas importantes que tenía que hacer ese día. Quería gritarle que yo también era importante, pero estaba demasiado cansada. Las llaves estaban en el bolsillo del vestido de verano que me había puesto anoche para ir al hospital. Después de dárselas a Esteban, salió furioso de la casa, y Letty me dijo que ella volvería pronto. Me quedé sola. Mi gran casa parecía más grande. ¿O es que yo me sentía más pequeña? Volví al patio y me senté de nuevo a la mesa con mi café, ya frío, y los cubiertos a juego.

Y cuando Letty volvió unas horas después, yo seguía sentada en mi bata de dormir, en el mismo sitio.

—El auto está en el garaje y dejé las llaves en la mesa del vestíbulo —dijo en voz baja mientras se sentaba a mi lado.

—Siento que hayas tenido que hacer eso, Letty. Esteban hizo mal en pedírtelo.

Se encogió de hombros.

—No pasa nada. No me importa ayudarte si lo necesitas.

Me froté los ojos cansados.

—No soy una niña, ¿sabes? De hecho, ayer iba de camino al mecánico, pero fue cuando recibí la llamada sobre mi Welita.

—No creo que seas una niña, Marisol —respondió y cubrió mi mano con la suya—. ¿Cómo está ella?

—Puede que no logre salir de esta —susurré, y las lágrimas me punzaron los ojos—. Me duele saber que quizá no vuelva a verla. Debería haberla visitado más a menudo. Debería haberla llamado más. Y ahora que podría perderla, siento tanto remordimiento.

Me cubrí la cara con las manos y lloré.

—Lo siento, Marisol. Sé lo difícil que es perder a un ser querido —me dijo.

Por supuesto que Letty lo entendía. Perdió a su hija de meningitis cuando tenía ocho años. Encima, su marido murió hace un tiempo en un accidente automovilístico. Una vez me dijo que mi contratación le había salvado la vida porque ahora tenía una nueva familia a la que cuidar.

—¿Todavía te duele pensar en tu marido y en tu hija? —pregunté después de dejar de llorar.

—Por supuesto —dijo en voz baja—. La familia es lo más importante en este mundo. Aunque a veces no te das cuenta hasta que ya no la tienes.

—¿Y si tu familia hace algo que te hiere?

Pareció pensárselo un momento.

—La gente no es perfecta, Marisol. Todos cometemos errores y lo único que podemos hacer es esperar que nos perdonen. Sé que no te gusta hablar de tus padres, y no digo que debas hacerlo. Pero creo que a veces aferrarnos solo a lo malo que nos pasó nos deja demasiado cansados para disfrutar de lo bueno.

Se levantó y me soltó la mano.

—Espero que tu abuelita se mejore, Marisol. Cuando estés lista para comer, vuelve adentro y te prepararé algo.

Me senté en el patio un rato más, pensando en mi familia y en lo lejos que me sentía de ellos en todos los sentidos.

Mi madre estaba en otro estado. No iba a dejarlo todo y formar parte de mi vida como una mamá de verdad. Y, siendo sincera, nunca se había comportado como una madre de verdad, ni siquiera cuando yo estaba creciendo. Y aunque también quería culpar a mi papá por eso, una parte de mí sabía que no era del todo su culpa. Pero eso tampoco significaba que lo necesitara en mi vida.

Él intentó hablar conmigo en el hospital, pero yo no estaba de humor. Me siguió hasta el estacionamiento y salté cuando me llamó por mi nombre.

—Solo quería asegurarme de que llegaras bien a tu auto. Está oscuro aquí —dijo.

—Gracias —respondí, y volví a darle la espalda para abrir mi puerta.

—Me alegra que hayas venido —continuó.

Sabía que solo intentaba ser amable, pero estaba demasiado cansada y triste para que me importara.

—¿Creías que no lo haría? A diferencia de ti, Welita siempre me recordaba que yo era parte de esta familia.

Se acercó más e instintivamente me coloqué detrás de la puerta para poner una barrera entre nosotros. Aunque mi papá nunca me había hecho daño físico, supongo que las heridas emocionales también tienen memoria.

—Nunca he olvidado que eres parte de esta familia, parte de mi familia —respondió—. Quisiera…

—¿Qué deseas, papá? ¿Qué? ¿Que finja que no te volviste un borracho después del divorcio y que básicamente olvidaste que tenías una hija?

Sacudió la cabeza.

—Te lo dije, nunca me olvidé de ti. Iba a decirte que quisiera que algún día me dejaras explicártelo todo. No sabes por lo que pasé.

Ese fue el punto de inflexión.

—¿Por lo que *pasaste*? —me burlé—. Vaya. Bueno, es tarde y estoy demasiado cansada para escuchar cualquier excusa que creas que tienes. Así que me voy.

Volvió a decir mi nombre y yo le respondí cerrando la puerta de un portazo.

Mis cachetes se calentaron al pensar de nuevo en sus palabras. Cómo se atrevía a hacerse la víctima. Cómo se atrevía a excusar el hecho de que casi nos había abandonado a mi mamá y a mí. Mis años de adolescencia fueron los más duros de mi vida, y yo había trabajado mucho para conseguir todo lo que siempre había querido.

Miré mi gran patio trasero con su hermosa fuente y su piscina resplandeciente y sonreí. Entonces me detuve, porque por primera vez en décadas supe que lo cambiaría todo sin pensarlo solo para que mi Welita mejorara.

Capítulo 33
GRACIE

Cuando llegué a casa de Tony, ya no podía rezar más. No creía que fuera posible quedarme sin oraciones, pero así era. Le había pedido a Dios una y otra vez que curara a Welita y la dejara volver a casa. Seis días después del infarto, seguía en el hospital.

Eso no significa que Él *no la esté curando. Solo significa que está tomando tiempo.*

Poco a poco, nos habíamos dado permiso para volver a nuestras vidas de una forma u otra. Para mí, eso significaba reunirme con Tony para ultimar nuestra lista de *stands* y revisar los contratos de todas las bandas. Había tenido que cancelar un par de veces. Fue comprensivo al respecto y le agradecí que siguiera adelante con las cosas que no podían esperar. Así que cuando toqué el timbre, estaba decidida a centrarme en los preparativos de fiesta y en nada más.

Cuando abrió la puerta para dejarme entrar, me saludó con una enorme sonrisa. Luego me abrazó.

—Me alegra que hayas podido venir hoy —me susurró al oído—. Te he echado de menos, Gracie.

—Yo también —dije, aún sin creer que lo había oído bien.

Me enseñó el interior de su apartamento.

—¿Quieres agua u otra cosa de beber?

—El agua suena bien —dije mientras me sentaba en su sofá negro.

Tony se dirigió a la cocina y sacó dos vasos del armario.

—Me gusta tu casa —le comenté.

—Gracias. Pago una renta mensual mientras busco algo permanente. Todavía tengo cosas guardadas en un almacén, pero pensé que para qué voy a sacarlas si de todas formas me voy a mudar pronto.

—¿Estás buscando algún sitio en particular? Mi prima Erica vive en el complejo que hay junto al nuevo centro comercial de Market Street. Es bastante bonito y asequible. Si quieres, puedo pedirle que averigüe si hay algún apartamento disponible.

Me dio un vaso de agua y se sentó.

—Claro. Estoy dispuesto a mudarme a donde sea, la verdad.

—Estupendo. Ahora, echemos un vistazo a esos contratos.

—Hagámoslo. El primero es para el trío de mariachis que va a tocar el domingo. También necesitarán que les enviemos una lista de canciones concretas. Si no, harán una de sus listas habituales.

—¿Tienen algunos títulos en mente? —pregunté.

Tony me pasó un papel y reconocí muchos de ellos.

—Esto suena bien. Creo… —La tristeza me estrujó el corazón y se me llenaron los ojos de lágrimas. Una de las canciones de la lista era de las favoritas de Welita. Ella siempre pedía que alguien la cantara o la tocara en todas las fiestas.

Intenté reírme a pesar de que era evidente que estaba llorando.

—Dios, soy un desastre. Lo siento mucho.

Tony me quitó la hoja de la mano y me abrazó de lado.

—Oye, no hace falta que te disculpes. Lo entiendo. Por favor, no te avergüences.

—Apuesto a que no tenías idea de que soy un caso perdido. Probablemente te preguntas cada día por qué te quedaste conmigo para hacer esto.

Me levantó la barbilla con el dedo para que lo mirara.

—En realidad, doy gracias a la hermana Catherine cada vez que la veo por ponernos en el comité.

Su cara estaba muy seria.

—Ah, ¿sí? ¿Por qué?

—Porque así tengo la excusa perfecta para pasar tiempo contigo, Gracie. No eres para nada un caso perdido y lo sabes. De hecho, eres una de las personas más dulces y cariñosas que he conocido. Eres hermosa por dentro y por fuera.

—¿Lo soy? —susurré, no dispuesta a creer lo que estaba oyendo.

Acercó su cara a la mía.

—Lo eres, y me está matando no besarte cada vez que nos vemos.

—¿Sí?

—¿Está bien si te beso ahora? —Su cálido aliento me abanicó la cara.

Ya no tenía palabras, así que asentí y cerré los ojos.

Su beso fue suave, con precaución. Pero cuando se lo devolví, entonces apretó más sus labios contra los míos. Nos separamos para mirarnos y el deseo en sus ojos no se parecía a nada que hubiera visto antes. No me quería solo porque estuviera allí y le conviniera. Tony me quería por mí, por quien yo era.

Otra vez lo besé, con fuerza.

Entendió el mensaje y, en cuestión de segundos, su lengua se abrió paso por la costura de mis labios. Pero lo que ocurrió a continuación nos tomó a ambos por sorpresa. De algún modo, yo sabía que, si quería que algo pasara entre nosotros, tenía que ser yo quien diera el primer paso. Como en nuestro primer beso, él necesitaba permiso. Era como si estuviera al borde de un precipicio intentando averiguar si yo deseaba saltar con él. Y no me permití pensar que estaba entendiendo mal. Sí, yo era virgen, pero sabía lo suficiente sobre sexo como para saber cuándo estaba en el aire.

Así que quité sus manos de mis hombros y las llevé a mis pechos. Lo aceptó sin dudar. Sus besos se hicieron más fervientes mientras los acariciaba a través de mi blusa. Era increíble que me desearan así, y me perdí en su pasión. Ya no quería pensar en nada. Solo quería sentir. Así que lo detuve un momento y me puse encima de él, a horcajadas sobre su regazo, y me quité la blusa.

Me tomó la cara con las manos y me miró a los ojos.

—¿Estás segura? —susurró.

Sonreí y asentí. Luego, para asegurarme de que viera que hablaba en serio, me desabroché el ajustador.

Gimió cuando su boca se apoderó de uno de mis pechos. Cerré los ojos y grité de placer cuando su lengua acarició un pezón mientras sus dedos frotaban y acariciaban el otro. Nunca había sentido nada parecido y solo quería más.

Y él también.

—Vamos a mi cama —dijo con la voz ronca y espesa por el deseo.

Nos miramos mientras nos desnudábamos. Alejé los pensamientos sobre lo que podría pensar de mi cuerpo desnudo. No podía preocuparme por eso ahora. Además, estaba demasiado embelesada por su perfección.

Me vio mirarlo y mis mejillas ardieron de vergüenza, pero no se burló ni se rio. Se acercó y me apretó contra él.

Nuestros besos comenzaron de nuevo, duros y demandantes. No podía saciarme de su sabor. Nuestras respiraciones eran agitadas mientras nuestras manos se agarraban y se arañaban. De algún modo, conseguimos tumbarnos en la cama.

Entonces, quedé debajo de él.

Metió la mano en la gaveta de la mesita de noche y sacó un preservativo. Luego me preguntó una vez más si estaba segura. Durante unos segundos, sinceramente, no lo supe. Entonces me di cuenta. Tony me estaba haciendo sentir todo tipo de cosas, pero ninguna de ellas era mala. No tenía miedo. No estaba ansiosa. Me sentía segura con Tony.

—Estoy segura —respondí por fin. Y para demostrárselo, le agarré la cara y lo besé larga y profundamente. Era toda la confirmación que él necesitaba.

Se colocó y empujó dentro de mí. El placer se convirtió en dolor y respiré hondo.

Se me humedecieron los ojos y giré la cabeza para que no viera la emoción que sabía que se reflejaba en mi rostro.

—Te sientes tan bien —susurró contra mi mandíbula.

Con cada embestida lenta y constante, Tony me enseñaba cómo era el sexo. Sí, al principio me dolía, pero al final el dolor se convirtió en algo diferente.

—Ya casi me vengo. ¿Y tú?

Volví a mirarlo. El sudor se le había acumulado en la frente y su respiración se había convertido en jadeos.

—¿Qué quieres decir?

—Si vas a tener un orgasmo. ¿Vas a venirte?

Las palabras no salían de mis labios.

Mi falta de respuesta hablaba por sí misma.

—Vamos a ponerte al día, entonces —dijo con una sonrisa malvada.

Mientras empujaba y empujaba dentro de mí, Tony se inclinó y se llevó un pezón a la boca. Movió una mano entre nosotros y jadeé cuando su dedo acarició mi apretado manojo de nervios. Me invadió una oleada de calor y una explosión de placer vino con todo.

Tony también alcanzó el clímax y se desplomó sobre su espalda. Mi cuerpo seguía estremeciéndose, esta vez por la gratificación de saber que Tony había disfrutado conmigo tanto como yo había disfrutado con él. No sabía lo satisfactorio que podía ser tener el poder de dar placer a otra persona. Por desgracia, la euforia no duró mucho.

¿Se habrá dado cuenta de que era mi primera vez? ¿Me echaría de su casa ahora? Pero lo único que hizo fue besarme el hombro y preguntarme si quería ir primero al baño. Asentí con la cabeza y de repente me sentí cohibida de que me viera desnuda, así que dudé.

—Puedes irte con la sábana si quieres.

—Gracias.

Así que fui al baño a asearme y, cuando volví, tenía los calzoncillos puestos y estaba tumbado de lado en la cama. Acarició la almohada que tenía al lado.

—Ven aquí.

Me besó con suavidad cuando me tumbé a su lado.

—Ha sido increíble. Gracias.

—Debería darte las gracias yo —dije riendo. Se le arrugó la frente en señal de confusión, pero no me pidió que se lo aclarara.

Nos quedamos mirándonos durante un minuto más o menos.

—¿Qué estás mirando? ¿El grano en mi frente? —Instintivamente, lo cubrí con la palma de la mano.

—Basta —Tony se acercó y apartó mi mano—. Te estaba mirando la nariz. Es bonita. Como la de un conejito.

—¿Lo es? —sonreí.

—Sí. —Se inclinó y me besó la punta.

Me acerqué y él se puso boca arriba para que yo pudiera acurrucarme en el pliegue de su brazo. Era lo más feliz que había estado en días. Quizá no debería haberme cuestionado tanto el perder la virginidad. Tal vez si no se hubiera convertido en una cosa más en la lista de tareas pendientes, habría reflexionado más sobre la experiencia.

Selena seguramente iba a ofrecer todo tipo de reflexiones cuando le contara. Ella podría analizar lo suficiente por las dos.

Satisfecha, cerré los ojos y me permití disfrutar de mi momento sin remordimientos.

Capítulo 34
ERICA

—¿Qué tal si lo hacemos un poco más corto?

Levanté la vista del teléfono y me quedé mirando a mi mamá. Estaba sujetando unas tijeras en el aire e instintivamente aparté la cabeza de ellas.

—¿Qué tal si no? —le contesté.

—Ay, Erica. ¿Nunca quieres probar algo nuevo? —Me miró a los ojos a través del reflejo del espejo de su tienda. Al menos, las tijeras estaban a una distancia segura ahora.

—La verdad es que no. Además, tú y yo sabemos que estos rizos no tienen remedio. Solo necesito que recortes el caos cada seis u ocho semanas.

Dejó escapar un largo suspiro y empezó a peinar y a cortar.

—No lo entiendo. Selena tiene un nuevo corte o incluso un nuevo color de pelo cada vez que la veo. ¿A qué le tienes tanto miedo? El pelo vuelve a crecer. El color se cae.

—No tengo miedo. ¿Por qué cambiar algo que me funciona?

¿Y qué si era un animal de costumbres? No había nada malo en seguir con lo que conocía, con lo que me hacía sentir cómoda. Me gustaba lo que me gustaba. Eso no significaba que tuviera miedo a algo.

—¿Fuiste a visitar a Welita esta mañana? —le pregunté, cambiando de tema antes de que volviera a intentar convencerme de ponerme mechas.

Mi madre asintió.

—Llevé a abuela y a abuelo. Tía Olivia ya estaba allí, así que tuvimos que turnarnos para entrar a la habitación de Welita.

—¿Cómo está? La visité el fin de semana pasado, pero no he tenido ocasión de volver. Cuando salgo del trabajo ya no hay horario de visitas.

—Pero ella está bien —dijo mi madre. No sonrió y reconocí la preocupación en sus ojos—. Sigue con el oxígeno puesto. No están contentos con su presión arterial, así que probablemente pasará un tiempo más antes de que pueda volver a casa.

Se me hizo un nudo en la garganta. Cada vez que parecía que Welita iba a poder salir del hospital, tenía otro contratiempo. Sabía que odiaba no estar en su propia cama y no tener fuerzas para hacer todas las cosas que solía hacer. Yo también odiaba eso. Todos lo hacíamos.

—¿Cómo va el trabajo? —ahora le tocaba a mi mamá cambiar de tema.

Me encogí de hombros.

—Todo bien. El otro día tuvimos una reunión importante y el editor está haciendo algunos cambios. Le preocupa la competencia de los sitios *web* de noticias, porque nos han ganado un par de veces en las noticias de última hora. Dijo que quiere que trabajemos en más proyectos con mayor profundidad.

—¿Eso significa que recibirás más dinero?

—Chale —zumbé.

—Entonces, ¿qué significa?

—Significa que nos darán más de un día para trabajar en artículos más grandes. Pero tenemos que publicar al menos dos artículos diarios. Por eso trabajo hasta tan tarde.

Mi madre empezó a quitarme el pelo suelto de los hombros y la espalda.

—Así que, básicamente, estás haciendo trabajo extra, pero sin dinero extra. Tal vez es hora de buscarte otra cosa, Erica.

—¿Cómo qué? El *News-Press* es el único periódico de la ciudad, mamá.

—Otras ciudades tienen otros periódicos. ¿Quién dice que hay que quedarse en esta? ¿O qué tal conseguir trabajo en uno de esos sitios de noticias en Internet?

Nunca lo admitiría a mis compañeros de trabajo, pero me suscribí a uno de esos. Se llama *Above the Fold.* Incluso seguía a algunos de sus periodistas en Twitter. Cubrían temas muy importantes, no solo la crónica diaria sobre la delincuencia o los puntos del orden del día del ayuntamiento. Pero yo no me veía trabajando en un sitio así. No tenía la experiencia... ni el talento.

Además, me seguía gustando lo que hacía en el *News-Press.* Conocía mi especialidad y tenía muchas fuentes establecidas. De nuevo, ¿por qué cambiar algo que funcionaba? Puede que no fuera un gran periódico metropolitano, pero tenía algunas buenas cualidades.

Como ver a Adrian casi todos los días.

El calor me quemó las mejillas al pensar en él. Levanté la vista para ver si mi mamá se había dado cuenta. Por suerte, estaba de espaldas y hablaba con otra de las peluqueras. No vio nada. Dios, si seguía insistiéndome con el tema del trabajo era muy probable que saliera algo sobre Adrian sin querer. Era un tema demasiado peligroso ahora mismo. Necesitaba distraerla para que parara con las preguntas.

—Oye, mamá —le dije cuando se dio la vuelta y pude volver a ver su cara en el espejo—. Hoy es tu día de suerte. ¿Qué tal si me haces un *blower*?

◆ ◆ ◆

Había hecho cosas realmente estúpidas en mi vida. Pero enamorarme de mi jefe tenía que ser la más estúpida de todas. Al menos estaba bastante segura de que eso era lo que me estaba pasando. Esa era la única explicación que tenía de por qué, unas horas más tarde, mi pelo recién alisado y yo entrábamos al patio de la casa de los padres de Adrian para celebrar su fiesta de aniversario.

La evolución de estos nuevos sentimientos había sucedido despacio, bajo mi radar habitualmente observador. Empezó con llamadas para hablarme del documental que acababa de ver en Netflix. Adorable.

Luego lo arrastré conmigo a comprar una nueva mesa de centro en IKEA, y se pasó toda una tarde de sábado intentando montarla. Jodidamente sexy.

Al poco tiempo, almorzábamos juntos en el trabajo casi todos los días y salíamos juntos en nuestros días libres. Yo era oficialmente una causa perdida.

Pero cuando me invitó a la fiesta de aniversario de sus padres, saltaron las alarmas. Ni siquiera conocía a mis primas, ¿y ahora quería que fuera con él a un acontecimiento familiar? Era demasiado, demasiado rápido. Le dije que no.

Así que sacó las armas.

—Vamos, Erica, ya te he dicho que mi padre y yo no nos llevamos bien. Te necesito allí. Tienes una manera de calmarme, de hacerme ver cuando estoy siendo un imbécil. Este es un día importante para mi mamá, y no quiero arruinarlo peleando con él.

Bueno, mierda, ¿cómo podría discutir eso?

Lo que no me dijo el imbécil fue que sus padres vivían en una enorme finca en Holmby Hills, un barrio acomodado al oeste de Los Ángeles, y que eran propietarios de una cadena multimillonaria de supermercados hispanos conocida como Mendes Market.

—Espera un momento. ¿Tu familia es *la* familia Mendes? —clamé al ver todas las marquesinas personalizadas con el logotipo del Mercado Mendes dispersas por el extenso césped verde.

—¿No te lo había mencionado? —dijo mientras observaba a la gente alrededor.

—Eh, no, no lo hiciste. Espera. ¿El negocio familiar del que tu padre te ha estado insistiendo para que te hagas cargo es el negocio de los supermercados?

—Sí.

Enseguida me sentí fuera de lugar con mi diseño de una pieza blanco y negro sin mangas.

—Ojalá me hubieras dicho, Adrian. Me habría arreglado mejor.

—¿Por qué? —preguntó, y dejó de caminar para mirarme—. Estás muy guapa. También me gusta tu nuevo pelo.

Me lo pasé a un lado instintivamente.

—Bueno, al menos mi pelo está algo domado. Aunque apuesto a que al final del día mis rizos salvajes estarán de vuelta.

—Bien. Porque me gustan aún más esos rizos salvajes.

No sabía qué decir. ¿Debería alabarle sus pantalones tan bien plisados? Aunque quisiera, no podría. La conexión entre mi cerebro y mi boca había sufrido un cortocircuito debido a la forma en que Adrian me observaba. Su expresión se había suavizado y sus ojos oscuros reflejaban algo que no podía descifrar.

Y justo cuando pensé que tal vez se estaba armando de valor para decirme algo, sus ojos pasaron de mí y el momento se esfumó.

—Ahí están —señaló por encima de mi cabeza.

Me giré y vi a una pareja muy atractiva junto a una de las marquesinas. Me tomó de la mano para llevarme hasta allí, lo cual, en otras circunstancias, habría hecho que mi corazón sintiera toda clase de tonterías. Pero estaba muy sobrecogida como para sentir demasiado en ese sentido.

Una hermosa mujer de pelo oscuro con un precioso vestido rojo vino levantó las manos de alegría cuando nos vio.

—¡Mijo! Viniste.

Todos a su alrededor se giraron para mirarnos mientras subíamos por el caminito para encontrarnos con ella.

Rodeó el cuello de Adrian con los brazos y le plantó besos por toda la cara. Ya amaba a esta mujer y ni siquiera la había conocido oficialmente todavía.

—Hola, hijo. —Su profunda voz de barítono contrastaba con el ligero tono juguetón de la madre. Casi jadeé cuando miré a su padre. Era la viva imagen de Adrian, solo que veinte años mayor.

Adrian se separó de su madre para estrechar la mano de su padre. Después se volvió hacia mí.

—Esta es mi amiga, Erica. Ella también trabaja en el periódico.

Su madre sonrió. Estreché su mano y luego la de su padre.

—Encantada de conocerlos a ambos. Feliz aniversario.

—Gracias, Erica. Bienvenida a nuestra casa —dijo—. Espero que tengan hambre. Hay un tipo diferente de comida y bebida debajo de cada marquesina. Como no podía decidirme por un estilo de comida, les dije a los del *catering* que hicieran un poco de todo.

—Mi esposa nunca hace nada a medias —zumbó su padre.

Eso me hizo reír y miré a Adrian. Por alguna razón, a él no pareció hacerle tanta gracia como a mí.

Su madre le ordenó que comiera y luego amenazó con ir a buscarlo más tarde para que pudiera saludar a su familia y amigos. Tomamos unos platos y nos instalamos en la carpa donde estaban haciendo tacos callejeros. Luego, con unos refrescos, buscamos asiento en una de las muchas mesas redondas repartidas por el patio.

—Dios. Todavía no puedo creer que seas rico —dije, después de darle un par de mordiscos a mi taco de carne asada.

Sacudió la cabeza.

—No soy rico, Erica. Mis padres lo son. Vivo de lo que gano en el *News-Press*.

—¿Pero por qué? —dije, y me miró—. Era broma. Ya lo sabes. De todos modos, me parece algo genial.

—Un poco. Sin embargo, hace tiempo que no estoy rodeado de esto. Me siento como un extraño, casi como si no perteneciera.

El pesar en su voz me dolió. Alargué la mano y se la tomé.

—No pienses así. Es obvio que tu madre está encantada de que estés aquí. Incluso tu padre. Quieren que estés aquí.

Su mirada se clavó en la mía.

—Gracias, Erica. Me alegro de que estés aquí conmigo.

—Hola, Adrian.

Ambos nos dimos la vuelta para ver a una trigueña despampanante de pie detrás de nosotros. Adrian zafó su mano y se levantó.

—Hola, Isela.

Por el abrazo incómodo supuse que debía de ser una ex. Yo no era periodista por gusto.

Quedé impresionada. Era guapísima y, por un momento, quise hasta ser su mejor amiga. Pero cuando apenas me miró mientras Adrian me presentaba, se convirtió en mi enemiga mortal.

Conque así va a ser, ¿eh?

—¿Cómo están tus padres? —él le preguntó y la invitó a tomar asiento con nosotros.

—Están bien. Creo que están adentro de la casa ahora mismo con tu madre. Acabo de llegar y ella me dijo que saliera a verte.

Sí, claro. Culpa a su madre.

Estaba dando un buen bocado a uno de mis tacos cuando Isela por fin decidió mirarme.

—¿Y ustedes cómo se conocieron? —preguntó con una voz dulce pero también aterradora.

Tenía la boca llena de carne asada, así que Adrian contestó:

—Oh. ¿Oh? No estamos saliendo. Jesús, no. Erica es reportera del periódico. Yo soy su editor en jefe.

Eso me hizo toser un trozo de tortilla de maíz. Cuando me había presentado a sus padres, yo trabajaba *con* él. Ahora era su empleada y una mujer con la que claramente no estaba en una relación.

—Oh. —Los ojos de Isela se abrieron de par en par y vi cómo se encendía la luz dentro de su bonita cabeza. Brillaba con la esperanza de un reencuentro ahora que él había dejado claro que no éramos pareja.

—Ahí están —llamó la madre de Adrian a unos metros de distancia—. Queremos hacerles una foto. Isela y Adrian, vengan, por favor.

Se levantó y se dirigió al grupo.

—Así que casi te casas con ella, ¿no?

Asintió con la cabeza.

—¿Cómo lo supiste? Déjame adivinar, ¿intuición femenina o algo así?

Me burlé.

—Dios, no. El hecho de que casi te mearas encima cuando oíste su voz fue una muy buena pista.

—¿Tan mal estuve?

Lo estuvo, pero ya parecía bastante avergonzado, así que no lo molesté más con eso.

—No, solo estoy bromeando contigo. Tu mamá te está poniendo cara, será mejor que te vayas.

Dio un paso y volvió a mirarme.

—¿No vienes? —preguntó.

—¿Yo? No, está bien. Voy a comer más tacos. Adelante, yo esperaré aquí.

—¿Segura?

Asentí con la cabeza y se marchó. Mientras observaba cómo el grupo de gente lo abrazaba y le daba palmaditas en la espalda, supe que no tenía nada de qué preocuparse. Sin duda, este era su sitio.

Lo que no sabía es si yo pertenecía aquí.

¿Y por qué demonios eso me molestaba tanto?

Capítulo 35
SELENA

Gracie pensaba que estaba loca, pero yo creía que el espíritu de Kat aún rondaba las oficinas de Umbridge & Umbridge.

—Ella no está muerta, Selena. ¿Cómo podría ser un fantasma? —dijo Gracie por teléfono.

—No dije que fuera un fantasma. Dije que su espíritu se podía sentir a veces.

Hacía semanas que no veía a mi antigua jefa. Sin embargo, no podía evitar tener la sensación de que me vigilaba constantemente, esperando a que metiera la pata. Esta mañana, por ejemplo, había estado a punto de enviar un correo electrónico por error al mismo cliente del que me quejaba con nuestro departamento de arte.

—Tienes sentimientos de culpa.

Me quedé helada ante el comentario de mi hermana.

—¿Qué quieres decir? Yo no hice que la despidieran. Lo hizo ella sola.

—No lo hiciste, pero es obvio que hay algo de lo que te sientes culpable y que tiene que ver con el trabajo. Por eso estás paranoica e hipersensible.

Dios mío. ¿Gracie sabría lo del trabajo en Nueva York? Mi entrevista en Zoom con algunos jefes de departamento fue solo hace unos días. Salió bien. Al menos eso creí. Pero no le había dicho una palabra a nadie más que a Nathan.

Tras unos minutos quedó claro que Gracie no tenía ni idea de mi entrevista. Pero quizá sí tuviera razón. ¿Me sentía culpable por el posible nuevo trabajo y estaba estropeando todo a propósito para que me despidieran? Así la decisión de ir a Nueva York ya no estaría en mis manos.

Basta, Selena. Ni siquiera te lo han ofrecido todavía.

Después de colgar con Gracie, intenté concentrarme al máximo, así como de asegurarme de no recibir más llamadas. Pensé que había hecho todo bien por hoy, hasta que llegó la hora de la salida.

Fue entonces cuando Alan Umbridge me llamó a su oficina.

Mierda.

—¿Todo bien? —pregunté en cuanto me senté en la silla frente a su enorme escritorio.

Se sentó y cruzó los brazos.

—Las cosas están bien, pero creo que pueden ser mejores.

El pavor me llenó el pecho y apreté los puños en mi regazo para intentar mantener la calma.

—Oh.

—Sí. Quiero que sepas que nos hemos dado cuenta de cómo has asumido las responsabilidades y los clientes de Kat sin que te lo hayamos pedido.

Ahora mi rodilla tenía vida propia.

—Bueno, sí. No quería que nos retrasáramos. Lo siento si…

Alan resopló.

—¿Qué lamentas, Selena? Nos has impresionado mucho con tu iniciativa y actitud de trabajo en equipo.

—¿Oh? ¡Oh! Gracias —dije, abriendo lentamente los puños.

—Y para demostrarte lo mucho que apreciamos todo tu trabajo, queremos hacer algo oficial, ya que básicamente estás haciendo el trabajo de Kat. Queremos darte un ascenso.

La conmoción hizo que se me cayera la boca. ¿Esto estaba ocurriendo de verdad? No me lo podía creer. Tuve que preguntar para asegurarme.

—¿Me estás ofreciendo el puesto de vicepresidente sénior en *Marketing*?

Alan tosió en la mano y se removió en el asiento.

—Bueno, no. Tu nuevo título sería Gerente de proyectos.

Y así, sin más, estalló y murió mi burbuja de entusiasmo. Sabía que era demasiado bueno para ser verdad.

—Entonces, ¿estaría haciendo todo lo que Kat hacía, pero sin el título correspondiente?

—Tendrías un buen aumento de sueldo —ofreció.

—Pero no el sueldo de Kat.

Volvió a moverse en su asiento. Nunca le había visto retorcerse tanto. Una parte de mí se preguntaba si esperaba que me arrodillara y le agradeciera la oportunidad.

—Definitivamente es un paso adelante, Selena. Espero que lo aceptes.

—¿Tengo otra opción? —no quería sonar tan brusca.

Cualquier rastro de suavidad que había visto en el rostro de Alan minutos atrás se disolvió. Volvía a ser el severo señor Umbridge.

—Claro que puedes decidir qué hacer, querida. Pero debo decirte que si rechazas el puesto, vamos a publicarlo y otra persona será tu nuevo jefe. Y no puedo garantizar cuándo se te presentará otra oportunidad de ascender en la compañía.

En otras palabras, tenía que aceptar el trabajo.

Entonces recordé que sí tenía otra opción. Kane Media estaba a punto de tomar una decisión. No tenía que decir que sí de inmediato.

Me levanté.

—Gracias, señor Umbridge. Le agradezco mucho la oferta. ¿Le parece bien si me tomo un tiempo para pensarlo?

La sorpresa hizo que sus pobladas cejas se arquearan hasta la parte superior de su frente.

—Sí, si es lo que necesitas.

Sonreí, asentí y me di la vuelta para marcharme.

Luego advirtió:

—Pero no tarde mucho, señorita Lopez. No esperaremos eternamente.

Capítulo 36
MARI

Lo primero que noté fue que lucía aún más vieja.

¿Le habían aparecido nuevas arrugas en las últimas semanas? ¿Nuevas manchas de la edad? Esta no era la Welita que había visto hacía unas semanas.

El miedo se apoderó de mi cuerpo y me quedé paralizada a varios metros de su cama de hospital. Una mano fuerte y cálida agarró la mía, sobresaltándome. Por unos segundos olvidé que Esteban estaba a mi lado. El otro día había oído a Letty decirle que yo seguía muy preocupada por mi Welita. Ella le había sugerido que me acompañara a visitarla. No le di mucha importancia porque no esperaba que lo hiciera de verdad. Pero me sorprendió esta mañana cuando me dijo que me llevaría al hospital. Ahora estábamos aquí y no podía acercarme más a él.

Esteban se agachó y susurró:

—Cariño, ella no puede verte desde ahí. Ve con ella.

Me tiró suavemente de la mano y dejé que me condujera al interior de la habitación.

Welita soltó un pequeño gemido y giró la cabeza. Su rostro se iluminó al vernos.

—Marisol —dijo débilmente.

Era todo lo que necesitaba. Me acerqué a su cama y le toqué la mejilla.

—Hola, Welita. ¿Cómo te sientes?

Ella suspiró.

—Más o menos. ¿Es tu marido?

Me reí cuando señaló a Esteban.

—Sí, Welita. Es mi marido.

—Qué bueno. Gracias por tu visita.

Pasamos los siguientes quince minutos hablando de sus enfermeras favoritas y de la horrible comida que intentaban darle. Estaba tan agradecida ahora de que Esteban y Letty se hubieran asegurado de que yo no perdiera mi español. A la madre de Esteban le encantaba corregirme la gramática cada vez que estaba en la ciudad, pero no me importaba. Lo único que importaba era que Welita me entendía.

Cuando Esteban nos dejó solas para atender una llamada, me cogió de la mano y me preguntó si había hablado con mis primas. Le dije que había visto a Selena en Nueva York.

—¿Y Erica? ¿Y Graciela?

—Hace tiempo que no hablo con ellas —admití. De todos modos, ella siempre sabía cuándo estaba mintiendo.

—¿*Soon*? —dijo ella.

Sonreí al oír su inglés.

—Sí. *Soon*.

—Bueno —sus dedos huesudos y fríos se enroscaron en los míos con más fuerza—. Yo solo quiero que seas feliz, Marisol.

Se me llenaron los ojos de lágrimas porque quería asegurarle que era feliz. Quería que supiera que mi matrimonio era bueno, que mis primas y yo íbamos a estar bien y que ya no tenía que preocuparse por mí.

Pero, de nuevo, no podía mentirle.

Así que le ofrecí una sonrisa y en su lugar dije:

—Lo sé, Welita.

Más tarde, mientras Esteban nos llevaba de vuelta a San Marino, no podía dejar de pensar en las palabras de Welita.

Yo solo quiero que seas feliz, Marisol.

Me lo decía mucho cuando iba a visitarla a ella y a mis abuelos después del divorcio. Yo era una adolescente testaruda que odiaba a mi padre y odiaba que un juez me obligara a ir a verlo un fin de semana al mes, pero Welita era la que siempre conseguía que no fuera tan gruñona. Me dejaba cocinar con ella, y por la noche jugábamos a las cartas o veíamos juntas sus novelas. Entre todo eso, ella intentaba decirme cuánto me quería mi padre, cuánto me querían todos. Me suplicaba que le dijera por qué estaba siempre tan triste. "Yo solo quiero que seas feliz, Marisol", siempre me lo decía.

Pero mi madre me había hecho prometer que nunca le diría a Welita ni a mis abuelos que mi padre había dejado de enviarnos dinero. Decía que no me creerían o que le inventarían excusas.

—Una vez que cumplas dieciocho años, no tendrás que volver a verlos ni a él ni a ellos —me recalcaba.

Así que nunca dije una palabra a Welita, aunque una parte de mí quería hacerlo. Sabía que le había dolido que me negara a abrirme. Pero cuando aquello no me importaba. Ahora, que realmente quería contarle todo lo que me entristecía, no podía. Sabía que eso también la lastimaría y no podía hacerle eso. No podía.

—¿Por qué estás tan callada?

La pregunta de Esteban me sacó de mis sombríos pensamientos. Me limpié una lágrima oculta por mis gafas de sol antes de que se diera cuenta.

—Solo estoy preocupada por ella. No tenía buen aspecto.

—Ha pasado por mucho. Pero estoy seguro de que los médicos están haciendo todo lo que pueden.

—Supongo.

—¿De qué hablaron cuando yo estaba al teléfono?

Dudé unos segundos antes de decírselo.

—Quería asegurarse de que yo era feliz. —Tomé aire y continué—. Pero no quise decirle que no lo soy.

Esteban se volvió en mi dirección, pero yo aparté la vista para mirar el auto que teníamos al lado en la autopista.

—¿Qué? No lo entiendo.

Más lágrimas corrieron por mi cara. Las gafas de sol ya no podían contener mi tristeza.

—No soy feliz, Esteban.

—Claro que no, Marisol —se zumbó.

Giré la cabeza para mirarlo.

—¿Lo sabes?

—Sí, lo sé. Es normal que te sientas triste ahora. Estás preocupada por tu Welita. Esto pasará.

Quería decirle que no se trataba de eso. Quería decirle que ya no era feliz en nuestro matrimonio, pero no encontraba las palabras. O, mejor dicho, ni siquiera quería buscarlas. Estaba agotada emocional y mentalmente. No tenía fuerzas para tener esa conversación.

—Tal vez tengas razón —dije, y apoyé la cabeza en la ventanilla. Su mano apretó mi rodilla.

—Sé que la tengo. Oye, sé lo que te animará. Vamos a cenar a ese pequeño restaurante italiano de South Pasadena. Incluso podemos pedir tu postre favorito, el tiramisú.

El tiramisú no era mi favorito, pero siempre lo pedía porque sabía que era el suyo.

—En realidad, mi postre favorito es el pastel de chocolate —dije.

Se rio.

—¿Desde cuándo? —Desde siempre, pensé, pero no tuve la oportunidad de responder porque, como de costumbre, él ya había decidido—. Oh, es demasiado rico, pero nunca acabarías con ese trozo tú sola. Pediremos el tiramisú para compartir.

No tenía energía para discutirle. Además, sabía que no iba a comer nada de todos modos. Lo único que quería era irme a casa, meterme en la cama y rezar para que Welita mejorara.

No podría haberme importado menos lo que Esteban quería. Así de harta estaba de todo.

Capítulo 37
GRACIE

Querido Dios, gracias de nuevo por hacer de Tony Bautista mi novio.

Mientras miraba al otro lado de la mesa al hombre en cuestión, no pude evitar ofrecer una silenciosa oración de gratitud porque aún no podía creer que estuviéramos juntos. Bueno, técnicamente no lo habíamos dicho en voz alta. Ni de manera oficial. Y todavía no usábamos términos como *novio* y *novia*. Pero no se me ocurría otra cosa para llamarlo.

Cenábamos juntos casi todas las noches en un restaurante o en su apartamento. Los fines de semana me llevaba al cine y a otros sitios. Y teníamos sexo por montones. Éramos pareja, ¿no?

Tony levantó la vista de su plato de ensalada y me sorprendió mirándolo.

—¿Qué? ¿Tengo aderezo de queso azul en la barba otra vez?

Me reí y negué con la cabeza.

—No. Solo estaba pensando.

—¿Pensando en qué?

—Cosas —dije, y le di un buen sorbo a mi té helado. Recé para que no me presionara y me pidiera más información.

Todavía me estaba armando de valor para preguntarle lo que quería preguntarle esta noche.

Se encogió de hombros y volvió a comer su ensalada. Eso me permitió exhalar el aliento que había estado conteniendo y concentrarme también en terminar la mía.

Una vez fregados los platos y guardadas todas las sobras, nos trasladamos al sofá para ver un episodio de nuestra serie favorita en Netflix. Otra palomita en la columna "Pareja".

Tony me atrajo hacia él y me pasó el brazo por detrás de la cabeza. Cuando me besó el pelo, se me escapó un pequeño suspiro de satisfacción.

—Esto me gusta —le dije.

—A mí también.

Y así permanecimos durante los siguientes treinta minutos. Cuando salieron los créditos, Tony ajustó su posición para poder presionar sus labios contra mi cara, mi nariz y, finalmente, mi boca.

Besar a Tony se había convertido en mi nuevo pasatiempo favorito. No tenía ni idea de cómo se traduciría eso en regalos de Navidad más adelante.

¿Planes vacacionales? Eso era sin duda territorio de parejas.

Sabía que tenía que hacer mi pregunta, pero no podía concentrarme con su lengua en la boca. Me aparté un momento.

—¿Podrías hacerme un favor?

Su sonrisa diabólica delató sus traviesos pensamientos. Le di una palmada juguetona en el brazo.

—No ese tipo de favor. Quisiera que me masajearas los hombros. Limpiar las pizarras me ha provocado una torcedura en el lado derecho.

—No es lo que esperaba que me pidieras, pero sí, definitivamente puedo hacerlo.

Me puse de espaldas a él y, en cuestión de segundos, sus fuertes manos me aliviaron la opresión que sentía desde aquella tarde.

Pronto me relajé lo suficiente como para preguntarle.

—¿Vas a hacer algo el sábado siguiente? —empecé.

—No me viene nada a la mente. ¿Por qué? ¿Querías hacer algo?

—Bueno, es el cumpleaños de mi mamá. Vamos a hacer una barbacoa en casa. Pensé que estaría bien que vinieras.

Los dedos que habían estado frotando mis hombros se detuvieron. La inquietud empezó a invadirme.

—Pero lo entenderé si no quieres. Mi familia es bastante grande y pueden ser intimidantes. ¿Sabes qué? No importa. No es para tanto.

Su pecho se hinchó con un profundo suspiro.

—Gracie, creo que tenemos que hablar —Tony me dio la vuelta para mirarlo de nuevo. No me gustó su mirada.

—¿Qué pasa?

—¿Recuerdas cuando dije antes que quería mudarme?

—Sí. Pero pensé que habías dejado de mirar apartamentos.

—Sí. Pero solo porque existe la posibilidad de que me mude… de vuelta a Texas.

Se me hizo un nudo en la garganta cuando me dijo que lo habían llamado para una entrevista en relación con un puesto de entrenador en un equipo universitario de béisbol. No reconocí el nombre de la universidad, pero no importaba. Era en Texas.

—Si me dan el trabajo, lo aceptaré. Es una oportunidad increíble.

Me tragué mi dolor.

—Así es. Me alegro mucho por ti, Tony.

Extendió la mano y me cogió la barbilla. Necesité todo lo que tenía para no apartarme.

—Eres maravillosa, Gracie. Y me ha encantado pasar el tiempo contigo estos últimos meses. —Luego tomó mis manos y las apretó—. Mierda. Lo siento. Por favor, no creas que solo quería tener sexo. Me importas, pero no puedo ofrecerte lo que necesitas ahora que mi vida está tan… en el aire. Eres el tipo de chica que se merece un novio de verdad. Alguien que pueda comprometerse para siempre. Y ese no soy yo. Al menos, no ahora.

No sabía qué decir. Pensé en mi hermana y en Erica, ¿qué harían ellas en esta situación? Forzando todas mis emociones, intenté sonreír y asentí.

—Lo entiendo. Tú también me importas.

No tengo ni idea de si Tony se creyó mi valiente fachada. Probablemente no importaba, ya que se había librado de tener que tratar con Gracie la histérica. Seguro que por eso no intentó detenerme cuando le dije que tenía que llegar a casa a corregir trabajos.

En todas las crisis de mi vida, grandes o pequeñas, siempre acudí a Dios en busca de respuestas. Pero, de regreso a casa, ni siquiera quería hablar con Él de esto.

Capítulo 38
ERICA

Llegó casi veinte minutos tarde a nuestra reunión.

Ya estaba molesta antes, pero ahora estaba furiosa. Adrian me había dejado plantada por su ex.

Si había tenido alguna duda sobre las intenciones de Isela, se habían borrado hace semanas. Primero empezaron los mensajes. Luego, las llamadas telefónicas. Me dijo que se le hacía raro volver a hablar con ella, pero que también se sentía bien, ya que se conocían desde hacía años.

Me mantuve callada la mayor parte del tiempo. No quería actuar como una bruja celosa, aunque lo fuera. Y si bien aceptaba que tenía sentimientos por él, sabía que nunca podría pasar nada entre nosotros mientras fuera mi jefe. Él seguía las reglas a rajatabla. Por no mencionar el hecho de que nunca había mostrado el menor indicio de que yo también le gustara.

Me resigné a reprimir mis sentimientos, como siempre. Pero se estaba haciendo más difícil ahora que Isela estaba invadiendo mi territorio. Se había presentado en la redacción hacía una hora para llevarse a Adrian a comer.

Pareció sorprendido, incluso molesto, pensé yo, y me acomodé en mi silla, lista para presenciar cómo la mandaba a la mierda. Vale, probablemente nunca le habría dicho algo así. Esas son mis palabras.

Sin embargo, se dejó convencer por ella y salieron por la puerta. Unos minutos después, me envió un mensaje de texto diciendo que regresaría a tiempo para nuestra reunión de las dos de la tarde, donde revisaríamos el borrador más reciente de un importante artículo sobre la junta escolar en el que estaba trabajando. Me había enterado de que se había paralizado la construcción de un nuevo instituto porque el presupuesto se había gestionado tan mal que el distrito tenía un agujero de millones de dólares. La junta había contratado hacía meses a un consultor para que revisara los libros y su informe fue explosivo, por decir lo menos.

Mi historia estaba casi lista. Tanto que quería convencerlo de que la publicara ese viernes. Mis fuentes en el distrito me habían dicho que otro periodista había visitado ayer al superintendente. Si alguien más estaba husmeando, eso significaba que algo estaba a punto de salir a la luz, y teníamos que ser los primeros en hacerlo.

Adrian, sin embargo, quería obtener una tercera confirmación del informe, ya que lo había recibido por correo de forma anónima. Dos empleados del distrito habían podido verificar su autenticidad, pero él había insistido en que necesitábamos una más.

Había planeado ser razonable y escuchar su posición durante la reunión. Pero cuanto más tardaba en entrar por la puerta, menos amable me sentía.

Finalmente llegó a las 2:27 p. m.

—Lo sé, lo sé. La comida tardó una eternidad —se apresuró a decir mientras se sentaba a mi lado y colocaba un cuaderno y un bolígrafo sobre la mesa.

Sacudí la cabeza y empujé el artículo hacia él.

—Solo tenemos media hora para leerlo. La reunión de personal es hoy a las tres.

—Lo siento. ¿Quieres cambiar el encuentro para mañana?

—No, no quiero. Ya te he dicho que debemos sacarlo el viernes. Eso significa que tiene que ir a Charlie hoy para que pueda llevarlo a Tom mañana para su aprobación. También el equipo gráfico va a necesitar algo de tiempo para reunir todo el material.

Tomó aire.

—Isela cree que deberíamos esperar la tercera confirmación. Tenemos que hacerlo bien.

Giré la cabeza.

—¿Isela? ¿Hablaste con ella de mi historia?

—Sí, durante el almuerzo. Quería saber en qué estaba trabajando y…

—Y tú querías impresionarla —terminé por él.

—¿Qué? No, no es eso en lo absoluto. Los dos estamos demasiado metidos en esto. A veces es bueno rebotar cosas con una persona imparcial.

—¿Qué coño hace Charlie entonces? Por Dios, Adrian. Esto podría ser una gran historia. Ambos dijimos que íbamos a mantenerla en secreto hasta la noche antes de publicar. No se lo he dicho a nadie, ni siquiera a mis primas.

—Ella ni vive en la ciudad, Erica. ¿A quién le va a decir?

—Sabes que esa no es la cuestión.

Levantó las manos.

—Bien, tienes razón. No debería haber dicho nada. Olvídalo por ahora y céntrate. ¿No te parece interesante que Isela esté de acuerdo en que necesitamos la tercera fuente?

—En realidad, no, porque no es una puta periodista.

Ahora estaba muy enfadada. La palabra con "p" estaba a punto de meterse en cada frase que salía de mi boca.

—Exacto. Los periodistas no van a ser los únicos que lean este artículo. Por eso ella está de acuerdo conmigo en que hay que legitimar nuestras fuentes.

—Por supuesto que va a estar de acuerdo contigo. Quiere volver contigo.

Pareció considerarlo.

—¿En serio?

—Oh. Dios mío. No puedo creer que estés haciendo esto. Si esperamos para confirmar con una tercera fuente, vamos a ser rebasados por el *Times*.

—Creo que te equivocas.

—Y yo creo que estás siendo un imbécil porque sabes que tengo razón.

La vena de su cuello palpitaba de irritación. Me di cuenta de que estaba enfadado, pero que intentaba elegir sus palabras con cuidado. Su vacilación me dio la oportunidad de atacar otra vez.

—Ir al seguro ya no vende periódicos. Si nos siguen ganando el *Times* u otros sitios de noticias en línea, los dos vamos a tener que buscar nuevos trabajos más pronto que tarde. ¿O tal vez ya no te importa y quieres trabajar para tu padre después de todo?

Se sentó en su silla y se cruzó de brazos.

—Realmente dices cada cosa que te pasa por la cabeza, ¿verdad?

Me encogí de hombros.

—Creo que te estás aprovechando de nuestra amistad —dijo Adrian.

Eso me dolió. Profundamente.

—¿Estás hablando en serio ahora?

Adrian se pasó la mano izquierda por la cara.

—Erica, no te pongas difícil —imploró—. Sabes lo que quiero decir. Nunca serías así con Charlie.

—Escucha, yo solía decirle a Charlie cuando pensaba que estaba tomando una mala decisión —le expliqué—. Tal vez eres tú quien se está aprovechando de nuestra amistad y crees que no haría lo mismo contigo.

Empujó su cuaderno por la mesa.

—Sabía que esto no iba a funcionar. Fue un error pensar… —La voz de Adrian se detuvo en seco cuando se abrió la puerta de la sala de conferencias.

Tristan entró y estuve a punto de gritarle que se fuera. Pero algo en su cara me detuvo.

—¿Qué pasa? —ladró Adrian.

Contuve la respiración cuando Tristan me miró a los ojos. Me miraba con lástima.

—Erica, no contestabas el móvil. Así que tu madre llamó a la línea principal. Tu…

Tuvo otro infarto. Welita murió en el hospital con mi abuela y mi tía Andrea, de Chicago, a su lado. Hacía semanas que le habían puesto un *stent*, pero había muchas complicaciones, aunque pareciera que estaba mejorando. Selena y yo la habíamos visitado el fin de semana y pudo hablar con nosotras unos minutos. Nos habíamos convencido de que tenía mejor aspecto, de que pronto estaría en casa.

Ahora se había ido.

Solo tardé diez minutos en llegar en auto desde la oficina del *News-Press* hasta el hospital, pero aun así no era lo bastante rápido. Adrian no quería que condujera, pero lo ignoré y salí volando por la puerta.

La sala de espera ya estaba llena de familiares. Supongo que eso era lo bueno de que todos viviéramos tan cerca. Cuando pasaba algo malo, podíamos estar allí en cuestión de minutos.

Algunos de mis primos pequeños estaban en el pasillo, abrazándose y llorando. Pasé junto a ellos y me dirigí directo a su habitación. Mi mamá me dijo que las enfermeras habían prometido dejar que la familia se despidiera antes de hacer lo que había que hacer a continuación.

La pequeña sala privada estaba abarrotada, pero no se oía ningún ruido. Las máquinas habían dejado de pitar. Alguien, no miré para ver quién, me tomó de la mano y me llevó hasta la cama. Welita tenía los ojos cerrados y me di cuenta de que todos los tubos y la máscara de oxígeno habían desaparecido. Por primera vez en semanas por fin podía verle toda la cara. Le toqué el brazo. Su calor también había desaparecido.

—Te quiero, Welita —susurré mientras me inclinaba para besar su mejilla—. Que Dios te bendiga.

—¡Mamá, mamá, mamá! —los sollozos de mi abuela perforaron el silencio. Entonces me di cuenta de que era ella quien me tomaba de la mano. Con la otra mano se tapaba la boca, intentando sofocar su dolor. Tiré de mi abuela hacia mí para poder sostenerla. Y justo cuando creía que la tenía, se le doblaron las rodillas. Unas manos surgieron de la nada para agarrarla antes de que cayera.

La habitación se llenó de sollozos silenciosos mientras mis tíos se la llevaban.

Me di la vuelta para mirar a mi Welita por última vez antes de volver a la sala de espera a buscar a mis padres. Pero cuando estaba a punto de irme, entró Gracie. Nuestras miradas se cruzaron y su rostro se arrugó de dolor. Nos unimos y sollozamos como si fuéramos niñas.

Mientras estábamos allí sentí que mi teléfono vibraba dentro de mi bolso. Sabía que era Adrian.

Y por primera vez en mucho tiempo, él no me importó.

Capítulo 39
SELENA

No había llegado al hospital a tiempo para despedirme. El estúpido tráfico de Los Ángeles me lo había impedido. Así que acabé en casa de mis abuelos junto con todos los demás. Llegaban unos tras otros a lo largo de la tarde y la noche. Éramos heridos ambulantes, aturdidos, confusos y sufriendo como locos. Las últimas horas me habían dejado un doloroso golpe en la cabeza, los ojos hinchados y un nudo en el estómago.

Todavía no me podía creer que Welita se hubiera ido y que nunca volvería a tener la oportunidad de escuchar una de sus historias o de reírme de sus intentos de contar un chiste.

—Toma. He abierto otra caja —me dijo mi hermana llorando mientras me entregaba otro pañuelo.

Estábamos sentadas en el patio de mis abuelos, el mismo lugar donde unos meses antes habíamos reído y bromeado.

Welita fue la primera de mis parientes cercanos en morir. Los padres de mi padre murieron cuando yo era niña y apenas los recordaba. Me preguntaba si eso mismo ocurriría con mis primos pequeños. Hoy estaban tristes, claro, pero ¿cuánto tardarían en olvidar su sonrisa o su olor?

Sentí pena por ellos. La muerte era una mierda. Y a medida que te hacías mayor, más parecía que la muerte venía a llevarse a los que querías.

Miré alrededor del patio. Estaba lleno de gente sin la que no podía imaginar mi vida. No quería pensar en no tener cerca a mis abuelos, mis padres, mis hermanas, mis primas ni a nadie más. ¿Adónde iría los fines de semana si mis padres no estuvieran? ¿Dónde pasaría las Navidades, Acción de Gracias y Semana Santa si mis abuelos no estuvieran? ¿Con quién hablaría de todo y de nada si mi hermana no estuviera a una llamada de distancia?

En mi familia había algunas de las personas más entrometidas y frustrantes del universo. Pero yo quería a todas y cada una de ellas.

No podía dejar a mi familia. Todavía no.

Salí, saqué mi teléfono y llamé a Nathan. El buzón de voz respondió en su lugar.

—Hola. ¿Puedes decirle a Kane que ya no estoy interesada en el puesto? No es un buen momento. Ok, bueno. Oh, y mi Welita murió. Llámame cuando puedas. Adiós.

Secándome las lágrimas colgué y volví con mi familia.

Capítulo 40
MARI

No podía creer que mi Welita estuviera muerta.

Después de colgar con tía Marta, me apoyé en la pared de mi cocina y me deslicé hasta el suelo. No podía moverme. No podía llorar. Estuve allí sentada congelada durante no sé cuánto tiempo. Quería levantarme, coger el bolso y conducir hasta Inland Valley para ver a mi Welita antes de que fueran a llevársela. Pero sabía que, incluso sin tráfico, no llegaría a tiempo.

Deberías estar con tu familia.

Debería haberlo estado. Pero mis piernas no se movían. Era el día libre de Letty. Estaba sola en mi casa grande y vacía.

Se me humedecieron las mejillas de lágrimas sacando el teléfono del bolsillo y llamé a la primera persona que se me ocurrió: Chris. Pero no contestó y yo no dejé ningún mensaje.

Así que me quedé sentada en el suelo de la cocina, entre entumecida e histérica.

Cuando oí la puerta del garaje abrirse, la luz que entraba por el ventanal sobre el fregadero se había atenuado hasta convertirse en una neblina.

Esteban gritó mi nombre. Le dije que estaba en la cocina.

—Abre el champán, cariño. El caso fue al jurado hoy y... ¡Ay, Dios! ¡Ay, Dios mío! ¿Te caíste? ¿Estás herida? —gritó al verme en el suelo.

Bajé la cabeza.

Se agachó delante de mí, me tomó por la barbilla con los dedos y me la levantó para poder mirarme a los ojos.

—Marisol, por favor, dime qué te pasa —me suplicó.

Vi la amable preocupación en sus ojos y eso fue todo lo que necesité. Se me saltaron las lágrimas y le susurré:

—Mi Welita ha muerto.

No dijo ni una palabra, pero se sentó a mi lado y me atrajo hacia él. Me agarré a su camisa, enterré la cabeza en su pecho y sollocé.

Lloré por Welita. Lloré por mi abuela. Lloré por mis primas. Y lloré por mi matrimonio roto, aunque Esteban no quería reconocerlo.

—Lo siento mucho, Marisol —me susurró en el pelo—. Haría cualquier cosa por quitarte ese dolor.

Levanté la cabeza y lo miré a los ojos. Sabía que lo había dicho en serio.

—Entonces llévatelo, Esteban —le susurré—. Por favor, llévatelo.

Primero me besó la frente y luego la mejilla izquierda. Lenta y suavemente, sus labios rozaron los míos. Vaciló un segundo y volvió a besarme despacio, esta vez de lleno en los labios.

Me dolía todo el cuerpo de pena. Y quería algo, cualquier cosa, para detener el dolor.

—Vamos arriba —dije sin aliento.

Asintió y se levantó primero. Luego tiró de mí y me besó un poco más. Sonó su móvil.

—Déjalo —dije entre besos.

—Yo… yo, no puedo —dijo después de separarse de mi boca—. Podría ser el secretario llamando por el veredicto. Lo siento. Tengo que responder.

El arrepentimiento oscureció sus ojos mientras cogía el teléfono para contestar.

—Habla Esteban Delgado… —su voz se entrecortó al entrar en el vestíbulo.

Con pasos pesados, subí las escaleras y entré a nuestro dormitorio. No necesitaba oír el resto de su conversación para saber lo que venía a continuación. La disculpa porque tenía que irse. La promesa de que me compensaría más tarde. Se pondría a la defensiva si le decía que no tenía por qué hacerlo y luego se iría de todos modos, quedando los dos enfadados por cómo había reaccionado cada uno. Era un ciclo interminable de culpa y frustración. No tenía ganas de volver a pasar por lo mismo.

Cuando regresó a casa más tarde, me encontró sentada en la cama, a oscuras.

—Ganamos —dijo, y tocó el interruptor de la luz.

—Bien por ti —le respondí.

Se erizó un poco ante mis palabras, pero no caminó hacia mí. En lugar de eso se aflojó la corbata.

—Siento haber tenido que irme, pero ahora estoy aquí.

Y entonces me di cuenta. Si las cosas estuviesen bien entre nosotros, me hubiera alegrado de que estuviera en casa. Pero no estaba feliz. ¿Qué tan triste era que esta noche en especial ni siquiera quería estar cerca de él?

Como no dije nada, empezó a acercarse a mí.

—Detente —le dije.

—¿Qué?

—Quiero que dejes de caminar. Quiero que te quedes ahí y tampoco hables.

—Cariño, ¿qué estás…?

—¡He dicho que te calles!

Mi arrebato nos sorprendió a los dos. Al menos lo hizo callar. Sabía que sus palabras no podían arreglar lo que andaba mal en esta casa. Y mis palabras no me devolverían a mi Welita, pero aun así había que decir algunas palabras. Y supe que era hora de hacer que me escuchara.

—Esteban, estamos rotos. Necesitamos ayuda.

Abrió la boca y levanté la mano.

—No soy feliz. No lo he sido en mucho tiempo. Casi te dejo esta noche. He hecho la maleta y te iba a escribir una nota. Luego me di cuenta de que no sería justo para ti. Así que tiré la nota, deshice las maletas y esperé a que llegaras a casa para que por fin pudiéramos tener la conversación que hemos estado evitando durante meses. Así que dime ahora, ¿quieres salvar este matrimonio?

—¿Qué quieres decir con *salvar*? —acusó—. Estamos bien.

—No. No, no lo estamos.

—Ahora mismo estás triste. Y no pasa nada. En unos días, todo volverá a ser como antes.

Sacudí la cabeza.

—¿Y si no quiero que todo vuelva a ser como antes? Necesito…

Esteban levantó las manos también.

—¿Qué podrías necesitar, Marisol? Te he dado todo lo que has querido.

—No hablo de cosas materiales. Necesito algo que sea solo mío. Necesito un propósito.

—Para eso es un bebé. Te lo he estado diciendo.

—¡No quiero un bebé!

Parecía como si lo hubiera abofeteado. La culpa me avergonzó y traté de arreglarlo.

—Quise decir, ahora no.

No estaba segura de que me creyera. Al menos, no insistió con el tema.

—Entonces, ¿ahora qué?

—Creo que deberíamos ir a terapia —dije.

Se arrastró la mano por la cara, frustrado.

—¡Madre de Dios! No me lo puedo creer. Acabo de ganar un juicio enorme que va a poner a mi bufete en las noticias durante los próximos días y, en vez de celebrarlo, ¡mi mujer quiere que vaya a ver a un maldito psiquiatra!

Me estremecí ante su discurso, pero no iba a echarme para atrás.

—La necesitamos, Esteban. Yo la necesito.

—¿Y si no estoy de acuerdo?

¿Cómo iba a responder a su pregunta si yo misma no estaba preparada para afrontar la respuesta? En lugar de eso, me encogí de hombros.

—Entonces, no sé.

Esteban maldijo en español y luego me dijo que iba a salir para despejar la mente y reflexionar. Eran casi las tres de la mañana cuando por fin recibí un mensaje. Era Chris.

Esteban apareció en mi casa borracho como una cuba.

Está durmiendo en mi sofá. No quiso decirme qué pasó.

¿Estás bien?

Respondí:

Estoy bien. Gracias por cuidarlo.

Era demasiado tarde o demasiado temprano para tratar con Chris o con Esteban. Mi Welita había muerto. En ese momento era lo único que me importaba. Así que apagué el teléfono, me puse de lado y lloré contra la almohada.

Capítulo 41
GRACIE

Cuando era pequeña, nuestra madre nos llevó a Selena y a mí al circo.

Yo lo odié y tuvimos que irnos a los quince minutos. "Lloró todo el rato", les contó a mis abuelos y a Welita cuando volvimos. Era como si no hubiera podido creer que una niña fuera capaz de odiar el circo.

Para ayudar a calmarme, Welita calentó un poco de leche y me la echó en una taza. Luego me dijo en su *espanglish* entrecortado que a ella tampoco le gustaba el circo.

Era su forma de hacerme saber que no estaba sola.

Y aunque la parte lógica de mi cerebro sabía que yo no estaba sola, no lo notaba así mi corazón. Así que cuando Selena dijo que se iba a Los Ángeles y que volvería por la mañana, le rogué que se quedara otra noche.

—No tengo ropa. Además, tengo que pasar por mi oficina a recoger unos archivos y así poder trabajar un poco a distancia. No te preocupes, Gracie. Nos vemos mañana.

Pero, como una niña, la seguí hasta su auto y volví a suplicarle.

—Por favor, Selena. Necesito que te quedes conmigo.

Estaba atosigándola tanto que me metió en su auto para que nadie de la familia me oyera.

—¿Qué te pasa? —preguntó—. Sé que estás triste, pero tú no eres así. ¿Qué te pasa?

Ella tenía razón. Yo no era así, pero no podía controlar el maremoto de emociones que me recorría el cuerpo. Y no solo hoy. Anoche lloré como una bebé porque Rachel se bebió la última lata de Pepsi. No solo lloraba de un momento a otro, sino que estaba agotada. Al principio, culpé al estrés de los últimos preparativos para la fiesta combinado con la vuelta a la escuela. Pero, en definitiva, estaba hecha un desastre y no sabía exactamente por qué.

Entonces, confesé lo que había sospechado durante las últimas semanas.

—Creo que estoy embarazada.

—Dios, ¿cuánto se tarda una en orinar en un palito? —Selena gritó desde el otro lado de la puerta del baño.

—¡Ya lo hice! —le grité. Cerré la tapa de la taza y me senté.

—Ya puedes entrar.

Selena abrió despacio la puerta del baño y entró. Echó un vistazo a la prueba de embarazo que yo había colocado sobre una hoja de papel higiénico en el mostrador de mármol negro del lavabo. Se sentó en el borde de la bañera y puso su mano sobre la mía, que descansaba en mi rodilla.

Habíamos salido de casa de mis abuelos y habíamos hecho una parada rápida en la farmacia. Mis papás habían dicho que llegarían en una hora. Teníamos que hacerlo solas.

Nos quedamos sentadas sin hablar hasta que la alarma de mi móvil sonó para anunciar que habían transcurrido tres minutos. Las dos nos sobresaltamos y, durante unos segundos, nos quedamos mirando la pruebita de embarazo. Me levanté y Selena siguió agarrándome de la mano.

—Pase lo que pase, hermana, lo superaremos juntas —dijo.

Asentí y me acerqué al palito. Cerré los ojos y respiré hondo. Abrí los ojos y miré hacia abajo. Las rayas de color rosa oscuro me devolvieron la mirada.

Miré a mi hermana, que seguía sentada en el borde de la bañera. Al ver mi expresión, se levantó de un salto y se acercó al lavabo. Tomó el palito y lo examinó.

—Entonces, ¿dos signos de más significa…? —empezó a preguntar.

—Significa que voy a tener un bebé —respondí antes de que pudiera terminar.

Capítulo 42
ERICA

Respira. Respira. Inhala y exhala. Inhala y exhala.

El día del funeral de mi Welita, estaba en el patio trasero de casa de mis abuelos intentando no perder los nervios.

La misa y el entierro habían terminado, y todos habían vuelto a casa de mis abuelos para almorzar. Pero al cabo de un rato, necesité un descanso de tanta gente y tanto ruido y me metí en la habitación de Welita.

En los días previos al funeral, mi abuela se había afanado en limpiar la habitación, para disgusto del resto de la familia. Mi mamá me dijo que era su forma de hacer el duelo. Que dejar la habitación como la había dejado mi Welita era demasiado para ella. Así que había empezado a empaquetar ropa y a guardar recuerdos hasta que la habitación quedó casi vacía. Hoy, cuando la gente entraba y salía, les decía que revisaran las cajas y se llevaran lo que quisieran como recuerdo.

No creía estar preparada para hacerlo, pero cuando vi la familiar caja de zapatos, la abrí. Dentro había pequeñas baratijas como la bola de nieve de Canadá que Gracie le había traído el año pasado y varias tarjetas del Día de las Madres y otras de cumpleaños.

Las paredes de la habitación parecían cerrarse sobre mí cuando divisé el CD de Jersey Boys encima de su cómoda. Y entonces recordé que nunca podría llevarla a ver el espectáculo como le había prometido. Así que salí corriendo de aquella habitación, de la casa, y fui al patio donde podía respirar. Solo respirar.

Estaba empezando a sentirme normal de nuevo cuando Mari abrió la reja y caminó hacia mí. La había visto en la iglesia y en el cementerio, pero ninguna de las dos habíamos intentado hablarnos hasta ese momento.

—Erica, ¿estás bien? Tu mamá me pidió que viniera a verte.

Parecía incómoda. Me di cuenta por la forma en que casi extendió la mano para tocarme el hombro, solo para retirarla.

—Estoy bien, Mari. Dile a mi mamá que entraré pronto. Ya puedes irte.

Asintió con la cabeza, pero no se movió. En su lugar, observó el patio.

—Oye, ¿qué pasó con el limonero?

Se quedó mirando la pared del fondo, donde antes estaba nuestro limonero favorito. Era enorme, bueno, al menos cuando éramos pequeñas nos había parecido enorme. Era el más abundante de todos los árboles de mi abuela. Tenía un albaricoquero, un árbol de mandarina y una higuera. Pero el limonero era el más grande, con su grueso tronco y sus ramas que parecían alcanzar el cielo. Debajo de él hacíamos picnics y jugábamos a las Barbies. Durante el verano, recogíamos todos los limones que habían caído al suelo y los utilizábamos para hacer limonada en nuestro puesto de venta.

—La gente que se mudó a la casa del otro lado del muro no paraba de quejarse de las ramas y de los limones que caían en su jardín. Entonces las raíces empezaron a agrietar el muro, así que abuelo y mi papá lo cortaron hace unos años.

Se encogió de hombros, sin dejar de mirar a la pared.

—Es una lástima. Era un buen árbol.

—Sí, bueno, supongo que eso es lo que pasa cuando creces. Nada dura para siempre, ¿verdad? —Había amargura en mis palabras, pero no me importaba. Nada me importaba.

—¿Qué se supone que significa eso? —Esta vez se volvió para mirarme.

Me di cuenta de que estaba delgada. Quiero decir, muy delgada, y no en el buen sentido. Su vestido negro era probablemente de una marca de diseño, pero bien podría haber sido un mantel, dada la forma en que le colgaba. Sus pechos parecían más grandes, pero no sabría decir si porque eran falsos o porque el resto de su cuerpo era muy pequeño. Tenía el pelo castaño oscuro con reflejos rubios y le había crecido por encima de los hombros en suaves rizos ondulados. Su maquillaje era inmaculado, al igual que sus dientes blancos y perfectos. Estaba muy lejos de la Mari con la que yo había crecido. Todo en ella había cambiado. Lo más triste era que si nos hubiéramos encontrado en otro lugar, fuera del contexto del funeral de Welita y de la casa de nuestros abuelos, probablemente no la habría reconocido. Mi prima se había convertido en una extraña para mí y estaba un poco molesta con la idea.

Me acerqué un paso a ella y la fulminé con la mirada.

—¿Qué crees que significa, Mari? Escucha, que hayas hecho un hueco en tu apretada agenda para venir al funeral de Welita no significa que vaya a olvidarme de todo y a rememorar contigo un estúpido limonero.

—Lo que tú digas, Erica. No he venido aquí para que me ataquen —resopló Marisol y empezó a alejarse.

Las lágrimas me quemaban los ojos y notaba cómo mi cuerpo temblaba de rabia. No pude contenerla más. Abrí la boca y exploté.

—¡Eso es, Mari, aléjate! Se te da bien marcharte, ¿verdad? Después de todo, ¡has estado alejándote de la familia desde que tenías dieciséis años! ¡Jesús! No puedo creer que te hayas convertido en una perra.

Mari giró sobre sus tacones negros de quince centímetros.

—¿Soy una perra? Por favor. La única razón por la que actúas así es porque estás celosa de mí. Siempre lo has estado.

—¿Celosa? ¿De verdad? Vaya, realmente no lo entiendes, ¿cierto? Me importa un carajo tu vida perfecta.

Esta vez Mari se acercó a mí y me miró directo a los ojos. Nunca la había visto tan enfadada.

—No sabes nada de mi vida, así que mejor cierra la boca.

No me importaba. Había esperado años para decirle lo que sentía y no iba a esperar más.

—¿Qué es lo que no sé, Mari? Por favor, ilumíname. Porque todo lo que veo es una mocosa malcriada que no pudo manejar el divorcio de sus padres, y cuando no obtuvo todo lo que quería, castigó a todos en esta familia, ¡incluyendo a Welita!

Su bofetada fue rápida y fuerte. Debería haberlo visto venir, pero tenía los ojos hinchados por las lágrimas. Ardió durante un segundo y luego dejó un calor punzante. Mari parecía tan sorprendida como yo.

—Dios mío, Erica, Dios mío, lo siento, yo no… —Intentó tocarme la mejilla con el dedo, pero le aparté la mano y eché a andar.

—¡Erica! Lo siento. Es solo que dijiste todas esas cosas, y yo estaba tan enojada. No tienes ni idea de lo que he pasado. —Mari estaba llorando y gritándome, pero yo seguí caminando—.

¿Cómo crees que ha sido mi vida? Me siento como una extraña en esta familia.

Esta vez me detuve y me di la vuelta.

—¿Qué esperabas, Mari? Te lo hiciste tú sola.

—¿Yo? ¿Así que soy la mala por no querer estar cerca de él después de cómo nos trató a mi mamá y a mí?

Por un segundo no entendí de quién hablaba. Pero luego me di cuenta de que se refería a su padre.

—¿Qué quieres decir, Mari? —le pregunté—. Lo único que hacía el tío Ricardo era moderarse cada vez que venías de visita. Todos lo hacíamos. ¿Y qué recibíamos a cambio? Miradas burlonas, brazos cruzados y suspiros exasperados. Pero lo aguantábamos porque al menos estabas aquí. Y un día ya no estuviste más. Y no me refiero solo físicamente. Quiero decir, mental y emocionalmente. Dejaste de formar parte de esta familia mucho antes de dejar de venir a visitarnos.

Las lágrimas de Mari se detuvieron.

—Quizá fueron ustedes los que dejaron de ser mi familia y por eso cambiaron las cosas. Quizá fue por eso me sentí traicionada.

—¿Quién te traicionó?

Su mano barrió el aire.

—Todos ustedes. Por estar de su lado, por dejarlo seguir siendo parte de esta familia incluso después de que dejara de ser mi padre. Tienes razón. Me alejé. Pero en cierto modo, todos me empujaron a hacerlo.

—No tengo ni puta idea de lo que estás diciendo —dije—. Como siempre, te comportas como una reina del drama y te inventas toda clase de mierdas para llamar la atención y para que yo pueda sentir lástima por ti. Bueno, ¿adivina qué? Ya no somos niñas y no voy a caer en tus patéticos juegos.

Para entonces, Selena y Gracie se habían acercado por detrás de Mari. No estaba segura de cuánto habían oído, pero fue suficiente para que sus rostros se sobresaltaran.

—Chicas, ¿qué está pasando? —dijo Gracie, al borde de las lágrimas—. Por favor, no se peleen. Por favor.

Pero Mari se quedó allí, mirando al suelo y negando con la cabeza.

—¿Sabes lo que es patético, Erica? Un hombre que elige el alcohol por encima de su propia familia —dijo—. Y aún más patético lo es un hombre que deja que su propia hija pase hambre y se quede sin luz ni electricidad porque prefiere gastar su dinero en tequila y cerveza.

Sus palabras seguían sin tener sentido. No podía creer que hablara así de mi tío Ricardo. Sabía que había sido un bebedor, pero ni por una vez creí que hubiera sido un mal padre. Tenía una hija con mi tía Espy, y la pequeña Araceli era su mundo. Siempre la llevaba a todas partes y le compraba cosas. Y con Mari había sido igual. Por eso nunca entendí por qué ella lo odiaba tanto después del divorcio.

—Te equivocas, Mari —esta vez era Selena la que gritaba—. Todo lo que tu padre hizo siempre fue quererte, y cuando no lo correspondiste, eso lo rompió. Yo lo vi. Todo el mundo lo vio. Habría hecho cualquier cosa por ti. Pero tú no se lo permitiste.

Mari se rio, pero no era el tipo de risa cálida. De hecho, me recorrió un escalofrío por la espalda.

—Bueno, tal vez esa es la imagen que pintó. No me sorprende. Siempre ha sido un buen mentiroso. Me prometió que las cosas no cambiarían después del divorcio, ¿y adivina qué? Cambiaron. Me prometió que siempre cuidaría de mí. ¿Adivina qué? No lo hizo. En lugar de eso, se bebió esas promesas y nos dejó a mi madre y a mí a nuestra suerte. No me quería, Selena. No abandonas a la gente que quieres.

—Tú lo hiciste.

Ni siquiera reconocí mi propia voz. Era aguda y temblorosa, mientras la emoción me oprimía la garganta. Y aunque mi mano no se apartó de mi costado, Mari parecía como si la hubiera abofeteado.

—Lo que creas que hizo o dejó de hacer tu papá no tuvo nada que ver con el resto de la familia. Bien, odiabas a tu padre, pero ¿y yo?, ¿y Gracie y Selena?, ¿y abuela?, ¿y Welita? ¿Nosotras qué te hicimos?

—Tienes razón. Debería haber visitado más a Welita. Siempre lamentaré no haberlo hecho. Ella, junto con abuela y abuelo, siempre estuvieron ahí para mí. Por eso hoy estoy aquí.

A Mari se le quebró un poco la voz y apartó la mirada. Cuando recobró la compostura, volvió a mirarme y se encogió de hombros.

—Así que ahora ya conoces toda la historia fea.

—No, no lo sabe. Y tú tampoco. —Todas nos sobresaltamos al ver a la tía Espy detrás de nosotras.

—¿Cómo dices? —preguntó Mari con sorna. Podía sentir el odio en sus palabras. Su tono era frío y amargo.

Sin inmutarse, Espy dio un paso adelante.

—Dije que esa no es la verdadera historia fea. Mari, tu padre nunca te abandonó. Esa fue solo la mentira que tu madre te contó para que nunca supieras lo que pasó realmente —dijo—. Todo este tiempo, has estado enfadada con el padre equivocado.

—¿De qué estás hablando? —dijo ella, poniendo las manos sobre sus huesudas caderas.

—Tienes que hablar con tu padre. Es una historia que tiene que contar él.

—Lo que sea. Estoy tan cansada de que todos en esta familia excusen a los demás. Quizás no levanté el teléfono tanto como debí, pero mi teléfono tampoco sonó.

Se dio la vuelta para marcharse y Gracie la agarró de la muñeca.

—Por favor, no te vayas así, Mari. Hablemos. Por favor, Welita no querría que estuviéramos así precisamente hoy.

—Lo sé, Gracie. Por eso me voy.

Capítulo 43
SELENA

Nunca se me dio bien guardar secretos. Tal vez era porque siempre quería ser yo quien diera las noticias, y no importaba si no eran mías. Pero el embarazo de mi hermana era un secreto que juré guardar hasta que ella estuviera preparada para contárselo a Tony y a mis padres. Era una promesa que no podía romper.

Tenía que admitir que era difícil, sobre todo cuando hablaba con Erica por teléfono. Tal vez fuera su instinto de reportera, pero se daba cuenta de que algo pasaba. Le dije que solo estaba estresada por el trabajo y todavía muy confundida por todo lo que Mari había dicho después del funeral de Welita. Ella no se lo creyó y siguió presionándome y presionándome.

Finalmente, para que se callara, le conté lo del trabajo en Nueva York y cómo le había dicho a Nathan que retirara mi nombre de la lista de candidatos. Salió de la nada y me sorprendí a mí misma cuando lo dije. Más sorprendente aún fue la reacción de Erica.

—Deberías haberlo aceptado —me dijo con naturalidad mientras almorzábamos en nuestro restaurante de sushi favorito de la zona oeste.

Las dos estábamos de baja por duelo en nuestros trabajos, y yo había sugerido que saliéramos de Inland Valley durante unas horas. Gracie había fingido más síntomas de gripe y se había quedado en casa. De todos modos, no habría soportado todos los olores. Además, no se fiaba de Erica ni de su olfato para las noticias. Gracie odiaba mentir, sobre todo a la cara. Yo, sin embargo, no tenía ningún problema si eso significaba darle tiempo a mi hermana para afrontar su situación en sus propios términos. Pero no sabía que mentirle a Erica sobre Gracie abriría la caja de Pandora sobre mí.

—Es un trabajo de una vez en la vida, Selena —me dijo—. Y no es como que te encante la mierda que haces ahora ni la gente para quien la haces. Nunca entenderé por qué lo rechazaste.

Me metí un rollito de sushi en la boca y me encogí de hombros.

—No sé. Me pareció un paso muy grande.

No era mentira. Mudarme a Nueva York implicaría cambiar toda mi vida. No conocía a nadie en Nueva York excepto a Nathan, lo que significaba que sería demasiado fácil que mi vida girara a su alrededor. No podía arriesgarme a eso. No otra vez.

Erica se limitó a negar con la cabeza.

—Pero de eso se trata —explicó—. Es un paso hacia cosas más grandes y mejores.

—Simplemente no podía dejar a la familia; no podía dejar a Gracie, y menos ahora.

Me di una patada bajo la mesa por haber dejado escapar esa última parte. Esperé una reacción de Erica, pero el comentario pareció pasarle desapercibido. Se limitó a decir que siempre había querido ir a Nueva York, y que, si yo vivía allí, podría quedarse conmigo. Habló de los museos, de los espectáculos de Broadway y de la pizza.

—Selena, he oído que hay una pizzería en cada esquina —me dijo, aparentemente pensando que mi amor por la pizza sería suficiente motivación para mudarme al otro lado del país.

—No importa. Ya es demasiado tarde.

Esa misma noche, había hecho todo lo posible por alejar de mi cabeza los pensamientos sobre Nueva York, pero entonces me llamó. Literalmente.

—Hola —contesté con timidez.

—Hola —dijo Nathan.

—¿Estás en la ciudad? —Fue instintivo preguntar. Sin embargo, enseguida deseé no haberlo hecho.

—No. No lo estoy.

—Oh.

—Escucha, creo saber una de las razones por las que cambiaste de opinión sobre el trabajo, y solo llamo para decirte que, si estás preocupada por mí o, más bien, por lo que espero de ti, necesito que no te preocupes.

Mi corazón se aceleró.

—¿Qué quieres decir?

—Selena, te conozco desde hace más de un año. Sé que no te van las relaciones de verdad. Por eso trabajamos tanto tiempo. Pero lo olvidé, ¿vale? Y eso es culpa mía, no tuya. Así que olvida lo que dije antes. El trabajo de Nueva York no viene atado a mí.

—¿Qué trabajo en Nueva York, Nathan? Te dije que les dijeras que no estaba interesada. Es demasiado tarde.

—No lo es. Nunca lo dije. Y el trabajo es tuyo si lo quieres.

Se me paró el corazón.

—¿Qué?

—Selena, tienes el trabajo.

—¿Hablas en serio?

Se rio entre dientes.

—Sí, así es. Sabía que solo tenía que entrarte por la puerta y los impresionarías.

—Ah, ¿entonces se trata de tu comisión como reclutador? —me arrepentí de las palabras tan pronto como las dije. No se lo merecía—. Lo lamento. Eso estuvo fuera de lugar.

—Sí. Sabes que solo quiero que consigas el trabajo de tus sueños. Te lo mereces.

Se me apretó el corazón. Nathan era un hombre tan bueno. Tal vez me merecía el trabajo, pero seguro que no me lo merecía a él.

—Ok, déjame pensarlo.

—Tienes una semana. No pueden esperar para siempre.

¿Por qué la gente siempre me decía eso ahora?

Capítulo 44
MARI

Por cuarta vez ese día marqué el número de mi padre. Y por cuarta vez colgué incluso antes de que sonara.

Las palabras de Espy en el funeral de Welita aún me molestaban. Pero no estaba lista para lidiar con toda esa situación. No cuando ni siquiera sabía lo que estaba pasando con mi propio matrimonio.

Volví a dejar el teléfono sobre la encimera y me puse los guantes de cocina. Lentamente, saqué la lasaña del horno y la puse en el fuego. Inhalé el aroma del ajo, el tomate y el queso, y el estómago me rugió de hambre. Saltarse el almuerzo no era la mejor idea, pero quería asegurarme de tener apetito ya que Esteban había prometido que estaría en casa a las seis para la cena.

Después de decirme al día siguiente de la muerte de Welita que quería trabajar en nuestro matrimonio, había hecho un esfuerzo por pasar más tiempo conmigo. Incluso había aceptado ir a terapia de pareja. Pero eso fue hace días, y cada vez que había intentado que fijara un día para nuestra primera cita, siempre tenía alguna excusa. Estaba decidida a que sacáramos esa cita esta noche. La lasaña y una botella de su vino tinto favorito iban a ayudarme a conseguirlo.

Sonó mi teléfono y se me encogió el corazón esperando que fuera Esteban diciéndome que iba a llegar tarde. Pero no era mi marido. Era Chris.

Dudé antes de contestar. Si iba a intentar arreglar las cosas con Esteban, entonces necesitaba poner espacio entre Chris y yo. Y no había mejor momento para hacerlo que ahora.

—Hola —dije.

—Hola, tú —respondió, su voz suave y tranquilizadora—. ¿Qué tal?

Entré en el comedor y tomé asiento.

—Bien. Acabo de terminar de hacer la cena.

—¿En serio? ¿Qué has hecho? Espera, espera. No me lo digas. Hará que me arrepienta del sándwich con mortadela que me acabo de hacer.

Me eché a reír.

—Bueno, eso es raro. Yo también hice un sándwich con mortadela.

—Sí, claro. Pero agradezco el esfuerzo por hacerme sentir mejor sobre mi lamentable cena. ¿Pero sabes qué me haría sentir mejor?

—¿Qué cosa?

—¿Qué tal si quedamos para cenar algún día de esta semana, ya sabes, una noche que Esteban tenga que reunirse con un cliente?

No dije nada de inmediato. Si le decía que no podía, me lo volvería a preguntar. Tenía que decirle la verdad y tenía que hacerlo cara a cara. Era la única manera de que Chris lo entendiera.

El sonido de la puerta del garaje al abrirse me hizo dar un salto.

—Bueno, ¿qué tal un café el domingo? Esteban va a llevar a un cliente al *country club* para el almuerzo.

—Claro. Suena genial. ¿Te recojo?

Oí el portazo de un auto y supe que tenía que colgar el teléfono.

—No, nos vemos allí a las once, ¿vale? Me tengo que ir. Adiós, Chris.

Ni siquiera esperé a que me contestara.

Cuando Esteban entró en casa, yo ya estaba abriendo el vino. Le oí detenerse en su oficina y llevé el plato con lasaña a la mesa del comedor. Unos minutos después se unió a mí. Tras un rápido beso en la mejilla, se sentó y dio un largo sorbo a su vino.

—Así de mal, ¿eh?

Se limitó a suspirar y empezó a comer. Lo intenté una vez más.

—¿Todo bien?

Esteban finalmente me miró.

—Todo está bien.

Por supuesto, no le creí. Decidí dejar que se descomprimiera un poco y empecé a comer. Cenamos en silencio durante varios minutos. Sabía que probablemente iba a desaparecer en su oficina el resto de la noche, así que pensé que era el mejor momento para concretar algunas posibles fechas para nuestra primera sesión de asesoramiento.

Primero le di un buen trago al vino.

—¿Has podido hablar hoy con Carla para revisar tu agenda? Quiero llamar a la consejera matrimonial antes del viernes. Sus sesiones se llenan muy rápido.

Pinchó un trozo de lasaña con el tenedor y se lo metió en la boca.

—Tuve mociones previas al juicio toda la mañana y reuniones toda la tarde. Es la primera vez que como hoy, así que no, no he tenido tiempo de repasar mi agenda.

El enfado burbujeaba al límite de mis nervios como la *mozzarella* en la parte superior de la lasaña.

—Dios, perdona por preguntar. ¿Por qué estás tan irritado?

Esteban se terminó el vino y se sirvió un poco más.

—Estoy cansado, Marisol. No quiero tener otra pelea contigo.

Yo tampoco quería pelear. Recogí mi plato y mi copa y los llevé a la cocina. Volví y recogí la lasaña.

—¿Probaste una salsa nueva? —dijo antes de que me diera la vuelta para marcharme de nuevo.

—¿Para la lasaña? No, es la misma salsa que hago siempre.

—Sabe diferente —dijo, y apartó su plato.

—Pues es la misma.

Por fin me miró.

—¿Ya no puedo tener razón en nada?

Fue suficiente.

Volví a dejar caer la lasaña sobre la mesa.

—¿Qué te pasa esta noche, Esteban? Por favor, dímelo.

—No voy a ir a terapia.

De todas las cosas que esperaba que dijera, no me esperaba esa.

—¿Qué? Dijiste que lo harías.

Se encogió de hombros.

—Eso fue antes.

—¿Antes de qué?

—Antes de tener tiempo de pensar las cosas. Y decidí que si eres tú la que no es feliz, entonces eres tú la que necesita ayuda. Yo estoy bien.

Furiosa, apreté los puños a los lados como si pudieran contener los gritos que quería lanzarle.

—Me lo prometiste. Me dijiste que querías salvar este matrimonio.

—Si crees que necesitas asesoramiento para seguir casada conmigo, ese es tu problema. Me estoy dejando la piel para darte todo lo que necesitas y quieres. Estoy haciendo mi parte.

No podía ni mirarlo, así que me centré en la lasaña. Le había mentido antes cuando le había dicho que la salsa no era diferente. Había probado una nueva receta y sabía que era jodidamente deliciosa. Pero a Esteban no le gustaba solo porque no era a la que estaba acostumbrado. No era la que *él* quería.

Y ahí estaba el problema. Nunca iba a cambiar. En el fondo lo sabía. Pero todavía tenía que asegurarme.

—Si no aceptas venir conmigo al menos a una sesión de terapia, no creo que pueda seguir en este matrimonio.

Esteban se levantó, me miró brevemente a los ojos y salió del comedor. No me dirigió la palabra en toda la noche.

Y esa fue su respuesta.

Capítulo 45
GRACIE

Por tercera vez ese día, me obligué a mantener los ojos abiertos mientras trabajaba en mi plan de clases.

Mis alumnos llevaban fuera menos de diez minutos y yo ya necesitaba una siesta. No importaba que estuviera sentada en mi pupitre en el aula. En estos días podía dormirme en cualquier momento y en cualquier lugar.

El embarazo me había convertido en mi papá.

En realidad, no había sido un problema cuando aún estaba de vacaciones de verano. El calor era la excusa perfecta para escaparme a mi dormitorio a descansar. Nadie se preguntaba por qué me quedaba dormida mientras veía la tele en el sofá, porque ellos también lo hacían. Ahora que había vuelto a la escuela era más difícil. Solo habían pasado diez días y nunca había estado tan cansada en toda mi vida. Y cada vez era más difícil ocultarlo. Mi familia y mis compañeros no tenían ni idea de que estaba tan cansada porque tenía un bebé creciendo dentro de mí.

Selena seguía siendo la única persona que sabía lo que el médico me había confirmado hacía unos días: estaba embarazada de seis semanas.

Todavía no me lo podía creer. Normalmente, le habría pedido a Dios que me ayudara a aceptar esto, pero la culpa no me lo permitía. Además, lo hecho, hecho estaba. Y tal vez era negación, tal vez yo era una cobarde, pero no estaba preparada para contárselo a nadie, ni siquiera a Tony.

O tal vez solo estaba siendo egoísta.

Aunque no éramos una pareja oficialmente, seguíamos haciendo todo lo que habíamos estado haciendo, y no quería que eso cambiara. Me gustaba cómo estaban las cosas entre nosotros. Nos veíamos todos los días en la escuela, pero intentábamos que no se notara que también nos veíamos por la noche. Era mejor así por muchas razones. No solo porque ponernos a conversar en la escuela fuera una distracción. En el fondo sabía que era porque Tony seguía esperando que le dieran el trabajo en Texas. Selena, sin embargo, seguía insistiendo en que tal vez contarle a Tony lo del bebé nos acercaría más y haría que él quisiera quedarse en Inland Valley.

Yo sabía que no era así.

Se me escapó otro bostezo y sacudí la cabeza en un esfuerzo por dejar de soñar despierta y empezar a concentrarme.

Querido Dios, ayúdame a terminar mi trabajo para que pueda ir a casa y echarme una siesta. Hacer otro ser humano es agotador. Amén.

Me quedé mirando la agenda un minuto más. Las palabras que ya había escrito estaban borrosas. Me pesaban los párpados y estaba a punto de rendirme cuando llamaron a la puerta del aula.

—Adelante —grité, y me senté en la silla.

Un hombre alto de cabello oscuro entró y me saludó.

—Hola. ¿Señora Lopez?

—Hola. ¿En qué puedo ayudarlo? —dije mientras se acercaba, ignorando lo de "señora".

—Soy Joshua Davila. Soy el padre de Celina.

Sonreí y me levanté.

—Oh, hola. Encantada de conocerlo.

Nos dimos la mano, y no pude evitar darme cuenta de que, aunque sus dedos y palmas parecían ásperos, sujetaba los míos con delicadeza.

—Siento molestarla —dijo después de que nos soltáramos—. Solo quería pasar a presentarme. Celina habla de usted todo el tiempo, ya sabe.

Eso me hizo reír.

—Esperemos que puras cosas buenas.

Asintió con la cabeza.

—No se preocupe, así es. Nos acabamos de mudar de Bakersfield y me preocupaba un poco que empezara en una escuela nueva. Pero realmente le encanta, y creo que eso tiene mucho que ver con usted.

Mis mejillas se encendieron de vergüenza.

—Estoy segura de que no es por eso —me apresuré a decir y luego me arrepentí. ¿Por qué siempre me costaba tanto aceptar un cumplido o incluso creerlo?—. Es una chica encantadora. Usted y su esposa están haciendo un gran trabajo.

—Solo somos Celina y yo, en realidad. Pero gracias.

Por alguna razón, no me entristeció esta noticia y debería haberlo hecho.

Querido Dios, lo siento. Por favor, perdóname por estar bien con el hecho de que la pobre Celina no tenga mamá. Prometo rezar diez avemarías esta noche antes de acostarme.

—¿Está bien, señora Lopez?

La pregunta del señor Dávila me sacó de mi rápida oración de arrepentimiento.

—Oh. Sí, lo siento. Y es señorita Lopez. O Gracie. Puedes llamarme Gracie.

Sonrió y asintió.

—De acuerdo. Por favor, llámame Joshua.

—Gracias.

No tenía idea de por qué le había dado las gracias. Afortunadamente, no pareció cuestionarlo.

—Entonces, Gracie, ¿cuánto tiempo has estado en St. Christopher's?

—Bueno, en realidad, esta fue mi escuela eras atrás. Pero ahora soy profesora aquí desde hace casi seis años —respondí.

—Vaya, ¿venías aquí? Déjame adivinar. Eras una estudiante de sobresaliente, ¿verdad?

Me reí de eso más de lo que debería. ¿Qué me pasaba? ¿A eso le llamaban *cerebro de embarazada*?

—No todos los años. Puede que sacara una B o dos en séptimo grado.

Una voz se aclaró detrás de nosotros, y fue entonces cuando me di cuenta de que Tony estaba de pie en la puerta. Ni siquiera lo había oído entrar. ¿Y por qué tenía esa mirada?

—Tony, eh, quiero decir, señor Bautista, este es Joshua, quiero decir, el señor Davila. Es el padre de Celina.

Mi cara volvió a calentarse por la vergüenza y algún otro sentimiento. Espera, ¿me sentía culpable por algo? Tony se acercó y estrechó la mano de Joshua.

—Encantado de conocerlo.

—Lo mismo digo —respondió el otro hombre.

Los tres nos miramos en un silencio incómodo. Finalmente, Joshua dijo que tenía que irse y nos dejó solos a Tony y a mí.

—Todavía tengo que recoger mis cosas y luego estaré lista para irme —dije, y me dirigí a mi escritorio.

—Parece un buen tipo —dijo Tony mientras guardaba mi agenda en la mochila.

—Supongo. Acabo de conocerlo.

—¿Y qué piensa de ti?

Eso me hizo mirarlo.

—¿Qué quieres decir?

—No lo sé. Solo estaba recibiendo cierta vibración de él.

—¿Qué quieres decir?

Tony se acercó y se sentó en el borde de mi escritorio.

—Estaba coqueteando contigo.

¿Lo estaba haciendo? ¿Eso significaba que yo le había coqueteado también? Eso explicaba la culpa. Pero, de nuevo, ¿de qué tenía que sentirme culpable? La irritación surgió en mi interior.

Definitivamente, Erica y Selena se me estaban metiendo en la cabeza. Esa era la única explicación para que dijera lo que iba a decir.

—¿Y? —dije poniendo las manos en las caderas—. ¿Es tan difícil creer que algún otro hombre me encontraría atractiva?

Tony saltó del escritorio, agitando las manos.

—¿Qué? No, claro que no. No me refería a eso.

—¿Entonces qué querías decir?

—Supongo que estaba un poco celoso —dijo encogiéndose de hombros.

—¿De Joshua? ¿Por qué?

—Porque eres mi chica, Gracie.

Si la alegría fuera helio, habría flotado hasta el techo.

—¿Lo soy?

Tony me rodeó la cintura con los brazos y me estrechó contra él. Luego me besó suavemente. Cuando nos separamos, sonrió.

—Claro.

De repente, ya no estaba cansada.

Capítulo 46
ERICA

¿Quién iba a decir que ver a hombres adultos pelearse por una pelota blanca y negra me haría tan feliz?

Adrian lo diría.

Esa mañana me había sorprendido con entradas para ir a ver el partido del LAFC contra los Portland Timbers en el Banc of California Stadium de Los Ángeles. Desde el funeral, me había convertido en una especie de ermitaña. Aunque lo había visto en el trabajo, había renunciado a ir a cenar, al cine y, básicamente, a cualquier actividad que me obligara a quitarme la ropa de andar en casa. Pero no podía decir que no al fútbol.

En especial al fútbol profesional.

El partido había sido para comerse las uñas, y durante noventa gloriosos minutos había sido capaz de no pensar en lo triste que estaba por Welita y lo molesta que seguía con Mari.

Después del partido, nos detuvimos a cenar en un camión de tacos y nos sentamos en una de las pocas mesas cercanas.

Fútbol, cerveza y tacos son realmente la mejor combinación —dije, y di un entusiasta mordisco a mi taco de carne asada.

Adrian se rió.

—Ya lo sé. Me lo has dicho como un millón de veces.

—Sigue siendo cierto.

Asintió con la cabeza.

—Me alegra que estés disfrutando.

Me limpié la boca y sonreí de oreja a oreja.

—Gracias, Adrian. Realmente necesitaba esto.

—De nada. Estoy feliz de volver a ver esa sonrisa.

El calor floreció dentro de mí, llenándome de luz y felicidad y…

Mierda.

Realmente estaba enamorada de Adrian. Y era su maldita culpa.

A pesar de que habíamos tenido esa explosión el día que Welita murió, él había estado ahí para mí. Aquel día, después de mi pelea con Mari, fui directo a su apartamento y me puse a llorar como una niña. Él escuchó todo y luego me hizo té.

Adrian se había convertido en el perfecto antinovio. ¿Cómo demonios podía esperar resistirme a eso?

De repente ya no tenía hambre. Tomé un sorbo de cerveza y me esforcé por no parecer enamorada del tipo que estaba sentado frente a mí.

—Todavía no puedo creer que nunca hubieras ido a un partido del LAFC —dijo, aún ajeno al tornado de conmoción y vergüenza que estaba causando estragos en mi interior.

—Mi padre llevaba tiempo queriendo comprar entradas, así que supongo que estaba esperando por él. Es algo entre nosotros.

Adrian dejó su taco.

—Oh, mierda. No lo sabía. Lo siento.

Le hice un gesto con la mano.

—No, está bien. No es que no podamos ir a otro partido. De hecho, ahora que lo pienso, yo debería comprar las entradas y darle una sorpresa.

Cuanto más lo pensaba, más me gustaba la idea. ¿A qué había estado esperando? ¿Por qué seguía sin hacer nada? Si este año de mierda me había enseñado algo, era que necesitaba tomar las riendas de mi vida. En más de un sentido.

Bueno, excepto si se trataba de Adrian.

Era mi jefe y mi mejor amigo. Nuestra relación ya estaba cruzando la línea hacia el territorio de las malas ideas. No tenía por qué mezclar sentimientos románticos. No quería arriesgar lo que teníamos en ese momento.

—¿Hay algo que a ti y a tu padre les guste hacer juntos? —le pregunté.

Adrian se encogió de hombros.

—Jugar golf, supongo. Bueno, quiero decir, a él le gusta el golf, y le gusta cuando voy con él. Pero soy malísimo, así que no entiendo por qué me sigue invitando.

—Solo quiere pasar tiempo contigo, eso es todo. Apuesto a que está muy feliz de que estés de vuelta en la ciudad.

—Supongo. Aunque sigue intentando convencerme de que trabaje para él. Y si estamos jugando al golf, estoy atrapado en ese carrito y tengo que oírlo enumerar todas las razones por las que mi vida sería mejor si trabajara en Mendes Market. ¿Por qué los padres siempre creen saber lo que es mejor para uno?

Eso me hizo reír.

—¿Verdad? Pero no son solo ellos. Mis tías, primas e incluso mi abuela tienen una opinión para todo cuando se trata de mi vida.

Adrian asintió y se terminó el último taco.

—Hablando de tu familia, ¿has hablado con esa prima?

—No —dije sacudiendo la cabeza—. Todavía estoy demasiado enfadada.

—Erica.

—¿Qué? Puedo estar molesta. Ella me abofeteó, ¿recuerdas?

—Por lo que le dijiste.

¿Por qué le había contado a Adrian lo que pasó en el funeral de Welita? Él estaba tan conmocionado como yo por lo que hizo Mari. Pero, por supuesto, ahora iba a ser lógico y razonable. Odiaba y amaba a la vez eso de él.

—Bien. Tal vez yo estaba siendo una insoportable, pero ella también. Gracie insiste en que le pasa algo más y cree que lo que pasó entre nosotras se debe de alguna manera al drama que ella tiene ahora. Pero ese es el problema con Mari, ella es la reina del drama. La gente me hace enojar todos los días. Eso no significa que vaya por ahí dándoles bofetadas.

—Aunque quieras hacerlo —añadió.

—Aunque quiera hacerlo —confirmé.

—Bien. Erica, tienes todo el derecho a estar enfadada con ella… por ahora. Solo digo que quizá Gracie tenga razón. Tal vez sea hora de averiguar por qué hizo lo que hizo.

—Ya veremos —dije, y aparté el plato.

El tema de Mari realmente me hacía perder el apetito. Y odiaba que fuera así porque en el fondo sabía que Adrian tenía razón.

Maldita sea. ¿Por qué no podía ser más difícil amarlo?

Capítulo 47
SELENA

Eran poco más de las siete de la noche de un viernes cuando por fin llegué a la entrada de mi casa.

Había sido un día infernal y lo único que quería era darme un baño caliente y ver tele sin sentido. Pero el tipo sentado en el banco de mi porche obviamente tenía otros planes para mí.

Nathan.

—¿Por qué no estás en Nueva York? —dije en cuanto subí los escalones para encontrarme con él.

—He estado en San Diego los dos últimos días y he decidido venir a verte antes de volar de vuelta mañana.

No tenía respuesta para eso, así que abrí la puerta principal y nos dejé entrar.

—No tengo comida —dije, después de dejar las llaves y el bolso sobre la mesa del comedor.

—No tengo hambre. Me comí una barrita energética mientras te esperaba.

Eso me hizo sonreír. Nathan odiaba las barritas energéticas. También podía comer a cualquier hora del día. Siempre tenía hambre y no solo de comida.

Se me pasaron por la cabeza todo tipo de pensamientos subidos de tono relacionados con él, pero quise que desaparecieran y se llevaran con ellos lo que sentía entre las piernas. Nathan no estaba aquí por sexo. Estaba aquí para convencerme de que me mudara a Nueva York.

Me dejé caer en el sofá y me quité los zapatos.

—Déjame adivinar: quieres saber si he decidido aceptar el trabajo —le pregunté después de que se sentara a mi lado.

—Supongo que no lo has hecho; si no, me habrías mandado un mensaje. Pero no he sabido de ti, Selena. Y quería saber por qué.

—Porque aún no tengo una respuesta.

—¿Y esa es la única razón que podrías tener para hablar conmigo? Pensé que significábamos más el uno para el otro que un trabajo cualquiera —dijo.

La culpa me hizo querer correr a mi habitación para no tener esta conversación. Y era verdad. Había estado evitando a Nathan exactamente por esa razón. Mudarme a Nueva York era una decisión que cambiaría mi vida y no podía arriesgarme a tomarla por las razones equivocadas. Eso significaba que Nueva York y Nathan no podían estar conectados de ninguna manera. Nunca quise ser el tipo de mujer que se muda solo para estar con un hombre, porque yo no quería que un hombre tuviera ese tipo de influencia sobre mí nunca más. Así que, si rompía con Nathan, podría confiar en que estaba eligiendo Nueva York por las razones correctas.

—Significábamos —respondí finalmente.

Se estremeció.

—¿Significábamos?

—Lo siento. Pero tengo mucho que pensar y no puedo dejar que nada ni nadie me distraiga en este momento. Necesito asegurarme de que estoy haciendo lo correcto para mi carrera.

—Entonces, ¿qué estás diciendo?, ¿que hemos terminado?

Se me hizo un nudo en la garganta de tanta emoción que realmente sentí que me ahogaba. Aparecieron lágrimas que ni siquiera había esperado, amenazando con derramarse y arruinar mi ya quebradiza compostura. Sabía que este momento iba a ser duro. No sabía que dolería tanto.

—Lo siento —dije al fin—. Sé que no te mereces esto. Has sido nada menos que increíble para mí. Dios, Nathan, te debo tanto.

Levantó la mano.

—Para. Deja de hablarme como si fuera un amigo o un compañero de trabajo. Tú y yo sabemos que estuvimos cerca de tener algo real juntos. Pero por alguna razón todavía no puedes dejarme entrar. He sido paciente y he intentado demostrarte que no voy a hacerte daño, Selena. Pero, en serio, estoy cansado de recibir bofetadas cada vez que intento hacerte ver que podríamos tener algo grande.

Las lágrimas volvieron, y esta vez no me importó que cayeran.

—Lo siento —volví a decir.

Nathan se levantó y me miró. No me atreví a mirarlo a los ojos.

—Yo también lo siento. Espero de verdad que aceptes el trabajo. Avísame la semana que viene.

Al final, no pude bañarme ni ver tele sin sentido. Me pasé la noche llorando a moco tendido en el sofá. Luego, cuando ya no podía llorar más, llamé a Erica.

—911 —dije.

—¿Qué tipo de emergencia? —respondió ella—. ¿Nos recogemos el pelo y nos quitamos los aretes o es algo que se puede curar con helado y Baileys?

Solté un largo suspiro.

—Un punto intermedio.

—¿Phase 10?

—Phase 10.

Capítulo 48
MARI

Esteban se había mudado a la habitación de invitados del primer piso. Se iba de casa cada día antes de que me despertara y llegaba cuando me dormía. Por supuesto, yo nunca estaba dormida de verdad. Y ahora que básicamente él vivía abajo, no había podido hornear en días.

Letty también era un desastre. La pillé llorando unas cuantas veces, y entonces yo lloraba y me disculpaba por haber roto nuestra familia. Le aseguré que siempre estaría en su vida.

Lo curioso de perder a las personas que quieres es que te hace querer aferrarte a las que aún tienes. Así que había tomado la decisión de arreglar mi relación con mis primas y me prometí a mí misma que haría el esfuerzo de pasar más tiempo con mis abuelos. Y estaba considerando ir a ver a mi papá. Necesitaba saber por fin la verdad.

Probablemente no fue la mejor idea hacer toda esta reflexión cuando también necesitaba construir una nueva vida.

Sonó el timbre, interrumpiendo mis pensamientos. ¿Habría olvidado Letty la llave y el mando del garaje? Había ido a la tintorería a recoger los trajes de Esteban. ¿O tal vez era un vendedor?

Cuando abrí la puerta, sin embargo, no era Letty ni un extraño. Era mi suegra y llevaba una maleta en la mano.

—¿Qué haces aquí? —me dijo mientras me empujaba.

—Yo vivo aquí, Blanca. ¿Qué haces tú aquí?

Cerré la puerta y la seguí hasta la habitación de invitados en la que solía dormir, pero que ahora estaba ocupada por su hijo. Algo de lo que se dio cuenta enseguida al abrir la puerta.

—Estoy aquí para ayudar a Esteban, por supuesto. Veo que ya lo echaste de su cuarto.

Dejó la maleta sobre la cama y por fin se dio la vuelta para mirarme.

—¿Esteban sabe que estás aquí? —pregunté, poniendo las manos en las caderas. Era una mujer intimidante, sobre todo ahora que no tenía que ocultar su odio hacia mí.

—Le avisé cuando aterricé. Me dijo que llamara para pedir un auto y que me vería aquí después de una reunión.

Odiaba que no me hubiera avisado. Aunque ¿acaso me debía una explicación a estas alturas?

—Bien. Estaré arriba si me necesitas.

—Sabía que ustedes dos no durarían. Nunca fuiste lo suficientemente buena para mi hijo.

—Siento que te hayas sentido así, Blanca. Nunca quise que pasara nada de esto.

—Oh, pero pasó. Le dije a Esteban después de la primera vez que te vi que no eras más que una cazafortunas. Sé que vienes de la nada. Creíste que mi hijo te iba a dar una hermosa vida y lo engañaste para que se casara contigo. Solo doy gracias a Dios de que fueras demasiado fría para darle hijos.

—Mamá, ya basta.

Ambas nos sobresaltamos cuando Esteban entró al cuarto.

—Mijo, me alegro mucho de que estés aquí. Ya ves cómo es esta mujer, ¿verdad? Yo ahora estoy aquí para cuidar de ti.

No me miró, pero cogió la maleta de la cama.

—Te dije por teléfono que no deberías haber venido. Ve a esperar en mi auto. Voy a llevarte de vuelta al aeropuerto.

—¡Pero Esteban! Viajé hasta aquí. No puedes tratarme así.

—Y tampoco puedes tratar así a Marisol. Escuché lo que le dijiste, mamá. Nuestro matrimonio es asunto nuestro y no te necesito en el medio.

Se tapó la boca del asombro. Yo casi hago lo mismo. Esteban jamás le había hablado así. Nunca.

Cuando Blanca se fue, por fin se enfrentó a mí. Algo era diferente.

—Gracias por todo. Sé lo duro que debe haber sido para ti.

No me miró a los ojos. En lugar de eso se volvió hacia la ventana. Fue entonces cuando me di cuenta de que ni siquiera podía mirarme.

—Cuando vuelva quiero que te hayas ido también.

Me sorprendió tanto lo que dijo que di un paso atrás.

—¿Qué? Pensé que ambos íbamos a quedarnos aquí hasta que nos reuniéramos con los abogados.

—Eso fue antes de saber que me ibas a dejar por Chris.

Se me cayó el corazón al estómago.

—¿De qué estás hablando? No voy a dejarte por Chris.

Se dio la vuelta y me miró por fin.

—Entonces, ¿por qué ha venido esta tarde a mi oficina y me ha confesado que lleva meses enamorado de ti y que siente haberme hecho daño?

El dolor que se reflejaba en el rostro de Esteban me estrangulaba y no podía respirar. ¿Qué estaba ocurriendo? Mi mente se agitó. Nunca había dicho nada que le hiciera pensar que íbamos a estar juntos.

Esteban sacudió la cabeza con disgusto y salió de la habitación.

Lo perseguí.

—¿En serio? ¿De verdad vas a creerle y ni siquiera dejas que te explique?

Se dio la vuelta y la mirada que me dirigió me heló hasta los huesos.

—Oh, ¿así que ahora quieres explicarme? Sabes, una parte de mí pensaba que no ibas en serio con esto del divorcio. Pensé que tal vez en una semana o dos superarías lo que fuera que te hizo anunciarme, de la nada, que ya no querías estar casada, porque sinceramente no se me ocurría ninguna razón. Ahora todo está claro.

Traté de agarrarlo por el brazo.

—Tienes una idea equivocada. No sé por qué Chris te dijo esas cosas, pero te juro por Dios que yo no siento lo mismo por él. ¡Esteban, tú me conoces! Yo jamás te haría eso.

Me sacudió la mano.

—Puede que no. Pero tampoco pensé que me dejarías.

—Entonces, ¿todo esto es culpa mía?

—Yo no soy quien está pidiendo el divorcio.

Sabía que lo había herido profundamente. Tenía todo el derecho a arremeter. Pero aun así no iba a cargar con la culpa de todo. Ya no.

—Solía haber dos personas en este matrimonio. Si ambos fuéramos felices, esto no estaría pasando.

Su rostro se suavizó por un segundo, pero luego volvieron las líneas de enfado.

—Ahora eres libre de encontrar tu felicidad con Chris —dijo alterado.

Gemí y levanté las manos.

—¡No estoy enamorada de Chris! Tienes que creerme.

Esteban negó con la cabeza.

—Ves, esa es la cuestión, Marisol. Me he dado cuenta de que ya no tengo que hacer nada cuando se trata de ti. Bueno, excepto iniciar los trámites del divorcio.

Y salió por la puerta principal, dejándome sola en el vestíbulo de la que ya no era mi casa.

Debería haberme derrumbado o haber soltado un grito. Pero no sentí nada.

Estaba entumecida.

Capítulo 49
GRACIE

No puedo decir exactamente por qué hice lo que hice.

En un momento estaba revisando mis viejos álbumes de fotos y al siguiente estaba en el auto, camino a casa de Mari.

Podría haber culpado a la foto que había encontrado, pero eso no explicaba el repentino impulso de conducir hasta South Pasadena ni por qué no le envié un mensaje de texto a mi prima para avisarle que estaba de camino. En lugar de eso, aparqué en su entrada sin avisar un sábado por la tarde.

Pero en cuanto Mari abrió la puerta, supe por qué Dios me había enviado allí.

Mari tenía un aspecto horrible. No llevaba maquillaje. Tenía el pelo oculto bajo un pañuelo blanco, vestía una camiseta desteñida, *jeans* y tenis. Parecía sorprendida de verme.

—¡Gracie! —anunció—. ¿Qué estás haciendo aquí?

Tenía preparada una mentirijilla piadosa y ya había pedido perdón en el auto.

—Hola, Mari. Eh, estaba por la zona y pensé en pasar. Quería darte algo.

Dudó y por unos segundos pensé que me cerraría la puerta. Pero entonces sonrió y me hizo pasar. Yo nunca había estado antes en casa de Mari, pero tenía su dirección porque siempre les enviaba a ella y a Esteban una postal de Navidad. A pesar de no haber entrado nunca, sabía que algo no iba bien. Me condujo a través de un laberinto de cajas que había en el gran vestíbulo hasta una preciosa cocina abierta. Había gavetas y armarios abiertos y más cajas sobre la encimera.

—¿Se están mudando? —no pude evitar preguntar.

Su rostro se tiñó de tristeza y me sentí mal por haber abierto la boca.

Se aclaró la garganta y se metió las manos en los bolsillos.

—Sí. Bueno, me estoy mudando. Esteban y yo nos estamos divorciando.

No soy buena escondiendo mis expresiones, así que estoy segura de que mi sorpresa fue tan clara como las copas de cristal que recubrían uno de los estantes abiertos del armario.

—Oh, lo siento mucho. No tenía idea. ¿A dónde te mudas?

Se rio, pero yo sabía que era una risa hueca.

—Aún no estoy segura. De momento me alojo en un hotel al final de la calle. Con el tiempo, supongo que tendré mi propia casa otra vez. Pronto venderemos esta. Menos mal que hoy decidí hacer las maletas mientras Esteban estaba en la oficina; si no, no me hubieras encontrado aquí.

—Estoy embarazada y el padre del bebé no quiere saber nada de mí —solté. Supongo que pensé que compartir mi drama ayudaría a aliviar el suyo.

Mari se quedó con la boca abierta.

—Vaya. No tenía ni idea tampoco. ¿Vas a…?

Caí tarde.

—¡Oh! Sí, me quedo con el bebé.

Me sorprendió acercándose para darme un abrazo.

—Vas a ser una gran madre, Gracie. Lo sé.

Eso fue todo lo que necesité. La abracé con fuerza y no me importó estar sollozando en su pelo.

—Te he echado de menos, prima. Todas lo hemos hecho.

Asintió, y a juzgar por la humedad de mi mejilla supe que estaba llorando.

Nos abrazamos durante lo que nos pareció una eternidad. Finalmente, nuestros sollozos se calmaron y desenredamos los brazos. Entonces nos miramos y nos reímos.

—Y bien, ¿dijiste que querías darme algo? —dijo Mari cuando recuperamos la compostura.

—¡Sí! ¡Aquí está! —Metí la mano en el bolso y saqué la fotografía que había encontrado aquella mañana en mi álbum. Luego se la entregué—. Pensé que la querrías.

Mari se quedó mirando la foto unos segundos antes de volver a mirarme a los ojos. La tristeza había vuelto.

No había querido hacerla sentir así. De hecho, mi intención era todo lo contrario. Sabía que algo le pasaba a Mari después de lo que había pasado en el funeral. La foto fue la excusa que necesitaba para ver cómo estaba. Esperaba que la hiciera feliz, pero parecía que no.

No sabía exactamente cuándo la habían tomado, pero Mari y Erica parecían tener unos once o doce años. Debían de haber maquillado a Welita porque llevaba mucha sombra de ojos y tenía los labios pintados de rojo. Las tres sonreían mucho.

—Lo siento. No pretendía hacerte llorar otra vez —me apresuré a decir en cuanto Mari se enjugó una lágrima.

—No, no. Parece que todo lo que hago estos días es llorar —dijo con un encogimiento de hombros triste—. Gracias, Gracie. Me encanta esta foto.

—Bien. Me alegra.

Mientras me acompañaba a la puerta, le di otro abrazo.

—Cuando necesites hablar llámame, Mari. ¿Vale?

Ella sonrió.

—Bueno. ¿Crees que…?

Esta vez sabía exactamente lo que iba a decir.

—Sí, sé que a Erica también le encantaría saber de ti.

Capítulo 50
ERICA

Por primera vez en mi vida, entré en un restaurante sin nada de hambre. Mi estómago estaba súper nervioso y meterle comida no parecía muy buena idea.

—¿Puedo ayudarla? —preguntó la camarera.

—He quedado con alguien. ¿Puedo echar un vistazo para ver si está aquí?

La mujer asintió y pasé junto a ella hacia el comedor. No tardé mucho en encontrar a Mari. Le dije a la camarera que la había encontrado, me acerqué a la mesa y saludé a mi prima con la mano mientras tomaba asiento.

—Gracias por reunirte conmigo —me dijo.

—Gracias por invitarme —le respondí.

Gracie me había dicho que Mari se estaba divorciando. Cuando me enteré, me di cuenta de por qué se había comportado de aquella forma en el funeral de Welita. No podía dejar de pensar en ella y en si estaba bien. Por eso me sorprendió que me llamara y me invitara a almorzar.

Tomé el menú y fingí interesarme por las especialidades del almuerzo. Sabía que no podría comer otra cosa que agua y galletas si no empezábamos a hablar pronto.

—Aquí hacen sus propios chips de papas —comenté.

—¿En serio?

—Sí. Son bastante buenos —volví a estudiar el menú.

—Me voy a divorciar —soltó.

Por supuesto que ya lo sabía, pero fingí sorpresa.

—Siento oír eso.

—No te creo —sus labios se apretaron en una línea firme.

Sus palabras me sorprendieron y me aseguré de que me mirara a los ojos.

—En realidad, sí lo siento mucho.

Dejó el menú y suspiró. Le temblaba la barbilla.

Mierda. Miré alrededor del restaurante y di un sorbo a mi agua. Doblé y luego desdoblé mi servilleta. Al cabo de unos segundos, me obligué a mirarla de nuevo.

Tenía la cabeza gacha y pude ver que algunas lágrimas empezaban a derramarse sobre el mantel de lino blanco.

Me moví en el asiento y carraspeé.

—Siento mucho que te estés divorciando. Nunca quise eso para ti.

Por fin me miró. Noté que su rostro no estaba tan demacrado como el día del funeral. Su maquillaje era mínimo y llevaba el pelo recogido en un moño desordenado. Por un segundo, pensé que se parecía a la Mari de antes. Mis hombros se relajaron.

—Lo sé. Es solo que yo… Siento como si tal vez un poco de ti, solo un poco, quisiera regodearse.

—¿Por qué piensas eso? —las viejas defensas entraron en acción.

—Porque quizá es lo que merezco —se le quebró la voz y se secó los ojos apresuradamente con los dedos.

—Nadie merece que le hieran el corazón. Además, ¿qué sé yo de matrimonio? Ni siquiera puedo conservar un novio.

Eso hizo que dejara de llorar. Incluso intentó sonreír. Se sintió bien. Familiar.

Me sentí lo suficientemente cómoda entonces para hacerle la pregunta que había estado deseando hacer desde el funeral.

—¿Has hablado con tu padre?

Se le borró la sonrisa.

—Todavía no. No estoy preparada.

—Lo vi el otro día. Me preguntó si había hablado contigo.

—¿En serio? Supongo que Espy le contó nuestra conversación de aquel día. Hablando de eso, quiero disculparme de nuevo por abofetearte. Yo no estaba bien y eso estuvo fuera de lugar.

—Y yo estaba siendo una perra.

Sus ojos se abrieron de par en par, sorprendida, pero fue lo bastante educada como para no aceptarlo. Era la oportunidad que necesitaba.

—Escucha, Mari. Solo quiero que sepas que nosotras, yo, nunca quisimos hacerte sentir que ya no eras parte de la familia. Y nosotras, yo, realmente no tenía ni idea de lo que estaba pasando entre tú y tu papá. Te lo juro.

Mari me ofreció una pequeña inclinación de cabeza.

—Creo que en el fondo siempre supe. Estaba tan enfadada con mi padre que eso me hizo enfadarme con todos los demás también, supongo. Estoy segura de que te hice difícil entender por lo que estaba pasando. Sé que entonces no era fácil llevarse bien conmigo.

Era mi turno de ser cortés y no estar de acuerdo.

—Siento que tuvieras que lidiar con tanta mierda tú sola. Y yo siento haberte abandonado. Yo debería haberme esforzado más por formar parte de tu vida.

Levantó la mano para detenerme.

—No. Debería haberme esforzado más por formar parte de ustedes. ¿Puedes perdonarme?

Las lágrimas me nublaban la vista, pero aún podía ver cuánto seguía sufriendo Mari. No quería darle más razones. Lo que hubiera pasado en el funeral de Welita, o años atrás, ya no importaba. Así que le dije:

—Te perdono si tú me perdonas.

—Trato hecho —dijo ella.

Nos sonreímos por primera vez en mucho tiempo. Entonces Mari cogió su menú y preguntó:

—¿Qué vas a pedir? ¿Quieres aperitivos o solo un plato principal?

—Empecemos con los chips de papa y veamos a partir de ahí.

Ella asintió y sonrió.

—Me parece un buen plan.

Capítulo 51
SELENA

Era hora de luchar.

Entré en el patio de mi abuela y dejé la bolsa reutilizable de la compra sobre la mesa. Una a una fui sacando mis armas.

Botella de tequila. *Check.*

Mezcla para margaritas. *Check.*

Salsa y queso crema. *Check.*

Tortilla chips. *Check.*

Mazo de cartas Phase 10. *Check.*

—¿Dónde están los caramelos? —preguntó tía Espy tras comprobar que la bolsa estaba vacía.

Señalé detrás de mí justo cuando Gracie entraba cargando otra bolsa.

—Este no es nuestro primer rodeo, tía. Hemos venido preparadas —dije, y me dirigí al congelador del patio por hielo para las margaritas.

Unos minutos más tarde, Erica llegó con más opciones de bebida y algo que ella llamó postre de nachos. Cuando le había dicho por teléfono que necesitaba una noche Phase 10, había insistido en que necesitábamos llevar tanto alcohol y carbohidratos como fuera posible. Pero no cualquier tipo de alcohol. La vieja generación de mujeres García no bebía vino ni cerveza. Era el alcohol fuerte o nada, y nosotras estábamos encantadas con eso.

Todo era muy estratégico.

Algunas familias jugaban al póquer. Otras, al bingo. Nuestra familia jugaba a Phase 10. Aunque *jugar* no era exactamente la palabra adecuada. Nuestras tías y mi madre eran totalmente despiadadas cuando se trataba de ese juego de cartas y nos habían enseñado bien.

Así que dar alcohol y carbohidratos a las mujeres mayores de nuestra familia era otra forma de darnos ventaja a las más jóvenes. Sobre todo, porque nuestras noches de juego duraban hasta bien entrada la madrugada. Se podría pensar que jugábamos por dinero o algo así, pero no. Todo era para alardear.

—Deberías haber traído también la mezcla de piña colada. Sabes que mi mamá la bebe como si fuera ponche de frutas —dijo Erica mientras mezclaba las margaritas en la cocina.

Saqué unos vasos del armario.

—Se me olvidó, maldita sea. ¿Qué tal si le preparas un Long Island? —le pregunté.

Erica dejó de mezclar y me miró.

—¿Con qué? El alcohol más fuerte que tiene abuela está en el botiquín.

—¿Debería ir a la tienda?

Volvió a mezclar y sacudió la cabeza.

—Los haré muy fuertes. Vierte un poco más de tequila. ¿Cuántos vamos a hacer?

Conté con los dedos.

—Tu mamá, mi mamá, tía Espy, tía Gloria y nosotras dos: seis. Gracie y abuela van a beber agua.

La batidora volvió a apagarse.

—¿Y Mari?

—No lo sé —dije encogiéndome de hombros.

Había llamado a mi prima después de confirmar que todas las demás estábamos libres para esta noche. No había hablado con ella desde Nueva York y me sorprendió un poco que respondiera el teléfono. Me había enterado de lo del divorcio y de que se estaba mudando por Erica y Gracie. Una parte de mí estaba dolida porque Mari no me lo dijo ella misma. Pero, otra parte, la que seguía triste por cómo habían acabado las cosas con Nathan, también lo entendía. No podía imaginar cómo sería pasar por eso con alguien con quien pensó que iba a estar el resto de su vida. No me extraña que estuviera tan disgustada en el funeral de Welita. Así que no podía culparla por no llamar a todos los miembros de la familia para decirnos que su matrimonio había terminado.

Sorprendentemente, parecía emocionada por venir esta noche. Pero luego dudó.

—De verdad quiero ir, Selena. Es solo que hay un apartamento que he estado intentando ver en Pasadena y por fin conseguí una cita a las seis de la tarde. Con el tráfico, no sé si podría llegar a Inland Valley a las siete.

—No pasa nada si llegas un poco tarde —le dije.

—Pero es Phase 10. ¿No se desajustarán los puntos si empiezo mis fases más tarde que las demás?

Claro. Pero no iba a darle una excusa para no venir. En ese momento, me di cuenta de lo que Erica había estado diciendo todos estos años. Habíamos facilitado que Mari mantuviera las distancias porque siempre aceptábamos sus excusas.

Nunca más.

—Bueno, eres bienvenida puntual o tarde —le dije, con cuidado de no mostrar la frustración que me invadía. Gracie había insistido en que parecía que Mari iba a esforzarse más para quedar con nosotras. Incluso Erica estaba convencida de eso después de comer con ella el otro día.

Miré el reloj. Ya eran las 7:15.

—Bueno —dijo Erica después de llenar los vasos que le había dado—. Vamos a servirle uno, y si no aparece, entonces le daremos dos a Espy. Esa señora aguanta bien el alcohol, así que tendremos que doblar cada ronda.

Ya esperaba que Erica volviera a protestar por la posible ausencia de Mari. El hecho de que ni siquiera levantara una de sus cejas fue un *shock*. Ahora que lo pienso, Erica parecía estar de muy buen humor. Mi intuición de prima estaba hormigueando. Algo le pasaba, y yo quería saber qué era. Pero antes de que pudiera interrogarla, oí gritos de alegría procedentes del patio. Erica y yo nos miramos confundidas y nos dirigimos hacia la cacofonía de excitación.

Casi se me cae el vaso cuando vi el motivo del alboroto.

Allí, en medio del patio, rodeada de todas las tías, estaba mi prima Mari.

Y gracias a los dioses de Phase 10, llevaba en la mano una botella de mezcla de piña colada y lo que parecían ser *brownies* recién horneados.

Capítulo 52
MARI

La ansiedad que había sentido en el auto por la noche de juegos con mis primas y tías desapareció en cuanto entré por la puerta.

Tía Marta fue la primera en verme.

—¡Mari! —gritó, y corrió a darme un abrazo.

Las demás la siguieron. Mi abuela me tomó de la mano y me llevó a la mesa. Fue entonces cuando me fijé en Espy. Me saludó desde su asiento en la esquina y le dediqué una pequeña sonrisa. Supuse que estaría aquí y que era muy probable que intentara sacar a colación lo que me había contado en el funeral. Aun así, no dejé que eso me disuadiera de venir.

Lo que había dicho a Gracie y a Erica iba en serio. Quería volver a formar parte de esta familia. Y sabía que eso significaba que tendría que enfrentarme a mi papá tarde o temprano. Incluso había cancelado mi cita para ver el apartamento de Pasadena solo para tener tiempo de hornear una ronda de *brownies* (los favoritos de abuela) y llegar antes de que empezaran a jugar. Y casi llego a tiempo, pero recordé que Selena me había pedido que trajera también algo de alcohol.

Por la forma en que me dio las gracias una y otra vez, cualquiera diría que le había traído una botella de tequila de cien dólares en vez de una botella de mezcla de piña colada de siete dólares con noventa y nueve.

Después de que todas tomaran sus bebidas y su postre, por fin llegó el momento de empezar el partido.

—Mari, ¿necesitas que repase las normas? —preguntó Selena.

—No, creo que estoy bien. Gracias. —Había pasado la tarde refrescándome las reglas, y poco a poco todo había vuelto a mí.

—¿Mamá, necesitas que repase las reglas? Porque la última vez que jugamos recuerdo que no te acordabas de todas.

Todas se rieron. Selena y su madre discutieron un rato antes de que mi abuela las mandara callar.

No pude evitar sonreír. Las cosas no habían cambiado mucho desde la última vez que jugué a la Phase 10.

Una hora más tarde, hicimos nuestra primera pausa para rellenar nuestras bebidas y platos. También fui al baño. Fue entonces cuando me encontré con Espy.

—Oye, eres muy buena en este juego —me dijo—. Me he atascado en la fase dos para siempre.

Me encogí de hombros.

—Sí, creo que la mayor parte del juego, al final, es cuestión de suerte. En realidad, estoy sorprendida de poder mantener el ritmo. Ha pasado mucho tiempo.

—Me alegro de que hayas venido esta noche. Me preocupaba que no lo hicieras por lo que pasó en el funeral.

Volvió la ansiedad que había sentido en el auto. No había bebido suficiente tequila como para tener esta conversación. Aunque no es que pensara beber más de una margarita, ya que tenía un largo viaje de vuelta a casa.

—Bueno, pensé que necesitaba un poco de diversión.

Espy asintió.

—Seguro que sí. El divorcio es duro, créeme, lo sé. Yo era más joven que tú cuando terminó mi primer matrimonio. Siento que tengas que pasar por eso.

Oí la sinceridad en sus palabras y quise aceptarlas, pero Espy era la última persona en el mundo con la que quería hablar de mi matrimonio fracasado. Por suerte, Erica entró en la cocina y nos dijo que íbamos a volver a empezar en cinco minutos.

Me excusé para ir al baño antes de que Espy pudiera ver lo incómoda que estaba. En ese momento, no importaba si lo que había dicho en el funeral era verdad o no porque no era a ella a quien necesitaba escuchar.

Cuando estuviera preparada, si es que alguna vez lo estaba, le haría a mi padre todas las preguntas que tuviera.

Hasta entonces, seguía sin saber a quién o qué creer.

Capítulo 53
GRACIE

La fiesta anual de otoño de St. Christopher's resultó ser todo un acontecimiento social en la ciudad. Hubo juegos de carnaval, un puñado de atracciones y montones de puestos de artesanía y comida. Pero el mayor atractivo hasta ahora habían sido las bandas en vivo.

Aunque estaba contenta, deseaba que todo acabara. Todavía no le había dicho nada a Tony. Finalmente había conseguido el trabajo en Texas. Y entre todos los preparativos de última hora, no quería que eso pesara sobre nuestras cabezas. Se lo diría el domingo por la noche. Un día más no haría daño.

Así que me centré en ir de puesto en puesto para asegurarme de que todos los voluntarios tenían lo que necesitaban. Tony se ocupaba de los juegos de la feria.

Saludé a la hermana Catherine en la mesa de pescado frito.

—Me alegro mucho de verte. Nos hemos quedado sin cambio otra vez.

—¿No dejé un sobre con dólares y billetes de cinco en tu caja hace una hora? —le pregunté.

—No. ¿Quizás lo dejaste en una caseta diferente?

Mi cerebro parecía estar muy desconcentrado por estos días. No podía recordar las cosas más sencillas. Volví sobre mis pasos después de salir de la oficina con el dinero. Me había pasado por el puesto de artesanía para ver las joyas, pero no había comprado nada porque no llevaba la cartera encima. Así que fui a buscarla a mi mochila, que había guardado en el armario de mi clase. Debí dejar el sobre dentro de la mochila.

—Creo que ya sé dónde está —le dije, y me dirigí hacia mi clase.

En cuanto abrí el gabinete, pude ver el sobre que sobresalía de la parte superior de la mochila y estiré la mano para tomarlo.

—¿Lo encontraste? —dijo la hermana Catherine por encima de mi hombro.

No me había dado cuenta de que me había seguido. Al oír su voz di un respingo y tiré la mochila al suelo. Todo se desparramó: el dinero, las llaves, un ejemplar de *What to Expect When You're Expecting* y una copia impresa de una ecografía con mi nombre.

Recogió el libro y la ecografía.

—¿Cuándo ibas a decirlo? —dijo, mirando el papel—. Quiero decir, yo, nosotros, ni siquiera sabíamos que tenías novio.

Intenté hablar sin romper a llorar.

—Iba a anunciarlo cuando estuviera preparada.

Me miró con una expresión de disgusto y asombro a la vez. Sabía que las preguntas no iban a parar.

—¿Te vas a casar?

—No. Quiero decir, probablemente no. No lo sé.

—¿Qué quieres decir con que no lo sabes? —la hermana Catherine sonaba frustrada, y me pregunté por qué se interesaba tanto—. Gracie, eres la mujer más responsable que conozco.

¿Cómo pudiste quedarte embarazada sin saber con certeza que el padre del bebé estaba comprometido con…? Espera. Querido Señor, ¿sabes quién es el padre?

Mi vergüenza se convirtió rápidamente en ira.

—¡Por supuesto que sé quién es el padre de mi bebé, hermana!

—¿Estás embarazada? —me quedé helada al oír la voz de Tony.

Estaba en la puerta con un cachorro de peluche. Era marrón y beige y tenía un corazón rosa en la barriga. Era adorable. La expresión de Tony, sin embargo, no lo era. Mientras caminaba hacia nosotros, sus ojos no se apartaban de los míos.

La hermana Catherine me dio lo que tenía en la mano, recogió el dinero y se marchó.

—Gané esto para ti —me tendió el cachorro de peluche. No sonreía, y yo ya no soportaba mirarlo a la cara. Me giré para alejarme, pero me agarró por la barbilla y me susurró—: Dime, Gracie.

—Sí, estoy embarazada y es tuyo —le susurré. Me soltó mi barbilla y se pasó los dedos por los costados del pelo.

Me quedé de pie con el cachorro de peluche en la mano y lo seguí con la mirada mientras se paseaba de un lado a otro de la clase. Se detuvo de repente y volvió hacia mí.

—¿Y estás segura de que es mío? —Me pareció diferente, desesperado, incluso asustado. No se veía bien.

—¿Cómo puedes siquiera preguntarme eso? —casi lloro. Quería decirle que había sido el primero y el único. Pero tal vez él no creería eso tampoco.

—Lo siento, pero tenía que hacerlo. Quiero decir, esto es una especie de *shock*.

—No me digas.

Empezó a moverse de nuevo y yo me quedé allí de pie hasta que estuvo listo para empezar a hablar. Pasó otro par de minutos antes de que volviera a dirigirse a mí.

—Entonces, ¿tú qué vas a hacer?

Se me encogió el corazón cuando dijo *tú* y no *nosotros*. Aunque me lo esperaba, una pequeña parte de mí siempre había deseado que se enterara por casualidad y entonces me abrazara y me dijera lo feliz que era y que quería casarse conmigo. Era evidente que no estaba feliz con la noticia.

—Voy a tener al bebé y voy a criarlo yo sola —le dije.

—Entonces, no esperas que me case contigo o que te dé dinero. Porque eso es lo que piensan algunas mujeres, y es que no estoy preparado para…

—No soy una mujer cualquiera, Tony. No hice esto para atraparte. Créeme, estaba tan sorprendida como tú. Dicho esto, puede que este bebé no fuera lo que había planeado, pero ahora no puedo imaginarme no teniéndolo —dije—. Y no, no espero ni quiero nada de ti: ni dinero ni llamadas, nada. Ni siquiera esto —le entregué el cachorro de peluche y salí.

◆ ◆ ◆

La casa estaba tranquila. La calma antes de la tormenta.

Me senté en el sillón reclinable azul de mi papá y esperé a que mis padres llegaran del mercado. Había pasado la noche en casa de Erica. Estaba tan disgustada y destrozada después de la fiesta que sabía que no podía enfrentarme a mis papás. Una mirada a mi cara y habrían sabido al instante que algo iba mal. Me había alejado a propósito.

Al principio conduje sin rumbo. Había pensado en llamar a Selena, pero sabía que, si lo hacía, querría matar a Tony. Así que, a eso de las cuatro de la tarde, me detuve en la entrada de Erica.

—Estoy embarazada —le dije en cuanto abrió la puerta. Pasamos las horas siguientes hablando y llorando. Al final, llamamos a Selena y le contamos toda la historia. Tal como yo había pensado, inmediatamente quiso encontrar a Tony y noquearlo. También tuvo unas cuantas palabras para la hermana Catherine.

Erica me preguntó por qué no se lo había contado a Tony cuando me enteré.

—Porque no quería que se quedara por el bebé. Quería que se quedara por mí —le dije.

Lloramos un poco más y todas estuvimos de acuerdo en que tenía que decírselo a mis padres lo antes posible. Era muy probable que la noticia de que Gracie Lopez, la niña bonita, se había quedado preñada ya estuviera circulando por la red de chismes de la iglesia.

Respiré hondo cuando vi llegar el miniván de mis padres, quienes entraron unos minutos después cargados con varias bolsas de la compra.

—Hija, ayúdame a guardar estas cosas —me dijo mi mamá cuando los seguí. Yo, obediente, guardé las latas en el armario y los productos perecederos en el refri.

—Si no tienes que regresar a la fiesta hoy, tu papá está planeando cocinar tus costillas favoritas en chile verde —mencionó mi mamá.

—No voy a volver a la fiesta hoy. Pero mamá, después de guardar todo necesito hablar con ustedes —dije.

—¿Sobre qué? —me preguntó mientras ponía cajas de cereales encima de la nevera. Mi padre ya ni siquiera estaba en la cocina. En cuanto empecé a ayudar, se fue al salón a ver un partido de fútbol.

—Solo necesito hablar con ustedes. ¿Dónde está Rachel? —lo último que necesitaba era a miss Chismosa cuando hablara con mis padres.

—Oh, se encontró con una amiga anoche en la fiesta, y la dejamos ir a casa de la chica. Puede que necesite que la recojas más tarde.

Asentí con la cabeza y me senté a la mesa, viendo cómo mi madre guardaba el resto de la compra. Mucha gente me decía que me parecía mucho a mamá. Yo no lo veía, salvo que teníamos el mismo pelo y los mismos ojos oscuros. Ella era un poco más alta que yo y siempre había sido un poco más pesada. Últimamente, sin embargo, ella y mi padre habían empezado a dar paseos por la tarde, y pude ver que estaba perdiendo peso. Una vez me dijo que había engordado diez kilos en cada uno de sus embarazos. Tenía la sensación de que a mí me iba a pasar lo mismo. Hacía una semana que habían desaparecido las náuseas y me apetecía todo lo que veía.

Incluso ahora, mientras esperaba a que mi madre terminara, estaba comiendo del envase de pasas cubiertas de chocolate que mis padres acababan de comprar.

Cuando por fin terminó, mi madre se sentó a mi lado en la mesa de la cocina.

—Bueno, Gracie, ¿de qué querías hablarme?

Le dije que llamara a mi padre. Por la expresión de su cara, supe que ahora sabía que iba en serio. Después de llamarlo varias veces, mi padre apagó la televisión y ambos volvieron a la cocina.

Mi madre se sentó. Mi padre se quedó de pie.

Ni siquiera podía mirarlos. Sentía que las lágrimas se me agolpaban en los ojos y me tapé la boca con la mano para reprimir los sollozos o el vómito que amenazaban con salir.

—¡Ay, Dios mío! Gracie, me estás asustando. ¿Qué te pasa? —suplicó mi madre y me agarró la otra mano.

Por más que lo intentaba, no me salían las palabras. Lloraba desconsoladamente como si no pudiera recuperar el aliento. Lo único que conseguí decir fue:

—Yo… yo… yo… yo…

Mi madre también empezó a llorar.

—Yo… yo… yo… yo…

—Estás embarazada —dijo por fin mi papá, con el rostro inexpresivo.

Asentí y seguí sollozando.

—¿Qué? ¡Imposible! ¡Imposible! —gritaba mi madre.

—Lo siento. Lo siento mucho —grité.

—¿Quién es el padre? —preguntó mi papá.

Yo no dije nada.

De nuevo contestó por mí:

—¿El profesor de Educación Física?

Volví a asentir.

—¿Y qué dice? —preguntó.

Esta vez respondí:

—Nada. Se muda a Texas por un trabajo. No va a estar por aquí —empecé a llorar otra vez.

Mi padre se acercó y me puso frente a él. Me agarró de los hombros y me dijo:

—No es algo malo, ¿de acuerdo? Puede que no me guste que no estés casada, pero eres mayor y tienes un buen trabajo. No es como si fueras Rachel.

Asentí, pero las lágrimas no paraban.

—Ay, chiquita —me llamó por mi apodo de la infancia—, no llores más.

Luego atrajo a mi madre hacia sí y nos abrazó a las dos. Nos quedamos allí los tres un rato, abrazados y llorando. Finalmente, cuando nos separamos, miré a mi madre y le pregunté quién iba a darle la noticia a mi abuela.

Casi al instante dijimos al unísono:

—Selena.

Capítulo 54
ERICA

Dicen que hay una delgada línea entre el amor y el odio. Lo que quería saber, sin embargo, era cuándo exactamente se había convertido mi vida en ese puto cliché.

La escritora en mí estaba avergonzada.

Mientras me sentaba en el sofá a masticar con rabia un trozo de salami, pensaba en todas las cosas sarcásticas que le iba a decir a Adrian cuando por fin se presentara en mi casa.

El pinche imbécil ya venía oficialmente con una hora de atraso a nuestro encuentro semanal para ver nuestra serie favorita en Hulu. Esta noche era el final de temporada, cuando por fin íbamos a descubrir quién era el asesino. Incluso me había gastado dinero y tiempo haciendo una maldita tabla con sus carnes y quesos favoritos, y el cabrón ni siquiera podía enviarme un mensaje de texto explicándome por qué no había llegado todavía.

Sin embargo, yo sabía qué pasaba. Cuando me dijo que nuestra noche habitual de Hulu tenía que retrasarse un poco porque era el cumpleaños de la madre de Isela, y él y sus padres iban a cenar con la familia de ella, le dije que podíamos cambiar la fecha. Pero no. Insistió en que podía venir después de cenar. Yo dudaba, pero también quería verlo. Así que, como una tonta enamorada, acordé tener preparados unos bocadillos y que lo esperaría para ver juntos el episodio final, a las nueve.

Todo esto era mi culpa. Aun así, estaba bastante molesta porque no había contestado a mis mensajes ni me había llamado y ya eran las diez. Para entonces me había comido todo el chocolate y la mayor parte de los quesos. Hasta me había acabado el vino cuando Adrian apareció por fin a las 10:15 p. m.

Esperé cinco minutos antes de dejarlo entrar.

—Lo sé, lo sé —se apresuró a decir mientras caminaba hacia el sofá—. Lo siento. Dejé el teléfono en casa. Hubo una confusión con la reserva, y ni siquiera nos dieron la comida hasta las ocho y media… Fue un gran lío.

Él iba a tomar una galleta cuando le aparté la mano de un manotazo. Recogí la bandeja y le dije:

—No mereces tocar mi tabla de embutidos.

—No fue culpa mía. De verdad que lo siento, Erica.

Odiaba que le quedara tan bien la camisa de vestir abotonada y los pantalones de salir. Maldita sea. Podía sentir que cedía.

—Das pena —fue lo más malvado que se me ocurrió, porque ahora estaba feliz de verlo.

Qué-pendeja.

Dejé la tabla, abrí otra botella de vino y me senté con él en el sofá. Treinta minutos más tarde, el asesino había sido revelado y yo me sentía bastante bien. Tanto que acabé con las piernas acurrucadas debajo de mí y la cabeza apoyada en su hombro.

Era agradable volver a estar así con él. Entre el trabajo y sus muchos compromisos familiares, nuestras noches semanales de

Hulu se habían convertido en el único momento que podíamos pasar juntos fuera de la oficina. Ahora que la serie había terminado, ¿qué significaba eso para nosotros?

—¿Qué serie deberíamos ver luego? —le pregunté después de que apagara la tele—. No tiene por qué ser en Hulu. Ahora podríamos tener noches de Netflix o tardes de Apple TV.

Se rio y suspiró profundamente.

—La que quieras excepto dramas coreanos. Mi cerebro está demasiado cansado después del trabajo para tener que leer subtítulos.

Me senté frente a él.

—No uses eso como excusa. Sé la verdad. No quieres ver dramas coreanos porque son románticos y tu frío y negro corazón se niega a ver algo que tenga que ver con a-m-o-r.

—No me importa ver películas ni programas románticos —dijo después un bostezo.

—¿En serio?

—De verdad. La mayoría son ridículas y predecibles. Pero veo alguna de vez en cuando.

Puse los ojos en blanco y me reí.

—Me acabas de dar la razón. Crees que son demasiado superficiales para tu cerebro tan inteligente. Eres un esnob.

—No soy esnob. Solo creo que las tramas de algunos de estos programas son simplistas o incluso poco realistas. El verdadero romance no funciona así.

Me burlé.

—Oh, ¿ahora también eres un experto en romances?

—No soy experto. Pero vamos, ¿en serio esperas que un chico haga algo fuera de lo normal y de su carácter solo para profesarte su amor? ¿Por qué no simplemente tener una conversación?

Se me hizo un nudo en la garganta y el corazón empezó a latirme más deprisa de lo que quería. La conversación había pasado de tonta a peligrosa. El vino me había calentado y desinhibido. Si no tenía cuidado, confesaría algo que no tenía derecho a confesar. Sobre todo, porque hasta ese momento me había planteado besar a Adrian como una broma, solo para que se callara.

Debería haber cambiado de tema o al menos poner algo de espacio entre nosotros. Pero el vino y mis lamentables sentimientos por él no me lo permitieron.

—En caso de que no te hayas dado cuenta, a los hombres no les gusta tener conversaciones sobre sus sentimientos. Así que a veces un chico tiene que hacer algo grande y atrevido para demostrarte que te quiere de verdad.

Adrian negó con la cabeza.

—No sé. Supongo que no lo entiendo. Cuando quise que Isela fuera mi novia, simplemente la llevé a tomar café y se lo pedí.

La mención de su ex me paró en seco.

—¿Y cómo te salió eso? —me quejé.

Se encogió de hombros.

—Bueno, al final nos comprometimos. Así que supongo que bien.

¿"Bien"? ¿Qué coño significa eso? ¿"Bien" porque volvieron a ser amigos o "bien" porque están juntos otra vez?

Entonces me di cuenta. Si Adrian quisiera algo más de mí, me lo diría sin rodeos. Una parte de mí esperaba que sintiera algo por mí, pero se había contenido por nuestra relación laboral y por nuestra amistad.

Empezaba a darme cuenta de que tal vez no era así. Quizás Adrian no me había dicho que me quería porque no lo hacía. ¿Cuándo iba a aprender mi maldita lección? Era Greg otra vez. ¿Cuántas excusas me había puesto en lugar de aceptar la verdad? Nunca fui una prioridad para Greg igual que no lo soy para Adrian. Al menos, ya no.

Luché por contener mis emociones, para no gritar ni echarme a llorar, lo que me provocó un dolor de cabeza incipiente.

—Escucha, me estoy cansando un poco —dije, y me levanté—. Creo que mejor me voy a la cama.

Adrian miró su reloj.

—¿En serio? Pensé que íbamos a compartir un poco más. Parece que ya nunca te veo fuera de la oficina.

La irritación estalló en mí haciendo que mi cabeza palpitara aún más.

—Bueno, eso no es culpa mía.

—¿Qué se supone que significa eso?

Levanté las manos.

—Estoy aquí, Adrian. Estoy aquí todas las putas noches. Tú eres el que siempre parece tener algo mejor que hacer que pasar el rato conmigo.

—Eso no es justo.

—Tienes razón. No es justo. No es justo que espere por ti mientras tú estás afuera cenando, jugando al golf, yendo al teatro o cualquier otra cosa que Isela decida que tienes que hacer. La amistad es una calle de doble sentido, y ahora mismo siento que soy la única persona en ella.

—Erica, yo…

Lo corté.

—Realmente no me siento bien. ¿Puedes irte?

Se levantó y me miró a los ojos.

—Si es lo que quieres…

—Lo es.

Llamé a Selena en cuanto se fue.

—Llévame contigo a Nueva York —le dije en cuanto contestó.

—Si es que voy, seguro que te llevo.

Y así, sin más, Selena hacía que mi mal humor desapareciera. Siempre podía contar con ella para eso.

—Claro que irás —le dije—. Yo iría.

—Quizás. Aún lo estoy decidiendo. Pero ¿qué pasa con este repentino impulso de desarraigar tu vida e ir a Nueva York?

Solté un largo suspiro.

—Necesito un cambio. Creo que necesito un nuevo trabajo.

—Me alegro por ti. Siempre supe que podías estar mejor que en el *News-Press*. ¿Qué dice Adrian?

—No sabe nada.

—¿De verdad? Creía que eran muy buenos amigos. ¿No quieres usarlo como referencia?

—No. De hecho, él es una de las principales razones por las que quiero irme.

—Oh, no. ¿Qué ha pasado?

Volví a suspirar.

—¿Cuánto tiempo tienes para oír la historia?

Capítulo 55
SELENA

Erica estaba en mi mente. No tenía idea de que se había enamorado de Adrian. Y cuando se lo conté a Gracie, se quedó tan sorprendida como yo.

—Pobre Erica. Realmente debe estar muy mal por este tipo —le dije.

—¿Por qué dices eso?

—Porque lo ocultó muy bien. Sabes que Erica no puede mantener la boca cerrada ni para salvar su vida. Normalmente sabemos que le gusta un chico antes que ella misma se dé cuenta. Sabía que salía con su jefe, incluso me burlé de ella, pero nunca dijo una palabra.

—Tienes razón —admitió mi hermana—. Bueno, me pregunto si ella va a empezar a buscar otro trabajo entonces. No es bueno para ella si tiene que verlo todos los días.

Me pregunté si eso era lo que ella pensaba, pero de Tony. Estaba a punto de preguntárselo cuando mi abuela volvió con la caja de hilo que habíamos ido a recoger a su casa. Mi madre iba a tejer a ganchillo un mantel para la mesa del comedor de mi abuela y quería utilizar los retales de hilo que Welita había guardado en su habitación.

La caja estaba llena de colores y patrones diferentes.

—¿Welita era costurera? —pregunté mientras miraba las bobinas.

—Sí, fue uno de sus muchos trabajos —respondió mi abuela—. Cuando llegó a Estados Unidos tras la muerte de mi padre, fue el único trabajo que pudo encontrar durante varios años.

—Aún no puedo creer que viniera aquí sin marido y con cinco hijos. Debió estar muy asustada —dijo Gracie.

—Tal vez, pero no tenía otra opción. Tenía que hacer lo que era mejor para su familia y para ella. A veces, encuentras la fuerza para hacer lo que más te asusta si crees que tu vida será mejor gracias a ello.

Pensé en Welita y Erica y en lo mucho que deseaba ser como ellas e ir tras un sueño.

—Gracie, ¿puedo decirte algo? —dije en el camino de vuelta a casa de nuestros padres.

—Por supuesto. Cualquier cosa.

—Me ofrecieron un trabajo en Nueva York.

—¡Nueva York! ¿Con quién? ¿Con Nathan?

—No, no *con* Nathan. Quiero decir, él ayudó a conseguir la entrevista, pero es con esta enorme agencia de publicidad. Estaría atendiendo a clientes de todo el país, incluso algunos de Europa.

—Eso es… increíble. ¿Vas a aceptarlo?

—Me lo estoy pensando. Erica quiere que lo haga solo para que ustedes tengan una excusa para visitarme.

—¿Erica lo sabe? ¿Desde cuándo?

—Se lo dije el otro día. En realidad, lo había rechazado y pensé que lo había perdido. Entonces Nathan me llamó y me dijo que el trabajo seguía siendo mío si lo quería. Y estoy pensando que lo quiero. ¿No es una locura? ¿Aceptar un trabajo en una ciudad donde solo conozco a una persona?

Gracie se quedó callada unos segundos.

—Solo tú puedes responder eso.

Odiaba cuando era tan racional.

—Eso no me ayuda —me quejé—. Dime qué crees que debería hacer.

—No puedo, Selena. Pero lo que sí puedo decirte es que es una decisión muy muy importante. Tienes que pensar seriamente en todos los pros y los contras.

Llegamos a casa y ahí acabó la conversación. Pero mi mente seguía rondando la idea de Nueva York.

Esa misma noche saqué la *laptop* y busqué imágenes de la ciudad en Google. Me intimidaba, pero de un modo emocionante. Luego pasé los siguientes diez minutos enumerando los pros y los contras.

Sin embargo, solo había un contra: dejar a mi familia. Un millón de pensamientos se agolparon en mi mente. Recé y pedí a Dios que me ayudara a tomar la decisión correcta.

Pensé en Welita y en lo valiente que había sido. Y en mi corazón sentí que ella me hubiera dicho que aceptara el trabajo.

Por fin, pasadas las once de la noche, abrí el correo electrónico de Nathan. No habíamos vuelto a hablar desde la noche en que se presentó en mi casa y yo le pisoteé el corazón. Incluso después de eso, había tenido tantas ganas de levantar el teléfono y llamarlo. Pero Nathan merecía a alguien cuya vida no fuera un desastre. Alguien que no se diera cuenta demasiado tarde de la suerte que era tenerlo en su vida.

Me dije que era mejor así. Estaba eligiendo Nueva York por mí y no por nadie más.

"Aceptaré el trabajo", escribí. "Gracias, Nathan".

Luego le di enviar.

Capítulo 56
MARI

Lo observé, sin saber muy bien qué éramos ahora.

¿Podría seguir siendo mi amigo después de todo esto? ¿Quería que lo fuera?

—Gracias de nuevo por venir —dijo Chris, y luego tomó un sorbo del espresso que había preparado unos minutos antes. Me senté frente a él en su sofá con mi propia taza en la mano. Lo miré a los ojos y sonreí.

—Bueno, pensé que te debía una conversación. Siento no haber contestado tus mensajes y llamadas. Solo necesitaba algo de tiempo para lidiar con… Bueno, con todo.

—No tienes que disculparte. Necesitabas tu espacio. Lo comprendo.

Dejé la taza en la mesita que había entre nosotros.

—Sinceramente, tengo que decirte que una de las razones por las que no te contacté fue porque estaba enfadada contigo, Chris. No tenías derecho a contarle a Esteban lo que sentías por mí.

Bajó la cabeza.

—Lo sé. Lo siento.

—¿En qué estabas pensando?

Chris también dejó su taza.

—¿De verdad quieres saberlo? —preguntó.

Me eché hacia atrás y crucé los brazos sobre el pecho.

—Sí quiero.

—Solo dije algo porque me molesté. Ese día Esteban no paraba de decir que estabas pasando por una fase rara y que te iba a dar una sorpresa esa noche con unas flores y unas joyas. Me dijo que nunca lo dejarías porque no tenías adónde ir. Así que me enfadé y le dije que te quería y que yo cuidaría de ti. Y lo haré, Marisol. Solo tienes que dejarme hacerlo.

Aunque estaba enfadada con Esteban por lo que había dicho de mí, me seguía irritando que Chris pensara que necesitaba que se ocuparan de mí. Ninguno de los dos me creía capaz de hacer nada sin ellos.

—No puedo, Chris.

—Lo siento —se apresuró a decir—. Lo siento mucho. Sé que no estás preparada.

No era por eso en lo absoluto.

—No es eso. Has sido un buen amigo para mí durante muchos años, pero no te quiero como tú me quieres a mí. Y creo que nunca lo haré.

Me levanté y tomé mi bolso. Había sido un error venir aquí.

—Todavía lo quieres, ¿verdad? —preguntó en voz baja.

Ignoré la pregunta porque no estaba preparada para afrontar mis sentimientos por Esteban. Me entristecía demasiado.

—Nuestro matrimonio no funcionaba desde hacía tiempo. La separación nunca fue por ti. Se trataba de que por fin le dije que no quería seguir viviendo una mentira. Y todavía no quiero.

Espero que con el tiempo, tú y yo podamos volver a ser amigos. Pero nunca vamos a ser más que eso. Lo siento.

Chris se levantó de la silla y se acercó a mí.

—Supongo que siempre lo supe. Pero un hombre puede tener esperanzas, ¿no?

Estaba a punto de darme la vuelta para irme cuando se me ocurrió una idea.

—¿Cómo está contigo ahora?

—Empezamos los trámites el mes que viene para cerrar el negocio.

—Oh, Chris, lo siento mucho.

—No tienes nada que lamentar —dijo encogiéndose de hombros—. Yo hice esto. Y aunque digas que el divorcio no tiene que ver conmigo, sé que yo también tengo la culpa de cómo él es contigo ahora. Debería haberme mantenido al margen. Siento mucho haber dicho algo. Ojalá pudiera arreglar las cosas.

—Gracias. Lamentablemente, no creo que ninguno de nosotros pueda hacer nada. Esteban está demasiado herido en este momento para escuchar. Creerá lo peor hasta que esté listo para oír la verdad.

—Eso es muy triste —dijo sacudiendo la cabeza—. Es obvio que no quieres que las cosas vayan mal entre ustedes. Pero ¿cómo pueden empezar de nuevo si él se niega a aceptar que había otras razones para hacer lo que hiciste? Aferrarse al pasado no siempre ayuda con el futuro.

Me di cuenta de algo con tanta fuerza que jadeé.

—Lo siento, Chris. Tengo que irme —dije, y me dirigí a la puerta.

—¿Adónde vas? —lo oí preguntar.

—¡A empezar mi futuro! —grité.

◆ ◆ ◆

Todavía puedes irte. Todavía no han abierto la puerta. Retrocede y sal disparada en tu auto.

Excepto que ya era hora de dejar de huir.

Esteban y yo nos divorciábamos, y yo por fin había trazado la línea que nos separaba a Chris y a mí. Era hora de empezar a pensar en mi nuevo futuro, pero para ello tenía que enfrentarme a mi pasado.

Antes de ir a casa de mi padre, había llamado a mi mamá. En cuanto se enteró de que me divorciaba de Esteban, empezó a hablar de la pensión alimenticia y a preguntar cuánto dinero me daría la venta de la casa. Y cuando traté de mencionar lo que Espy me había dicho en el funeral, me dijo que nunca creyera una palabra de lo que esa "puta" dijera.

¿Tal vez tenía razón? Esto había sido un error.

Por fin se abrió la puerta. Mi hermanastra Araceli la sostenía. No podía huir ahora.

—¿Está tu papá en casa? —le pregunté.

Espy apareció y contestó:

—Aquí está. Entra.

Por primera vez me fijé en las canas que enmarcaban su rostro y en las profundas líneas que se curvaban alrededor de su boca. Ahora parecía más una madre y no la malvada rompe hogares que había imaginado todos estos años.

Su casa no era grande, pero tenía un tamaño decente. Sabía que ella trabajaba de cajera en la cooperativa de crédito local y que mi papá aún trabajaba en un almacén con mi tío Carlos, el papá de Gracie y Selena. Eran clase media, no ricos ni mucho menos, pero sí más acomodados que yo cuando era pequeña.

Intenté tragarme la bilis de mi amargura. Necesitaba respuestas antes de largarme de ahí.

Espy volvió con mi padre. Me pidió que tomara asiento en la mesa del comedor y así lo hice.

—Gracias por tu visita —comenzó—. Espy dice que quieres hacerme preguntas sobre, ya sabes, antes.

Me propuse que el corazón dejara de latirme tan deprisa e intenté controlar el tono de mi voz.

—Sí. Estoy intentando hacer cambios en mi vida y creo que poder cerrar el asunto de una vez por todas me ayudaría. Obviamente, no tenemos una relación padre-hija normal, lo cual está bien, pero necesito saber qué pasó cuando mamá y tú se divorciaron.

Miró a Espy, quien asintió.

—Adelante, Ricardo. Dile la verdad.

Se sentó en la mesa frente a mí.

—Primero, tengo que decir que esto no tiene nada que ver con tu mamá. Esto tiene que ver conmigo y contigo, ¿de acuerdo? Ahora sé que hay algunas cosas que no sabes. Y, sinceramente, nunca quise que las supieras porque entonces eras una niña. Pero todo es diferente ahora, y espero que puedas asumir lo que te voy a contar.

—Solo dime lo que quieras decirme.

Empezó por el final, el fin del matrimonio de mis padres.

—Después de perder mi trabajo, mi forma de beber empeoró. Y no culpo a Vangie por querer el divorcio. Estaba tan avergonzado de la persona en la que me había convertido que pensé que te estaba haciendo un favor al no luchar por la custodia. Además, eras una niña. Pensé que estabas mejor con ella.

—Ya lo sé.

—Claro. Sí, claro. Bueno, en cuanto se fueron entré en rehabilitación. Tus abuelos y mis hermanas se enfrentaron a mí un día y me dijeron que si no conseguía ayuda, los perdería también. Así que acepté.

Mi cuerpo se congeló.

—¿Qué? ¿Cuánto tiempo estuviste allí?

—Hice los noventa días completos.

—Pero eso no tiene sentido —dije sacudiendo la cabeza—. Te visitaba en casa de abuela y abuelo los fines de semana durante los primeros meses.

Inclinó la cabeza.

—No te acuerdas.

—¿Acordarme de qué?

Mi padre volvió a mirarme.

—No me visitaste esos primeros treinta días. Te llamé y te dije que tenía que trabajar los fines de semana durante un tiempo, así que no podía verte. Después, en el centro de tratamiento me dejaron ir a casa los viernes y volver los domingos por la noche. No te lo dije porque era demasiado embarazoso.

Mis dedos se clavaron en mis rodillas en un intento de centrarme. Todo esto ya era casi demasiado.

—Bien. Obtuviste ayuda. ¿Pero qué hay de lo otro? ¿Por qué no enviaste dinero o la manutención?

—Mari, estuve en rehabilitación. No pude conseguir trabajo durante esos tres meses. Así que, durante ese tiempo, abuela envió dinero a tu madre. Y cuando salí y empecé a trabajar de nuevo, me hice cargo.

Eso me hizo ponerme en pie de un salto.

—Estás mintiendo. Si enviaste dinero, ¿por qué nunca tuvimos? ¿Por qué siempre nos cortaban la luz? ¿Por qué pasaba noches sin cenar?

Su rostro se arrugó.

—No tenía idea de lo que estaba pasando hasta que fue demasiado tarde. Y me culpo por ello.

—Sigo sin entender de qué estás hablando.

Esta vez contestó Espy.

—Piénsalo, Mari, ¿realmente crees que tus abuelos dejarían a su nieta sin ropa, comida o electricidad? Y si enviaban el dinero, ¿qué pasaba con él?

Sacudí la cabeza.

—Yo no... Esto no tiene sentido.

Apreté los ojos y los recuerdos empezaron a agolparse en mi cabeza. La vez que mi madre me había dejado con una amiga durante el fin de semana porque se iba en viaje de negocios (incluso entonces me pareció extraño que la tienda de comestibles donde trabajaba como cajera la enviara a una conferencia de formación en Palm Springs). Cuando volvió estaba más morena y llevaba ropa que nunca le había visto. También me acuerdo de cuando nos cortaron la luz por tercera o cuarta vez y le supliqué a mi madre que fuera a ver a mi papá y le exigiera que le diera algo de dinero. Se puso histérica y me dijo que la estaba acusando de ser una mala madre y que tal vez debería irme a vivir con mi papá. Al día siguiente volvimos a tener electricidad, y cuando le pregunté de dónde había sacado el dinero, me dijo que se lo había pedido prestado a una amiga.

—En cuanto nos dimos cuenta, intentamos ayudar —dijo mi padre—. Abuela hacía las compras cuando estabas en la escuela, y yo accedí a pagar la mitad de cada factura de la casa.

Todo era demasiado increíble para creerlo. Sin embargo, en el fondo sabía que decía la verdad. Tenían razón. Las cosas mejoraron en mi último año de instituto. Pensaba que era porque mi madre había encontrado un nuevo trabajo.

Me dejé caer de nuevo en la silla.

—¿Por qué nunca me dijiste esto? ¿Y por qué me lo dicen ahora? —les pregunté.

Mi padre no podía hablar. Espy se acercó y le tomó la mano.

—Porque lo que sentiste por él todos estos años, que era un fracasado, mal padre, mal marido, es lo que él sentía por sí mismo —dijo ella con la voz cargada de emoción—. Él sabía, él sabe, que tú lo odiabas y que nunca le creerías. También sabía que Vangie lo negaría todo y entonces él volvería a ser el malo. Así que dejó que lo odiaras porque sentía que se lo merecía —se le quebró la voz y se secó las lágrimas de los ojos—. Y te lo digo ahora por tu Welita.

Levanté la cabeza y sentí como si alguien me hubiera dado un puñetazo.

—¿De qué estás hablando? —dije, con la cara probablemente fruncida por la confusión.

—El día antes de morir, tu padre y yo fuimos a visitarla. Cuando él salió de la habitación para traerle agua, ella me preguntó si habíamos hablado contigo en las últimas semanas. Cuando le dije que no, me dijo que eso la entristecía. Me dijo que sabía que había problemas entre tu papá y tú. Le mentí y le dije que las cosas estaban mejorando. Me hizo prometer que ayudaría a arreglar las cosas. Y esta soy yo, cumpliendo mi promesa.

Me sujeté la cabeza con las manos porque el peso de la revelación era demasiado para mí. La culpa de saber que esto era lo que preocupaba a Welita en sus últimos días me hizo un nudo en las tripas, cubriendo mi lengua de amargura mientras la bilis se acumulaba en mi garganta.

—No puedo lidiar con esto ahora. —Me puse en pie de un salto—. Lo siento.

Entonces salí corriendo de la casa. Había conducido una o dos manzanas cuando paré el auto y dejé escapar las lágrimas. ¿Había estado equivocada todo este tiempo? ¿Había roto el corazón de Welita porque había sido demasiado terca para exigir respuestas, aunque en el fondo sabía que algunas cosas no tenían sentido? No quería pensar en todo lo malo que había dicho sobre mi padre ni en todas las veces que había cancelado mis visitas de fin de semana porque prefería salir con mis amigas o con un novio. Pensé en el día de mi boda y en cómo ni siquiera me había planteado pedirle que estuviera allí.

Tragué saliva mientras pensaba en todos los momentos perdidos entre nosotros. Mi corazón sabía que me habían dicho la verdad.

Ahora me tocaba decidir qué hacer con ella.

Capítulo 57
GRACIE

Uno no se lo imaginaría, pero se pueden aprender muchas lecciones importantes de la vida enseñando a niños de siete años.

Primera lección: Nunca bajes la guardia. En cuanto crees que tienes el control, ¡pum!, se desata el caos.

Segunda lección: La lógica no siempre gana las discusiones. A veces hay que aceptar que, digas lo que digas, no puedes hacer cambiar de opinión a los demás.

Tercera lección: Nunca está de más pedir ayuda, especialmente al grande allá arriba.

Así que justo antes de enfrentarme a una monja, a un cura y a una presidenta ultraconservadora del consejo escolar decidí prepararme con una oración de última hora.

Querido Dios, no sé qué va a suceder, pero lo pongo en tus manos. Confío en que, pase lo que pase, formará parte de tu plan, y solo te pido que me des la fuerza y la paciencia necesarias para superar esta reunión sin llorar ni llamar cabeza hueca a nadie. Amén.

La hermana Catherine me había convocado a una reunión extraescolar. Me dijo que teníamos que hablar de mi "estado" y que se reunirían con nosotras el padre Dominic, diácono principal del colegio, y la presidenta del consejo escolar, Agatha Warner.

Tras unas rápidas presentaciones fueron directos al grano.

—St. Christopher's tiene una cláusula de moralidad muy estricta en los contratos de nuestros profesores. Y aunque no menciona específicamente los embarazos fuera del matrimonio, se podría argumentar que tal condición iría en contra del espíritu general de la cláusula, que es exigir a los profesores que honren nuestras creencias católicas tanto profesional como personalmente —dijo la hermana Catherine.

El padre Dominic se aclaró la garganta y se movió en su silla:

—Lo que la hermana Catherine está tratando de decir es que mientras nosotros, por supuesto, nunca sugeriríamos que usted violó el contrato, otros fuera de esta oficina podrían verlo de manera diferente. Esta es una situación muy complicada, y queremos asegurarnos de que todos estamos en la misma página aquí.

—¿Y qué página es esa, padre? —pregunté.

Agatha levantó las manos.

—¿Podemos dejarnos de rodeos y preguntarle de una vez? —los otros se quedaron callados—. Bien, yo seré la mala. Señora Lopez, necesitamos saber dos cosas: ¿tiene planes de casarse con el padre de su bebé? y ¿piensa seguir dando clases aquí? No queremos ser entrometidos, pero tiene que entender las ramificaciones de tener a una embarazada soltera enseñando a niños de primer grado y luego tener que sustituirla a mitad de curso, sin siquiera tener una idea de si va a querer volver el próximo otoño.

Tuve que tomarme un momento. ¿Cómo podía responder la pregunta sobre el padre de mi bebé? Si estaban seguros de que era Tony, no lo dijeron. Ya no formaba parte del personal porque se marchaba dentro de unas semanas. No había ninguna posibilidad de que nos casáramos, pero no iba a decirles que no había hablado con él desde el día de la fiesta. Empezaba a marcar su número, pero siempre colgaba antes de que cayera la llamada.

—Sería considerado de tu parte, Gracie, informarnos de tus planes, ya que esta situación afecta a todos en la familia de St. Christopher's.

No pasé por alto la amargura en la voz de la hermana Catherine. Ella misma me había contratado para hacerme cargo del primer grado, la clase que ella había impartido durante quince años antes de ser ascendida finalmente a directora. Me había confiado el privilegio de cuidar de los alumnos más jóvenes de St. Christopher's. Yo era su protegida y ahora me miraba como si la hubiera traicionado.

La culpa me golpeó con fuerza. Tenían razón. Este embarazo no solo iba a poner mi vida patas arriba, iba a afectar a mis alumnos de un modo u otro. Sería difícil explicarles por qué iba a tener un hijo sin estar casada. Algunos de los padres más entusiastas podrían incluso agitar las cosas en la escuela y amenazar con sacar a sus hijos.

Mi mano se aferró a la cruz de oro que llevaba al cuello mientras rezaba en silencio para que Dios me dijera qué hacer. Y entonces me acordé de Welita. Me había dado la cruz en la prepa cuando le dije que había decidido no hacerme monja. Pensé que se sentiría decepcionada. En cambio, me dijo que estaba orgullosa de que tuviera el valor de hacer lo que quería y no lo que todos esperaban. Porque incluso entonces yo era la chica que solía consentir antes que enfrentarse. La chica que prefería conformarse a desafiar. La chica a la que le gustaba estar en un segundo plano, callada y complaciente, porque temía llamar la atención.

Welita, en cambio, había luchado para superar muchos obstáculos en su vida. Hizo lo que había que hacer y se aseguró de que su voz se oyera siempre. Era una fuerza para tener en cuenta, un tsunami. Mientras tanto, yo me había pasado la vida intentando no hacer olas.

¿Cómo me había convertido en una alfombra? Si ahora dejaba que me intimidaran o me avergonzaran, entonces no merecía esa cruz.

Era el momento de ser un tsunami.

—Aunque agradezco su preocupación por mi estado, francamente no es asunto suyo si pienso casarme o no con el padre de mi bebé. Y si por alguna razón no lo hago, también entiendo que algunas personas, pero no ninguno de ustedes, por supuesto, podrían utilizar la cláusula de moralidad para despedirme. No creo que eso funcione, pero estoy dispuesta a contratar a un abogado para impugnar la cláusula si alguna vez llega el caso.

La hermana Catherine se quedó boquiabierta y el padre Dominic volvió a aclararse la garganta.

—Gracie, creo que no entiendes…

—No, lo entiendo perfectamente. Dicho esto, soy una buena profesora y me preocupo por mis alumnos. Nunca haría nada para desviar la atención de su aprendizaje. Nunca ha sido un problema que una profesora casada haya tenido que pedir la baja por maternidad en mitad del curso escolar, así que eso ni siquiera es un tema a discutir. Quieren que todos estemos en la misma página, ¿verdad? Bueno, aquí está. Voy a tomar una licencia pagada a partir del primero de enero. Así no habrá preguntas ni rumores y tendrán tiempo de encontrar un sustituto a largo plazo. Luego volveré el próximo otoño y daré clases otra vez a primer grado.

—El consejo tendría que aprobar este acuerdo, por supuesto —dijo Agatha con rigidez.

—Bueno, estoy segura de que ustedes tres trabajarán duro para presionar en mi nombre, ya que, como saben, esta situación afecta a todos en la familia St. Christopher's.

Siempre será un misterio cómo conseguí salir de aquella reunión sin levantar el puño.

Capítulo 58
ERICA

No quiero este trabajo.

Estaba sentada en el pequeño vestíbulo de Above the Fold esperando mi cita con el editor en jefe e intentaba no dar importancia al hecho de que el edificio estaba en pleno centro de Los Ángeles. Claro, era precioso, con muchos restaurantes y lugares lindos que visitar. Pero eso no importaba porque yo no quería este trabajo.

No, no lo quería, porque si lo quisiera me sentiría destrozada si no lo conseguía.

Me había presentado por casualidad. Fue uno de esos días en el *News-Press* cuando estaba enfadada con Adrian sin ninguna razón en particular. Bueno, supongo que sí hubo una gran razón. Estaba enfadada porque me había enamorado de él y no podía hacer nada para evitarlo. Eso se traducía en atravesar un umbral de molestia cada vez que él estaba cerca. Y si estaba enfadada con él, entonces no podía estar triste por él.

Aquel día que presenté mi solicitud para la plaza en Above the Fold había sido uno de los peores entre nosotros. Se suponía que íbamos a salir con Deanna y Mark al cine, pero Isela había llamado y lo había invitado a cenar con sus padres y los de él. La relación con su padre estaba mejorando, y sabía que intentaba hacer el esfuerzo de verlos más. Le había dicho que estaba bien si quería cancelar. Pero no me creyó y me llevó a la sala de conferencias.

—Sé que estás enfadada y vas a estarlo todo el día si no sacas lo que quieres decir.

Me enfureció aún más que tuviera razón.

—Sí, estoy molesta. ¿Qué más hay de nuevo? Pero no me conviertas en la bruja que te dice que no vayas a ver a tus padres. Y, sinceramente, cuanto más seguimos hablando de esto, menos me importa. No me debes ninguna explicación de lo que haces o a dónde vas. ¿Ya estás contento?

Salí enfadada, tomé mi bolso y me dirigí al ascensor.

Lo oí decir mi nombre al entrar. El ascensor empezaba a cerrarse cuando Adrian metió el pie entre las puertas y estas volvieron a abrirse. Entró conmigo y pulsó el botón del estacionamiento.

—¿Qué te pasa? —gritó—. Estábamos en medio de una conversación. ¿Por qué te fuiste así?

—Porque te dije que ya no me importa —respondí.

Lástima que no pudiera ser verdad. El botón *P* se encendió y las puertas se abrieron. Empecé a caminar hacia mi auto y él me siguió. Sus piernas eran más largas que las mías, así que pudo adelantarme, y luego me bloqueó el paso.

—¿Entonces por qué actúas como si hubiera matado a tu perro?

No podía responderle. No sin revelar la verdad. La verdad era que estaba enamorada de él. Desesperadamente enamorada. Pero él era mi jefe y no sentía lo mismo.

Tal vez ninguna mascota había sido dañada, pero eso no significaba que no pudiera enfadarme por ello.

Así que hice acopio de todo mi orgullo, lo miré a los ojos y le mentí.

—Todo va bien. No me pasa nada.

Se metió las manos en el bolsillo y dijo:

—Si tú lo dices.

No fue hasta que los ascensores se cerraron y pude confiar en que ya estaba subiendo a la sala de redacción que dejé que mis rodillas cedieran por el peso de todo lo que había estado intentando mantener dentro.

Lo único que me negaba a hacer, sin embargo, era pensar en cómo entrar en esa redacción cada día y fingir que mi corazón no se había roto como nunca antes.

Y así fue como acabé en el vestíbulo de Above the Fold.

Era una nueva empresa en línea que solo llevaba unos meses en el mercado. Según su sitio web, que había leído una y otra vez desde que concerté la entrevista, el plan era abrir al menos diez ramificaciones más en el próximo año, centradas en las principales regiones o áreas metropolitanas. Cubrirían noticias, deportes y entretenimiento como un periódico impreso, con la diferencia de que los artículos solo se publicarían en línea.

Ya habían publicado algunas de las noticias más importantes. Eran la próxima gran novedad en el mundo editorial y sería emocionante formar parte de ella.

Joder. Quería mucho este trabajo.

—Erica, Natalie está lista para verte ahora. —La recepcionista me condujo a una sala de conferencias al final de un largo pasillo. La atractiva mujer sentada a la mesa era la editora en jefe de la revista, Natalie Dagmire.

—Entonces, Erica, ¿por qué estás pensando en dejar el *News-Press*? —preguntó Natalie después de sentarnos.

Porque estoy enamorada del editor del periódico de mi ciudad, y ahora es incómodo estar cerca de él.

—Bueno, siempre me ha interesado el lado humano de las noticias. Francamente, después de dos años cubriendo Educación, empieza a pasarme factura. Quiero… No, *necesito* contar otro tipo de historias.

Era la pura verdad. Claro, Adrian era una de las razones por las que había llegado el momento de seguir adelante, pero no era la única.

La entrevista duró cuarenta y cinco minutos. Al final, charlamos y nos reímos como si nos conociéramos de toda la vida.

—Bueno, creo que tienes una gran experiencia y que encajarías muy bien en nuestra empresa —dijo Natalie—. Hagamos que vuelvas para una prueba de redacción y luego otra ronda de entrevistas con nuestros editores regionales y de asignaciones la semana que viene.

—Me parece estupendo —dije, y me levanté—. Muchas gracias.

Mientras salía de la oficina y me dirigía a mi auto, intenté no pensar en Adrian. Probablemente por eso decidió llamarme en ese mismo instante.

No habíamos hablado desde el día que discutimos. Habíamos intercambiado algunos mensajes sobre el trabajo, pero nada más. Supuse que me llamaba ahora porque mañana íbamos a trabajar juntos y no quería que estuviera molesta.

—¿Dónde estás? —preguntó después de que le contestara.

—Es mi día libre.

—Ya lo sé. No te preguntaba como tu editor.

Mi corazón dio un brinco a pesar de que mi cerebro intentaba permanecer imparcial e imperturbable.

—Solo estoy haciendo algunos recados.

—¿Quieres comer unos tacos más tarde?

Resistí el impulso de preguntar si Isela estaba ocupada.

—Podría comer tacos —dije.

Esta fue nuestra disculpa mutua, supongo. No arregló las cosas, al menos no por ahora. Pero era un comienzo.

—Escucha, Erica, solo quiero...

Le detuve ahí porque no estaba preparada para esa conversación.

—Y no estoy hablando de esos tacos de dos por noventa y nueve centavos, señor tacaño —le dije interrumpiéndolo—. Quiero los de verdad, con arroz, frijoles y margaritas.

Se echó a reír.

—Bueno. Iremos a los de verdad.

—Maravilloso. Hasta luego.

Me quedé sentada en el auto unos treinta minutos más pensando en la entrevista y en si podría aguantar durante el almuerzo sin dejar traslucir lo que estaba tramando o lo que sentía. La verdad es que lo único que quería de Adrian no tenía nada que ver con tacos, pero todo con sus sentimientos por mí.

Capítulo 59
SELENA

Decidí que no permitiría que Gracie me ignorara por más tiempo.

Después de mi entrevista de salida con los hermanos Umbridge, conduje hasta St. Christopher's y me estacioné enfrente de la iglesia. Sabía que las clases terminarían en menos de diez minutos, así que esperé en la puerta con los grupos de padres que iban a recoger a sus hijos.

Cuando se abrió la puerta, avancé entre la multitud de niños y encontré el aula de Gracie. Esperé afuera hasta que salieron los últimos alumnos. Pude verla desde la entrada. Estaba borrando la pizarra y parecía cansada y triste.

—Tun, tun —dije mientras cerraba la puerta tras de mí.

—Selena, ¿qué haces aquí? ¿Ha pasado algo? —preguntó temerosa.

—No, no, todo el mundo está bien. Solo pensé en pasar a visitarte.

Ella levantó las cejas y entrecerró los ojos.

—¿Por qué? Nunca has hecho eso antes —dijo.

—Nunca lo había necesitado —respondí con naturalidad—. Antes podía localizarte cuando necesitaba hablar contigo. ¿Qué pasa? ¿Por qué me evitas?

Apartó la mirada, volvió a su escritorio y empezó a rebuscar en un montón de papeles.

—No sé de qué estás hablando.

Siempre fue una mala mentirosa.

—¡Eh, hablo en serio! Quiero saberlo. Dime qué he hecho o qué he dicho para merecer tu desprecio —le supliqué.

—No tengo tiempo para esto ahora. Tengo un montón de trabajos que corregir y se supone que tengo que estar afuera ayudando con el tránsito en el horario de salida. —Se levantó como si fuera a salir.

Me adelanté y me puse justo delante de ella para que no pudiera irse.

—Oh, mi querida hermana, vamos a hacer esto ahora. ¿Cuál es tu problema?

La mirada que me dirigió me revolvió el estómago.

—Realmente no lo sabes, ¿verdad? Así eres tú. Ajena a todos y a todo.

—¡Maldita sea, Graciela! Dímelo de una vez para que pueda disculparme y superemos esto —grité.

Entonces Gracie hizo algo que nunca la había visto hacer. Gritó de nuevo.

—¡Me dejas! ¡Nos dejas!

—¿Te refieres a la familia?

—¡Me refiero a mí y a mi bebé! Eres mi hermana. Se suponía que tenías que estar aquí para ayudarme a pasar por esto. Se suponía que ibas a ir a las clases de Lamaze conmigo. Se suponía que me harías un *baby shower*. Se suponía que harías todo eso conmigo. ¡Me lo prometiste!

Ahora sí que sollozaba.

—Todavía puedo hacer algunas de esas cosas —dije e intenté darle un abrazo.

Ella no me devolvió el abrazo.

—No será lo mismo —sacudió la cabeza.

—¿Qué quieres que te diga, Gracie? —Estábamos de nuevo frente a frente y busqué una respuesta en sus ojos—. Lo siento. No esperaba que pasara esto, igual que tú no esperabas quedarte embarazada.

—¡Lo sabía! —gritó—. No quieres que tenga este bebé.

La acusación me rompió el corazón. La agarré de los hombros para asegurarme de que oía cada palabra.

—Eso no es cierto, Gracie. Tú lo sabes. Entiendo que estés dolida, pero ahora estás siendo mala. Quiero a este bebé y te quiero a ti.

Se desplomó un segundo, pero luego se puso rígida.

—Olvídalo. Ya no importa —dijo. Sus palabras eran frías y sentí un escalofrío. La solté.

Volvió al escritorio para sentarse.

—Sí que importa. Me importa a mí —grité—. No hice esto para herirte. Lamento que sientas que te abandono. Lo lamento muchísimo.

Se cubrió la cara con las manos y siguió llorando. Sus palabras se amortiguaban, pero pude entenderlas cuando dijo:

—Tengo mucho miedo. No sé cómo voy a hacer esto yo sola.

—Pero cariño, no estás sola. —Me acerqué y le aparté las manos de la cara—. Tienes a mamá y a papá. Incluso Rachel puede ayudar. También están todas las tías. Y no lo olvides, tienes a Erica y probablemente también a Mari. Y aunque no nos veamos todo el tiempo, podemos seguir hablando por teléfono y mandándonos mensajes. Diablos, te compraré el último iPhone para que también podamos chatear por vídeo.

Se me quebró la voz y se me salieron las lágrimas. Agaché la cabeza para mirarla directo a los ojos.

—Y estaré a tu lado cuando des a luz. Aunque tenga que tomar un avión con una hora de antelación, estaré aquí. Nada, y quiero decir nada, va a impedirme ver el nacimiento de mi primera sobrina o sobrino.

Suspiró resignada.

—Lo que tú digas, Selena.

◆ ◆ ◆

Es curioso cómo llegas a apreciar las cosas cuando tienes que dejarlas atrás. El día que atravesé las puertas del Aeropuerto Internacional de Inland Valley no podía creer lo mucho que había cambiado y cuánto se había expandido en los últimos años.

La última vez que estuve aquí fue para despedirme de Gracie antes de que se marchara a Washington D. C. con su clase de octavo grado. Recuerdo que la envidiaba, pero al mismo tiempo la odiaba.

Era la primera vez que estaríamos separadas más de un día y yo lloraba y lloraba, y rogaba a mis padres que me dejaran ir con ella. Gracie no odiaba la idea. Ahora creo que era porque le daba miedo ir a algún sitio sin mí o sin mis padres. Si ellos la hubieran dejado, Gracie habría llevado a su malcriada hermana pequeña hasta Washington D. C.

Por supuesto, sobrevivió al viaje. Yo aún estaba enfadada con ella por haber ido y me negué a ir con mis padres a recogerla al aeropuerto. Pensaba seguir molesta con ella el resto de mi vida, pero en cuanto la vi salir del auto en la entrada de nuestra casa corrí a abrazarla. Ella me devolvió el abrazo y me regaló un globo de nieve del Capitolio.

Había tardado muchos años en volver al Aeropuerto Internacional de Inland Valley. Normalmente solo reservaba vuelos desde John Wayne, en Orange County, o desde LAX, pero me pareció bien mudarme a mi nueva ciudad desde la ciudad en la que había crecido. Y era conveniente que mis padres vinieran a despedirme, aunque Gracie no lo hiciera.

—¿Necesitas dinero para el taxi cuando llegues? —preguntó mi papá, y empezó a sacar la cartera.

—No, papá. La agencia enviará un auto a recogerme, ¿recuerdas?

—¿Va Nathan a recogerte? —pregunta mamá esta vez.

—No lo creo, pero está bien. Probablemente iré directo al hotel a tomar una siesta.

No les había dicho que hacía semanas que no sabía nada de Nathan.

—¿Quieres que esperemos contigo hasta que tengas que ir a la puerta? —preguntó Erica ahogando un bostezo.

—No, está bien. Voy a tomar un café y luego me quedaré esperando. Solo tengo un par de horas. Además, ustedes no pueden subir a la zona de embarque.

Todos asintieron. Cuando ya no quedaba nada más que decir, los abracé a todos y me esforcé por no llorar. Miré por última vez hacia las puertas de cristal de la entrada del aeropuerto.

—Seguro te llamará más tarde —agregó mi mamá.

Solo asentí con la cabeza porque se me hizo un nudo en la garganta al sollozar. Respiré hondo, dije adiós con la mano a mi familia y empecé a caminar hacia la escalera eléctrica que me llevaría a Salidas y de camino a mi nueva vida en Nueva York.

—¡Selena! ¡Espera! ¡Selena!

Giré la cabeza y vi a mi hermana corriendo hacia mí con una pequeña bolsa de regalo morada.

Se abalanzó sobre mí y dejé caer mi equipaje de mano. Me apretó con fuerza y pude oír sus sollozos contra mi hombro.

—Yo… Lo siento. Por favor… No… me odies —dijo con hipo.

Empecé a sollozar con la misma fuerza.

—Soy… Yo… Quien… Lo siente. Soy… Una… Mala… Hermana… Dejándote… Cuando… Tú… Más me necesitas.

—Chicas, chicas —oí la voz de mi mamá—, la gente está empezando a mirar. Qué chillonas.

Las dos nos echamos a reír y nos secamos las lágrimas. Suspiré y por primera vez en semanas me sentí ligera.

—Lamento haberte hecho sentir mal por marcharte —dijo Gracie cuando ambas nos habíamos calmado—. Sabes que solo quiero que seas feliz, ¿verdad? Y si mudarte a Nueva York te va a hacer feliz, entonces yo también me alegro por ti.

Volví a abrazarla. Luego me incliné hacia su vientre redondo y lo besé.

—Te veré pronto, pequeño bebé.

Lo prometo.

Capítulo 60
MARI

—Feliz Día de Acción de Gracias. Espero que lo disfrute.

Mientras servía el relleno en el plato de la mujer, noté que sus ojos se agrandaban.

—¿Son crotones de verdad? —preguntó.

Sonreí.

—Seguro que lo son. Yo misma horneé el pan de masa madre.

Se lamió los labios en señal de agradecimiento.

—Gracias. Y feliz Día de Acción de Gracias para ti y tu familia.

Me deshice de la punzada de tristeza que me produjo la palabra *familia* y volví a servir mi relleno casero a la siguiente persona de la fila.

—¿Necesitas otra sartén ya? —Gracie preguntó detrás de mí.

Aún no sabía por qué había aceptado ayudarla hoy. Me había agarrado desprevenida cuando me había llamado el día anterior para invitarme a la comida anual de Acción de Gracias que hacía su iglesia para las personas sin hogar y otros miembros desfavorecidos de la comunidad. Pero parte de este esfuerzo por ser una mejor Mari significaba decir que sí a las oportunidades de volver a conocer a mis primas. Además, ¿no le había dicho a Chris aquel día, hacía tanto tiempo, que quería que mi vida importara de alguna manera?

Pensar en Chris me llevó de inmediato a Esteban. Hacía más de un mes que no hablaba con él. Mi abogado trató con su abogado y me dijo lo que necesitaba saber en relación con los próximos pasos y los asuntos de dinero. Mientras tanto, Letty era mi fuente de información sobre Esteban y su nueva vida sin mí. Me invadió una triste culpa cuando me dijo que, en lugar de nuestra fiesta anual de Acción de Gracias, Esteban planeaba pasar el día jugando golf y luego invitar a algunos de sus socios a cenar en el *country club.*

¿Había aceptado ayudar a Gracie para deshacerme de parte de la culpa?

Definitivamente.

—Todavía no —le dije a Gracie, agradecida por la distracción—. Quizá dentro de unos minutos. Esta cola es cada vez más larga.

—Entendido. Volveré después de reponer las judías y el puré de papas.

Sonreí mientras se alejaba. Puede que estas vacaciones no fueran como me las había imaginado, pero agradecía que al menos no estaba sola.

Horas después, Gracie y yo nos dirigimos a mi auto en el estacionamiento de la iglesia. Mis pies y mis manos me estaban matando.

—Nunca pensé que podría estar tan cansada —gemí y me apoyé en la puerta del conductor—. Estoy deseando volver a la habitación del hotel y darme un baño caliente.

—¿Aún no has encontrado apartamento? —preguntó.

Sacudí la cabeza.

—Sigo buscando. El problema es que no tengo idea de dónde quiero vivir.

Gracie extendió la mano y me tocó el brazo.

—Siento mucho que estés pasando por esto. Sabes que estoy aquí para ti, ¿verdad? Todos lo estamos.

Sus palabras provocaron una nueva oleada de emociones que se derramaron por mis mejillas. Aunque había perdido mi matrimonio, había vuelto a encontrar a mi familia.

—Lo siento. No quería hacerte llorar —dijo Gracie.

—No te preocupes. Parece que últimamente solo sé llorar —dije encogiéndome de hombros con tristeza.

—¿Quieres arreglar las cosas entre ustedes?

—Lo intenté, pero creo que es demasiado tarde. Aunque nunca fui infiel, sé que herí a Esteban y trastorné por completo su vida y su negocio.

Realmente esperaba que Esteban pudiera perdonarme algún día. Sabía por experiencia que guardar rencor podía ser agotador. También sabía que no podía preocuparme por lo que los demás pensaran de mí. Solo podía controlar lo que hacía y cómo reaccionaba yo. Y ahora mismo necesitaba centrarme en averiguar quién quería ser.

Gracie extendió la mano y me la apretó.

—Vendrás a cenar esta noche, ¿verdad?

—Sí, voy.

Pero no le dije que me ponía un poco nerviosa volver a estar con toda la familia. Eran muchos y podía resultar abrumador, incluso si no me hubiera mantenido alejada todos estos años. Mientras mi papá y yo trabajábamos poco a poco en nuestra relación, no podía evitar sentirme ansiosa por la cena en casa de mi abuela y mi abuelo. Pero no se lo dije a Gracie. No quería que pensara que tenía mis dudas.

—Me alegra mucho —dijo aplaudiendo—. Así que, además de agotador, ¿cómo fue tu primer Acción de Gracias alimentando a la comunidad?

—Fue caótico pero increíble. No sabía que St. Christopher's hiciera esto por Acción de Gracias.

—No solo en Acción de Gracias. Lo hacemos un domingo al mes. Si tuviéramos más voluntarios y dinero, probablemente lo haríamos todas las semanas.

—Me encantaría volver a ser voluntaria. ¿Crees que podría?

—¡Por supuesto! Helen, la directora de nuestra despensa, va a estar encantada. La oí decir a todo el mundo lo bueno que estaba tu relleno y tus rollitos caseros.

Me reí, recordando a la mujer que le había pedido a Gracie en secreto que le apartara una taza llena de relleno y dos rollitos. Esta vez me tocaba a mí echar una mano.

—Muchas gracias por invitarme. Necesitaba esto.

Nos volvimos a abrazar y nos despedimos. Pero antes de irse, Gracie me tocó el brazo.

—Mari, llámame cuando necesites hablar, ¿de acuerdo?

Sonreí.

—Lo haré —y lo decía en serio.

Capítulo 61
GRACIE

—Es de Texas.

Rachel y yo nos quedamos mirando el sobre que tenía en la mano. Yo no podía moverme. No me atrevía a hablar.

—¿Quieres que te lo abra? —preguntó.

Negué con la cabeza y le quité la carta. Me dirigí a mi habitación y me senté en la cama. Temblando la abrí. Su carta estaba escrita a mano en papel amarillo. La letra era clara y pequeña. Respiré hondo y empecé a leer:

Querida Gracie:
No sé si alguna vez leerás esta carta, pero espero que lo hagas. Necesito que sepas que nunca quise hacerte daño. Nunca planeé ser el tipo de hombre que deja a una mujer embarazada con su hijo. No tengo excusa, bueno, al menos ninguna que te quite el dolor. Si no hubiera tenido esta segunda oportunidad, tal vez las cosas serían diferentes. Me podría haber quedado en St. Christopher's para intentar ser parte de la vida del bebé y de la tuya. Pero necesito hacer esto bien.

Sé que no puedo pedirte que esperes ni esperar que nos des otra oportunidad. Quiero que sigas adelante y encuentres a alguien que te quiera como te mereces. Prometo mantenerme alejado, no quiero hacerte más daño del que ya te he hecho. Lo único que te pido es que cuides de nuestro bebé y lo quieras para que no crezca siendo un imbécil como yo.

Cuídate,

Tony

Mis lágrimas se derramaron sobre el papel, manchando la tinta. Me quedé sentada en la cama llorando y sujetándome el estómago durante un buen rato. Sabía que mis sollozos eran fuertes, pero no me importaba. Estaba harta de fingir que estaba bien. Estaba harta de aguantarme. Así que durante varios minutos, tal vez incluso horas, lo solté todo.

Al final oí abrirse la puerta y sentí que alguien se acercaba a mí en la oscuridad. Mis lamentos se habían reducido a mocos. Sin mediar palabra, la figura me quitó la carta de las manos y me empujó suavemente hacia la cama. Cerré los ojos mientras me levantaba las piernas y me quitaba los calcetines y los zapatos. Sentí que me cubrían con una manta y que me pasaban una toalla fría por la frente.

Debí quedarme dormida, porque cuando abrí de nuevo los ojos alguien me estaba cepillando el pelo. Me giré para ver la figura que estaba detrás de mí y, por un segundo, pensé que era Selena.

Era Rachel.

—Tienes un pelo precioso —dijo.

—Gracias —susurré con voz ronca.

—¿Quieres un poco de agua ahora? ¿Quieres intentar comer? —Nunca la había oído hablar tan bajito.

Asentí mientras las lágrimas resbalaban de lado a lado por mis mejillas. Sentí que empezaba a levantarse de la cama. Dudó un segundo y luego sentí que me besaba la cabeza.

La luz del pasillo invadió mi habitación cuando Rachel abrió la puerta. Entonces me di la vuelta y la llamé por su nombre.

—¿Cómo…? ¿Por qué?

Se encogió de hombros.

—Selena me lo dijo. La llamé y le pregunté qué podía hacer para ayudarte. Me dijo que cuando ella estaba triste le cepillabas el pelo y eso la hacía sentir mejor. Así que pensé que, si te lo hacía a ti, quizá también te haría sentir mejor. ¿Lo hizo?

Asentí y saqué una sonrisa de mi corazón.

—Sí. Gracias.

Rachel se quedó conmigo el resto de la noche, y me di cuenta de que Selena había tenido razón todo el tiempo. Tal vez este bebé no tendría un padre, pero tendría una familia. Nunca estaríamos solos.

Capítulo 62
ERICA

La llamada que esperaba llegó tres días antes de Navidad.

Iba a ser la nueva reportera de Above the Fold. La primera persona a la que quería contárselo era a Adrian. Había decidido que conseguir el trabajo me daba permiso para decirle por fin lo que sentía por él.

Si se partía de la risa, que así fuera. Me iría en dos semanas de todos modos. Estaba cansada de tanta mierda y necesitaba saber su postura respecto a mí, aunque me destrozara.

Esperé a que casi todo el personal se hubiera ido a casa para golpear la pared de su cubículo con mi bolígrafo y llamar su atención. Estaba editando mi último artículo para el número del día siguiente.

—¿Qué pasa?

—Cuando tengas unos minutos o quieras tomarte un descanso, ¿puedo hablar contigo en la sala de conferencias?

Entrecerró los ojos.

—¿Por qué?

—Porque quiero hablar contigo, obvio.

—¿Por qué no puedes hablar conmigo ahora? Sinceramente, tengo un montón de cosas que hacer antes de irme esta noche.

Adrian iba a pasar las navidades con su familia en Big Bear. Sería la primera vez en años que tendría unas vacaciones con ellos, y no pude evitar un sentimiento de orgullosa responsabilidad. Se marchaba mañana por dos semanas.

Los tiempos no podrían haber sido más perfectos. Fue un maldito milagro navideño. Bueno, lo sería si alguna vez dejaba de trabajar para que yo le contara lo que necesitaba decirle.

—Me doy cuenta de que estás muy ocupado, pero es muy importante.

Sonó su móvil y levantó el dedo para indicarme que volvería enseguida. Suspiré y seguí leyendo en Twitter. Pero volví a detenerme cuando vi a Isela entrando en la redacción.

—¿Dónde está? —dijo haciendo pucheros.

El enfado me erizó todos los nervios del cuerpo.

—Ha tenido que atender una llamada. Enseguida vuelve. ¿Cómo has entrado aquí? El vestíbulo está cerrado a estas horas de la noche.

—El guardia de seguridad me reconoció. Le dije que mi novio seguía trabajando y me dejó entrar. ¿Te parece bien si espero aquí? —Ya ella se había sentado en su silla, así que asentí. Luego colocó una bolsa de la compra sobre su escritorio.

Me quedé petrificada cuando me di cuenta de lo que acababa de decir. ¿Novio? ¿Desde cuándo?

—¿Le has traído la cena de Bloomingdale's? —bromeé, intentando no explotar.

Se rio.

—Son bufandas de esquí a juego. Las compré para nuestras vacaciones. Quiero que nos hagamos una foto en la cima de la montaña. Así podremos usarla para nuestras tarjetas de Navidad del año que viene.

Mi corazón se hundió.

—Espera, ¿vas a Big Bear también?

—Sí, yo también. Yo y mis papás, y Adrian y los suyos. Va a ser como en los viejos tiempos. ¿Alguna vez te dijo que me propuso matrimonio el día de Navidad en la misma cabaña en la que nos quedaremos en esta ocasión? Es una señal. ¿No te parece? Predigo que mañana a estas horas estaremos acurrucados junto al fuego.

Era una señal, sin duda. Una señal de que yo era una imbécil.

Adrian volvió.

—Isela, ¿qué estás haciendo aquí? ¿Cómo has…?

—El guardia de seguridad la dejó entrar —respondí por ella.

—¡Sorpresa! —dijo, y sacó los pañuelos. Se puso uno alrededor del cuello y luego puso otro alrededor del suyo. Cuando lo usó para tirar de él hacia ella, decidí que ya había tenido suficiente. De ambos.

Me levanté.

—Es tarde. Me voy a casa. Si tienes alguna pregunta, envíame un mensaje.

Se apartó de Isela.

—Espera. Pensé que necesitabas hablar conmigo.

—No es tan importante después de todo. Que pases unas buenas vacaciones. Adiós, Isela.

Tomé mis cosas y salí por la puerta lo más rápido que pude. Como siempre, no fui lo suficientemente veloz para el señor Piernas Largas.

—¿Estás bien?

Me negué a mirarlo y me quedé de cara a las puertas del ascensor.

—Estoy bien. Cansada, nada más.

—¿Así que ni siquiera vas a desearme feliz Navidad? Vaya amiga estás hecha.

Sabía que estaba bromeando, pero no estaba de humor para su sarcasmo. Exploté.

—Sí, bueno, tal vez ya no quiero ser tu amiga —las palabras salieron de mi boca y no pude hacer nada para retirarlas. Especialmente cuando por fin lo miré y vi la expresión de asombro en su cara.

Me agarró del brazo.

—¿Qué coño? ¿En serio? Carajo, ¿por qué actúas así?

Las puertas se abrieron, tiré de mi brazo y corrí hacia el ascensor. Pulsé el botón del estacionamiento una y otra vez. Y como nunca elijo el camino más fácil, miré a Adrian una vez más.

Cada uno de sus hermosos rasgos se arrugaba en señal de confusión. Los segundos parecían transcurrir como una tortura insoportable, y al final su expresión se transformó en algo que nunca había visto en él. Dolor.

—¿Por qué ya no quieres que seamos amigos? —gritó mientras las puertas empezaban por fin a moverse.

Mis ojos llorosos se encontraron con los suyos, heridos.

—Porque estoy enamorada de ti, tonto.

La cara de estupefacción de Adrian fue lo último que vi cuando las puertas de acero del ascensor se cerraron entre nosotros.

Los mensajes llegaron con rapidez y furia, pero apagué el teléfono en cuanto salí del estacionamiento. Y, más tarde, cuando estaba en la cama y lo oí llamar a la puerta, me puse los audífonos e intenté dormirme.

Había dicho todo lo que quería decir y más. No podía cuestionarme mis acciones. No más. Porque a la hora de la verdad no importaba si Adrian me quería o no, tenía que hacer lo que era mejor para mí y para mi carrera. Además, cuando confiesas tu amor a tu jefe, probablemente lo mejor sea irse a trabajar a otro lado.

Así que al día siguiente, mientras Adrian se acurrucaba en una cabaña con Isela, entré en el despacho de Charlie, le di mi aviso de dos semanas y presenté mi renuncia.

Capítulo 63
SELENA

En una ciudad llena de millones de personas, ¿por qué me sentía tan sola?

Miré el calendario en mi escritorio y suspiré. Hacía solo tres semanas que no veía a mi familia, pero ya me moría de ganas de volver a verlos dentro de dos días.

Tuve suerte de que Kane cerrara sus oficinas durante las vacaciones. Eso significaba que siempre podría volar a casa por Navidad. Pero había otra razón por la que me sentía tan sola. Una que no me había llamado ni había ido a ver cómo estaba desde que llegué.

Nathan, obviamente, seguía enfadado. O herido. O ambas cosas.

El primer día que llegué le envié un mensaje para decirle que todo había ido bien. Pero nunca respondió. Intenté llamarlo una vez, pero me saltó el buzón de voz.

En más de un sentido, yo había captado el mensaje.

Así que me centré en construir mi nueva vida en Nueva York. Seguía viviendo con una maleta en la suite de la agencia en un hotel cercano, pero tenía algunas pistas sobre apartamentos e incluso había descubierto la línea de metro del barrio. Llamaba a mis primas y a mi familia cada dos noches. De hecho, mi mamá me dijo que ahora hablaba más con ella que cuando vivía en Los Ángeles.

En otras palabras, ya me estaba acostumbrando a la vida en la Gran Manzana.

Me gruñó el estómago y miré la hora. Ya eran las nueve de la noche y aún no había cenado. Recordé haber visto un restaurante chino a la vuelta de la esquina, así que me puse mi abrigo para el invierno y salí.

Estaba nevando y hacía mucho más frío del que había imaginado. Aun así, estaba decidida a conseguir comida. Caminé por la cuadra, temblando a cada paso. Cuando pude ver el cartel del restaurante, ya estaba trotando. Cualquier cosa con tal de escapar del frío. Esta californiana no aguantaba temperaturas así. Hice una nota mental de comprar calentadores, manoplas y suéteres gruesos.

El restaurante estaba casi vacío cuando por fin me colé por la puerta principal. Nunca me había alegrado tanto de ver sopa en el menú de la pared, detrás del mostrador, y decidí tomármela allí para que se mantuviera bien caliente. Estaba a punto de preguntar si también tenían *dumplings* cuando reconocí la figura sentada a solas en la mesa del fondo.

Nathan.

Me quedé helada, aunque para empezar ya lo estaba bastante. Estaba mirando su teléfono, así que aún no me había visto. Eso significaba que dependía de mí cómo manejar la situación. Primero, sin embargo, pedí mi sopa, sin los *dumplings.* Nathan se puso de pie mientras yo entregaba el dinero al empleado del restaurante. Tomé el recibo con el número de mi pedido y volví a mirarlo. Por fin levantó la vista y me sorprendió mirándolo. Por un momento pensé que no me había reconocido o, peor aún, que iba a fingir que no me reconocía.

Pero no lo hizo. Siguió caminando y se detuvo ante el mostrador.

—Hola —dijo con una pequeña sonrisa.

De repente, me entraron ganas de tocarlo y sentir sus brazos a mi alrededor. ¿Por qué había sido tan tonta? Este hombre era guapísimo, inteligente, divertido y, lo más importante, me entendía muy bien. Nunca volvería a encontrar un hombre como él.

—Hola, Nathan. Qué pequeño es el mundo, ¿no?

—Eso parece. Siento no haberte contestado. Estaba ocupado y lo olvidé, ya sabes cómo es.

—Claro, por supuesto. No pasa nada. Solo quería darte las gracias de nuevo por ayudarme a conseguir este trabajo. Es genial.

Asintió con la cabeza.

—Me alegro de que te esté yendo bien.

No dijimos nada más y nos quedamos unos segundos en silencio.

—¿Señora? —dijo la cajera, y nunca había agradecido tanto la interrupción—. Su sopa tardará unos minutos más. Se la llevaré a su mesa —le sonreí y volví a sonreír a Nathan.

Se aclaró la garganta y metió las manos en su abrigo azul marino.

—Bueno, no quiero apartarte de tu cena. Será mejor que me vaya. Ha sido un placer verte, Selena. —Sin más, desapareció por la puerta.

Un escalofrío me recorrió el cuerpo, aunque seguía dentro del calor del restaurante. Era el vacío de darme cuenta de que probablemente no volvería a verlo.

Pero no fue así. Nathan volvió a entrar al restaurante y se detuvo frente a mí.

—Yo no juego, Selena. Ya lo sabes. Y siempre te he dicho la verdad. Así que aquí la tienes. Te echo de menos y me duele cuando me mandas mensajes y me llamas, pero no me dejas estar contigo como yo quiero. Así que si no me quieres, entonces, por favor, dame un respiro y déjame en paz.

Al principio estaba demasiado aturdida para decir algo. Sacudió la cabeza y creo que se llamó a sí mismo *idiota* y se volvió hacia la puerta.

Iba a desaparecer de nuevo y no podía correr el riesgo de que no volviera una segunda vez. Así que grité:

—¡No!

—¿No? —dijo mientras volvía hacia mí.

—No. No voy a dejarte en paz. Fui una idiota, Nathan. Me asusté y te alejé. Nunca has jugado conmigo, y debería de haberte dicho la verdad.

—¿Y cuál es la verdad?

—Que quiero estar contigo. En serio. Tener citas y todas esas cosas.

Finalmente sonrió y se acercó.

—Citas y todas esas cosas, ¿eh? Suena divertido.

—Oh, lo es. Entonces, ¿te gustaría?

—Desde luego que sí —dijo, y se inclinó hacia adelante para besarme.

Capítulo 64
MARI

Odiaba sentirme como una intrusa en mi propia casa. Pero eso es exactamente lo que era ahora.

Había llamado a Letty para que me dijera cuándo se iría Esteban y así pasar a recoger más cosas mías, ahora que me había mudado a mi propio apartamento en Inland Valley. Me había mandado un mensaje esta mañana y me dijo que él saldría a las nueve.

Aunque técnicamente no estaba forzando la entrada, ya que aún tenía la llave, no me gustaba tener que ir a espaldas de Esteban. Pero no tenía alternativa. A través de nuestros abogados, habíamos acordado poner la casa en venta en enero. También había solicitado en numerosas ocasiones hablar con él en persona, pues no me devolvía las llamadas ni los mensajes. No lo culpaba. Pensaba que lo había traicionado y, en cierto modo, lo había hecho.

Si no me hubiera vuelto a hablar, no lo habría culpado.

La casa estaba vacía. Me entristeció no ver un árbol de Navidad en el vestíbulo ni guirnaldas alrededor de la escalera. Letty me había dicho que Esteban le había prohibido poner adornos. Y si mi corazón no estuviera ya roto, seguramente no habría sobrevivido al oír eso.

Pero no podía detenerme. Corrí escaleras arriba y empecé a sacar ropa de las gavetas y a meterla en la bolsa que me había traído. Tardé menos de diez minutos en conseguir lo que necesitaba. El resto podía esperar a otro día.

Mientras bajaba las escaleras oí movimientos en la cocina. Pensando que Letty había vuelto pronto de hacer las compras, dejé mis cosas junto a la puerta principal y me acerqué para darle un abrazo, que hacía tiempo no le daba uno.

Me detuve en cuanto vi a Esteban apoyado en el fregadero.

—Oh —dije—, eres tú.

—¿Qué haces aquí? —respondió.

—Necesitaba recoger algunas cosas. No contestabas a mis mensajes, así que le pregunté a Letty si podía pasarme mientras estabas fuera. Ya terminé, así que me iré.

Su rostro estaba inexpresivo.

—Me dijo que tenía que volver a casa enseguida porque el fregadero estaba inundando la cocina.

—Qué extraño. No pensé que ella estuviera aquí.

Se pasó la mano por la cara. Fue entonces cuando me di cuenta de lo cansado que parecía.

—Ella no está aquí. Creo que intentó hacer que nos viéramos.

El corazón me latía con fuerza en el pecho. Pensé que estaba preparada para verlo y hablar con él cara a cara, pero no lo estaba.

—Oh, bueno, siento que haya hecho eso. Sé que estás ocupado y que no tienes tiempo de salir de la oficina por cosas así. Como dije, me iré para que puedas volver al trabajo.

—¿Te quedas con él?

Sabía a quién se refería.

—No. ¿Te dijo eso?

—No —respondió.

—Encontré un apartamento en Inland Valley —le expliqué y subió las cejas.

—¿En serio?

—En serio. Es una larga historia.

Nos quedamos mirándonos fijamente. Ya no estaba seguro de si quería que me fuera. Cruzó los brazos contra el pecho.

—Chris no dijo que te quedabas con él. De hecho, lo negó. Solo pensé que mentía. Ahora siempre pienso que miente.

Mi corazón se hundió.

—No estaba mintiendo. Y yo no miento, Esteban. Chris no es la razón por la que nuestro matrimonio no funcionaba. Te lo juro. No pasó nada entre nosotros.

—¿Entonces qué fue?

Y me di cuenta de que Esteban seguía sin entender.

—Porque he sido infeliz durante mucho tiempo.

—Nunca dijiste nada.

—Lo hice. Bueno, lo intenté. Nunca estabas el tiempo suficiente para escuchar.

Levantó las manos y rodeó la encimera.

—¿Así que esto es culpa mía? Soy tan mal marido que trabajé largas horas solo para proporcionarte esta hermosa vida.

Caminé más hacia la cocina.

—Esa supuesta hermosa vida era de los dos. Y yo trabajé igual o más para construirla.

—¿Cómo?

—Convirtiéndome en la esposa guapa y perfecta que podías presumir delante de amigos y clientes. Y en el proceso perdí mi verdadero yo.

La cara de Esteban se puso roja. Me señaló con el dedo.

—Me dijiste cuando nos conocimos que tu mayor miedo en el mundo era tener que vivir como cuando eras más joven. Todo lo que he hecho, Marisol, ha sido para que te sintieras segura, para demostrarte que yo no era tu papá, que podías confiar en que siempre cuidaría de ti. Pensé que eso era lo que querías.

Sus palabras me mataron porque eran ciertas.

— También pensé que eso era lo que quería.

—¿Cuándo cambiaste? —su pregunta era una acusación.

Me encogí de hombros y me di cuenta de cuán pesados se sentían.

—No lo sé, pero he intentado decírtelo, Esteban. He tratado de decirte que necesito ser alguien más que tu esposa. Necesito algo propio... y no me refiero a un bebé.

—Pero dijiste...

—No. *Tú* lo dijiste. Nunca me preguntaste. Solo lo asumiste. Siempre asumiste o esperaste que yo quisiera lo mismo que tú o que entendías todo mejor que yo.

Se estremeció.

—Siempre he pedido tu opinión.

—Sí, pero luego la ignoras si no es igual que la tuya.

—Eso no es justo —replicó Esteban.

—Por ejemplo, la fuente.

—¿Qué pasa con ella? Es la que querías, ¿no?

La expresión de mi cara debió de responder a su pregunta, porque todo su cuerpo se hundió.

Era el momento de admitirlo todo. Ahora o nunca.

—Te dije cuando nos conocimos que siempre sentí que no era lo bastante buena para mi papá o lo bastante lista para llevar mi propio negocio. Me prometiste que nunca me harías sentir así. Excepto que... sí lo hiciste.

El dolor que inundó su rostro me mató por segunda vez.

—¿Lo hice?

Una lágrima cayó sobre mi mejilla mientras asentía tristemente.

—Tienes que saber que nunca quise hacerte sentir así —dijo.

Volví a asentir.

Se acercó un paso más.

—¿Todavía me amas?

No lo dudé.

—Te amo. Pero a veces olvido que yo también necesito amarme.

—¿Así que ya está? ¿Hemos terminado?

—No lo sé. —Me cubrí la cara con las manos y lloré.

Sus brazos me rodearon los hombros, Esteban me apretó contra él.

—Shh... no llores. Perdóname por favor, cariño.

Me apartó las manos y me acunó la cara con las suyas.

—Lo siento. Siento no haber visto lo infeliz que has sido. O quizá sí lo hice, pero pensé que cuantas más cosas pudiera darte, mejor te sentirías. Pero me equivoqué. Ahora lo sé.

Esteban me suplicaba con la mirada, y yo podía ver el reflejo de su arrepentimiento y su tristeza. Y odié que se sintiera así por mi culpa. En aquel momento, lo único que me importaba era hacer desaparecer de él esos sentimientos.

Mis manos subieron y acunaron su cara como él hacía con la mía. Luego mis labios cubrieron los suyos. Mantuve los ojos abiertos para ver su reacción. Él hizo lo mismo. Nos besamos una y otra vez. Pronto estaba devorando mi boca, mientras sus manos me agarraban el culo y me levantaban sobre la encimera.

—Te he extrañado tanto —jadeó.

Mis lágrimas siguieron cayendo mientras me besaba la boca, el cuello, la barbilla. Esto era lo que había querido. Ser deseada por mi marido, no por Chris ni por ningún otro hombre. Aún amaba a Esteban. Quizá siempre lo amaría.

—Por favor —susurré mientras él rozaba sus caderas contra mí—. Por favor. Te necesito dentro de mí.

Con un gruñido, me quitó la blusa por la cabeza y me desabrochó los *jeans*. Después de liberar mis piernas, se quitó los pantalones. Luego me levantó y me llevó al sofá del salón. Apenas tuve tiempo de quitarme la ropa interior. En cuestión de segundos, estaba desnudo y me tiró encima de él mientras se sentaba en el sofá. Me desabrochó el ajustador y rápidamente me agarró un pecho.

—Ahora, Marisol —dijo con otro gruñido.

Me moví hasta que estuvo dentro de mí, y volvimos a ser un solo cuerpo, un solo corazón.

Escalofríos de alivio sacudieron mi cuerpo cuando el orgasmo me inundó. La pesadez que había sentido durante meses desaparecía con cada oleada de placer.

Después del acto, Esteban me abrazó un rato más. Entonces, supe que las cosas nunca volverían a ser iguales entre nosotros. Ahora yo era diferente y quería que mi vida fuera diferente también, aunque en este momento no tenía idea de si esa vida lo incluiría a él.

Capítulo 65
GRACIE

Cerrando los ojos, tomé aire y me preparé para la batalla.

Entré en Target y sentí la locura de comprar dos días antes de Navidad. No había carritos de la compra y las colas para pagar se extendían en todas direcciones. Pero ya no podía dar marcha atrás. Así que cogí una cesta de mano de un estante de la esquina y recorrí los abarrotados pasillos en busca de unos zapatos para mi abuela y una marca concreta de brochas de maquillaje para Rachel.

Media hora más tarde, había encontrado mis artículos y también llevaba otro rollo de cinta adhesiva y etiquetas de regalo. Entonces recordé que también quería comprar un libro para Erica. Pero mientras me dirigía a esa zona, pasé por delante de la sección de bebés. ¿Era mi imaginación o realmente olía diferente al resto de la tienda?

Sin darme cuenta, estaba mirando pijamas, sábanas de cuna y los pares de zapatitos más pequeños que había visto nunca. No había comprado nada para el bebé, salvo el libro que había visto la hermana Catherine. En parte, no había tenido tiempo.

—¿Señora Lopez?

Me giré y vi a la madre de uno de mis antiguos alumnos de primer grado. Se llamaba Sarah Dawson y parecía muy, muy embarazada.

—Hola, señora Dawson. ¿Cómo se encuentra? ¿Está Annabelle correteando por aquí cerca?

—Estoy bien. Y nada de Annabelle hoy. Tuve que buscar algunos regalos de Papá Noel para su bota, así que está en casa con su papá.

Le ofrecí una cálida sonrisa.

—Entiendo perfectamente. Por favor, felicítela por Navidad de mi parte. Echo mucho de menos tenerla en mi clase. Y parece que también debo felicitarla a usted. —Ambas miramos su vientre redondo. Se frotó la parte superior con la palma de la mano.

—Gracias. Faltan menos de dos semanas. Por cierto, compré ese pijama de rana la semana pasada —me dijo, señalando el de una pieza que tenía en la mano—. ¿Es para un regalo de *baby shower* o de Navidad? Porque también tienen la manta a juego por otro lado, si quiere gastarse un poco más.

Al principio, no sabía cómo explicarlo o si debía intentarlo. Cuando me enteré de que estaba embarazada, hice todo lo posible por ocultarlo. Cuando dejó de ser un secreto se convirtió en un reto. Algo que tenía que superar para sobrevivir, casi. Era hora de pensar en este embarazo de la única manera en que debía hacerlo: admitir que iba a tener un bebé.

—En realidad, estoy pensando en comprarlo para mí. Bueno, para mi bebé. Se espera que dé a luz en junio.

La señora Dawson aplaudió y me dio un abrazo.

—Me alegro mucho por usted. ¿Ya tiene todo lo que va a querer? Porque definitivamente querrá el columpio graco.

—¿Qué es un graco? —pregunté.

Se echó a reír.

—Venga conmigo. Estoy a punto de darle una lección rápida y poco higiénica sobre todo lo que necesitará para un bebé.

Una hora más tarde, salí de Target con mis regalos de Navidad y una bolsa llena de mis primeras compras para el bebé.

Capítulo 66
ERICA

Me desperté temblando.

Incluso debajo de mi edredón de plumas, no podía dejar de temblar. Miré el reloj y maldije en voz alta al ver que solo eran las cuatro de la madrugada. Tenía que levantarme en menos de dos horas y aún tenía mucho sueño. Cerré los ojos e intenté pensar en cosas que me hicieran entrar en calor: sopa de pollo, una chimenea, la playa en agosto. Levanté las rodillas e intenté que el edredón me quedara bien apretado. Sabía que la calefacción estaba encendida, así que no entendía por qué tenía tanto frío. Volví a cerrar los ojos e intenté dormirme.

Los escalofríos acabaron por desaparecer.

Luego, desperté con el zumbido de mi móvil. Abrí los ojos y me pregunté por qué ya había tanta luz fuera. Cogí el móvil y saludé aturdida.

—¿Dónde estás? —oí la voz de mi mamá—. ¿Te acabas de despertar?

—No, estuve despierta, pero luego me dormí de nuevo. ¿Qué hora es?

—Casi las ocho.

—¿Qué? No sonó el despertador. Ahora mismo voy, mamá —le dije y colgué sin dejar que se despidiera de mí.

Me vestí en tiempo récord y salí por la puerta en dos minutos. Cuando llegué a casa de mis abuelos, la entrada estaba llena de autos. Estacioné al final de la calle, aunque sabía que eventualmente tendría que moverme cuando la gente empezara a marcharse más tarde.

Entré y esperaba ver a todo el mundo en el patio charlando mientras trabajaban. En cambio, solo algunos de mis primos pequeños estaban sentados mirando el móvil. Desde dentro salía el sonido de voces y risas.

—¡Erica! —tía Espy gritó cuando entré por la puerta de la cocina—. Llegaste, dormilona.

Mis tías y mis primas estaban sentadas alrededor de la gran mesa de comedor de mi abuela comiendo pan dulce y bebiendo café. Me acerqué y empecé a saludarlas y a besarlas, incluso a Mari. Me miró sorprendida y me dio un abrazo.

Habíamos empezado a mandarnos mensajes y a llamarnos hacía unas semanas. Ella y Esteban no estaban viviendo juntos y Mari necesitaba alguien con quien hablar. Después de todo, yo era la experta en rupturas. Me daba cuenta de que aún lo quería y esperaba que algún día pudieran volver a estar juntos. Mientras tanto, ella estaba buscando trabajo en un restaurante hasta que pudiera montar su propio negocio de *catering*.

—Por favor, dime que has traído los buñuelos.

—Cómo no. Incluso empaqueté algunos solo para ti, para que te lleves a casa.

Le di otro abrazo solo por eso. Luego me acerqué a mi mamá, que estaba llenando la tetera con agua.

—Mamá, ¿por qué no has empezado todavía? Es tarde.

—Bueno, esta mañana no podía levantarme. Tenía mucho frío. Así que me quedé en la cama más tiempo de lo normal. Cuando llegué, tu abuela apenas se estaba vistiendo. Luego tus tías y tus primas no llegaron hasta hace media hora. Resulta que todos decidieron dormir un poco más esta mañana.

—Pero ¿y los tamales? Normalmente a estas alturas ya estamos haciendo la segunda tanda para cocinarlos. ¿Vamos a tener tiempo suficiente para hacerlos todos?

—Bueno, este año haremos menos. Abuela dijo que no quería acabar con tantos en el congelador. Así que haciendo menos, tardaremos menos.

—¿Está lista la masa?

Ella sonrió.

—Lo estará.

Yo creía que lo que realmente hacía que los tamales de mi familia se destacaran de todos los demás era su masa ligera y sabrosa que contenía todos los rellenos en su interior. Hecha de maíz, la masa requería mucha atención y cariño para conseguir la consistencia y el sabor perfectos que yo empezaba a anhelar en los meses y semanas previos a Nochebuena.

Había comido muchos tamales en mi vida, tanto caseros como en restaurantes. Nunca importó cómo estaban envueltos o lo que había dentro; si para empezar la masa era una porquería, también lo sería el tamal entero. No se me escapaba que nuestra masa era lo que era gracias a Welita.

Una hora más tarde, nuestra cadena de montaje de tamales estaba en pleno rendimiento. Ya había empezado a añadir los trozos de pollo desmenuzado y las rodajas de chile verde en una hoja de maíz cuando me di cuenta de que no había queso Monterrey. Miré alrededor de la mesa y dentro de cada tazón. Entré en casa y encontré a mi abuela sacando una caja de pasas de la alacena.

—Abuela, no hay queso Monterrey afuera. ¿Lo tienes aquí?

Mi abuela se detuvo y se llevó la mano a la frente.

—¡Ay, el queso! No, mija, se me olvidó el queso. ¡Marta! ¡Marta!

Mi mamá entró corriendo y preguntó qué pasaba. Mi abuela le explicó que se le había olvidado comprar el queso para los tamales de pollo y le pidió que la llevara de una vez a la tienda.

—Mamá García, está bien. No lo necesitamos.

—Claro que sí —dije. Mi madre se volvió hacia mí y enarcó las cejas.

Su voz era lenta y decidida.

—No, no hace falta, Erica. Abuela está ocupada y los demás también. Podemos pasar sin el queso este año.

Una vez que mi madre levantaba esas cejas suyas, solía significar el fin de la conversación. Pero esta vez no había terminado de hablar.

—No, no, mamá. Siempre tenemos queso en los tamales de pollo. Iré a la tienda —insistí.

Me giré para alejarme, pero mi madre me agarró de la muñeca. Le dijo a mi abuela que fuera al patio porque una de mis tías la necesitaba. Cuando se fue, mi madre me soltó la muñeca.

—Erica, ya dije que no necesitábamos el queso. ¿Por qué discutes conmigo?

Sin ningún motivo, empecé a lloriquear como una niña de dos años en medio de la cocina de mi abuela.

—¡Porque lo necesitamos! Será diferente si no tenemos el queso. Y ya es diferente, mamá. ¿Es que no lo ves? ¿A nadie le importa? ¡Este año ya es diferente porque ella no está aquí!

Salí de la cocina furiosa, pasé por delante de todas mis tías y primas y me dirigí al patio de mi abuela. Me quedé allí, en medio de las mandarinas y las higueras, y lloré entre mis manos.

—¿También fueron malas contigo?

Miré hacia abajo y me di cuenta de que no era la única que lloraba bajo los árboles. Araceli, la hija de mi tío Ricardo, salió de entre las sombras de las ramas. Pude ver que sus ojos marrones estaban húmedos y brillantes, y que su nariz hacía juego con sus labios rosados.

—¿Quiénes?

Araceli señaló a mis otras primitas, que correteaban por el patio.

—¿Fueron malas contigo como lo fueron conmigo?

—No. Nadie fue malo conmigo, cariño.

Asintió con tristeza.

—Me han dicho que soy demasiado pequeña para jugar con ellas. Pero no lo soy. Ya tengo siete.

Sonreí entre lágrimas.

—Solo son unas tontas. ¿Por qué no entras y te tomas un chocolate caliente?

Eso pareció animarla y atravesó el patio justo cuando mi madre salía. Me sequé las lágrimas y me crucé de brazos.

—¿Qué te pasa, Erica? —Se paró frente a mí y juntó sus manos sobre las mías—. Sé que esto no puede ser solo por el queso.

No contesté porque temía empezar a lloriquear de nuevo.

—Mira, hoy es un día duro para todos, especialmente para tu abuela. Ella trabajó día y noche durante la semana pasada tratando de tener todo listo para los tamales. Esta mañana me llamó a la una de la madrugada para recordarme por décima vez que trajera más cacerolas de aluminio —a mi madre se le quebró la voz—. Ella ha estado tan preocupada por hacer los tamales perfectos este año, pero todos sabemos que en realidad solo se está distrayendo para no pensar en Welita. Y recordarle que se le olvidó algo como comprar el queso…, bueno, en realidad no necesitaba escucharlo en ese momento. ¿Entiendes?

Asentí con la cabeza.

—Es que la echo mucho de menos, mamá.

Me abrazó.

—Lo sé, mija. Lo sé.

Nos quedamos un rato llorando y abrazadas. Me temblaba el cuerpo y no tenía nada que ver con el frío de diciembre. Al final, me soltó y sacó un pañuelo del bolsillo de su delantal. Se secó los ojos y luego los míos. Aunque se me habían quitado las lágrimas, seguía sintiendo el corazón oprimido.

—Mamá, sé que piensas que es una tontería que quisiera tanto el queso. Pero me temo que si empezamos a cambiar las cosas, entonces ya no serán sus tamales, y perderemos una parte de ella.

Mi mamá sonrió un poco.

—Erica, lo que los hace los tamales de Welita es la masa. Es y siempre será su receta.

Evidentemente satisfecha de que no fuera a derrumbarme de nuevo, mi madre me abrazó una vez más y me dijo que regresara a la cadena de montaje. Le dije que me diera unos minutos y que iría enseguida. Mientras se alejaba, sentí que había algo más que necesitaba saber.

—Mamá —la llamé, y se dio la vuelta—. ¿Crees que vamos a estar bien?

Ella no dudó.

—Por supuesto, mija. Welita nos enseñó bien.

Ambas sabíamos que ya no estábamos hablando de los tamales.

A través de las ventanas del patio interior de mi abuela, vi las caras de las personas que más quería en este mundo. Sonreí al oír sus risas y sus voces, cada una intentando hablar por encima de la otra. Había sido un año largo y duro para todos y todavía quedaban algunos retos por delante. Pero hoy era Nochebuena y lo único que importaba era estar juntos.

Entonces me di cuenta de que el legado de Welita no eran las recetas que había dejado en aquellas fichas amarillentas y deshilachadas. Éramos todos nosotros. Era la familia.

Entré al patio de mi abuela y, aunque notaba que todas me miraban, hice caso omiso y me dirigí directamente a Araceli, que estaba sentada junto a su madre. La tomé de la mano y la llevé adonde estaban jugando las otras niñas.

Les indiqué que se sentaran en círculo sobre la hierba y les dije que me escucharan porque tenía algo muy importante que decirles. Cuando por fin se callaron, intenté pensar en las palabras que Welita me había dicho una vez.

—Todas ustedes son familia —empecé—. Eso no va a cambiar nunca. Que alguien te haga enfadar o no comparta sus juguetes no significa que no te quiera. ¿Por qué? Porque son familia después de todo, por eso. Un día, van a crecer y se van a alejar unas de otras…

—Yo no lo haré —interrumpió Jaycee, la hija de mi tío David.

—Yo tampoco. Siempre voy a vivir con Jaycee —insistió su hermana Jenny.

Sophia, la pequeña de mi tía Gloria, levantó la mano.

—¿Sí, Sofía? —pregunté en voz baja.

—Cuando sea grande quiero vivir aquí, en la casa de abuelo y abuela.

—Creo que eso estaría increíble —le dije—. Pero lo que quiero que recuerdes es que, vivas donde vivas, siempre tienes que encontrar la manera de mantenerte cerca de tus primas.

Los amigos irán y vendrán. Pero tu familia, tu familia es para siempre.

Las niñas asintieron y se levantaron para ir a terminar de jugar, incluso Araceli. Las observé un rato y, por primera vez desde que Welita falleció, sentí algo de paz. Era hora de volver a los tamales. Me froté los ojos por última vez y volví para encontrarme con la mayor sorpresa de mi vida.

Adrian estaba de pie en medio del patio de mi abuela.

Cuando nuestras miradas se cruzaron no sonrió ni asintió. Se limitó a gritar:

—¿Por qué renunciaste?

—¿Renunciaste? —Mi madre, que estaba sentada a la mesa junto a mi tía Espy, se levantó de la silla—. ¿Por qué, Erica? ¿En qué estabas pensando?

La ignoré a ella y al resto de miradas interrogantes que notaba que me lanzaban. Pero no miré a nadie. Solo a Adrian.

—¿Qué haces aquí? —pregunté.

—Necesito saber por qué renunciaste.

—¿Por qué no estás en Big Bear?

Las preguntas en mi cabeza no paraban porque no había manera de que esto estuviera sucediendo realmente ahora.

—Volví esta mañana. Necesitaba hablar contigo.

—Entonces, espera, ¿trabajan juntos? —oí a mi tía Espy susurrar detrás de mí.

Selena le susurró:

—Creo que es su jefe.

—¿Por qué su jefe, o su *antiguo* jefe, necesita hablar con ella en Nochebuena? Estoy tan confundida ahora mismo.

No era la única.

—¿Por qué no podías esperar hasta después de tus vacaciones?

—Te lo diré si me dices por qué renunciaste.

—Yo… —las palabras no salían. No podían.

Finalmente, miré alrededor del patio y los primeros ojos que encontré pertenecían a Mari. Sin decir una palabra, le supliqué que me ayudara. Ella asintió en señal de comprensión.

—Estos tamales no se van a hacer solos. Vamos, a trabajar. Erica, ¿por qué no llevas a tu amigo afuera?

Asentí con la cabeza.

Adrian me siguió mientras salía a la entrada de la casa de mi abuela. Los autos estaban apiñados como sardinas. Dejé de caminar cuando llegué a la van de mi mamá.

—¿Cómo sabías que estaba aquí? —le pregunté.

—Intenté llamarte un par de veces, pero no contestabas —me explicó.

—Mi teléfono se está cargando dentro de la casa.

Desvió la mirada.

—De todos modos, en tu expediente personal figura el teléfono de tus papás como contacto de emergencia. Tu padre me dijo dónde estabas.

—¿Hablaste con mi papá? —No entendía nada de lo que decía.

Su rápido asentimiento se convirtió en un furioso temblor.

—Mira, siento irrumpir así tu Nochebuena, pero no entiendo lo que está pasando. Y realmente necesito hacerlo. ¿Estabas planeando renunciar antes de…?

—¿Antes de decirte que estaba enamorada de ti? —La tranquilidad de mi voz me sorprendió—. Sí. Conseguí un trabajo como reportera en Above the Fold. Voy a trabajar en su oficina de Los Ángeles.

Los ojos de Adrian se abrieron de par en par.

—Bueno, Erica. Eso es increíble. Enhorabuena.

El genuino entusiasmo e incluso el orgullo en sus palabras me calentaron las entrañas a pesar del frío que hacía.

—Gracias. Ahora te toca a ti. ¿Por qué esto no podía esperar hasta que volvieras de Big Bear?

—En realidad, todavía no has respondido a mi primera pregunta. ¿Por qué renunciaste?

—Ya te lo dije. Conseguí trabajo en Above the Fold.

—Sí, pero ¿por qué te presentaste para el puesto en primer lugar? ¿Tan mal jefe soy?

—Sí, por supuesto —lo maté—. Pero no fue por eso.

—¿Entonces por qué?

—Sinceramente, al principio sí fue por ti. Había una parte de mí que pensaba que si no trabajaba más en el *News-Press*, entonces tú me verías como algo más que tu amiga y tu empleada. Pensé que tal vez podría haber algo más entre nosotros.

—Erica, yo…

—Déjame terminar. Por eso me presenté para el puesto, pero no fue por eso por lo que lo tomé. Acepté el trabajo porque ya era hora de seguir adelante. Durante mucho tiempo, me sentí cómoda conformándome con lo fácil. Por eso me quedé con Greg tanto tiempo. Por eso me quedé en el *News-Press*. Pero cuando fui a la entrevista, me di cuenta de algo. Realmente quería trabajar allí aunque tenía miedo de lo que pasaría si me rechazaban o, sobre todo, si me contrataban. En cualquier caso, reconocí lo mucho que me había estado perdiendo por no intentar ser mejor. Y esa es la verdadera razón por la que renuncié.

Estaba al borde de las lágrimas y estaba tan cansada de dejar que me viera llorar. ¿Desde cuándo me había convertido en Gracie?

Se acercó.

—Volví de Big Bear porque Charlie me mandó un mensaje diciendo que habías renunciado. Y eso me hizo darme cuenta de lo cobarde que había sido.

El corazón se me aceleró y me clavé las uñas en las palmas de las manos para no tener más esperanzas.

—¿Qué quieres decir?

—Quiero decir que te quiero, Erica. —Dio otro paso hacia mí y extendió la mano para acariciarme la cara—. Creo que he estado enamorado de ti desde que bailaste como una tonta sin música en aquel bar. Pero no quería admitirlo. Me decía a mí mismo que mis sentimientos no eran reales, que los confundía con amistad. Y luego metí la pata al no dejarte claro que Isela y yo no habíamos vuelto. No lo hicimos porque, aunque me convencí de que no podía tenerte, seguía sin querer a nadie más.

Volvían las lágrimas y ya no me importaba que las viera. Todavía no podía creer lo que estaba pasando.

—¿Tú también me quieres?

Asintió y se inclinó.

—Sí, mujer ridícula. Te quiero tanto, carajo.

Sonreí, y en un instante sus labios estaban sobre los míos. Aunque lo había imaginado mil veces, nada podría haberme preparado para que Adrian Mendes me besara. No había nada tímido o inseguro en ello. Como todo lo que hacía en la vida, él tenía un propósito. Y ese propósito ahora era hacerme olvidar que el mundo existía.

Cuando por fin dejamos de saborearnos y lamernos, me abrazó y apoyé la cabeza en su pecho.

—Y pensar que todo esto empezó porque te quité una barrita de frambuesa —le dije.

Se rio entre dientes.

—Así es. Y ahora que lo pienso, todavía me debes en grande por eso.

—¿Y qué quieres?

Adrian me apretó fuerte y luego me levantó la barbilla con un dedo para poder mirarme a los ojos.

—Todo lo que quiero eres tú, Erica —susurró. Luego sonrió—. Bueno, tú y quizá algunos tamales de tu familia.

◆ ◆ ◆

Esa misma tarde, mis primas y yo nos reunimos en el cementerio frente a la lápida de mármol de Welita. Nos tomamos de la mano, rezamos un avemaría y cada una depositó una rosa roja en su tumba. Luego nos dimos un abrazo en grupo.

Había sido un año duro. Quizá el más duro de nuestras vidas. Pero ahora sabía que podríamos superar cualquier cosa siempre que recordáramos lo que ella nos había enseñado: la familia es lo más importante del mundo.

—Feliz Navidad, Welita —dijimos las cuatro al unísono—. Que Dios te bendiga.

Epílogo
GRACIE

—¡Estoy aquí! Ya estoy aquí. Puedes empezar —gritó Selena al atravesar la puerta de la habitación del hospital.

—¿Has oído eso, bebé? Tu tía Selena dice que ya puedes venir —solté con sarcasmo, y enseguida me arrepentí.

Querido Dios, lo siento mucho por… Bueno, por todo lo que voy a decir y pensar mientras este bebé sale de mí. Amén.

Había oído que el parto podía sacar lo peor de una mujer, pero no quería que el sarcasmo fuera lo primero que mi niña oyera de su mamá al llegar a este mundo.

Después de todo, para eso tenía a su tía Erica.

—Lo siento, Selena. No era mi intención. Me alegro de que estés… ¡Ay, ay, ay! —El dolor me atravesó la pelvis como un cuchillo abrasador y sentí que iba a morir. Grité y lloré hasta que las contracciones empezaron otra vez.

Erica y Mari empezaron a frotarme los pies de nuevo en un esfuerzo por calmar un poco mi angustia. Estaban de pie a ambos lados de la cama del hospital, preparándose para doblarme las piernas hasta las orejas como les había indicado la enfermera justo antes de que llegara Selena.

Mi hermana dejó su bolsa y se apresuró a tomarme de la mano.

—Ya, ya. Estás bien, cariño. Solo aprieta mi mano y concéntrate en mi cara. Oye, sé lo que te hará sentir mejor. Después de que esto termine, vayamos a gastar mucho dinero a un In-N-Out. ¡Muero de hambre! Enfermera, ella puede comerse una hamburguesa después de tener un bebé, ¿no?

La enfermera enarcó las cejas y negó con la cabeza. Por la expresión de su cara, me di cuenta de que se alegraba de que el hospital tuviera un límite de tres personas en la sala de partos. Probablemente no podría soportar tener a más miembros de mi familia aquí para esto.

Llevaban viniendo todo el día. Cuando no estaban discutiendo con ella sobre por qué no podía comerme un sándwich, estaban compartiendo sus propias historias de terror sobre el parto. Tía Espy y tía Marta me asustaron tanto que pedí una segunda epidural unos minutos después de la primera para asegurarme de que no se me pasaría antes de que empezara el verdadero dolor. Después, mi mamá no paró de hacer preguntas a la enfermera sobre cada pitido, zumbido y alarma que salía de los monitores, y mi abuela quería traer al padre Benedicto mientras me introducían el catéter.

Ahora, todas esperaban en una sala al final del pasillo con el resto de la familia. No me habría sorprendido si la enfermera hubiera acorralado al padre Benedicto y le hubiera pedido que rezara una oración rápida para que el parto transcurriera sin contratiempos, solo para que el pequeño ejército pudiera por fin irse a casa.

—Carajo, Selena —gritó Erica—, ¿qué tienes en la mano?

—¡Erica! Por favor, no mald… —Me detuve al notar el gigantesco diamante en el dedo de mi hermana—. ¡Jesucristo, Selena! ¿Te has comprometido?

Una enorme sonrisa estalló en su cara y empezó a dar saltitos.

—¡Sí!

—¿Cuándo? —preguntó Mari.

El brillo de Selena hacía juego con la joya de su dedo.

—Anoche. Hizo un gran montaje con un violinista en nuestro restaurante favorito. Acababa de decir que sí cuando mi mamá me llamó para decirme que Gracie estaba de parto.

Todo el mundo empezó a hablar a la vez. Entonces tuve otra contracción y grité:

—¡Perdón! ¿Puedo tener primero este bebé antes de que empecemos a hablar de centros de mesa?

Por primera vez en mi vida, había silenciado una sala.

Mari y Erica regresaron a sus posiciones, y Selena volvió a agarrarme de la mano. La enfermera echó otro vistazo entre mis piernas y luego me miró a los ojos.

—Ok, Gracie, es hora pujar. ¿Estás preparada?

Me asusté por un segundo y quise gritar "¡No!". Pero entonces miré a mis primas y a la cara sonriente pero llena de lágrimas de mi hermana. En el fondo de mi corazón sabía que no iba a ser una madre sola. Ellas tres y todos los que estaban al final del pasillo iban a vivir esta aventura conmigo.

Apreté la mano de mi hermana, respiré hondo y dije:

—Estoy lista.

NOTA DE LA AUTORA

Estimado lector:

Muchas gracias por tomarte el tiempo de leer mi libro. Espero que hayas disfrutado conociendo a las primas García y al resto de la familia. No puedo expresar con palabras lo mucho que este libro significa para mí. Es el primero que intenté escribir una vez que decidí perseguir mi sueño de convertirme en escritora. Había ciertas escenas que no podía sacarme de la cabeza y una noche me levanté, encendí la *laptop* y empecé a escribir. Eso fue en 2012. Con los años, otros proyectos de escritura se convirtieron en una prioridad, pero de vez en cuando abría este libro y le añadía palabras. El libro evolucionó, los nombres de los personajes cambiaron y los puntos de la trama iban y venían. Pero la historia central, sobre cuatro primas mexicoamericanas y su relación entre ellas y con su bisabuela, seguía siendo la misma. En 2017, me enteré de un concurso de escritura y decidí que intentaría terminar este libro para poder participar. No pasé el corte, pero recibí tantos comentarios positivos que estaba más decidida que nunca a publicarlo. Tras una docena de rechazos por parte de agentes y editores, por fin conseguí el *sí* que necesitaba, y el resto, como suele decirse, es historia.

La familia García es ficticia, pero sin duda está inspirada en mi propia familia extensa, grande y ruidosa. También llamábamos *Welita* a mi bisabuela materna y tuvimos la suerte de que viviera cien años. Ella nos enseñó que la fe y la familia eran las dos cosas más importantes en la vida, y trato de recordar esa lección cada día. Por desgracia, cuando estaba a punto de editar este libro, mi abuela materna falleció a los noventa y cinco años. Mi abuela Rosario, también conocida como la *abuela Chayo*, era la segunda mayor de los hijos de Welita y la matriarca de mi familia inmediata. Todos los acontecimientos familiares giraban en torno a ella, especialmente la preparación de tamales en la mañana de Nochebuena. Incluso mientras escribo esto, no puedo imaginarme sin ella cerca para decirle a mi prima Valentine cuánta sal añadir a la masa o para comprobar tres veces que estoy contando correctamente cada tanda de tamales. Como en el libro, ella tampoco decía "adiós" nunca. Siempre decía "Que Dios te bendiga". Fueron las últimas palabras que me dijo.

Tuve la suerte de tener a estas dos mujeres increíbles en mi vida durante mucho tiempo. Y tengo la suerte de seguir teniendo en mi vida a muchas mujeres fuertes, inteligentes e independientes. Este libro es por y para todas ellas.

Rosario "Abuela Chayo" Graciano (a la izquierda) y Eudocia "Welita" Ramírez.

AGRADECIMIENTOS

Este libro ha sido un viaje, y sé que nunca habría llegado hasta aquí sin el amor, el apoyo y los esfuerzos de muchas personas.

En primer lugar, quiero dar las gracias a mi increíble agente, Sarah Younger. Creíste en este libro desde el principio e hiciste realidad un sueño. Me siento muy afortunada de ser parte del #TeamSarah.

Gracias también a María Gómez, de Montlake, por el segundo *sí* que cambió mi vida. Su sincera reacción y sus atentos comentarios me llegaron al corazón, y me encanta que quieras a tus primas tanto como yo. Un agradecimiento especial a la extraordinaria editora Holly Ingraham por sus perspicaces comentarios y por ayudarme a encontrar formas de contar mejor esta historia. Y un saludo al resto del increíble equipo de Montlake, que trabajó duro para asegurarse de que esta versión del libro fuera la mejor.

Aunque yo haya escrito las palabras que acaban de leer, hubo un grupo muy especial de personas que me tendieron la mano durante todo el proceso.

A Marie Loggia-Kee y Nichelle Scott-Williams, gracias por su amistad y amor duraderos. Nuestros fines de semana de escritura no solo son productivos, sino que me levantan el ánimo y llenan mi pozo.

A Alexis Daria, Priscilla Oliveras y Mia Sosa. Ustedes tres son las mejores amigas escritoras que una chica podría pedir. Han sido mi inspiración para seguir escribiendo y estoy muy agradecida por nuestra amistad. Y a mis queridas amigas de Latinx Romance Retreat, Adriana Herrera, Diana Muñoz Stewart y Zoraida Cordova. Gracias por su constante apoyo, por el ánimo y nuestras divertidas charlas de Zoom. Estoy muy orgullosa de pertenecer a esta comunidad.

A mi madre, Rosa; a mi hermana, Yolanda; a mis cuñadas, Susana y Annie; a mi suegra, Lupe, y a todas mis tías y primas que me enseñan cada día lo que significa ser una latina fuerte e independiente, que no tiene miedo de hacer las cosas por sí misma, pero que también sabe que puede pedir ayuda si la necesita. Gracias por estar entusiasmadas con este libro, a pesar de que estaban un poco nerviosas sobre qué y sobre quién estaba escribiendo. Me encanta que sean mi familia.

Y, por último, gracias a mi marido, Patrick, y a mis hijos. No podría haber hecho esto sin ustedes. Nunca querría hacerlo. Los quiero.